天空の蹄

TENKU
NO
HIZUME

海嶋 怜
Rei Kaijima

文芸社

CAESARION
FORT OF THE ROCK
MARK OF NORTH
ALBELLA
ELGIUS
DANAE
EASTERN ILANDS

天空の蹄◎目次

天空の蹄　【登場人物】

《シザリオン王国》

ギルディオン（ギル）……………王城近衛隊の最年少騎士

エレメンティア……………シザリオン王妃。ギルディオンの幼馴染

ラフィエル（ラフィ）……………エレメンティアの妹

アストラン……………シザリオン国王

オナー伯爵……………ギルディオンの父親。王の側近

クレイトス……………王城近衛隊長

カシアス……………ギルディオンの従兄。王国南西部駐在の将

ルミエ（ギネヴィア）……………伝承の翼持つ乙女、〈光璃姫（サンスタン）〉

シュタイン……………ギルディオンの愛馬

エリー……………ラフィエルの愛馬

《エルギウス王国》

レオン・バロウズ……………侯爵。北部辺境伯

シルフィン……………エルギウス王妃。レオンの妹

ラトーヤ……………レオンの側仕え、恋人。異民族出身

ハイデン……………レオンの腹心、乳兄弟の騎士

ガルド……………エルギウス国王

ダキア公爵……………西部辺境伯

エニータ……………酒場の女

〈シャロン村〉

ロナ……………ギルディオンを助けた村娘

ジル……………………村でギルディオンと仲良くなった少年
ミシュリー……………ロナの親友
ネイト…………………ミシュリーの夫。農夫

《馬賊（岩砦の住人）》
アガト…………………頭目。サンキタトゥス王家の末裔
ルイ……………………アガトの弟
ジン……………………副頭目
サライ…………………アガトの手下。弓の名手の巨漢
ミア……………………砦の女たちのまとめ役
ユリア…………………ジンに命を救われた少女
ニキ……………………アガトの手下の少年
ロッタ…………………砦の男児の一人

〈旧王家・サンキタトゥス一族〉
ダーク・サンキタトゥス……故人。族長。アガトの父親
シュヴァル……………故人。ダークの弟。アガトの叔父

《文司（ふみつかさ）》
ザキエル………………文司の長

【「天空の蹄」　登場人物 相関図】

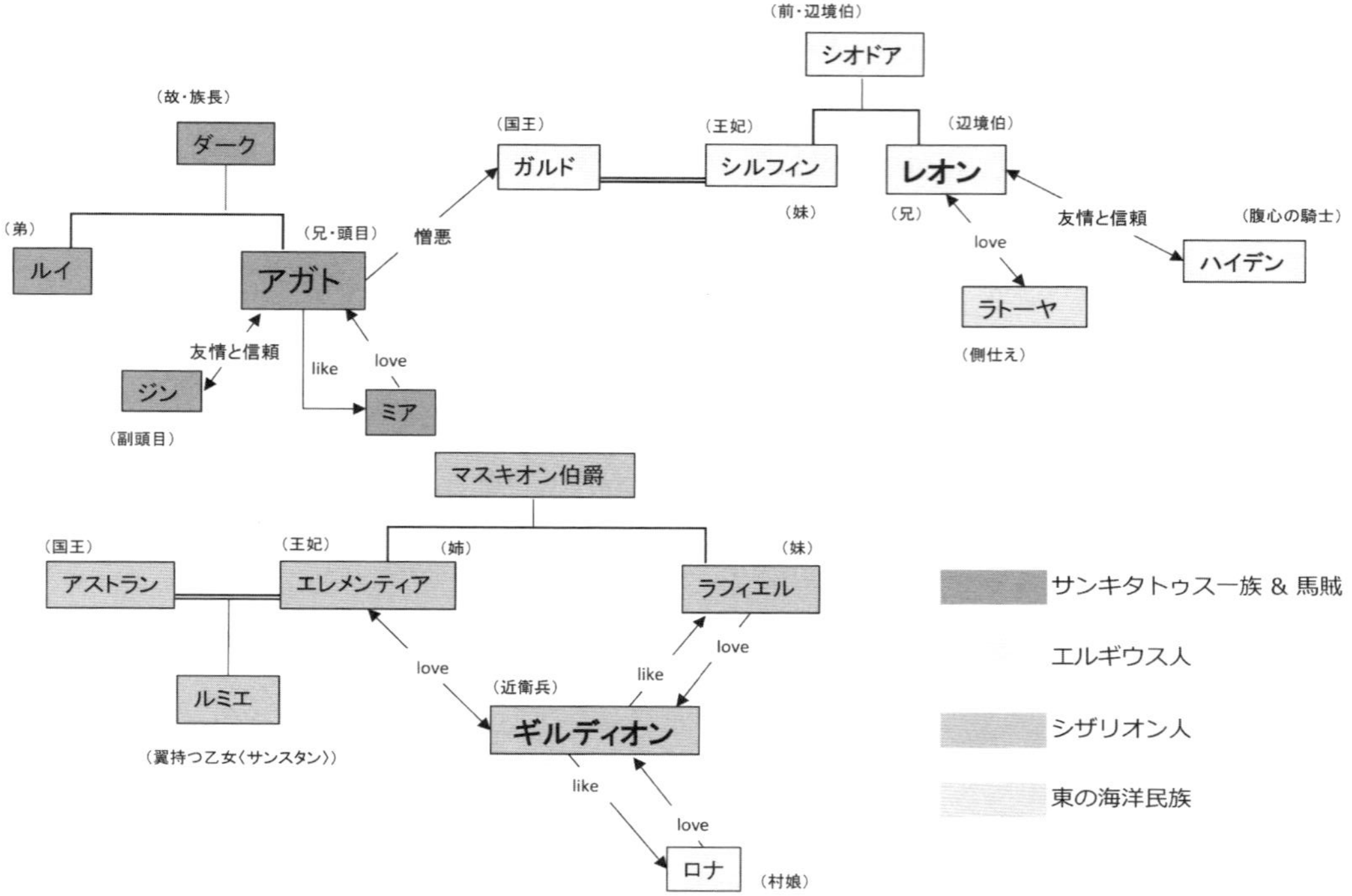

序　章（二一六〇日）

午後の陽射しを遮る窓辺の簡素な掛布を、何かの影が斜めに過っていった。

その一筋の動きで岩部屋の薄明が軽い眩暈のように揺らめいた。

「……今のは、なに……？」

「鳥だよ」アガトは答え、端切れ布を手桶の水に浸した。

そう、鳥だ。馬に乗った兵士じゃない。

「でっかい鳥が、この丘には時々来るらしいんだ。高いところから降りてくるのを俺も一度見たよ。でも、怖がらなくっていいからな。人を襲うことはないんだってさ」

「……兄ちゃん」

母譲りの金褐色の髪を枕に乱したまま、ルイが再び小さく声を漏らす。その唇が熱のために乾き、白っぽくひび割れている。脂薬を何度も塗ってやったのだが効き目が追いつかないのだ。

「ぼく、死ぬのかな……」

「馬鹿」アガトは布を固く絞り、椅子の上で弟の方に向き直った。浅黒く灼けたその顔に白い歯が零れる。彼の髪色は暗く、一族のほかの男たちが皆そうであったようにほとんど黒に近い。サンキタトゥス族長の直系に金髪の男児が生まれたのは、開闢以来ルイが初めてのことだったという。

「おまえが死ぬわけないだろ。もう熱も下がってきてるんだし、後は静かに休めばいいだけだって、文司《ふみつかさ》もさっき言ってたんだぞ」

「……ふみ、つかさ……？」

「ここに住んでいる爺さんたちだよ」

ルイは何日も高熱に炙られていた疲れで朦朧としている。思い出させるようにアガトはゆっくりと言って聞かせた。湿った布を畳み直し、火照りの残る弟の額にのせてやる。

「面白い爺さんたちのいる丘に行くんだ、って話したろ？　おまえがすっかり元気になるまで、俺たち二人、ここで暮らしていいってさ。もう何も心配しなくって大丈夫だからな」

五つ年下の弟ルイは、この春にやっと十になったばかりだ。

ある日突然草原の彼方から現れた甲冑煌めく騎馬隊に、目の前で優しい母を斬り殺され、生まれた家を、仲間と育った村を焼かれて、兄と共に一頭の馬で命からがら逃げ出した時から、ルイはしかし一度も泣かなかった。たぶんもう泣くことさえもできない心持ちだったに違いない。

ここは――平原の王国エルギウスの西に連なる、文司らの住まう小さな丘陵地帯だ。草の海をただ風ばかりが吹き過ぎてゆく、世界の果てのように寂しい場所。

アガトが父に連れられ、丘の内部を掘り広げてつくられたこの不思議な住居を訪れたのは、今のルイよりももっと小さい頃だった。それも一度だけ。族長の長子は七歳の誕生日を迎えたら文司との面会の機会を持つのがサンキタトゥスの掟なのだ、と父は語った。

その父も、次々に馬を飛び降りた騎兵たちに全身を斬りつけられ、体の表裏もわからぬほど血に濡れそぼって、剣を握ったまま村の往来で死んだ。

アガトの厳しい武術教師だった、屈強な叔父シュヴァルも。ルイを連れ、家にいる母も連れ出しに戻ると言い張ったアガトのために、文字通り最期の瞬間までその時間を稼ごうとしてくれたのだ。

追手の目をかわしながら、しかも曖昧な記憶だけが頼りの逃避行の中、弟のルイは二日と経たぬうちに弱り始めた。年齢や、その心に受けた傷のせいばかりではあるまい。同年代の子らのように裸馬に跨って走り回るよりは家で母の手伝いをする方がずっと好きだったこの少年は、髪や肌色ばかりをいうのではなく、その筋骨のつくりからして兄とは違い過ぎるのだ。

アガトの方は、幼い頃からどこにでも寝転がってよく眠り、何を飲み食いしようが腹も壊さない。弟が生まれる少し前、疾走する馬から落ちて背骨を折るという瀕死の重傷を負ったことがあるが、その時でさえ二月後にはまた懲りもせず自分から馬の背によじのぼり、周囲の大人たちを呆れさせていたものだ。

　一晩を澱み水の側で過ごしたことも、今思えばルイの衰弱した体には障ったのかもしれない。ほとんどすぐに高熱を出した。この丘の脇に慎ましい耕作地があるのを発見し、遂に目的地に辿り着いたのだと気づくのがあと少し遅れていたら、アガトはたった一人残っていた肉親も、結局はあまりにも速やかに喪うことになっていただろう。

「母さんの、夢をみた」ルイが呟いた。「うちの……日なたの、段々のとこに腰かけて……豆の莢、むいてた」

「うん。水、飲むか？」アガトは湯冷ましを入れた椀を取り上げた。「岩蜂の蜜を溶かしてある。甘くて美味いぞ」

　口許にあてがわれた椀から、ルイはそれを半分以上飲んだ。

「……うちでも」濡れた唇で仄かに微笑した。「熱、出すと……いつも母さんが、作ってくれたね」

「これからは何でも俺が作ってやるから。あのな、それにここには、書物がたくさんあるんだぞ。おまえ、文字を読むの好きだろう」

「……たくさん？」

「ああ。文司ってのはな、古い書物を守っていくのが仕事なんだ。書物をしまうためだけの蔵だってあるんだぞ、信じられるか？　そうだ、おまえさ。古い言い伝えの〈サンスタン〉の話、覚えてるだろう。そのことを書いたのもあった」

「……翼持つ乙女〈光璃姫《サンスタン》〉が降誕する時……その者は真の王座につくだろう」

ルイは掠れた小さな声で伝承の一節を口にした。村の子どもたちは皆、文字を覚える時の教本がわりにその古い文言を母や祖母から習うのだ。

いや、習ったのだ。

「すべて平原の民は一つとなり、死の炎を越え、その美しき騎馬の乙女に導かれて、古き〈黄金の都〉へと歩み入るだろう……」

「そうだよ。それに、文字だけじゃなくて綺麗な色つきの絵も。見たらおまえ、きっとびっくりするぞ」

アガトは手振りで書物の大きさを示しながら、熱心に説明した。

「その絵の中ではな、白華石で造られたすごく大きな城門が建っていて、その上で黄金のオオハヤブサの像が翼をぱぁっと広げているんだ。そこからずっと続く白い石畳の道の一番奥に、金色の王宮が見えていて……白い衣を着た〈サンスタン〉が大勢の人間を率いてその宮殿に向かうところが、うんと細かく描かれてるんだ」

すっかり痩せて顎が尖り、目ばかりが大きくなっているルイは、黙って兄の話を聴いている。

「文司は、あれはほとんど想像図だと言ったけど……でもあんなに詳しく都の様子を描いてるんだからな。まるっきり嘘だなんてことはないと、俺は思う。それにな——絵といえば、〈炎の蹄〉の大きな絵も、ここの奥の部屋に飾ってあるんだぞ」

「……天翔ける、最も強大なる神馬……」

平原の民にとり、この世の最高神が馬のかたちを得ているのは必然のことだった。太古、雄々しき天馬が蹴って大地に開けた穴が海となり、その息吹が風となり、翼のはばたきが散らした金粉が地に舞い落ちて人間となったのだと人々は信じている。

「ああ。本当にそんな感じの凄い絵だ。たてがみも尾も長くて、全身が光に包まれてて、大きな翼を広げながら力強く空を駆けている……」

ルイは枕の上から、兄の顔を見上げたままだ。

「おまえにもどの絵もみんな見せてもらえるように、俺がちゃんと頼んでおいてやるからな。じき熱が下がって、ものが食えるようになって、歩き回れるようになったら……」

「兄ちゃん」

「うん？」

「ぼくね。母さんのところには、行かないよ……」優しく、言った。

「ぼくがいなくなったら、兄ちゃん、本当にひとりになっちゃうもの」

アガトは黙り、目線を落とした。

窓辺から漂う弱い光に浮かぶ自分の指の爪を、そのままじっと見つめた。

「馬鹿だな」

第一章　月下の相剋（二〇〇日）

月輪を掠めて流れる雲が、速い。

梢を弄る風が魔物の如く長く長く叫んでいる。

夜の森を疾駆するその四つの騎影は、まさに黒い夢魔の一群さながらだ。

その猛々しい蹄に、宝石のように蹴散らされる月光――


疎らになった木々を抜け、彼らが土砂を崩しながら一気に川岸へと駆け下りようとした時だった。

突然横手から別の影が躍り出た。

行く手を強引に遮られ、馬たちのいななきが激しく交錯する。

「――御子を、お返し申せ！」

後肢で立ち上がりかける黒い駿馬の手綱を操りながら、新参の男は叫んだ。

いや――「男」と呼ぶには、その声がまだ突き抜けるように澄んでいる。弾む馬体に見事に同化しつつも、その体躯は胴が締まり、ふてぶてしい厚みを備え切ってはいない。兜もない剝き出しの頭部で風に煽られる伸びかけの黒髪。防具など身につける間も惜しんで馬に飛び乗り、ただ一騎、夢中で城を飛び出してきたのだろう。

「ここで無事引き渡せば、今はそなたらを見逃す」剣の柄に手をかけたまま、若者は昂ぶる声の調子を必死に抑えようとした。「だが、もうそこまで来ている騎馬隊は選択の余地など与えぬぞ。もはや逃げ道はない。酷い辱めを受けて殺されたくなくば、その御子を安らかに渡し、すぐにこの地より去れ！」

「……若造か」片腕に布の包みを抱いた中央の騎乗者が口を開いた。飾りのない黒兜に、目許を隠す面当てを着けている。

　こんな小僧一人に、城を出た直後は二手に分かれていた脱出の道筋を読まれ、しかもほとんど理屈に合わぬような短時間で追いつかれた――そのやや想定外の展開に、たとえいくらかの驚きはあったにしても、その気配は少しも態度に表れていない。響きのよい声は低く、冬夜の鎧のように冷えていた。

「あの城に、貴様のような若年兵が？」

「王城近衛隊のギルディオン・デ・ラ・オナーだ」

「健気なことよ。だが、哀れみはせぬ」自らは名乗らず、男は傲然と告げた。

「斬り捨てよ！」
鋭く命じるや、一騎のみを連れて川岸へと馬身を躍らせた。

残る二人が長剣を鳴らして構えた。腕の動きでマントが煽られ、衣の上に着けられた簡素な胸当てが露わになる。身軽くかつ無音のうちに王城深く潜入するために、それ以上の金属製防具は避けたのだろう。

ギルディオンは素早く首をそらし、左手指を唇に押し当てた。森のざわめきを貫き、鋭い指笛が冷えた夜気の彼方へと響き渡ってゆく。短音と長音、救援を求める合図。吹き終わると同時に手綱を放し、彼は右手で長剣を、左手で短剣を抜き放った。

相互に突進する三頭の馬身のすれ違いざま、頭を低めたギルディオンの剣が一人の顎下を斬り裂き、続くもう一人の脇の下を貫いた。血飛沫の中を、走る馬の勢いのままに剣を引き抜きながら、彼は宙に躍る手綱を摑み直した。

もう何年もの間若い主の半身と化している黒馬が、大きく跳んだ。川へと直接飛び込み、水を蹴散らしながら先行する二騎を追って猛然と走る。

流れは深くはない、だがかなり速い。ほんの数タリアート先で垂直の崖を下る滝となっているからだ。蒼い闇の中を、その水煙の匂いと轟きとがここまでも重く伝わってくる。

月光漲る広い川面の中央辺りで護衛の最後の一騎が踏み止まり、こちらへと向き直った。抜き身の剣を振りかざしながら水飛沫を上げて向かってくる。いい馬だ。大柄な乗り手の気迫と構えもそれにふさわしい。

だがギルディオンもまた、歩き出すとほとんど同時に馬の背に乗せられ育ってきた男だった。一年前、十八という前例のない若年で王城近衛隊への仕官が許されたのは、王の側近でもある伯爵を父に持つ、その出自のゆえではない。

そして、この〈黒の雷神〉と讃えられているシュタインほど勇猛にして忠実、そして賢い馬を、彼自身ほかに知らない。主のかざす剣の向きを悟り、シュタインは水の中を自ら右なりに走った。再び手綱を手放し、両手で長剣の柄を握ったギルディオンの腰と脚、その骨と筋肉の動きで彼の繰り出そうとする技を察知し、漆黒の体躯を大きく宙に跳ね上がらせる。馬が稼いだ高みから、ギルディオンはほとんど全体重を乗せて、思わず仰向いていた相手の太い首を斬り飛ばした。

飛んだ首が水面に跳ね落ちるその先に、赤子を抱いた最後の騎馬が早くも暗い岸へと上がりかけるのが見えた。

「シュタイン」ギルディオンは身を低め、たてがみを振る愛馬に声をかけた。「あれが最後だ。追いついて姫をお救いするぞ」

黒馬の両耳がさっと岸の方を向く。逃げる標的の位置を暗がりに捉え、水中とは思えぬ瞬発力で再び走り出した。

浅くなる流れの中を一気に駆け上がろうとした、その時——

ヒュン、と宙を切る音がして、シュタインの首に一本の矢が突き立った。

悲鳴のようにいななき、後肢で立ち上がりかけるその胸に、続いて深々ともう一本。

更に続いた矢を、薄闇の中、ギルディオンは剣で叩き落とした。その彼の脚を掠めて馬の脇腹に新たな矢が立った。

よろめきつつ、それでも走ろうとする愛馬の背で、ギルディオンは顔を振り向けた。岸辺の木立の中に立つ人影。ほっそりとした姿が闇にまぎれ、冷静な構えで再び弦を引きかけている。

馬の首を庇って身を低めたまま、ギルディオンは革帯から小短剣を抜いた。怒りに食いしばる歯を閃かせて全力で投げる。工芸大国シザリオンの近衛隊が用いる小短剣は鍔の形状に独自の工夫があり、投擲にも無理はない。だが木立の暗さ、そしてこの距離だ。報復の気迫は闇に光るほどだったが、相手に致命傷を与えるには至らなかったと空間を伝わる手応えで知った。

射手の姿は木陰に消えた。

悲痛ないななきと共に、大きな水飛沫を上げてシュタインが倒れた。

ギルディオンは瀬に投げ出されたが、すぐに起き上がり、立ち上がろうともがく馬の首をかき抱いた。岸辺の木立の中へと消えようとしている騎馬の方を振り向く。

「シュタイン」馬の濡れた顔をさすり、彼は激しく接吻した。「必ず戻る、死ぬな！」

抜き身の剣を握り直し、水の中から立ち上がる。

その胸にドカッと矢が突き立った。

「……！……」

続いて、首に。

――横ざまに――水の中へ倒れた。

川底に手を突き、体を捻り、起き上がろうとした。噴き出す血がボタボタと首から胸を伝い、流れを黒く濁らせるのを、揺らぐ月明かりに見た。

血の熱い塊が喉を塞ぐのを感じた……

(――ギル)

……陽光のような黄金の、波打つ髪。

(ギルはどこなの――彼を呼んで――はやく)

(姫が――)薄物の夜衣の裾が翻る。悲鳴のような叫び。(ギル、姫がいないのです)

見開かれた菫色の瞳。王の妃となった今ではもう他の誰にも決して見せることのない、幼い少女のような恐慌。

(——当直の兵が四人、死——)
ゆっくり、体が揺らいだ。
(……姫を、ルミエを助けて)
(——ル)

……柔らかな風と。降り注ぐ花びらと。
(ギルが世界で一番愛しているのは、この私)
(私のために、いつでも死ねる男でいてね……)

そして——闇が落ちた。

＊　＊　＊

森を横切る細い渓流の脇で、騎士ハイデンは計画通り、武装を整えた他の二人と共に静かに待っていた。
ほぼ予定時刻通りに戻ってきたのが主君の一騎だけであったことにも、彼ら三騎は表立った動揺は見せなかった。すぐに馬を走り寄せて主の両脇と背後を護る。

「侯爵、お怪我は」ハイデンは尋ねた。腹心の臣であるという以前に侯爵とは乳兄弟の仲である。数刻をただじっと待ち続ける間、その胃には穴が幾つも開きかけるほどだった。

「ない、ハイデン」

その短いやり取りのあとは誰もが完全に沈黙し、一行は更に森の先へと進んだ。

馬を並べて走らせながら、ハイデンは再びちらりと主の横顔に目をやった。

態度も声も乱さないこの相手の胸の裡が、しかし年齢分の年月付き合い続けてきた彼にはよくわかっている。侯爵に付き従っていった、そして間違いなくシザリオン側の兵によって斃されたのだろう三人の護衛は、ハイデン自身にも勝るとも劣らない、侯爵の幼少時からの忠臣たちだったのだ。彼らを喪うことはこの若い侯爵にとり、親しい叔父や従兄たちを一度に亡くすのとほとんど変わらない痛手のはずだった。

(侯爵)

夜風に洗われる兜の下で、ハイデンは微かな涙が目を刺すのを感じた。この主は、実はハイデンの知る誰よりも激情家であるこのレオン・バロウズ侯爵は、どれほどその場に留まって押し寄せるシザリオンの兵らを悉く斬り倒したかったことだろう。

(よく、堪えてお戻りに)

月の齢にさえも味方されなかった満月の下で、常軌を逸した計画は異様なほど冷静に実行された。

――エルギウス王国の由緒正しき辺境伯が、独断で隣国シザリオンの王城に侵入し、現国王の一粒種である姫を攫い出す――

大国同士の激戦の火蓋を切って落としかねない、この密やかな暴挙。

ハイデンの胸に、いや、今宵計画に加わった誰の胸にも、後悔が微塵もないのは確かなことだった。だがそれでも、こうして現実に高貴な赤子を腕に抱いて駆けている侯爵の隣で、ハイデンは鐙上の自分の爪先がゆるゆると冷たく血行を失ってゆくのを感じている。

おびただしい月の光さえも届かない、闇の深淵のような破滅の気配に向かって――主とともに、走っている。


レオン・バロウズは今年で齢二十六になる。彼が十三歳の時、世間を驚かせる放埒ぶりとその「並びない美貌」とで知られていた父侯爵を喪い、そのまま大国シザリオンとの国境を守る辺境伯の座を継承した。さらにそれからの十三年間、彼は最前線を守りながら自国エルギウスの王にも警戒され続けるという家柄の主として、あらゆる辛酸を嘗めてきたと言っていいだろう。

ハイデンを始めとする側近たちは、年若い主のその忍耐と労苦とをずっと傍らで分かち合ってきた。数々の苦境を乗り越え、今でこそバロウズ侯爵は事実上ガルド王に次ぐ王国第二の有力者と目されるまでになっている。だがもし彼が王城での評価通りに、ただ単に「何事にも動じない、優雅で怜悧な男」であるだけだったなら、今宵の計画に翻意を促す者こそあれ、付き従う騎士はいなかったかもしれない。

しかし結束固いレオンの騎士たちは、愛する主の心がほとんど狂気に近いところまで追い詰められていることを知っていた。そうであるなら、騎士たち自身にももはや選択の余地はない。彼らの世界の中心はレオン・バロウズその人なのであり、エルギウスという王国の名誉でもなく、ましてや傲岸にして無情なあのガルド王でもないのだから。

出立前、ハイデンもまた侯爵についていくことを懸命に望んだが、許されなかった。万が一――いや、失敗の確率はそれよりも遥かに、遥かに高かった――侯爵が生きて戻らなかった場合に備えて、彼の遺言を正確に実行するための誰かが残っていなければならない。

月気に世界は濡れそぼっている。

大昔に物見砦として使われていた小高い岩地に、用心深く火を覆われた小さな野営が敷かれていた。この辺りは既に侯爵自身の領地だったが、国境を越えて追走してくるだろうシザリオンの騎士たちにはむろんのこと、近在の領民の誰かれにも今夜は姿を見られてはならない。

馬から降りるなり、レオンは低く呼ばわった。「乳母を呼べ。赤子の世話をさせよ」

薄暗がりをすぐに駆け寄ってきた二人の女に、彼はずっと腕に抱いていた布包みを注意深く渡した。

「異変はないか」声を更に低めて尋ねる。「寝台から取り上げた時、目を開けていたので、やむを得ず薬をかがせた。加減は気をつけたつもりだが、赤子にはそれでも強かったかも知れぬ」

「気持ちよくお休みのようです、レオン様」年寄った方の女が布の中をすばやく覗きながら答えた。侯爵自身の乳母、騎士ハイデンの生母である。「息遣いもお健やかです」

「そうか。では何ひとつ手落ちのないように。世話が済んだら私の天幕へ。予定通り早馬を乗り継ぎ、一刻も早く王妃のお側まで運ぶ」

「かしこまりました」

警護の者に挟まれながら女たちが忙しく去ると、侯爵はようやく小さく息をつき、自身の天幕の方へと足を向けた。

弱い灯りの点されたその中で、従者が手早く彼のマントを脱がせる。兜と面当てを外されると、ほとんど白に近い金髪と、刃物のようなその眼差しを除けばむしろ女性的と言ってよいほどに秀麗な、まだ若い顔が露わになった。レオンは、少なくともその類稀な容貌だけは、亡き父に生き写しと言われている。

手元に差し出された銀杯の葡萄酒を取り、立ったまま一息に飲み干していると、騎士の一人が幕間から顔を覗かせた。

「侯爵、ラトーヤが戻りました」

「通せ」レオンはすぐに杯を置いた。

騎士の顔と入れ替わりに、長いマントで身を包んだほっそりとした姿が中へ入ってきた。

従者が腰を低めつつ出てゆく。

「ラトーヤ」

「ただいま戻りました、侯爵様」レオンの前に跪き、頭を垂れるその細い首筋から、束ねられた長い黒髪が艶やかに流れ落ちる。

「私が赤子をここまで無事連れてこられたのは、不滅の忠誠と共に斃れたあの騎士たちと、そして、そなたのおかげだ」侯爵の声に、初めて微かな感情の色が籠った。「片腕を塞いだままでは、この私でもギルディオン・オナーのあの剣は防ぎ切れなかったやも知れぬ。本当によくやってくれた。心から礼を言うぞ」

「いいえ、私など」俯いたままの頭が、更に下がった。「ご成功はすべて、侯爵様ご自身のご計略とご胆力の賜物です」

レオンは身を屈めた。その指がそっとラトーヤの顎にかかる。

静かに仰向けられ、淡い光の中に彼女の蜂蜜色の顔が浮かび上がった。肌のなめらかな細面に、わずかに目尻の切れ上がった緑の眼、小さな唇。

ラトーヤのこの異国的な容貌は、東の島々からエルギウスに奴隷として連れてこられた海洋民族の父祖から受け継いだものだ。彼らは人種的に例外なく細身であるという体躯にも拘わらず、島の素朴な武器と漁のための舟、そしてその知恵深さだけを頼りに大国エルギウスの軍船と激烈に戦ったという、誇り高い伝説を残している。

馬で自らの領地の視察をしていた十年前のあの日のことを、レオンは今でも忘れない。雑多な露店の立ち並ぶ町の往来で、突然目の前を巨体の酔漢が吹っ飛んで横切ったのだ。

細い手に長い心張り棒を握り、その後から現れた少女。最下層の暮らしを物語る粗末な衣類、ただの縄で結わえられた黒髪。埃まみれの足には履物すらなかった。だが、自分に不埒な真似をしかけた酔っ払いを黙って見据えていた、その遠い南洋のような緑の瞳。

以来レオン・バロウズは、日々その瞳の中に伝説を読み続けて生きている。

無言で促され、ラトーヤがゆっくりと立ち上がった。レオンは黙ったまま、その胸に彼女の体をマントごと抱きしめた。

相手が微かに怯んだことに気づき、すぐに腕を緩める。

「どうした？」

「いいえ、何でも」

「傷を負ったのか」侯爵の手が、彼女のマントの紐を素早く解き落とした。「……オナーに？」

「私の油断でした」二の腕を縛る布を検められながら、ラトーヤがすぐに応えた。

「あの距離と暗さで、剣が届くとは思わなかったものですから……私は木立の中におりましたし、月光の中にいたあの男から、まさか見えたとは」

「……奴は？」レオンの口調がふいに平坦になる。この男の場合、激怒が爆発の形を取ることはほとんどない。

「胸と首に矢を受けて、水の中に倒れたままになりました。完全に仕留めたことを確かめたかったのですが、多数の追っ手が迫る気配がしましたので――」

「よい」レオンの声が、一呼吸の後、再び表情を戻した。「万が一生き延びていれば、この手でこそあの男を斃せる日もいずれ来よう。今は、そなたがこうして生きて戻ってくれて、よかった」

　そなただけでも、と聞こえた。今度は優しく抱き寄せられ、額をそっと重ねられて、ラトーヤは思わず瞼を伏せた。

「王はもう三日ほどで、諸島の視察から戻られる。そして妹は――シルフィンは、この次に目が覚めたなら、傍らに金髪の赤子を発見するだろう」

そのレオンも、瞳を閉じた。

「彼女と王の、健やかなる御子だ……しかも、このエルギウスに至上の栄光を、平原に統一と黄金をもたらす、伝承の乙女なのだ」


（シルフィンを救うためなら）

瞑目したまま、ラトーヤは二日前にこの侯爵がなした蒼白な宣言を耳に蘇らせていた。

（私はどんな卑劣漢にもなってみせる）

「──そして彼女は生きながらえる。長く恐ろしい夢の中から、かつてのような笑顔で、私たちの世界へ戻ってきてくれるだろう……」

まるで自身に言い聞かせるように、レオンが呟いている。

エルギウス現国王ガルドは、精力旺盛、支配欲に満ちみちた、そして極めてむらのある猜疑心の持ち主である。そのガルド王から、たった一人残った肉親である心弱い妹を正妃にと強く望まれ、まさしく人質同然に王城へと送り出すことを決めた夜、レオンはラトーヤにさえも顔を見せずに居室に籠った。決断のもたらす苦しみと惨めさとを独りで味わうことを選んだのだろう。

だがそれ以来、この若い侯爵の内面がひどく危うい均衡をかろうじて保つようなものに変わったと感じたのは、ラトーヤばかりではなかった。

レオンはより強靭になり、より脆くなった。以前にも増して仕事にのめり込み、ラトーヤが泣かんばかりに頼むまで夜も眠らなくなり、原因のわからぬ頭痛に頻繁に苦しむようになった。ラトーヤも含め、忠臣たちの主の心身に対する危惧は募る一方だったが、それが遂に頂点に達したのが、二日前の深夜に行われた極秘召集の場だったのである。

周囲の誰も彼を止めることはできなかった。

止めたら、この主は必ずたったひとりで死地に赴いてしまうとわかっていたからだ。

＊　＊　＊

数日前。

山とは呼べぬ丘陵さえも疎らな平原において、「高さ」は常に権力の象徴である。それを世界に向けてまざまざと誇示するように、エルギウス国王ガルドの居城は諸国にも例を見ないほどに天高く壮大な建築物だった。

その城の奥深く、贅沢な一室は、文字通り死の沈黙に閉ざされていた。

毛布の包みの中身を見せられて、レオンは顔を白くしたまましばし無言だった。小さな骸にそっと触れ、祈りの呟きに唇を動かし、すぐにその全身に布をかぶせる。

「侯爵」王家の侍医がそっと近づき、沈痛な面持ちで囁いた。「大変申し上げにくいことではありますが――王妃様には、もはやこの先、御子をお産みになることは……」

レオンは黙したまま、相手の年寄った顔を見た。

「過去三度のご流産によって、それでなくともお体を痛めておられました。せめて王妃様のお命だけでもお救いするために、御子をお宿しになる宮の部分を、この度は切除せざるを得ず」医師はうなだれつつ、苦しげに言葉を繋いだ。「国王陛下には……お城に戻られましてから、私から配慮を尽くしてご説明を――」

「ならぬ」まさに刃の口調で、レオンは相手の言葉を断ち切った。「今宵のことは一切他言無用」

医師の目が、見開かれた。「……と、仰せられますと」

「死産ではなかった」

侯爵は言い放った。そして口調と同じく底光りする眼差しで、周囲で呆然としている三人の女官たちをぐるりと一瞥した。

「王妃は今宵、健やかなる御子を産み落とされた。しかも、伝承に謳われる栄光の姫君をだ。国中にこの慶事を知らせろ。国王陛下をお迎えする港に伝令を差し向け、着岸され次第、王国に千年の幸をもたらす金髪の姫を陛下が得られたことを急ぎお伝えするのだ。王妃と姫君が揃って都へのご帰還をお待ち申し上げていると」

「伝承に謳われる姫君……？」医師の顔は、もはや気味の悪い灰色になっていた。「侯爵、い、いったい何をなさるおつもりです」

「何を？」老人に視線を戻した侯爵の両眼が、まるで人のものとは思えぬような白い光を帯びた。「そなたには既にわかっておるはず。またもや死産と知ったら、今日まであれほど傷つき乱れ続けてきた王妃の御心は、二度と元には戻らぬであろう。そして陛下は、妃を……我が妹を、もはやお許しにはなるまい。よいか」

相手の顔に自分のそれを近づけた。

「今宵この部屋で起きたことを、一言たりとも他へ漏らしてはならぬ。漏らしてみろ――誓って、この私が、そなた自身のはらわたで、その老いた首を絞めあげて殺してやる。そなたの妻も息子も娘も我が領地で馬裂きの刑に処そうぞ。わかったな」

「侯爵」激しく震えながら、しかし、医師は声を振り絞った。「お許しがあるまで他言はいたしません、誓って――し、しかし――どうやって――国王陛下は、もう十日足らずのうちに、港へとお着きになるのですよ！　伝承の姫君など、いったいどこに……！」

「それは」侯爵は、再び冷然とした表情に戻り、老人から身を離した。

「そなたの知ったことではない」

＊　＊　＊

「――侯爵」

天幕の外で低く呼ばわる声がし、レオンは腕を緩めた。ラトーヤがすぐに離れ、卓の傍らまで下がった。

「お支度が済まれたようです」

「中へ」

「はっ」騎士が幕を持ち上げ、毛布の包みを抱いた乳母が入ってきた。

レオンは思わず自分から足早に歩み寄り、その温かな塊に触れた。

「まだ、眠っている」侯爵の、整い過ぎているのが逆に瑕とさえ囁かれる彫刻めいた顔に、珍しく困惑の色が浮かんだ。

「赤子とはもともと、ほとんど眠っているものなのです、レオン様」乳母が彼を見上げ、まるで歳月を飛び越えて幼い少年を安心させるかのように甘い微笑いを見せた。

「先ほど一度お起こしして、セシリアがお乳を少しお飲ませしました。おなかが満ちて、またすぐおねむになったのですわ」

「そうか。……背中を確かめたい。寒がらせずに済むようなら、今見せてくれ」

乳母が頷き、敷物の方に寄って静かに屈みこんだ。

毛布を開くその手元を、レオンが、そしてラトーヤも後ろからそっと覗き込んだ。

ところどころに愛らしい薔薇色を浮かべた小さな背中に――

小鳩のそれのような、真っ白い翼が生えている。

「……こんなに素晴らしいものは、今まで見たことがありませんわ」言葉もないレオンに、乳母が囁く。「ご覧なさいまし、なんてお美しいのでしょう……エルギウスを、民を、〈黄金の都〉に導いてくださる、伝承のお方……！」


後ろで黙したまま、ラトーヤはレオンの首筋へと目を移した。その肩に、そっと触れたかった。人目がなかったらそうしていただろう。

彼の声なき声が耳元を漂うのを感じた。

(この赤子が、私のシルフィンを救ってくれる)

ええ、とラトーヤは胸の中で呟き返した。きっと、救ってくださいます。

そしてどうか、あなたの夜の眠りが、これからは少しでも安らかなものとなりますように。

＊　　＊　　＊

——思い出はいつも——咲き匂う花々の中だ。

目の前の小卓にそっと置かれた小短剣は、もちろんあらゆる汚れをきれいに拭い取られていた。だが確かに誰かの鮮血を吸って戻ったと窺える生々しい凄みが、その底光る刃には漲っている。

それでも、その柄に、剣身に、淡い朱鷺色の花びらが音もなくさんさんと降り続けているのが、じっと見下ろす王妃エレメンティアの瞳には映っていた。

「国境沿いの川岸で発見いたしました」兜を片腕に、近衛隊長のクレイトスは数歩下がって片膝を床についている。「ギルディオンのものに間違いありません」

「馬は」エレメンティアは口を開いた。「シュタインは見つかったのですか」

「いいえ、まだ」クレイトスの声もまた、落ち着いている。

だが、シザリオン王国に特有の見事な工芸品や絹織物で美しく調えられた室内は、離れて立つ二人それぞれが、まるで細心の注意を払って薄氷の上を渡っているかのような、息詰まる緊張感に満ちている。

「恐らく主と同様に傷を負って、共に川を流されたものと」

「川のあの辺りは馬の体を運ぶほどの流れではないと聞いていています」

「御意。しかしそもそも、もし歩けるほどに無事であるならばシュタインは既に厩舎の自分の馬房に帰ってきているでしょう」

「普通の馬なら。あのシュタインは、何ひとつ普通ではありません。あなたもよくご存知のはず」

（シュタインが、戻ってこない――）

この一昼夜、川沿いの森は隈なく捜索された。ギルディオンが斃した男たちの遺骸は見つかったが、傷つき力尽きた黒馬の姿はどこにも発見されなかった。エレメンティアにとって、その意味するところはたった一つしかない。あの驚くべきシュタインは、今も彼の主と共にいるのだ。少なくとも、いようとしている。

なぜなら、主が主として、まだ生きているから。

「……この小短剣は、オナー伯爵の元に。ギルディオンの父上にお預けなさい」

クレイトスがさっと目を上げた。生死をさまよう難産を経て、ようやくに産褥熱も退いたばかりというのに、諸国一とも謳われる美しさに翳りもない王妃の小さな顔を、じっと見つめる。

「本当に、よろしいのですか」無礼を承知で低く念を押した。

近衛隊長を長く務めるクレイトスは、王の側近であるオナー伯爵とも旧知の仲だった。ゆえに当然、伯爵の愛息ギルディオンとこの王妃とが遠縁の幼馴染であることも知っている。凋落が囁かれるマスキオン伯爵家の長女エレメンティアが、頼もしく勇敢な若者に育ってくれたギルディオンのではなく、シザリオン王アストランの花嫁となることが決定した時には、心中ひそかに複雑な溜息が漏れたことだろう。

「もちろんです」エレメンティアは薄衣の裳裾を引き、夕暮れの窓辺へと歩み寄った。「ギルは戻ったらすぐにそれを必要とするでしょう。彼の住まいに置いておくべきです。……姫の捜索の方は、その後どんな状況ですか」

「国境の警備隊も含め、動ける人員はすべて割いて追跡に全力を挙げております。しかしながら、有力な手がかりはまだ」

クレイトスは、窓の外を見ている王妃の霞のような金髪に向かって話した。

「賊の逃走経路は確かにエルギウスとの国境を横切っていますが、ご存知の通り、あの川と森は東西の街道へ抜けるのも容易です。平原の辺境では、馬賊によるダナエ王国の貴族の子女の誘拐騒ぎが起きているとの情報もございますゆえ、今回の所業が何者によるものかにつきましても、即断はできかねます」

「これが……城の警備をかいくぐって陛下と私の姫を攫いおおせたのが、平原の馬賊かも知れないと？」

「可能性は、現時点では何ひとつ排除できぬかと。特に近頃エルギウスの西で跋扈している一群の勢いは――」

「馬賊などではありません」エレメンティアは相手の言葉を遮った。「姫は、伝承の〈サンスタン〉であると知れたから攫われたのです。そこまで危険を冒す価値があるからこそ、彼らは無謀を承知でこの城に忍び込んだ。あなたもよくご存知のように、アストラン陛下は深い御心により、いまこの情勢下、平原世界におおきな火種を唐突に投下されることを、よしとされなかった。あの小さな姫が穏やかに過ごせもするよう、しばらくは城外に漏らすなとお命じになった背中の翼のことを、これほど早く知る術など、エルギウス辺境の馬賊にはないはずです」

「……確かに」クレイトスは応えた。「ギルディオンが仕留めた者たちの身に着けていた剣や衣類は、これといった特徴もなく、どこの国の道具屋でも手に入る品ばかりでした。髪や髭もすべて剃り落とし、人相を変えております。これは周到ではありますが、逆に馬賊らしくはない準備であったとも申せましょう。連中の目的はたいていが身代金であるゆえ、攫ったのは確かに自分たちであると、署名をその場に残すのがむしろこの場合の定石ですので」

「クレイトス」窓辺から王妃は彼を見た。「あなたにだから、お尋ねします。城内に賊の手引きをした者がいたということは？」

近衛隊長はしばし無言だった。慎重に口を開く。「可能性は、大いにあります」

「国王陛下か私の、すぐ側で仕えていた者なのかも知れないのですね？」

「王妃様。御心をこれ以上騒がすことになるのは私自身も堪え難き思いです。しかし、姫君が連れ去られたのち、城内から姿を消した者はおりません」

エレメンティアの大きな瞳が、相手の顔を見つめた。

「まだ、その者が城内で何食わぬ顔をして動き回っているということですか？　陛下や私の近くで？」

「曲者が仮にいたとしても、陛下や王妃様の御身にこの上危険が及ぶことは、もはや絶対にありません」

クレイトスの口調には、静かでありながら凄みがあった。王家の姫を強奪されるという、近衛隊長としてははらわたが捻じ切れるような屈辱を今この瞬間も味わっているのだろう。

犯行のその刻、彼は実母の葬儀に備えて王城から下がっていた。急報を受けて城に駆け戻った時には、既にギルディオンに斃された男たちの遺骸が二体、内庭に運ばれてくるところだったのである。鞍を空にした馬が森で三頭見つかったことからすると、ギルディオンが仕留めたのはおそらく三人で、その三人目の体は若き近衛兵と同様に、倒れたのち川を流されて消えたものと思われた。

「警護とお側仕えの者については、私自身が既に厳選して配置につかせております。お二方のおられる隣室には必ず、近衛兵のほかに、私か、副隊長のオシリスもしくはギャリエルが控えております。そして、その曲者がまだ残っているとすればですが、その目的はただ、今逃亡すれば直ちに厳しく追っ手がかかること、そして城内の事後の状況が確認できなくなるからなのです。行動は今や、極端に慎重になっているはずです」

王妃はしばらく無言で、古い傷痕が左頬に残る歴戦の男の顔を見ていた。

「わかりました。あなたが全力を尽くしてくれていることも知っています。この後も何か新しくわかったことがあったら、陛下だけではなく、私にも教えてください」

「御意」クレイトスは床から立ち上がり、卓上の小短剣を取り上げると、一礼して部屋を出ていった。

その近衛隊長と入れ違いに、彼の肩までの高さしかない甲冑姿が大股に入ってきた。

かろうじて兜だけは脱ぎ置いてきたらしい。長い金髪を巻き上げて小さくまとめているが、その汗ばんだほつれ毛が幾筋も顔に零れ落ちている。心身の疲労に目許が黒ずみ、形のいい眉根が今は険しく寄っていた。菫色の大きな瞳から、冷静には程遠い昏く激しいものが迸っている。

「ラフィエル」窓辺で体ごと向き直り、エレメンティアは二つ年下の妹に声をかけた。「ずっと森にいたの？　少しは休まないと、あなたまで倒れてしまう」

「休んでなんかいられない」

小卓の前まで来て立ち止まり、ラフィエルは言い返した。手の中に持っていた金属片をその上に置く。

「オナー家の刻印がある。摩耗がきれいに均一だし、間違いなくシュタインの蹄鉄よ。エルギウス側の岸に落ちていた」興奮の残る口調でラフィエルが言う。「やっぱりあの子、岸に上がってからギルを追いかけようとしたんだわ。ギルは川を流されて、そのまま滝から落ちたのよ」

「馬が下りていけるようなところなの、その滝は？」エレメンティアの声は僅かに鋭くなった。

「牡の赤鹿が岩伝いに下りるのを、一度だけ見たことがある。でも、馬には無理だわ」幼い頃から遠出はほとんど許されぬ体であった姉に、ラフィエルが答える。

馬も鹿も、その素晴らしい走りで捕食者から逃げようとする動物であることに違いはない。だが体躯の大小ばかりではなく、草原を駆ける馬と森を跳躍する鹿とではそもそも蹄の形状や四脚の織り成す動きが異なるのである。

「シザリオンの軍馬でも？」エレメンティアはすぐに畳みかけた。

緩やかに海岸へと下ってゆく平野の隣国エルギウスとは異なり、このシザリオン王国は国土の北に広大な山脈を有している。それだけに、高低差のある地形での騎馬訓練も極めて盛んだった。傍目にはほぼ垂直とさえ見える、砂混じりの長い急傾斜を一気に駆け下るその超絶技などは、走るというよりほとんど落ちるに等しい。馬術自慢の平原諸国の騎馬隊でも他にまず見られないような、凄まじいものである。

「普通なら」ラフィエルが答えた。「まして、怪我をしているかもしれないとしたら」

普通の馬なら、無理。

黄金の髪も瞳の色も肌の白さもよく似た、だが立ち昇る魂の色合いはまったく異なる二人の姉妹は、しばしそのまま黙り込んだ。

〈黒の雷神〉という通り名のあの黒馬が「普通」ではないことは、この二人にもわかっている。

――信じても――いいのか。

神と呼ばれた馬が運んでくれるかも知れない、その奇跡を。


近衛隊の入隊試験科目に含まれている「崖下り」を、ラフィエルも試みたことはなかった。少なくとも、人前では。

平原の男にとり、「馬術に長けている」というのは自力で呼吸ができるというのとほとんど同じくらいに当然のことである。ゆえに、その中から天下の王城近衛隊に選抜されるためには、騎士にも彼の馬にも、それぞれがその動物としての限界をほとんど超えてみせる何かが厳しく要求されることになった。「崖下り」は、まさにその何かを証明するために課されているような試練なのである。

ラフィエルとて、場によっては姫と呼ばれることもある身だ。その彼女がこっそりと何度もそんな荒業に挑戦していたと知ったら、いくら「最終的には成功したのよ」と主張しても、父母はもちろんのこと、彼女にしばしば馬術を教えてきたギルディオンもまた、今度こそは許してはくれなかっただろう。

「『その場速歩』くらいの段階で止めておくのだった」彼はしばしば途方に暮れた眼で、とめどもなくお転婆に育っていくラフィエルを眺めたものだった。

「この次は、お城の馬場の障害を跳ばさせて？」

「絶対、に、駄目、だ」

誰よりも、誰よりも勇敢な彼が、本気で困っていた。男らしい黒い眉を寄せた、その下の――

一番星が輝き出す頃の空の高みのような蒼い瞳。

「ラフィ」

愛情をこめてたしなめる、その声音。痼の立った仔馬を宥めるように。後肢を激しく蹴上げて他の誰も寄せつけなかった若駒シュタインの裸の背に、初めて跨ってみせたときのように。

「君の身に何かあってしまったら、私はまったくどうしていいかわからないよ」

「何もありやしないわ」

ただこうして、あなたの近くにいさせてもらいたいだけなの……

優雅な居室で、王妃たる姉と向き合って立つ、そのラフィエルの唇が震え出した。

「……ギルが……シュタインが帰ってこないのは……姉上のせいよ」森中を捜し尽くす間ずっと堪え続けた涙が、遂に一粒、二粒、その汚れた頬を転がり落ちた。「取り戻せと、姉上が言ったから……！」

近衛兵としての兜を外している時の彼が、王城の内庭を散歩する姉を遠くから見つめる、その横顔が好きだった。男の人とはあれほど純粋な表情ができるのだと知った。この自分がそんなふうに見てもらえることはきっと永久にないのだと深く絶望しつつも、それでも、彼のあの澄んだまっすぐな眼差しが好きだった。

「ギルは非番だったのに！　兜も、胸当てさえ着けずにたったひとりで真っ直ぐに飛び出していって——ギルが死んでしまっても、姉上は平気なの？　どうしてそんな風に落ち着き払ってじっとしていられるの！」

「言うべきことは、あなたが今、そうやって全部言ってくれている」エレメンティアは小卓の蹄鉄を見ている。

「いい加減にして！」ラフィエルは地団駄を踏んで喚いた。「ギルは、姉上を愛していた！　ずっとずっと、あれほど強く、命懸けで——」

「……」

「姉上だって彼のことが好きだったはず。マスキオンの家のためだったというなら、なぜ私のことを考えなかったの？　私だって妃の候補になることはできた。そのための教育を、姉上と同じようにずっと受けて育ってきたのよ。世継ぎを産むことだって、きっと姉上ほどには苦しまずに――なのにどうして――」

「あなたには、王の妃となることはできなかった」

「なぜそう言えるのよ！」

エレメンティアは静かに、妹の激昂した顔を見た。

「あなたがギルをずっと愛してきたことを知っているから」

「……！……」

「彼のことを愛していながら、たとえそれが王であっても、他の男に嫁ぐことなど、少なくともあの頃のあなたにはできなかった。もう一度、自分の胸によく訊いてみるのね」

そっと踵を返し、再び窓の側へと戻った。

「でも、この私には、できたの」

ラフィエルは、半ばふらつくような足取りで姉王妃の部屋を出た。

……それが、姉の選択なのか。家を、父母を選び、ギルを選ばない、ということが。

（私には、わからない）

わかりたくもない――絶対に。

侍女をさがらせ、ひとり湯浴みを済ませた体で、ラフィエルは鏡の前に立った。

胸の下まで流れ落ちる金髪を指先に絡めてみる。ほんの一瞬、それをじっと眺めた。それからすぐに短剣を取り上げ、ざくざくと一気に髪を切り始めた。足元の床に輝く小山ができた頃、ようやく手を止め、あらためて鏡の中に見入る。

「……まあ」思わず呟いた。何度も頭の角度を変えて、しげしげと自分の変身ぶりを眺める。

「驚いたわ。案外、似合うものね」

髪の短い女は、身体的事情による僅かな例を除き、平原の国では異様、異形、明らかな異端の存在だ。典型的貴婦人である母が見たら間違いなくその場で卒倒しただろう。

だが、一人旅に女の姿は邪魔にしかなるまいとラフィエルは思っていた。

それから卓に向かい、置手紙を二通したためた。父と母に、そしてもう一通は、ギルディオンの父親である、大好きなオナー伯爵に。

（必ず、彼を見つけて帰ります）

直接出立を告げるつもりは毛頭なかった。彼らはこぞって――あの物分かりのよいオナー伯爵でさえもだ――おそらく彼女を塔に閉じ込めてでも、行かせまいとするだろう。

シザリオンにおいて、馬とその主との邂逅は極めて運命的なものとみなされている。たとえ王といえども、彼らの間に結ばれた神聖な絆を傍から取り上げることはできないのだ。

黒馬シュタインが、この世でギルディオンただ一人に鋼の忠誠を捧げているのと同じように、明けてようやく四歳、闊達な鹿毛の牝馬エリーもまた、ラフィエルのかけがえのない忠実な友だった。

荷物を抱えて厩舎に現れたラフィエルの姿を見て、エリーは黒い瞳を輝かせた。

ラフィエルが来たわ。今度はどこへ行くの？　荷物を持っている。遠くまで行くの？

「エリー」荷を鞍の後ろに括りつけた後で、ラフィエルは愛馬の頭を抱き、その鼻面を撫でた。「ふたりでまたギルとシュタインを捜しに行くわよ。今度はちょっと長旅になるかも」

牝馬の耳がピンと前を向き、彼女の言葉を追っている。

「あなただって彼らに会いたいわね？　シュタインはあなたの親友ですもの……彼って、おでこのあの白い流星が、とってもいかしてるのよね」

エリーがラフィエルの脇に頭をこすりつけて甘えた。

「そうよ、私も早くギルに会いたい。きっと彼には凄く叱られるわ。助けようとして叱られるなんて、わりに合わないわね。でも、仕方ない。マスキオン家のラフィエルは、昔からお馬鹿さんで有名なんですもの」

ポンポンと馬の首を叩いてやり、鐙に足をかけて身軽く鞍に跨った。

「でもこうとなったらね、とことん馬鹿でいくしかないのよ」

軽く脚を締めて促す。

「行きましょう、エリー」

第二章　緑の日々（一三〇日）

東の地平線が橙色の上澄みをひっそりと浮かべ始めている。

夜の間ずっと草原を波打たせていた激しい風は、どうやらほとんど止んだ。

世界を覆う青灰色の静寂の中で、数十人の男たちと荷物を積んだ馬の列が岩だらけの小高い丘の間を黒い影となって抜けていく――

いや、「抜けて」はいない。

途中、一見何の変哲もない岩と岩の狭間にぽっかりと口を開けた暗い洞がある。行列はしわぶき一つない沈黙を保ったまま、粛々とその中へ歩み入っていく。

列の最後尾を守っていた騎馬が、しばらく用心深く周囲の様子を窺った後で、ようやくそれに続いて入った。

全員が姿を消すと、低く擦り合うような重い音が響き、岩の扉が横から滑り出てその入口を塞いだ。続いてすぐに上方の岩の亀裂の間から周囲の岩肌を這うのと同じ蔓草がばさばさと押し出されてきて、その扉の表に垂れかかった。

明け染めつつある荒れた丘の斜面一帯が、再び寂しく、生きものの気配を失った。


丘を縦横に掘り抜いて作られた砦の入口近く、二層半の高さまで吹き抜けになっている通廊は、普段は女たちが座り込んで豆や穀物を選り分けたり、老人が縄を編んだり、小さな子どもたちが転げ回ったりしている、一種の広場である。

だが早朝の今はたくさんの灯りがともされ、騎馬隊の備蓄庫を襲うという荒仕事から帰還した男たちと馬たちを迎え入れて、慌ただしくごった返していた。

「ジン」鞍から降りながら、アガトは副頭目を呼んだ。すぐに馬を引いて近づいてきた相手に自分の馬の手綱も任せる。「今日から三日間、砦の見張りの数は倍にする。シーレの丘に残してきた見張りの連中は、昼までには交代させてやれ」

アガトとほぼ同じ長躯、短く刈り上げた色の薄い金髪に左右の瞳の色が異なるジンは、小さく頷いた。「肘の血は止まったのか、アガト？　それに、飯は」

「血なんざ、とっくだ。飯は後でいい。俺ァとりあえず一眠りするよ。だが何かちょっとでもあったら起こすように、リドルに言っといてくれ」

「わかった。寝るにしてもちゃんと手当てしてからにしてくれよ」ジンは二頭の馬を引いて離れながら、忙しく行きかう女たちの方へと怒鳴った。「ミア！」

狼のように腹を減らした若者たちのために温かい料理を運ぼうと急いでいた赤毛の若い女が、こちらを振り向いた。アガトの腕に気づき、慌てて他の女に声をかけると、急いで別方向へと走り去る。

「アガトォ」

寝床から這い出してきたらしく、髪がくしゃくしゃになった幼児がふたり、人々の間を競争で走ってきて、長靴の足にしがみつこうとした。アガトがその丸っこい小さな体を抱え上げて両肩にうつ伏せにさせると、キャーキャー喜んで短い足をばたつかせる。

「ねこが仔を産んだよぉ、アガト」「そんで、あのね、目、まだあかないの」

「何匹だ？」歩き出しながらアガトが訊く。

「よんひきぃ」盗人の中で育つと数の理解は早いのである。

「足りねえ。もっと増やそうな。それまでみんな、取り合いすんなよ」

階段を上がり、すれ違いかけた女に子どもたちを抱え渡した。

「お帰り、兄ちゃん」頭目のための部屋の戸口で、ルイが出迎えた。「あっ、怪我したの？」

「大したこたない。ルイ、なんで起きてる。熱は？」

「もう下がった。食事もしたよ」

革の手甲を外した手で軽くルイの額に触れてみてから、アガトは上着の懐から小さな板を出した。「そら、土産だ」

夜の間に襲った騎馬隊施設の、奥の部屋壁から剝がしてきたものだ。弟に手渡しながら大股に部屋に入り、大小の剣を体から外して卓に置く。

「ありがと……あっ、絵だ」ルイは両手にその小さな板を持ち、灯りにかざしてしげしげと眺めた。「うわぁ、きれいだね……これ、海？　すごく立派な船だねぇ。島に行く交易船かな……」

「たぶんな」

「この船も、あの〈光璃石〉を載せているのかなぁ」

アガトは黙って武装を解き続けている。小刀を背中側に二本仕込んだ革帯を外し、同じく刃物を目立たぬように装着した長靴を脱いだ。服を床に脱ぎ捨て、寝台にどかっと腰を落とす。

薬の籠と水の手桶を提げたミアがいそいそと入ってきた。

ルイが絵を大事に卓の上に置き、アガトの傷の手当てを始めた彼女を手伝った。傷は指一本分ほどの長さだが、剣先が抉ったものでやや深い。緑の肉が少し弾けかかっている。

「……これはまた、痕が残っちゃうね」ミアに塗り薬を渡しながら、ルイが悲しく微笑した。

「兄ちゃんの体、もう傷痕の市場みたいだ」

「みんな消えるさ、いずれ。酒はどこだ？」

「血がすっかり止まるまで、待った方がいいんじゃないの」ミアが手を動かしながら、やや遠慮がちに言う。アガトの気がいくらか立っていることを察している。

「出した分の水気は端から補うんだよ。俺が爺いみたいに干からびちまってもいいのか」

黙って目を伏せるミアの、その頬が少し赤くなった。

ルイが軽く足を引きながら、棚の方へ酒瓶を取りに行く。六年前に焼き討ちに遭った村から文司の丘まで逃れた時、おそらく途中の湿地でだろうが、たちの悪い病を拾った。熱が下がった後もその体にはいくらか麻痺が残り、今でも完全には治っていない。体躯は相変わらず華奢で、この屈強なアガトの弟と知って驚かない者はいないし、十六になった今でもその容姿は二つ三つは幼げに見える。

二年ほど前、エルギウス西部を縄張りとする馬賊の頭目たちが会合を開いたことがあった。その時の事件は今でもそれら西部馬賊の間で語り草となっており、この砦の者たちも大部分が聞き知っている。会合で重要な案件が済み、車座のまま与太話をするうち、ある古株の一人が酒に酔い、アガトに向かって「貴様は多少見所がある奴だが、弟は出がらしだな」と言った、という話だ。そしてその後に展開した、酸鼻を極める場面。

（止めようなんて動いたらこっちが殺られるとわかったから、誰も止めに入らなかった。脳味噌があちこち飛び散って、周りの連中の酒杯にまでビチビチ入っちまってよ）

町の酒場で呰の一人に密かに語って聞かせた他団の馬賊は、更に声を潜めたという。

（アガトは人間なんかじゃねえ——）

（あれはな、感じがよくて愛想のいい、鬼だ）


手当てを終えてミアが出ていくと、アガトは酒瓶を置いて寝台にゴロリと横になり、初めて長々と溜息をついた。

ルイは兄の脱ぎ捨てた服を片付け、靴の泥を丁寧に落とした。血で汚れた剣を火の側に運び、手入れのための砥石や端切れを入れた籠を出してくる。

「……今回はずいぶん、硬いものを斬ったんだねえ」

「だが斬れた。いつも通りおまえがピカピカにしといてくれたからな」

「兄ちゃんが生きるか死ぬかの問題だもの」

火明かりの中で血脂を落とす作業にかかるルイの姿を、アガトは無傷の方の肘を枕にしばらく黙って眺めていた。

パチパチと火の粉を散らして薪がはぜる。

アガトとルイの兄弟があの物静かな文司らの丘を離れてから、既に五年と半年の月日が過ぎていた。

だが、やはり丘の内部につくられているこの広い岩砦は、その基本構造も文司の家と非常によく似ていると言えるだろう。それもそのはずで、ここは遠い昔、実際に文司らの住処だったのである。

アガトには生まれつき図面を引く才があった。かつての住人たちは長い年月をかけて天然の岩洞を少しずつ掘り広げていったのだったが、体力と闘争心だけは無駄なほどある馬賊の若者たちは、「俺たちの家を、平原最強の砦にする」という頭目の宣言に、全員たちまち火を点けられた。描かれた設計図に基づき寝る間も惜しんで突貫工事が進められ、かつては静謐な図書の家であったはずのここは、今や更に増えた部屋数と、物騒なものもそうでないものも含め、様々に充実した設備を持つに至っている。

今の、標的を絞った馬賊稼業を始めるその少し前、アガトが初めて持った「手下」はゼアドといった。ゼアドは飢えに耐えかね町の店先から食料を盗もうとし、たまたまその町に息抜きに来ていた騎兵二人にすぐに捕らえられて、殴る蹴るの挙句その場で斬首されかけていた少年だった。これもたまたま近くに居合わせたアガトは、その兵士二人を殺した。金もなく腹を減らした人間が食い物を盗むのは当たり前というのが彼の考え方だったし、それ以前に騎兵という人種そのものが、鳥肌立つほど大嫌いだったからだ。

騎兵を斃したのはそれが人生最初のことだったのだが、アガト自身が呆気に取られるほどにその殺害は容易く終わった。それまで彼の夢の中にほとんど毎晩のように現れていた騎馬軍団は、地獄から押し寄せる悪鬼の群れのように強大かつ不死身の敵軍であったのに、いま現実に昼日中の路上で対峙してみれば、それは単に頑丈で臆病な鎧をまとった生身の男が複数いるだけに過ぎないのだった。一種の覚醒ともいうべきその冷徹な認知は、アガトの中で何かが具体的に、そして大きく動き出すことへの重大なきっかけとなった。

だがいずれにしても、危うく命を救われることになった少年ゼアドの方は、それからずっと鼻血を拭き拭きアガトの後をついて回り、彼をやや困惑させた。そして、痩せこけたパン泥棒は結局そのままアガト兄弟と共に岩屋で暮らすようになった。

ゼアドは、一つ年上のアガトにすぐさま心酔しきった。騎兵二人をあっという間にやっつけてしまうくらい強いのに、どんな文章もすらすらと読み書きできるほど「賢くもある」。かと思えば下世話な冗談にも子どものように大声でよく笑い、どこからか手に入れてきた上等な食い物を「好きなだけ食え」と気前よく分けてくれる。「これからこの丘を、俺の城塞に改造する」などと正気を疑うようなことを平気で言い出すかと思えば、まるで猫が仔をせっせと舐めるみたいにして虚弱な弟を可愛がる。

ゼアドは町に使いに出た時、たまたま会った顔見知りに自分の「親分」のことを自慢した。

「アガトの側にいると、なんでかわかんねえけど、生きてるってのもそんなに悪くねえのかも、って思えてくるんだ。俺、そんなの、生まれて初めてなんだ」。

事実、語るゼアドがかつてのあの哀れな浮浪児とは思えぬほど心身満たされた様子となっていたので、その奇妙な打ち明け話は信憑性を帯びた。噂は、平原の既存の集団には居場所を見つけられずにいた者たちの間で密かに広まっていった。忠実だったゼアド少年はそれから半年も経たぬうち馬の暴走事故によって短い生を終えたが、その後も経緯は様々ながら砦の住人は続々と増え続けて、アガトの「扶養家族」は今や老若男女六十七人を数えるまでとなっている。

今いるアガトのこの部屋には、一見して奇妙な特徴がある。炉に近い側の半分には寝床と低い小卓、武器や衣類を入れた箱くらいしか置かれていないのだが、もう半分がほとんど足の踏み場もないほどに雑多な物たちで埋め尽くされているのだ。慎重に分解作業中の軍船用複合型羅針盤、梃子や歯車を複雑に組み合わせた倍力機構、木片で緻密に構築された城郭の模型。同じく木製の投石機の模型は、元々アガトは二種類作ってみていたのだが、砦の幼い子どもたちがそれで夢中になって遊び過ぎ、片方の支柱を一本折ってしまった。アガトは彼らに半分壊れたそれを玩具として与えたが、以後頭目の部屋への出入りを厳禁にした。

台の上で金属の複雑な層を半ばひらかれたままになっている羅針盤は、つい先ごろの略奪物の一つだ。隊商の積荷の中にそれを発見し、アガトは飛びついた。本物の羅針盤を見るのが生まれて初めてであった彼は、この数年というもの関心を抱き続けてきた宝石の実物が、その内部に隠されているのではないかと考えたのである。

伝承の翼持つ乙女、〈サンスタン〉の名は、光璃石《サンスタン》という宝石と同じであるという話を、アガトとルイの兄弟にかつて語って聞かせたのは、文司の長の老ザキエル師であった。

（光璃石って、どんな石だ？　どこで採れるんだ？　俺はそんなの、聞いたことねえ）アガトはすぐに問い詰める。

（どうして、乙女の名と石の名がおなじなの？）ルイは小首をかしげて不思議がる。

（光璃石は、ここより遥か北の果ての山々でしか採れぬ希少な鉱物。北の海の船乗りはその石と羅針盤を用い、空に暗雲垂れ込め太陽や星も望めぬ長い冬の航海のさなか、生き延びるための方位を探るといわれておる）

（〈サンスタン〉は、迷い多き平原の民にとり、その宝石とおなじく、生命の辿るべき道を示してくださるお方なのだ）

寝台に横たわっていたアガトは、弟の姿から視線をずらし、これは部屋中の壁に貼られている無数の図面や計算書きをゆっくりと眺め回した。もう何年もの間、馬賊稼業の合間に彼が自ら馬を駆って続けてきた踏査の記録である。その範囲は既に、広大な平原西部のほぼ全域に及んでいる。

彼の瞳はしばらく、その中の一枚に留まっていた。

白い城門、その上で羽ばたくオオハヤブサの像。騎馬の乙女と、彼女の後ろに付き従う群集。そして彼方に眩く輝く王宮。線描きにざっと彩色が施された、独特の美しさを持つ絵である。かつて文司の丘にいた頃にアガトが自分で古い彩色本から描き写したものだ。何かを作ったり仕組みを調べたり、あれこれ図を引いたりするのが好きな彼には、その荒らぶる身動きに似ずある種の絵心のようなものがあった。

「……あの詩、聞かせろよ」アガトは口を開いた。

ルイがちらっと兄の方を見、(また?)という優しい苦笑を見せる。

「ミアの方が、声がいいのに」

「おまえから聞くのが好きなんだよ」

ルイは手を動かしながら、静かに諳誦し始めた。彼の声変わりがいつだったのか周囲がほとんど気づかなかったほどに、その声は澄んでいる。

「私たちは世界の中心、草の海のただなかで生まれた。

水をひき、馬を育て、種麦を蒔き、石を刻んで、私たちの美しき都を築いた。
風をよみ、星の砂子を数え、平原の虹をいくつも見送って、
ああ、私たちはどれほど長く、どれほど幸福に暮らしたことか。

なぜ消えたのだろう。
私たちの愛したあの楽園は、なぜ消えてしまったのだろう。
誰にもわからない。
私たちの犯した罪を、私たちは知らない。
この広い大地に、人々はばらばらになってしまった。
虹も去ったあの遠い空に、人々の心は散り散りになってしまった。
運命を司るもの、
天翔ける最も強大なる神馬、〈炎の蹄〉の羽ばたきが大地を打つ。

けれども、愛するあなたよ、
翼持つ乙女〈サンスタン〉が降誕する時、その者は真の王座につくだろう。
すべて平原の民はひとつとなり、死の炎を越え、その美しき騎馬の乙女に導かれて、

古き〈黄金の都〉へと歩み入るだろう。

ああ、いつかその日が来たならば。
また風をよもう、星を数えよう。
あなたの側で、
今度こそ永遠《とこしえ》に、私の愛するあなたの側で」

揺らめく金色の火明かりをその瞳に映しながら、アガトはしばらく黙っていた。

「……古き、〈黄金の都〉」

その呟きに、ルイが目を上げて兄の方を見る。

「俺とおまえの血は誰のよりも古い。この平原のどんな王たちや貴族よりも。きっと、俺たちの祖先が治める都だった。城門の上のオオハヤブサ……サンキタトゥスの紋章にもある……」

ルイは黙って聞きながら、ゆっくりと手を動かしている。

「それがどこにあったとしても、必ず見つける。俺たちの国だ。誰にももう絶対に手出しはさせないし、出そうとしたら、俺は十倍にして返す」

「うん」ルイは微笑している。「兄ちゃんならきっと見つけるし、そうするよ」

「そこに帰るのは俺たちの権利だ。……いつか必ず、俺が連れていってやるからな」

「うん。砦のみんなも一緒にね」

「ああ。みんなで……馬をたくさん飼って……羊も……」

「……」

寝入ったアガトの体の上に、ルイは静かに毛布を掛けた。

そして手入れの済んだ剣をその枕元のいつもの位置に置き、火の様子を確かめると、小さな板絵を抱きそっと部屋を出ていった。

＊　＊　＊

夜明けの薄闇の中で、彼女は目を開けた。

何度か瞬きし、それからゆっくりと視線を動かして、自分を取り囲む世界のようすを眺めた。

真っ白な絹の敷布、極上の子羊の毛で織られた軽やかな毛布。黄金と繻子とで飾られた小さな寝台の真上には、楽しげに様式化された太陽や月、星座が描かれた、愛らしい天蓋がついている。

視界には入ってこないが、近くに誰かが座っているのがわかる。彼女がほんのすこしでも泣き声を出したら、すぐに対応できるように。今は泣いたりなんかしない、と彼女は思った。ここはとても暖かい。それに、おなかもまだすいていないもの。

大きな菫色の瞳を開いたまま、彼女はしばらく、遠い世界を流れていくさまざまな声の切れ端を聴いていた。

（……）

早く、大きくならなくちゃ。

そして、会いに行かなくちゃ。

あの人に。

間に合ってよかった。

また目を閉じて、眠った。

＊　＊　＊

頭上から地平線まで、輝く蒼穹には雲ひとつない。

みずみずしい草原と無数の畑とを渡ってくる風は、自然と胸をひらいて深呼吸したくなるような、上へ上へ伸びようとするすこやかな生命の匂いに満ちみちている。

眩むような高みで黒鳶が一羽、地上の草鼠を探して悠然と旋回している。

その、真下である。少年と若者は、作業を終えたばかりの畑の縁に並んで立っていた。

「ほんとうに、ギルは下手だなぁ……」

ジルは両手を腰にあて、いかにもやれやれという溜息を洩らした。

「すまん」

畑を眺めながら、ギルディオンの方は事実面目なさげな顔をしている。

何本かの杭で区切られてよく耕された畑の土に、白っぽいトガリ栗の種が一面に蒔かれている。いや、蒔かれてはいるのだが、農村育ちの十二歳である少年ジルと、その見習いギルディオンとの労働の結果の違いは、どう手加減して眺めても明らかだ。ジルが済ませた区画は種の白さが均等に散っているのに対し、その見習いが真剣に挑戦した方は、びっくりするほど見場の悪いまだら模様になっている。

「もしかしてさ、種蒔きって今まで一度もしたことなかったの？」そばかすだらけの顔を陽射しにしかめさせながら、少年は隣に立つ背の高い相手を見上げた。

「それが、自分でもわからないのだ」ギルディオンは困ったように頭を掻いた。「やったことがあればいいなあ——とは、思っていたのだが」

「ああ、そうか。そうゆうことも覚えてないんだもんね」ジルは溜息をつき、相手の右腕をぐいっと摑んだ。「こう動かすんだよ、手首の回転がコツなんだ。種がまんべんなく指の隙間から振り飛ぶように――」

ふと気づき、慌てて手を放す。「ごめん、ギル。まだ痛かった?」

視線が心配そうにギルディオンの首に巻かれた包帯の上に留まっている。

名前のみが衣類に縫い取られていただけで、どこの誰とも知れないこの黒髪碧眼の若者がここシャロン村に近い川辺で発見されてから、まだ一月余りしか経っていないのだ。折れた矢の先端がその首と胸とに刺さって残り、恐らく激しい流れに揉まれたために無数の打撲までをも負っていた彼のことを、村の誰もがすぐに死ぬものと考えた。彼を発見したロナと村の老医師の懸命の努力がなければ、村に担ぎ込まれたその日のうちに、事実その通りになっていただろう。

「いや、何ともない」ギルディオンは笑い、腕を上げて肩を回してみせた。「第一、もう馬を乗り回せるほどなのだぞ。種蒔きは下手で悪かったが、力仕事ならたぶんもっと上手くやれるよ。何かないかな?」

「そう? この次、何か蒔くとか植えるとかしてもらう時は、先にやりかた教えるよ」

「すまん。助かるよ、ジル」

「そのかわり」ジルはちょっと狡賢い眼つきになり、再び相手の顔を見た。「馬で走りながら後ろ向きに矢を射るやり方、教えてよ」

ギルディオンは借り物の帽子の下で軽く眉を上げ、傍らの少年を見下ろした。

「ギル、昨日の夕方、村の外でやってたじゃないか。羊を戻しに行く時に見えたんだ。あれだよ。教えて」

「なぜそんなことを覚えたいのだ？　ここでは別に必要ないだろう？」

「必要なくなんかないよ」ジルは彼の方に向き直り、大急ぎでまくしたてた。「ファスキナ街道沿いの騎馬隊屯所だって、こないだ馬賊に襲われたっていう噂なんだぜ。まあ今んとこは、狙われてるのは屯所とか、都行きの隊商とかばっかりみたいで、町や村が襲われたってことはないらしいけど……でも、馬賊なんかのすることだもん。ここだっていつ連中が襲いに来るかわかんないよ。父ちゃんたちだって、もう何度も夜に集まって話をしてんだから。馬止めの柵をもう少し延ばした方がいいんじゃないかとか……武器の話とか」

「馬賊が？　騎馬隊の屯所を？」ギルディオンが、早口に流れた話の中の一点について訊き返した。「なぜだ？」

「……知らないよ、そんなの」ジルはちょっととまどった。「騎兵の俸給日かなんかを狙ったんじゃないの。まあそうだとしても、あそこの屯所は小さかったらしいからさ、銀貨がザックザクってことはなかったと思うけど。それともあったのかな？　でなきゃわざわざ騎兵がいるとこなんか襲わないね、そういや？」

　ギルディオンは黙って考えている。

「西の方で最近、特に勢力のある馬賊の集団ができてるって話だよ。噂じゃ頭目はまだ若い奴なんだって。いくら騎馬隊っていばっててもさ、ちっこい部隊だったら、そういう連中には蹴散らされちゃうかもね。頼りになんないな。ねえ、だからさぁ」

　ジルがじれったそうに、ギルディオンの服の袖を摑んで引いた。

「後ろ向きに射るの、教えてよ。コツがあるんだろ？　あれができるとさ、戦う時にすごく有利？」

「退却と攻撃が、同時にできる」ギルディオンは村の外へと続く道の方へ目を向けた。

　馬止めの柵。

　文字通り、敵方の騎馬による突撃を食い止めるためのものだ。馬賊に限った話ではないが、騎馬軍団の最大の武器はその攻撃速度なので、その威力を減ずる最初の防衛線の役目を果たす。だがもちろんそれはあくまで一次的なものであって、次の二次的準備がなければ、柵を自分の手足で突破してきた兵士たちによって、こんな村などたちまち殺戮の荒野となってしまうというのは当然の展開である。

（……）

何となく――村のその柵がいつ、どの程度の危機感によって作られたものなのか、後で自分も見に行った方がいいような気がした。

「退却と攻撃が、同時に……」ジルが反芻している。

「馬賊はたいていそれが得意だ。中には鐙なしの馬でやってのける者もいる」

不思議だった。なぜそんなことを、自分は知っているのだろう。


平原に生きる男たちは、ただ一人の例外もなく、馬という四本足の生き物に魂の大事な部分を奪われている。

生まれて最初に覚える単語は「お母さん」ではなく「おんま」であり、臨終の床で朦朧と呼ぶのも恋女房の名などではなく愛馬のそれである。棺に片足を突っ込んでもまだ馬の話をしていたがる。もはやそれは、本人たちにもどうしようもない一種の遺伝的病なのだ。

そしてつまり、同じく平原に生きる女たちは、一生そういう男たちの世話を焼いていかねばならないわけである。彼女らが人生というものに対して、現実的かついくぶん即物的になったとしても無理はあるまい。

定住型の暮らしを営むようになって既に二世代ほどが過ぎているシャロン村においても、それは例外ではなかった。

「でかい鼻だ、いい腿だ。とんでもなく走るぞ、こいつは」

「振り出しん時、蹄の裏側がすっかり見えとったがな。なんちゅう柔らかい繋ぎじゃ」

「生まれつき側対歩だったと、ギルが言っとったな！」

村の男たちが、シュタインという名であるらしい、まさに完璧な姿態と、見たこともないほど見事な歩様の黒馬を取り囲んでダラダラ涎を垂らしている間――女たちはその馬の主の方、ギルディオンという名であるらしい正体不明の若者について、村のそこかしこでヒソヒソと喋り続けた。

いわく、あれほどの傷を負っていたのに、彼が死ななかったのは実に驚きだ。しかももう、起きて歩くどころか、例の馬に跨ってそこいらを走り回っている。「ギルディオン」なんて名前は、この界隈では聞いたこともない。複数の音節を持つそのこじゃれた響きからして、どう考えても貴族筋の子弟であろう。そういえば、歩く時の姿勢すら自分たちとはどうも違う。手足の長さからして村の男たちとは絶対的に違う。彼の瞳は、どうしてあんなに蒼いのか。まるで空のようだ。

村の男たちの目の色は、ほとんど全員が茶色なのに。

なぜ彼は、歩けるようになるが早いか、自分の寝床をロナの家の母屋から馬小屋に移したのか。

ロナは彼と結婚しないのか。

さっさと「自分のもの」と宣言してしまえばいいのに。そうすればこっちも身の振り方が決まるというものだ！

ロナは、このシャロン村で生まれ、ずっとこの村で育った。今年で二十になる。

五年前に村の外を流れるシルダリア川の支流が氾濫しかけた時、雨が上がった後で土手沿いの道が突然崩れ、両親は荷車ごと濁流に落ちて死んだ。家でひとり留守番をしていたロナは、つまりその一度の事故で、家族の全員を喪ったことになる。以来小さな畑と家畜の世話を何とかこなしながら、両親の思い出の残る家でずっと一人暮らしを続けてきた。

そうした暮らしがまったく寂しくないと言えばもちろん嘘になるのだろうが、村人たちは皆ロナに優しかったたし、姉妹のように付き合う気のいい友人たちもいたし、それにロナは元々、家の中でひとり静かに手仕事をして過ごすのも好きな娘だった。

結婚しないかと言ってくれる若者も村や近隣に少しはいたが、なぜかそういう気にもなれず、自分はずいぶん変わり者なのだなと思いながら、夜は火明かりの中で端切れを縫い合わせて敷物に仕立てる作業などをひっそりと楽しんでいた。

たぶんこのまま、薬草摘みに行ったり、針仕事をしたり、夜空の無限の星たちを眺めたりしながら、一生穏やかにひとりを味わって過ごしてゆくのだろうと思っていた。

ギルディオンという、突然別世界から流れ着いた一人の若者が、彼女の家で暮らし始めるまでは。

折れた二本の矢の先端を体内に残したまま、死体さながらの姿で、両親が死んだのと同じ川辺に彼が打ち寄せられたのが、ほぼ一月半前のことになる。

たまたま薬草摘みのために緩やかな丘の北側の斜面まで来ていたロナが、半分水に浸かったままの彼の存在に気づくことができたのは、見慣れぬ傷だらけの馬が彼のすぐ側に体を伏せていたからだった。

後で外してやった立派な馬具に「シュタイン」とその名を彫り込まれていた、額に白い流星を戴くその黒馬は、川岸に下り立った彼女の姿を見てよろよろと立ち上がった。そして疲労と苦痛に重くうなだれながら、彼女の方を窺った。助けを求めるように。

「これはきっと、位の高い貴族に飼われていた馬だよ」

馬が「横たわっていた」のではなく「伏せていた」という話を聞き、村長が後でロナに教えてくれた。

「大貴族の馬は、重い甲冑を着けた主人が乗りやすいように膝を折って待つことも躾けられるのだ。この馬は、自分が疲れていたからではなく、弱っている主にまた自分に跨って欲しくて、体を低めて待っていたのだよ」

以来、川を流れてきた若者と、その後を追って岸伝いに下ってきたらしい馬とは、村のロナの家で暮らすようになったのだ。

村のほとんど誰もが若者は死ぬものと思った。それほどに傷は深く、衰弱が激しかった。だがロナは諦めなかった。村にいる唯一の老医師のために野で薬の原料を集めることを生業の一つとしている彼女は、医師の仕事を手伝ってきたそれまでの経験から、死すべき運命の者とそうではない者との見分けがつくようになっていた。若者の生命の火は、極端に小さく細くはあったけれども、まだ確かに灯り続けている。

医師は打てる手をすべて打ってくれたし、ロナ自身、何日もほとんど眠らずにその火を守り続けた。仲良しである村の子どもたちも骨の折れる薬草摘みに協力してくれた。

彼が目を覚ますまでに五日近くがかかった。

だが意識をはっきり取り戻し、床の上に体を起こせるようになり、ロナがこしらえる食事を介添えなしで食べられるようになっても、自分が何者で、どこから来たのかということも含め、彼の記憶は大して戻っては来なかった。無数の打撲と言語を絶する苦痛に苛まれた長い時間とが、彼の頭の記憶を司る部分に暗黒の影を灼きつけてしまったのだろう。

ギルディオンが明確に覚えていたのは自分の馬のことだけだった。少なくとも、ロナの目にはそう見えた。自分の足で歩き回れるようになり、初めてロナの家の外に踏み出した時、そこに繋がれていた黒馬を見て、彼の顔に初めて表情らしきものが生まれたからである。

ふらつきながらもまっすぐに近づいていき、彼に甘える馬の頭を抱き、首をさすり、幾つもの矢傷の痕を見て狼狽し、顔を歪めた。

「でも、これでもだいぶ元気になったのよ」今にも泣き出しそうな相手を慰めずにはいられなくなり、ロナは後ろから声をかけた。「飼葉にオッダ麦を少し混ぜてあげているの……たくさんはあげられないんだけど、気に入ったみたいだから。あと、お塩も多めに。水をたくさん飲んでくれて、おかげで熱が下がったわ」

ギルディオンは振り向いて彼女の顔を見た。そして馬の足元に幾粒か落ちている麦に目を落とすと、身を屈めてそれをつまみ上げ、じっと眺めた。

ロナは、彼がそれを自分の口に入れて慎重に味わってみるのを黙って見守っていた。

ギルディオンは納得したようだった。少なくとも自分の愛馬がそれほど粗雑な扱いは受けていないと解釈したようだ。馬の顔を愛しげに更に何度か撫で、それからロナの方を見て微笑した。

「本当に、ありがとう」

無精髭の生えたやつれの激しいその顔で、だがあまりにも素直な眼をして彼が微笑うのを、ロナはその時初めて見た。

まるで小さな少年のよう――と、彼女は思った。

そしてたぶん、たったそれだけのことで――彼女は、生涯ただ一度の恋に落ちたのだ。

何とか動き回れるようになると、ギルディオンはすぐにロナや村人たちの仕事を進んで手伝い始めた。いつまでもロナの細腕だけに日々の糧をたのんでもいられない。彼女自身は一言も愚痴を言わなかったけれども、薬代や滋養ある病人食のために、既に相当な経済的負担も彼女に強いてしまったことはわかっていた。第一、健康を回復したらしたで、ギルディオンもシュタインも食が細い方だとはとうてい言えない居候なのである。

当初ギルディオンは、シュタインには村の仕事をさせるつもりはなかった。自分がその分精一杯に働けば何とかなるだろうと考えていた。周囲の村人たちも、ギルディオンの「あの馬」に農作業をさせることなど思いもよらないようだった。蹄の持ち上げ方にすら気品と風格があふれる高貴な黒馬は、村のどんな洟垂れ小僧の眼から見ても、ずんぐりと肢の太い農耕馬とは明らかに別種の生きものだったのである。馬は本来神経の繊細な動物なので、一度でも粗野と感じる扱いをされるとその精神を破壊されてしまうことがある。

だがそのシュタイン自身は、若い主が自分のことをほったらかして毎日どこかへ出かけてゆくようであることに、やがて不審を抱いたらしい。

そして、徐々に不満も溜まったのだろう。あのギルディオンがこの白分抜きで、それが何だか知らないがとにかく何かを成し遂げられるなど、とても想像ができないではないか。まさかそこいらで、得体の知れない駄馬に跨っているわけではあるまいな。

平原では手綱を繋いでおく杭などもちろんないのが普通だ。シュタインのような軍馬は、束縛なしでもとにかくその場で待てるようにと、ごく早い時期にしっかりと訓練される。敵兵や獣がうろつく大平原で馬が勝手にどこかへ行ってしまったのでは、主自身の生死にも関わりかねないのだから、これは単純なようでいて極めて重要な躾なのである。

が、この馬はある日突然、主のその命令を忘れた振りをした。ギルディオンが「ここにいろ」と言いつけておいた場所を離れ、地下水を汲み上げる風車の修理を手伝う作業場までトコトコと村道をやってくると、自分の主が村人たちに交じって（シュタインにしてみれば）見たこともない面妖な動きに励んでいるのを発見した。

驚きであったらしい。

以来毎日、作業場や畑、草刈場まで、彼が何をしているのか確認にやってくるようになった。村人たちがその様子を見ては指をさしてゲラゲラ笑うので、ギルディオンはシュタインを柵付きの馴らし場に入れてから仕事に出ることにした。

だが、入れても恐らく無駄だとわかっていた。

案の定、シュタインはその朝も、何事もなかったかのような顔で畑までやってきた。たかだか大人の肩の高さほどの囲い如き、笑止、とその高貴な鼻を歪めながら跳び越えたことであろう。助走すらほとんど要らなかったのではないか。

ギルディオンは諦めた。

そして、シュタインのための頸環を手に入れ、なるべく装着が快適であるようにとそれに手を加えた。

馬という動物は、その抜群の記憶力は誰もが認めるところだが、複雑な思考力はあまりないと言われている。しかしシュタインは、鋤や荷車を牽く労働が彼のような種類の馬には骨格的にも相当な無理があったにも拘わらず、主の側で生きるためには、どのような形であれ共に力を振り絞って働かねばならないのだということを、間もなく理解した。

だが頸環から解放される時間が来ると、ギルディオンは毎日シュタインを連れ、村はずれの低い丘に向かった。そしてこの馬が心ゆくまで草地を転げまわって体のこわばりをほぐし、何の重荷もなしに大地を駆け、流れる川の水を飲み、柔らかな若草を食んで愉しむに任せた。

そして夜は自分が寛ぐ前に、時間をかけて愛馬の体に櫛を入れ、蹄の手入れをし、脚を丁寧に揉み解して、夜の間ゆっくりと休めるようにと気を配った。

「ギルと結婚はしないの、ロナ？」

ミシュリーが、豆の莢を剝きながら尋ねた。

ロナとは文字通り生まれた頃からの付き合いだ。昨年同じく幼馴染のネイトと結婚し、今はその下腹が新しい生命を宿してあたたかく膨らんでいる。

陽だまりに並んで籠を並べ、共に手を動かしながら、ロナはちらっと微笑を見せた。

「彼は私に、指一本触れていないわ」

「本当に？」ミシュリーの澄んだ水色の目が、やや大きくなった。「私は……ごめんなさい、私はてっきりね、あなたたちは遠からず、一緒になるものだと」

ロナはまた小さく微笑した。

その横顔を眺め、ミシュリーはしばらく黙っていた。やがて再びそっと口を開く。

「ねえ、ロナ。きっと、彼は……たぶんまだ、本当の意味で、傷が癒えていないだけだと思うわ」

「そうね」ロナが穏やかに応える。「体は元気になったわ。それは確かなのよ。でも、彼の心の方は、今でもここにはないと……私も感じることがあるの」

「……」

「月のある晩には遅くまで眠らずに外にいて、丘の方を――彼らが来た、川の方を見たりしているわ。一所懸命思い出そうとしているのよ、自分が何者なのか……どこから来たのか。どこに向かおうとしていたのか」

「ロナ」ミシュリーのぽっちゃりした手が、籠の上でロナのそれに重なった。「あなたが助けなければ彼は死んでいた。彼が誰だったとしても、それだけは間違いないことなのよ。あなたには、何ていうのかしら……そう、権利がある。彼のことが好きなら、しっかり振り向かせなきゃ」熱心な口調で言う。

「ギルは勇敢だし、骨惜しみせずによく働く立派な男だわ。村中のみんなが、もうそう思ってる。前は新しい悪戯のことであの小ちゃい頭がいっぱいだった腕白坊主たちでさえ、今じゃあカモの雛みたいに彼の後ろをついて歩いているじゃないの？　そして、いいこと、そのギルはね、今はあなたのものなのよ、ロナ。いろいろ気を回しすぎて、そのことを忘れちゃ絶対にだめよ」


……愛馬のたてがみと同じように首筋で風にそよぐ、ギルディオンの黒髪。怖れを知らないその蒼い瞳。そして、引き締まった長身の体躯。

ロナはひとり、あれこれと考えた。

彼はやはりきっと――由緒正しい家柄の、誇り高い騎士なのだ。

ただそこに立っているだけでも、彼の周りには、村の善良だが呑気な若者たちのそれとはまったく違う空気がいつも漂っている。村の農耕馬たちの中にあってあまりにも場違いな、黒馬シュタインと同じように。その年頃にはむしろ不釣り合いなくらいの、静かな気概と自己抑制。そしてあの、眼差しのあかるい清涼。

それでいて、当初明らかに野良仕事に慣れていなかった彼は、自分の耕し方がいかにも下手だと言って、村の子どもたちと愉快そうに笑うのだ。まるで少年のようだと最初からロナが思っている、その笑顔。

ロナは時折仕事の手を止めて、小さな鏡をぼんやりと眺めた。

褐色の長い髪を慎ましくうなじにまとめ、同じく褐色の眼をどこか不安そうに見開いてこちらを見つめ返す、これといって特別な美点もない、あくまでも平凡な若い女の顔。本来の身分にふさわしいだろう、壮麗な甲冑を身に着けたギルディオンの姿など目にしたら、そのあまりの雄々しさと美麗さとに、自分のような田舎娘は声をかけるどころか、きっとその場で気絶してしまうに違いない。

ギルディオンは村の男たちのように賑やかな話し好きというのではなかったが、十分に快活だったし、誰に対しても分け隔てなく親切な若者だった。女性に対しては更に丁重だったが、とりわけロナと話すその口調は、いつもいたわり深く優しかった。言葉だけではなく、眼差しや表情、ごく小さな身振りによっても、彼女への感謝を日々伝えてくれるのである。

だが彼女の手にさえ、その指で故意に触れることはない。きっと騎士が貴族の息女にそう対するように、繊細な敬意を示しながら、彼女との間にはしかし厳然たる一線を引いている。怪我から回復して以来、彼が自らの寝床を馬小屋の隅に移し、そしていまだにそこで寝起きをしていることは、村中の誰もが知っていることだった。日々の不向きな使役に疲れている愛馬シュタインのことが心配だというよりは、むしろ、未婚の若い婦人であるロナの体面を考えての、男としての配慮なのだろう。

そんなふうに、と、ロナは思うことがあった。生まれて初めて味わう、驚くべき、苛立たしくも厄介な、そしてどこか甘酸っぱい切なさだった。

そんなふうには、気遣ってくれなくてもいいのだ。

その逞しい腕でその広い胸に抱きしめてくれるのなら、たとえその力がどんなに強かったとしても、自分はきっと痛くなどないだろう。ましてや村人たちの視線や噂話など少しも怖くはない。むしろ彼らは――ミシュリーのように――なぜロナとギルディオンが未だに正式な夫婦とならず、母屋で共に暮らさないのか不思議に思っているほどなのだから。男の素性が誰で、どんな過去を生きてきたのであれ、その記憶が今でも戻らないのであれば、ここで新しい人生を始めるしかないではないか？

自分が……この自分から、一歩踏み出せば……彼の態度は、変わるのだろうか。

それとも。

褐色の目に、微かに不安の涙を滲ませてロナは思った。

やはり彼は、こんな私など、たとえ無意識にではあっても、自分が愛するには値しない女と感じているのだろうか。

それを知るのは……確かめるのは、ああ、本当に、怖すぎる。


周辺の騎兵屯所がまた襲われたという情報が次々に入ってくるにつれ、日頃は呑気と言っていいほどに平和なシャロン村でも、村長や世話役たちの危機感はさすがにはっきりと募り始めた。

「まずは周辺一帯の治安部隊を兼ねている騎馬隊を潰しておいて、その後の村落の襲撃をやりやすくするつもりなのではないか」

そうした不安の声が一般の村人たちからも上がり出し、もはや早急に何か手を打つべきだという空気が流れた。

登場当初から明らかに「武人」だろうと見なされていたギルディオンは、村長が議長を務める世話役の会合にしばしば呼ばれ、参考意見を求められるようになった。

彼は自分で図面を引き、馬止めの柵の補強や、矢の射手も常駐できる複数の物見櫓の新築、最寄りの騎馬隊に救助を求めるための狼煙台の設置など、さまざまな提案をした。そのどれもが費用も人手もかかるものなので、まずどれを優先すべきかについても細かく意見を述べた。

「村の若い連中に、ちっとばかし剣技も教えてやってくれんかのう」老人の一人が、話し合いの中で言い出した。「皆たまに狩りに出ちょるから、弓の扱いはけっこう慣れちょるんだが、剣には触ったこともないというのも、中にゃあいそうなんでのう」

「剣や弓の練習は確かに大事です」ギルディオンは頷いた。「だが実戦で使いものになるところまでいくには、相当の訓練時間が要る。十分な数の剣を揃えるのには金もかかるでしょう。もっと現実的な武器としては……そうだな、例えば棍棒などの方が即席の手としていいかもしれない」

「棍棒？」

「ただの棒ではなく、先端の方に適当な金属片を植え込むのです。釘でもいい。いい木質を選んで作ったものを、普段から土を耕しているような男が思い切り振れば、甲冑を着込んだ相手でも倒せる。安上がりだし、剣のように自分で自分を傷つけてしまうような事故もほとんど起きない。訓練にあまり時間を割けない人たちには向いています」

「棍棒ねぇ」世話役の一人が腕組みした。「確かにそういうのならわしらにも何とか扱えるかね」

「鋤だの鍬だの、農具なら腰が曲がるほど振り回してきちょるからな」

「あんたの腰が曲がっとるのは、人生のおおかた、座りこんで呑んだくれてたからじゃろが」

「ひとつ、見本を作ってみてもらえんかね、ギル？」村長が言う。

「そうしましょう」ギルディオンはちょっと辺りを見回し、部屋の一隅に箒が立てかけてあるのを見ると、立っていってそれを取ってきた。「あとは、こういう長柄のついた戦斧ですね。向こうにとっては意外なほど怖い武器になるんです。馬上から剣を振るうと、腕は伸び切るし脇も空くでしょう？　地上からはいい狙いどころですよ。鉤爪もつけておけば、馬上の相手の体に打ち込んで引き摺り下ろすこともできる」

「試作品をわしが作ってみるよ」世話役の一人である鍛冶屋が申し出る。

「おお。助かるよ、ダニー。頼む」

「それと、弓については、これから皆に相当練習量を増やしてもらった方がいいでしょう」ギルディオンは続けた。「ご存知かもしれないが、馬賊が頑丈な金属甲冑を身に着けていることは滅多にないものです。長距離を走ることになるし、戦利品も積んで帰らなくてはならないから、馬の負担はなるべく軽くしておこうとする。だが逆の立場から言えば、それこそ少年が射た矢でも、体に当たりさえすれば連中を馬から落とせますよ」

「実際にそういうのを見たことがあるんかね？　そのう、子どもが馬賊をやっつけるってのを？」

「私の初陣は、馬賊討伐だった……」

ギルディオンの口から自然に漏れた言葉が、突然宙に浮いた。

周囲が、静まり返った。

……年の離れた従兄について……討伐隊に志願した。

十五歳と半。初めて人を殺した。四人、斃した。返り血が目や口に入り、自分も傷を負った。

後で、ひどく吐いた。従兄も父も、初めての時はそういうものだ、と言った。

国王陛下から直々に褒賞を受けた。


まるで、神経が追いきれないほどの膨大な量の夢を一瞬で見せられたように、脳髄が白光を噴いて炸裂しかけた。

（――――！――――）


……華奢な銀の靴を履いた小さな爪先が通り過ぎてゆく……

跪き頭を垂れる、その目線の先を。

さやかな衣擦れの音。昔から彼女が愛している、白い花の香り……


「ギル？」

「何か思い出したんか！」

問いかけの声の中で、ギルディオンは思わず額を強く押さえた。頭が、おそろしく痛い。自分の放った矢が、それこそ自分自身の眉間に突き刺さってきたように。思わず声が出そうになった。

「おい、大丈夫かね？　急に顔が白くなったぞ」

「先生を呼んだ方がいいんじゃねえか」

「……くっそー！」椅子の上でギルディオンは呻き、さらに両腕で頭を抱え込んだ。

村人たちが不安そうに視線を交わし、彼の様子を黙って見ている。

やがて、ギルディオンはのろのろ頭を上げた。

誰にともなく、情けない声で呟いた。

「あれは、なんだったっけ……？」


大丈夫だ、気にするな。あんまり根つめて考えるなって、先生も言っとったろ？　そのうちだんだん、思い出せるさ。

まあ、前にどこで何してたかなんて、余計なことは別に一生思い出してくれなくても、わしらはいいんだがよ……。

口に出たもの出ないもの取りまぜ、盛んに慰められ励まされて、ギルディオンは集会所を出た。外で待っていたシュタインに跨り、いつもの気晴らしをさせに村の外へと向かう。川に近い土手に腰を下ろし、馬具を外されたシュタインが仔馬のようにあちこち跳ね回って体をほぐすのを、夕風の中でぼんやりと眺めた。

（……）

不思議だった――なぜ、思い出せないのだろう。

あのシュタインのことなら、鮮やかな絵つきの書物の頁をめくるように、次々に思い出を口に出していけそうな気さえするのに。

シュタイン。回転の速い側対歩が生む、まさに吹っ飛ぶようなその走り。乗っている方がばてしまいかねない持久力。運動が少しでも足りないと「もっと走らせろ」と後肢を蹴上げて跳ね回るやんちゃ振りと、自分の前を行く馬がいようものなら怒り、やめさせない限り必ず抜き去ろうとする、負けん気の強さ。

その裸の背に初めて跨れた時の痺れるような喜びは、こんなにもはっきりと体の芯に残っている。そのまま輝く草原へと疾走に入ったシュタインの上で、生きるとはこういうことだ、と思った。

以来こうしてふたり、共に生き続けている。

そのシュタインが、大きな体の重さなどまるで感じさせない軽々と宙に浮くような足取りで駆け、川の方へ行った。一心にぐいぐいと水を飲み、それから美しい首を上げて風の匂いを嗅いだ。

両耳がピンと立ち、水の流れてくる方角を向いている。

ふと頭を巡らし、ギルディオンの方を見た。しばらく主を見つめ、それからまた川上の方に目線を戻す。

(おまえはいつも)

胸の中でギルディオンは呟いた。

(そうやって北の方を見るのだな)

立ち上がり、足腰についた草を手で払った。短く口笛を吹くと、シュタインがまっしぐらに走ってきた。

「あの方角へ行きたいのか、シュタイン？　おまえはきっとそこで、すごく痛い目に遭わされたのだぞ……それでもいいのか？」

頭をこすりつけて甘える馬の鼻を優しく撫でてやりながら、ギルディオンは話しかけた。

「私とおまえはあの川上で、何のために——誰のために、矢で射られたりなどしたのだろうな」

「ギール！」明るい声が背後から風に乗ってきた。

振り向くと、馬に跨ったロナが手を振りながら草の斜面を下りてくるところだった。鞍の後ろに幾つかの布袋が膨らんで括りつけられている。今日は薬草を摘みに行く日だったのだ。

元々は色白なロナだが、一日を陽に当たりながら緑の中で過ごしたせいで頬がいきいきと薔薇色になっていた。ギルディオンを見つめる、少し目尻が下がり気味の褐色の眼が、自然な喜びにきらきらと輝いている。

きれいだな――と、彼は思った。野に咲き微風に揺れる、名も知れぬ淡い色の花のように。やさしく辛抱強く、他者への善意に満ち、慎ましくも精一杯に一日一日を生きている。ロナを見ていると、この世界は守るべきものでいっぱいだという気がしてくる。そして、自分もまた、彼女の母のような温かさに包まれ、女らしく柔らかなその優しさに守られているのだと感じる。

（――自分が北に向かうことができないのは、きっとそのせいなのだ）

今は。この女性の側にいたい、と思う――

「おかえり、ロナ。収穫は？」

「まあまあかしら。……あっ、シュタイン、だめよ。それはすごく苦いのよ」

ギルディオンは笑い、袋からはみ出している薬草に近づいて食べようとしたシュタインを引き戻した。

「もうたくさん遊べたの？」

「遊べたよ。一緒に帰ろう」

「あのね、ギル」彼が馬に馬具を着けて跨るのを待って、ロナが話し出した。「今度の祝日に、カハラの町で薬草市があるの」

「薬草市？」

「年に一度のことなんだけれど、とても大きな市場が立つのよ。この辺りでは手に入らない薬もいろいろと仕入れられるの」

「ロナはそれに行くのか？」

「毎年行っているの。一日がかりになるから村の先生はなかなか行けなくってね。たいていは私が一人でお使いに行くのよ」

彼女は少し首を傾け、隣をいくギルディオンの顔を覗きこむようにした。

「あのね。よかったらギルも、それに一緒に行かれないかしらと思って……カハラの町は立派で賑やかよ。市場の他にもお店がたくさんあって……見るだけで楽しいものもいろいろあるわ。大きな市が立つ日には吟遊詩人が来て、遠くの土地の素敵な歌を聞かせてくれたりするのよ」

話しながら、ロナは相手が困っていることに気がついた。「興味、ない？」

「いや、そうではない」ギルディオンはすぐに打ち消した。「できたら私も一緒に行きたいよ、ロナ。本当だ。だがその祝日には、村の若い連中を集めて騎射の訓練をすると、さっき村長たちと相談して決めてきてしまったばかりなのだ。他の日だと皆それぞれ仕事があって、なかなか集まれないから……」

ロナは、自分の手綱を見た。「……そう……」

しばらく黙ったまま、馬を並べて進んだ。

犬たちと共に放牧地から羊を連れ帰る子どもたちが、彼らの姿を見つけて遠くから手を振った。

二人は手を振り返した。

「ギルー！」羊を追う少年の一人が叫んだ。「今度のお休み、騎射を教えてくれるんでしょう？」

「……そうよ！」困惑するギルディオンの隣で、ロナが叫び返す。「ギルにうんと叱られても、泣いちゃだめよ、トリス！」

「ひどいよロナ、泣くわけないじゃないか！」

「よく言った！」ギルディオンも叫んだ。「男なら、その言葉忘れるなよ！」

二人の馬が追い越した荷馬車の老夫婦が、御者台で愉快そうに笑っている。

「一日がかりと言ったが」しばらくまた馬に揺られた後で、ギルディオンが口を開いた。「日暮れまでには帰れる？」

「もちろんよ。何かお土産、買って帰るわね」

「私のためには、何も買ったりしなくていい」

ロナは、彼の顔を見た。

「ロナはいつも働き通しだ。せめて一日、たくさん楽しんで、安全に帰ってきてくれればそれで十分だよ」

祝日に草地で行われた「騎射の訓練」は、ギルディオンが事前に想定していたものとは、いろいろな意味でだいぶ違う様相となった。

いつの間にか、村の若者たちはもちろんのこと、十歳以上の子どもたちまでもが、女の子も含めてほぼ全員参加することになっていた。そして観客は更にその何倍も多かった。

日中、村の家々の周辺には虫を追い回している鶏しかいなくなった。

夜明け前から見物のための場所取りが始まり、ギルディオンがシュタインに乗って会場に着いた時には、あたりは興奮して飛び跳ねる子どもたちの金切り声に満ち、緑の斜面は弁当持参でやってきた村中の大人たちで埋まっていた。

「何なのだ、これは？」シュタインの傍らで、ギルディオンは呆然と呟いた。

「あれっ」その横で、ジルも目を丸くする。「隣のマシュウ村の村長さんたちも来てるよ」

来賓……？

面白かった、胸が躍ったよ、あんたの技の見事さに泣いた、今年一番の祭りだったぞ、と背中をさんざん叩かれまくり、ギルディオンは日が沈む頃になって、ようやく人々から解放された。

(別に、「祭り」ではなかったのだが……)

だが、騎射の技の奥深さや騎馬の陣形の持つ意味などを、一度の会合でほぼ村中の人々に知らしめることができたのだから、今日の浮かれ騒ぎも別に無意味だったわけではなかろう。

本音を言えばギルディオンは、人を殺すことなど何とも思わぬ馬賊たちの職業的攻撃力に対して、この平和な村の人々が現実的にどの程度立ち向かえるのかということについて、かなり懐疑的だった。

防衛意識を持つことはもちろん大事だ。しかし、何年か訓練を積んだ後ならともかく、素人が俄か仕立てで操る弓や剣や棍棒が、百戦錬磨の賊の群れを、少なくともあっさりと撃退することなどできるわけがない。

だが、とも思う。馬賊たちは集落の襲撃を計画する時、一応の事前偵察を行うはずだ。馬賊というのは集団によって成り立ちもいろいろだが、実は定住民たちの自衛組織がいつしか変形して遊撃隊化したというものも少なくない。標的の集落に抵抗の備えがどの程度あるのかは、彼らにとってもいろいろな意味で関心がある問題なのだ。

造り自体は簡単だが地形を慎重に計算された馬止めや、弓の射手が地平を睥睨している物見櫓、騎馬隊に救援を求めるための狼煙台、たぶんこれからはあちこちで見られるだろう（子どもまで含まれた）騎馬訓練の様子などを、通りすがりにでも一瞥すれば、人々のその覚悟の気配に、多少のためらいくらいは感じてくれることだろう。

変だ、と気づいたのは、シュタインを馬小屋へと引いて入った瞬間だった。

ロナの馬が馬房にいない。

ギルディオンは振り向き、すっかり暗くなりかけている外を見た。日暮れまでには戻ると言ったのに。彼はシュタインを鞍のついた状態のままでそこに残し、家へと走った。

「ロナ?」家の戸口をくぐりながら大声で呼ぶ。

灯りが一つもついていない。小さな家の中をざっと見て回った。いない。やはり町への買い出しから戻っていないのだ。

(まさか、何かあったのか)

こんなことは……ロナらしくない。まったく、らしくない。

彼はまた外に出て、村の外へと向かう通りを見渡した。

さびしく黒ずんだ空に弱々しい三日月が出ている。

* * *

ロナは、吹きすさぶ風と震動の真っ只中にいた。

心臓が飛び出しそうになっているのは、彼女を乗せて死に物狂いで走っている年取った去勢馬もむろん同じだ。血走った目を剝き、その口から泡を飛ばしながら、ここ何年もしたことのない全力疾走を続けている。力尽きて倒れる瞬間も、もうそれほど先ではあるまい。

「エディ、お願い」体を低く伏せたまま、ロナは何度も必死に声をかけた。鞭など使う必要もない。人間と違い、馬は激しい恐怖に襲われたら文字通り死ぬまで走り続けるようにできているのだ。「頑張って！　お願い」

だが首を捻って後ろを窺うまでもなく、追っ手はぐんぐん背後に迫っている。そもそも機動力が身上の馬賊の馬に、こんな村育ちの老いた農耕馬がその速度で敵うわけがない。

ああ、とロナは、平衡感覚を失いそうな恐慌の中で思った。

（信じられない）

どうしてこんなことに！


ギルディオンに見送られ、早朝に家を出た。天気は爽やかで、カハラの町までの道中は期待していた連れがいないことを除けば楽しくて、例年通りにのどかなものだった。

町に着くと、薬草市でまず一通りの用事を済ませ、それから人々に交じって広場の石段で持参の弁当を食べた。南方から来たという吟遊詩人の美しい恋歌の幾つかに、うっとりと聴き惚れもした。

ギルディオンのための土産を探すのに、予定よりも時間をかけてしまったのは本当だ。ようやく、短剣を帯から提げる時に使う、シザリオン製だと店主が保証した美しい留具にすることに決め、代金を払って馬のところに戻った。

その時初めて、エディの蹄鉄の一つが落ちてしまっていることに気がついたのだ。出かける前によく確認したつもりだったのだが、馬自身が年を取って蹄も脆くなっているので、時々こういうことがあるのである。

激しく走らせるわけではないのだから蹄鉄がなくとも村まで帰れはしただろうが、ロナは念のために顔見知りの装蹄師のところに寄って面倒を見てもらうことにした。それが間違いだった。同じく帰り道に備えて順番を待つ客が何人もいた上に、装蹄師の妻に病人の看護のことであれこれと聞かれ出して、諦めて帰ることもできなくなってしまったのだ。

町を出た時にはもう空が夕焼けに染まっていた。老いた馬をいくら急がせても、帰り道は遠かった。

だがまさか――この自分が、こんな夜道で、しかもたった一人でいる時に、馬賊の集団と出くわすことになるなんて。

汗をびっしょりかいて懸命に走るエディの鼻が、ふいに異常な音を立てた。鼻血を出している。馬は口で呼吸をしない。鼻が血などで塞がれるともうそれだけで走れなくなってしまう。もうだめだ、とロナはしゃくりあげそうになった。エディが倒れる！

「ヒャッホォォ――!!」

奇声を張り上げて後ろから一気に数頭の騎馬が追いついてきた。

ヒュン、と何かが飛ぶ音がし、あっと思った瞬間にはロナの体は鞍から撥ね飛ばされて、そのまま道の脇の草地へと叩きつけられていた。

それとほとんど同時に、去勢馬が短くも悲痛ないななきと共に道に倒れこんだ。その後肢に飛び縄が巻きついている。

落馬のあまりの衝撃に、意識も呼吸もほとんど飛びかけながら、ロナは自分の周りに汚れた大きな長靴の足が次々に立ち並ぶのを感じた。

「……あり？」戸惑ったような若い声が上から降ってくる。

「なんだ、女じゃねえか」続いて荒々しいだみ声。「誰だ、逃げた騎兵だとか言いやがった馬鹿は？」

「ニキ！　まぁた、てめえか」

「ち、違うよ、俺じゃねえって！」

「だいたいあんなにトロトロ走る軍馬がいるかよ？　おかしいって、俺が最初に言ったじゃねえかよ、まぁったく」

「アガトー！」恐縮気味に、低姿勢で呼びかける声。「すいません、騎兵じゃなかったっす。どっかの村の女でしたァ」

「けっこう、好い女じゃねえか？」爪先の一つがロナの腰の辺りを突いた。「おい、おまえ。ちゃんと顔を上げてみ？」

「アガトが見るまで、触るな」別の誰かが厳しく制する。

草の上にうずくまったまま、ロナはまるで痛みと恐怖の沼地に全身嵌り込んだように朦朧として、その話し声を聞いていた。

男たちが場所を空ける気配がし、履き込まれてはいるが別に汚れてはいない靴が目線の先に現れる。

ロナはのろのろと顔を上げ、自分を見下ろしている長身の男を見た。

首に幾重にも巻きつけた長いスカーフの朱色が、毛織の黒服の上で風に揺らいでいる。猛禽の飾り羽のように。

「……お嬢さん」

アガトがニヤッとした。弱い月明かりに、その綺麗な白い歯がちらりと零れた。

「こんな夜道を女一人、なんでうろうろしている？」

鞍の後ろにつけていた荷物が地面に投げ出され、薬草の袋や紙包みが散らばっている。

「この辺の村には、けっこう美人がいるな」アガトはその散乱の中に屈み込み、間近からロナの顔をしげしげと眺めた。

獰猛、あるいは下卑た、粗野な表情ではない——ではないが、そもそも巨きな草原狼にゆっくり匂いを嗅がれているようなものだ。こんなふうに近づかれただけで気絶しそうにおそろしい。

「おまえ、子どもはいるのか」

（……？）

その問いかけの意味が、ロナにはわからない。子を持っていれば、あるいは持たなければ……何だというのだろうか。

アガトはロナの顔から視線をずらし、地味だが清潔なよそ行きの服をまとったその体つき、胸から細い胴、腰の辺りまでを眺め下ろした。

「自分で産んじゃいなさそうだな」散らばった紙包みの方を見やる。「この包みは何だ？」

ロナの喉が小さく鳴った。座り込んでいるのに下半身の震えが止まらない。

「……く」声もろくに出なかった。「くすり……です」

「薬？」屈んだまま手を伸ばし、アガトは包みの一つを取った。裏表を眺め、包み紙の隅に書いてある薬草の名前を目を眇めて読もうとする。「暗いな。おい、灯り」

手下の一人が鞍の後ろから棒のようなものを外してきた。松明用に持ち歩いているらしい。火打石で油布を巻いたその先端に火をつけ、頭目の側の地面に置く。

アガトは包みを火にかざし、じっと見た。

馬賊が字を読めること自体がロナには驚きだったが、わざわざ火を熾してまで読もうとするその態度はもっと奇妙に見える。だが書かれている薬草名は彼の知らない単語だったらしく、唇を動かして綴りを辿ってみてから、ロナを見た。「なんて意味だ、これ？」

「バラール」ロナは小さく答えた。「い、痛み止めに使う薬草で……」

「バラール」確認するように、馬賊の頭目は繰り返した。もう一生忘れないのに違いない。「俺たちが使ってるのとは違うな。おまえ、医師なのか？」

「……手伝いを……」

「薬の知識がある？」

「……はい」

「おまえ、家族はいるか？」

さっきから、なぜそんなことを訊くのだろう？　この怖い男が何を知りたいのか、まったくわからない。

お金持ちの貴族の子女がどこかの馬賊に攫われ、身代金を要求されたという噂は聞いたことがあった。だがロナは誰がどう見てもただの平凡な村の女だ。たとえ家族がいたとしても、金などろくに工面できそうにないのは一目瞭然のことのはずだ。だがいずれにしても、嘘をついたりすればこの男にはすぐにそれを見抜かれるような気がした。

ロナは黙ったまま、首をそっと横に振った。

「いねえのか」アガトは別の包みも拾い上げて眺めた。「病人の世話に慣れていそうだな」

仲間の誰かに病人がいるのだろうか？　そのために私を連れていく気なのかもしれない……

そう思い至った瞬間、氷柱を飲み込んだような圧倒的な恐怖が激しく体を硬直させた。

（この男に、攫われる）

暗い道のまだ遥か先に佇む小さな我が家、そのなつかしい温かな火明かりが、まるで至上の宝石のように脳裏に閃いた。

そして、ギルディオンのあの清冽な眼差しが。

（……嫌だ）

全身にどっと冷や汗が噴き出した。

（絶対に嫌）

そんな、そんなことになるくらいなら、この場で殺されたほうがまだましだ。所持金はとても少ない。でも、持っているお金はこれだけだと見せて全部渡せば、たとえ笑われても、何とか……何とか、このまま見逃してはもらえないだろうか。

ロナがぶるぶる震える唇を必死に開こうとした時、アガトが再び訊いた。

「足萎えに効く薬はこの中にあるか？」

足萎え？

「……いいえ。ここには……」怒らないで。お願い！

「ねえか。熱さましは？」

「……その、ちゃ、茶色の……紙の」

目線で示された包みを拾い、再び薬の名を読み、アガトはそれを掌の上でカサカサ音を立てながら開いた。そのまますっとロナの顔の前に差し出す。

「毒だと困る。おまえ、葉っぱを一枚口に入れてみな」

相手の顔と薬草とを交互に見、ロナは震える指で、乾いた小さな葉片をつまんでゆっくり口に含んだ。本来はもちろん煮出して飲むものだ。猛烈に苦いはずだが、今は口の中が冷たく干上がっていて味などまったくわからない。そのまま舌に張りつき、飲み下すこともできない。

その様子を間近からじっと見ていたアガトが、ふと唇の両隅をやさしく上げた。黙ったまま、ロナの顔に乱れかかる髪の筋を指先でそっと掻き上げる。

周りの男たちはただそれを見守っている。

「……気に入った。連れていく」

いきなりアガトが腰を浮かせ、強い手でロナの手首を掴んだ。

ロナは悲鳴をあげた。無事な方の手で草を掴み、闇雲に叫びながら文字通り死に物狂いで抗った。

アガトがあっさりその彼女を地面から引き剝がし、そのまま子どものように持ち上げると、ぎゅっと胸に抱きしめた。耳元へ口を寄せ、しーっ、と低く囁く。両足を宙にぶらんと浮かせたまま、ロナはふいに気が遠くなりかけてもがくのを止めた。

「怯え過ぎて、小鳥並みに脈が速い」アガトが苦笑し、他の男たちもなぜか皆笑った。

「ま、あんな風に追いかけられた後だしな。無理もねえか。脅かして悪かったよ、薬屋のお嬢さん。実は俺はあんたに、ちょっと頼みたいことがある。あんたみたいな人が来てくれると、助かるんだ。今は死ぬほど怖いだろうが、行ってみればわか――」

瞬間、宙を鋭く切り裂いて飛来した一本の矢が、アガトの長いスカーフの端を貫いた。

布に首を引っ張られ、アガトは体勢を崩してロナの体を放した。が、地に手を突きつつも、空いた側の手で傍らの松明を掴む。矢の道筋を案内したその灯りを、彼は逆に矢が飛んできた方角へと思い切り投げた。

「ロナ――!!」

大地を蹴って迫る蹄の音、そして叫ぶ声を、再び地面に這いつくばってロナは聞いた。

松明が火の粉を撒き散らしながら転がる、その眩い煌めきを一瞬掻き乱して、猛然と疾走してくる影。

「……！……」

――来てくれた。

ギルが、来てくれた！

彼方から突進してくる馬影に最も近かった手下の一人が、あっという間に馬に飛び乗り、半曲刀を引き抜いた。かん高い奇声を発して迎え撃ちに飛び出す。

「ニキ！　待て」

アガトが鋭く制したが耳に届かない。闇の路上で、鋼のぶつかり合う音が響いた。次の瞬間には片方が猛烈な横蹴りを食らって馬上から転げ落ちている。

「……ギル」

何を考える余裕もなかった。ロナは夢中で立ち上がり、再び向かってくる馬影に向かって駆け出した。

「ギール！」

シュタインが完全に止まるより早く、ギルディオンは飛び降りた。泣きながら飛びついてきたロナを抱き止める。

「ロナ、怪我は！」

返事もできない彼女の両腕を掴み、弱い月明かりに全身をざっと見る。そして彼女を背後に回し、馬賊の群れの方を見据えた。

目の錯覚のように一瞬で終わった勝負に呆気に取られていた男たちが、一斉に我に返った。

「……なんだ、貴様ァッ！」

それぞれの武器を手に怒号を浴びせ出す。

「待て、おまえら」

しなやかな声が、その猛る賊たちの咆哮をピタリと止めた。

声を発した男が手に持った矢を一瞥し、それをポイと草むらへ放り捨てるのを、ギルディオンは剣の柄に手をかけたままじっと見ていた。

明らかにこの馬賊団の頭目であるらしいその男が、ギルディオンの後ろでガタガタと震えているロナを見遣った。

「何だ、男持ちだったのかよ」急につまらなそうな顔になる。「亭主がいるんなら、訊かれた時にちゃんとそう言やいい。……おい、おまえ」

ギルディオンに向かって軽く顎をしゃくる。

「ニキをわざと斬らなかったな。おまえに突っかかってったそいつのことだ。なぜだ？」

「子どもは斬らん」

「俺も子どもに見えたか？」男は軽く笑った。「矢を、敢えて外したな。女に当てないほどの自信があったのに俺の頭を狙わなかった。ちょっと気を逸らそうとしただけだ」

「あんたが誰だかわからなかった」

「俺は、アガトだ」まるで決闘前の挨拶のように、すらりと名乗る。

ギルディオンは黙っている。

今は、ロナがいる。この頭目と剣を交えることはできれば避けたいものだという思考が、彼の頭のどこかを冷静に過ぎっていった。

月下に立つこの頭目には明らかにただならぬ凄みがある。微妙に抑制された、だがそれでも寒夜の呼気のように白く溢れ出ずにはいない、生来の獰猛さのようなものだ。武器の形、その操り方、格闘の方法、そのどれもがたぶん、自分の馴染んだものとは相当に違っているという予感がした。そして間違いなくそれらの非常に優れた使い手であり、更に重要なことに、実戦の経験値は自分を遥かに上回っているに違いないのだ。

周りを囲む二十人ほどの手下の中には、アガトよりも体躯の大きい、それこそ筋肉の小山のような者も何人かいる。だが頭目である以上、当然その誰よりも彼は強いということなのだ。いざ斬り結んだ時、こちらが無傷で終わらせられると考えるのは甘過ぎる。

これほど多勢に無勢の状況で、その中のたった一人と刺し違えていては、ロナを無事に村まで連れて帰れない。

自分はここで死ぬかもしれないという予測自体は不思議と恐怖を呼ばなかった。天候によってはまだ首と胸の矢傷の痕が疼くこともある。肉体が味わう死に至るほどの苦痛とはどういうものなのか、その度に思い出させられる。

だが、妙と言えば妙だが、それはそれ、これはこれなのだ。

（……苦痛に囚われるな、ギルディオン……）

（さあ、立て――おまえの肉体と精神を切り離せ。痛みのことは考えるな。そこに置き去るのだ。そう呑気に這いつくばって、いつまでも味わっていてはならぬ――）

（――最後の一瞬まで、ただおまえがなすべきことをせよ――）

年配の男たちの、幾通りもの厳しく深い声が、束の間脳裏に谺した。

あれは――

自分にとってどういう人たちだったのだろう。

「この俺に矢を射かけ、手下を馬から蹴り落としやがった」

アガトがゆっくりと言いながら、ギルディオンの全身を上から下まで眺めている。別に見くびるというわけでもないが、自分が負けるとは欠片も思っていない眼だ。恐らくこの世のほとんどすべての相手に対してそういう眼をするのだろう。彼もいつかは誰かの剣によって死ぬのかもしれない——だがその時は、彼の最期の剣もまた相手の臓腑を深々と抉っているに違いない。

「普通なら丁寧に刻んで、よく混ぜて鳥の餌にしている。……だが、まあ」

薬の包みを軽く放り、また掌で受けた。ロナを見る。

「俺は気まぐれで有名な男なんだ。可愛い女房とこの薬と、あっさり殺れたはずのニキを殺らなかったことに免じて、今夜は見逃してやろうか」

ギルディオンは黙っている。

「おい、誰かニキの大馬鹿を拾ってやれ。帰ったら仕置きだ」

自分の馬の方に行きかけ、アガトはふともう一度、離れた暗がりにじっと立つシュタインの方を見遣った。

足が、止まった。

「……貴様、騎兵か？」

つい先ほどまでの揶揄するような緩さが、その口調から突然に失せた。

ロナは、この馬賊の頭目が一瞬のうちにただ凶暴なだけの男となったことを、全身が結氷するような恐怖と共に悟った。

ギルが殺される。この人はギルより強い、きっと強い。殺されてしまう！

「――違います！」ギルディオンの体に両腕でしがみついたまま、彼女は夢中で叫んだ。

「この人はずっと、私と一緒に村で暮らしているんです。騎兵なんかじゃない！」

アガトの足は、ロナにとっては神経が根こそぎ千切れかかるほど長い間そこに留まっていた。

誰も口を開かない。

馬賊の男たちは一人残らず、彼らの頭目の決定をまったく白紙の状態で待っている。

「……ロナ、と言ったな」

アガトは、また自分の馬に近づいた。身軽く跨り、その向きを変える前にもう一度二人の方を見遣る。口調から殺気はどうやら消えていたが、眼にも口許にも笑みは片鱗もなかった。

明らかに、ひどく気を悪くしていた。

「次に会うことがあったら、この俺には絶対に嘘をつくな」

＊　＊　＊

家路は遠かった。

ロナのエディは何とか自分で歩きはしたものの、重く首を垂れてよろめきつつ進むことしかできず、シュタインに跨ったギルディオンはエディの手綱を鞍に繋ぎ、自分の後ろにロナを乗せた。

一日働いた後であるシュタインのために、本当は自分は降りて歩きたかったのだろうが、エディ同様に朦朧としているロナを独りで馬上に置くのも心もとなかったのだろう。

「眠れたら、眠っていくといい」彼の腰に腕を回して掴まっているロナに、ギルディオンは言った。「ロナの手首を手巾で結んで、眠っても落ちないようにしておくから」

大丈夫、ありがとう、とロナは呟き返した。今は意識を保ち、彼の広い背中の温かさをずっと感じていたかった。ひんやりと流れる夜気の中で、今の自分に必要なのはただそれだけだとわかっていた。


「あっ、ロナだ」

もう真夜中を過ぎていたのに、斜め向かいの家からずっと外を窺っていたらしいジルが、寝巻きのまま往来へと飛び出してきた。

「父ちゃん、母ちゃん！　ロナが帰ってきたよ！」

近所の人々が同じく寝巻き姿でわらわらと現れた。男たちの何人かが野良着のままだったのは、たぶんロナとギルディオンの非常時に備えていてくれたのだろう。

「村長んとこに行って、捜索隊を出すよう話そうとしてたところだったんだ」ロナをシュタインから下ろすギルディオンに、ジルの父親が声をかける。

「ロナ、何があったの？　大丈夫？」女たちが口々に問いながら、自分たちの肩掛けを外してはロナの体に巻きつけようとする。

「大丈夫。心配かけてごめんなさい。町を出るのが遅れて」ロナは何とか笑顔をつくろうとした。

「街道の途中で馬賊に遭ってしまったの……でも、危ないところでギルが助けに来てくれたから」

取り囲む人々が、一斉に息を呑んだ。

「馬賊？　すげえ！」叫ぶジルの頭を、母親がすぐさま叩いて黙らせる。

「もちろん、絶対に助けるつもりだったが」ギルディオンが、真剣な顔の男たちに向かって説明した。「実際のところ、今回は向こうが途中で気を変えたのだ」

「気を変えた？」

「頭目が、どこか妙な男で。私も少し話をしたが」

道々ロナからも、頭目アガトとのやり取りをぽつぽつと聞いていた。異常な体験によって味わった恐怖というのは、いったん全部外へ吐き出させてしまった方が後々のためにはいいのだと、なぜかわかっていたからだ。

「だが結果的に、いろいろなことが、何となくわかった気がする」ギルディオンはいくぶん思案しながら話した。「もしかすると、少なくともあの彼らの狙いは、そもそも最初から、近在の集落などではなかったのかもしれない……」

「……それって、どう……」

誰かが言いかけたが、ジルの父親がそれを制した。

「まあ、話は後でまたゆっくりすればいい。ロナも、そのエディ爺さんも、もう倒れそうじゃないか。すぐに休まんと」

ギルディオンが馬たちを小屋に戻し、馬具を外して世話をしている間に、ロナは小さな厨に立ち、遅すぎる夕食の支度にかかろうとした。彼女自身はとうていものを飲み込む気分ではなかったが、一日体を使い、こんな時間まで馬を駆って危険な遠出をする羽目になったギルディオンには、何か温かくて腹の足しになるものを食べさせてから休ませなければならない。

塩漬けの豚肉と一緒に炒め煮にする野菜——彼の好物だ——を急いで切ろうとした時、慌ただしく洗ったつもりだった手にまだ汚れが残っていることに気がついた。また水桶のところに行き、ついでに壁に掛けてある小さな鏡をちらっと覗くと、髪がひどく乱れて、顔にまで土の汚れがついている。

（こんな姿を、ギルにずっと見られていたんだわ）

彼女は急いで髪を撫でつけ、顔を洗い出した。

何度も何度も水を掬っては顔をこすっているうちに、なぜか再び胸が痛くなり、目が熱くなり、顔が歪むのを感じた。手で口を強く覆って抑えようとしても、引き攣ったような嗚咽がとめどもなく漏れ出した。

粗野で凶暴な若い男たちの視線。荒れた声。きっと大勢の命を奪ってきたに違いない無骨な武器が、そこら中で触れ合っていた金属音。

そして、あの頭目……

たまたまちょっと興味を引くものを見つけた悪童のような、だが童などでは絶対にあり得ない強烈な光を湛えていた両眼。無邪気とすら見える微笑い。若い男にあれほど図々しく抱きしめられたことさえ初めてだった。仰天するほど強靭で固い腕、胸、腹。それに捕らわれた自分がどれほど柔く脆いいきものに過ぎないか、一瞬にして思い知らされた。まるで人見知りな仔猫でも摘まみ上げ宥めるかのように、耳元で低く囁いたあの唇。

そして――

（この俺には、絶対に嘘をつくな）

この世の支配者に突然厳しく叱責された卑しい奴婢のように、惨めでおそろしかった。

こわい人――連れていかれたら。どうなっていたんだろう。殺されるまでに、どんな思いをすることになっていたんだろう。

水桶の前にうずくまり、ロナは自分の体に両腕を回して、他にどうすることもできずにただ咽び泣いた。

すぐ後ろの床に誰かが屈みこむのを感じた。

「……ロナ」大きな温かい手がそっと彼女の腕に触れた。

我慢が、できなかった。ロナは体を捻り、ギルディオンにしがみつくと大きく声を放って泣き出した。

「ロナ……可哀想に」床の上で彼女の体を抱きかかえ、ギルディオンは何度もその髪を、背中を撫でさすった。「本当に恐ろしかったな……だが、もう終わったよ。大丈夫だ、奴らは遠くへ行ってしまったから。もう何も怖くはない」

……なんて、違うんだろう。肩の厚み、胸の広さ、その両の腕が秘めた力。あの恐ろしい馬賊の頭目に、きっと劣りはしない。なのになんて……この人の力強さは……こんなに優しくて温かいんだろう。

（この人が好き）

顔中を涙でびしょびしょにしながら、その安全な腕の中でロナは思った。

私は……この人のことが、ほんとうに……死ぬほどに、好きなんだ。


長い時間が過ぎて、ロナの嗚咽がすっかり収まるまで、ギルディオンはその傍らについていた。

ロナが床の上から手探りで布巾を取り、泣き濡れた顔を拭い出すと、その身動きで彼女の衣服の裾に隠れていた芋が一つ顔を覗かせた。

ギルディオンはそれを見た。首を傾け、赤く泣き腫らしたロナの顔をそっと覗き込む。

「今夜は」微笑していた。「夕食は私がつくる」

「……え」

「ロナはただ見ていればいいよ。だが、途中で間違えたら教えてくれ。材料を無駄にすると困るからね」


野菜の切り方がいつもよりごついような、いくぶん新鮮な印象の夕餉を並べ、小さな卓で向かい合った。

それを食べ終え、後片付けも済むと、ギルディオンはロナに「そうした方が気持ちが落ち着くだろうから、今日は戸口の掛け金を二つ使うといい」と言い置いて、いつものように馬小屋へと去った。

ロナは言われた通り、二つの掛け金で厳重に戸締まりをした。

だが一刻と経たぬうちに、それを両方とも自分ではずして、外に出た。裾の長い簡素な寝巻きの上に肩掛けを羽織り、背中に解きほぐしたままの髪を夜風にたなびかせながら、夢の中のような気持ちで、ひっそりと馬小屋の方へ歩いていった。

満天の星々が、銀や水晶を砕いてまぶしたかのように朧に光っている。鼻腔を抜ける夜の空気が、澄み切って冷たい。

そのせいで、余計にだろう――小屋の中はとても暖かかった。馬たちの匂い。干草の匂い。

ロナの疲れ果てた去勢馬は寝藁の上に横たわって、それこそ死んだように眠っていたが、シュタインは自分の馬房の中に立っていた。耳を動かし、首を捻って、音もなく入ってきたロナの方を見ている。

……ギルディオンも疲れている。ぐっすり眠っていたはずだ。

だがその干草の寝床に近づいた時には、彼は既に半身を起こしていた。枕元の剣に手が伸びていないのは、やってきたのが誰であるかを、早々に気配で察していたからだろう。

床の傍らに膝をついたロナの顔を、彼は黙ってじっと見ていた。動物の体温で温まった薄闇に、彼のその顔が仄白く浮かび上がっている。

こんな薄着で、しかも髪をほどいた自分の姿を彼に見られるのは初めてだと、意識のどこかで微かに思った。

「ロナ？　怖くて眠れないのか？」

「怖いの」ロナは言った。「だから、どうしたらいいのか――考えたの」

「……」

「ギル」囁くように、言った。「今夜は、ここにいさせて」

「ロナ」

「あなたが好き」

――長い間――あまりにも長い間、ギルディオンは黙っていた。

ロナは、その間ずっと、彼の顔を見ていた。

「すまない」

わかっていた。
わかっていたのに――言わせたかったのだ。言って欲しかったのだ。自分で終えることは、どうしてもできなかったから。

もう、涙も出ない――


干草の寝床で、ギルディオンは朝まで、ロナをただその胸に静かに抱いていた。

彼はたぶん一睡もしなかっただろう。心臓の音がずっとトクトクと駆歩を続けていた。

あの恐ろしい馬賊たちとたった一人で対峙した時でさえ、彼の息遣いはあれほど落ち着いていたのに。

ロナも、ずっと暗闇の中で目を開けていた。彼の体温。彼女の頭をのせている、二の腕の筋肉。

生きている限り、忘れない。

いや、死んだ後も――きっと忘れられない。


眠れるはずなどないと思っていたのに、緊張し尽くした意識はいつの間にか脆く崩れ、心地よい温もりの中に溶けてしまっていたらしい。

どこかで鶏が鳴く声で目を開けた時には、ギルディオンの姿は既に隣になかった。いつものように馬や牛たちの世話に行ったのだろう。

怪我から回復し、自分の足で歩き回れるようになった途端、ギルディオンは毎朝シュタインとエディを馬小屋から出す仕事を自分でするようになった。

「朝の最初の数歩を、ちょっと見てやりたいだけなのだ」私がするのにと声をかけたロナに、ギルディオンは礼を言いつつ説明してくれた。「裂蹄のなりかけはそれでわかるから。最初に気づかないと、その辺を歩いているうちにいつもの歩様に戻ってしまう。それにロナには他に仕事がたくさんある。このくらいのことはやらせてもらえると有難いよ」

そんな——彼と、彼の愛しい馬との、小さな習慣の数々を、いつの間にかこんなにたくさん……私は覚えていた。

温かな干草の寝床で、ロナはしばらく目を開けたまま、小屋の周囲で漂い始める村の朝の気配をじっと聴いていた。

すべて、いつものような朝だった——

「おはよう、ロナ」

いつもと同じように笑顔でギルディオンが言い、おはよう、とロナが応え。

一日の最初の仕事を終えて戻ってきた彼と、いつもの小卓で朝餉を済ませ、使い終えた匙を、いつものように彼が置くまでは。

「ロナ」彼は言った。「そろそろ、この村を発とうと思う」

ロナは、数日をかけてギルディオンの旅支度をととのえた。彼本人は、今後の村の防衛態勢のことなどで村長らとの打ち合わせに追われていたからだ。

ロナが自分で織ってあった布を使い夜なべして縫い上げた、質素だが着心地のよい新しい衣類。滋養に富むトトリの実を練り込んで固く焼き締めた、日持ちのするパン。塩の袋。効き目は確かだが、このあたりの原野では手に入りにくい貴重な薬草なども、細々と包んでは荷物に加えた。

シュタインに鞍を着けているギルディオンのところへそうした日用品や食料を詰めた革鞄を持っていくと、彼は心からの感謝の微笑と共に礼を言い、それを受け取った。

彼がそれを鞍の後ろに革帯で括りつけるのを、ロナは脇に立って見ていた。

最後に長剣を取り付けて支度が終わると、ギルディオンは軽くシュタインの首を叩いてやった。

そしてロナの方を向いた。

ロナは、ずっと彼を見たままだった。

ロナ、とギルディオンの唇が動いた。その蒼い瞳に静かな微笑が浮かんだ。

ロナは、彼が馬小屋の床に跪くのをじっと見ていた。ギルディオンの手がロナの小さなそれをそっと取った。軽く指に接吻し、そして優しく離した。

そうやって、とロナは思った。

騎士のままで――あなたは行くのね。

「……ギル」唇が、震えた。

「あなたには――きっとどこかに、愛しているひとがいるのよ」

床の上からギルディオンが彼女の顔を見上げた。そして、後から後から頬を伝う彼女の涙を見つめた。

「そのひとを――どうか必ず、絶対に、見つけてね」

第三章　権力者たち（二一六日）

街道沿いにあるその町は、パルディナと呼ばれていた。

南へ北へと向かう行商人や次の牧野への移動途中で必要な物資を手に入れようとする遊牧民たちで、通りはいつも埃っぽく賑わっている。とは言え、町の本来の人口は三百人ほどのものだ。馬や荷車が行きかう「大通り」と呼ばれる往来でもせいぜい三タリアートほどの長さしかいない、どこにでもある小さな田舎町である。際立った主義主張も他所者に対する警戒心ももちろんない、その適度な活気が、「馬賊がさりげなく雑用を済ませる」のにはとても都合がいい。

「要るものはこれで全部だったか、ルイ？」

連れてきた空馬の背に荷物を括りつけながら、ジンが訊いた。

泣く子も黙る馬賊団の副頭目である彼も、今日はまた身なりも違えて色のくすんだ古着を纏っている。額に巻いたスカーフの下でその両眼には常通り油断はなかったし、腰には拵えにも遊びのない長剣を帯びてはいるが、獣も賊も出る平原をゆく精悍な遊牧民が武器を携えているのはむしろ常識なので、この混んだ往来ではその姿もさして人目を引いていない。

「うん、だいたい済んだかな」ルイが鍔広の帽子を脱ぎ、ポリポリと頭を掻いた。

同じく地味な古着を着込んでいるが、こちらは見るからに線が細い。背丈にしてもせいぜいジンの肩に届くかどうかといったところだ。だが、ただちょこんとそこに立っているだけで、眺める側の警戒心を何となくゆるゆると溶かしてしまうような不思議にあかるい透明感が、ルイの姿にはいつも漂っている。

「ええと——あのさ、ジン。実はニキに、『青の仔馬亭』にエニータって人がまだいるか、確かめてきてくれって、出がけに言われてきたんだけど……」

「あぁ？」ジンは眉をしかめた。「なんだあいつ、まだ引きずってやがるのか。さんざん貢がせた挙句にあっさり袖にしやがった女だろうが。放っとけ。あいつみたいなガキ、いいように掌で踊らされるだけなんだよ」

「うん……。ぼくも、そうなのかな、とは思うんだけど……ちょっと可哀想で」

「俺が後で本人にも話す。だいたいあいつは、動く前にちゃんと考えるってことをした試しがねえ。アガトにあれだけドヤされても直らんのはあの馬鹿くらいなもんだ。そのうち仲間全員を危険にさらしかねんと、俺は何度も言ってるんだがな」

ルイはいくらか困ったような顔で黙っている。

「頼ってくる奴は追い出さんってのは、おまえのあの兄貴のなぁ、最大の甘さだよ。さ、他はもういいのか？」

「あ、うん……。ええと、ララとミディの新しい人形も買ったし……ああ、いけない。ごめん、ミアに頼まれてた針と糸のこと忘れてた」

「糸ってどんなやつだ？」

「ぼくが見て買ってくるよ」

「おい、気をつけろよ」

ルイは吹き出した。「ジン、店はすぐそこだよ？」

相手に手をひらひらさせ、馬杭の場所から二軒先の雑貨屋に向かう。


「こんちは」

入っていくと、禿頭の店主が使い込まれた仕切台の中から声を返した。

「おう、坊主。久しぶりだな。こないだよりゃ、ちっとは顔色がよくなったか？　ちゃんと食えてるってことかい」

「うん、おかげさまで。おじさんも元気そうだね」

町へ買い物に出る盗賊というのもあまり恰好はつかないようだが、原野の生活においては、騎兵屯所の備蓄庫や王侯貴族向けの隊商から奪い取る奢侈品だけでは賄い切れない日用品も、むろんいろいろ出てくるのである。

　天候や自分の体調が許す限りだが、ルイはその買い出し役を進んで引き受けることにしていた。滅多に砦の外に出ることもできない弟のせめてもの気晴らしに、馬に乗って往復半日ほどのこの「遠出」を、アガトも渋々ながら許してくれているのである。特に信用のおける誰かを護衛につけることだけは、頑として譲らなかったが。

　だがルイにしてみれば、ここに来れば文司のところの書物でしか知らない遠い土地の人々の姿を実際に見ることができるのだ。自分などは一生訪れることもないだろう彼方の場所で話されている、いろいろな方言を耳にするのも楽しい。現在大陸各国で話されている公用語はすべてアラムキア語という古言語を母源としているので、他国を旅したとしても意思の疎通にほとんど問題はない。だがその発音の陰影や語尾の変化などは、国や地域によってもちろん多様だ。

　それに、運がよければ、紙に印刷されたちょっとした読み物を店のどれかで手に入れることもできる。たいていは何枚かの紙を綴じたものに過ぎないが、好きな人間にとってはそれさえも結構な掘り出し物なのである。平原の集落では文字文化の伝統は浅い。それゆえに文司の業が国境や社会的階層を越えた敬意を集めている、とも言えるのだが。

　入った雑貨屋にその貴重な新しい読み物が何種か置かれているのを見て、ルイは思わず胸を弾ませた。端から手にとって見てみると、西部一帯で起きている事件を伝える情報ものの他に、砂漠の不思議な冒険物語らしいものもある。砦の子どもたちにも読んで聞かせてやれる話かもしれない。夕食後の素敵なお楽しみができた。

「これ、持ってきな」針と糸、そして読み物全種の支払いを済ませたルイに、店主が紙で包んだ干し葡萄を持たせてくれた。「昨日、南方から届いたばかりだ。おまえさん、果物が好きだろう」

「わあ、ありがとう。美味しそうだ。悪いね、ぼく、今日はおじさんとこで、これっぽかしの品しか買わなかったのに」

「味が気に入ったら次にこれを買ってくれりゃいいよ。また近いうちに来るんだろう?」

「うん、そうするよ。本当にありがとう」ルイは陽光のような笑顔で礼を言い、包みを手に出口に向かいかけて、店の奥にできている何人かの人垣に気づいた。

買い物客の男たちが、掲示板代わりになっている壁に貼られた紙の一枚を見上げながら、様々な訛りで口々に喧しく喋っている。

「……何か、あったの?」

「ああ、まだ知らなかったか? 昨日な、カーナヴィの役場からあちこちに知らせが回ったんだよ」店主は仕切台に太い腕を置き、ちょっと身を乗り出した。

「国王陛下にとうとうお世継ぎが生まれたんだとさ。それもだ、驚くなよ、その姫様がな、例の伝承の〈サンスタン〉だっていうんだ。ほんとうに、鳥みたいな白い翼が背中に生えてる姫が生まれてきたらしい。昨日早馬が来た時にゃ、もう町中が大騒ぎよ」

荷を積んだ馬の側で、足の重心をかわるがわる移しながら苛々と雑貨屋の方を見ていたジンは、突然店内から聞こえてきた叫び声にその場で飛び上がりかけた。剣を引き抜きながら店の中へと駆け込む。干し葡萄と紙包みの散らばった床の上で店主に助け起こされている少年の姿を見て、彼は思わず大声を出した。

「どうしたんだ！」

「話をしていたら、急によろけたんだよ」ジンのその剣幕を見上げ、だが店主が別に怯んだ様子もなく説明した。「眩暈か、坊主？」

「……だ」ルイは片手で顔をこすった。「大丈夫。……ちょっと」

「どっかで横になった方がいいな。その辺に麻袋でも敷いてやるから」

「……いいんだ、ありがと……」ルイは床に四つん這いになり、ジンと店主に助けられながらよろよろと立ち上がった。

「ルイ？　おい、無理すんな」

なおも顔を覗き込むジンの顔を、蒼白な顔で見上げる。

「……書き写して、いかなくちゃ」

「えっ？」

「あの布告文をぜんぶ写して、兄ちゃんにも教えなきゃ……！」

陽射しの照りつける平原を横切って砦に帰る道すがらも、ルイがあまりにも打ちしおれた様子なので、ジンは気にした。

「ルイ、そんなに心配すんな」隣で同じく馬に揺られながら声をかける。「また熱でも出たらどうする。アガトが、もう町へ行かせてくれなくなるぞ」

ルイは深々とうなだれたままだ。

「おまえの兄貴は、何だってちゃんとうまくやるさ。今までもずっとそうだったろうが？」

「……でも」ルイが目深な帽子の陰で呟く。

「でも兄ちゃんは……兄ちゃんはきっと、このことを知ったら、今まで以上にすごく無茶なことをしようとするよ」

「……」

「必ず、その〈サンスタン〉に直接会いに行こうとするに決まってる。〈黄金の都〉がどこにあるのか、何とかして手がかりを得ようとするよ。都を見つけるのが、ずっと兄ちゃんの一番大事な夢だったんだもの……。でも、伝承の姫になんか平原の馬賊が普通に会えるわけない。ガルド王の城は、世界で一番大きな難攻不落の要塞なんだ」

ジンは、喋り続けるルイの横顔をじっと見ている。

「文司のところに、城の絵がいっぱいあったんだよ。兄ちゃんはそれを全部見て、関係のある書物も全部読んで、地図を見て、自分でもいろいろ図を描いて、ずっと考えてた。何年も前にだけど、一人で都まで実際に見に行ったこともあるんだ。そのまま忍び込めるものなら、たぶんガルド王を殺したかったんだと思う。兄ちゃんとぼくの生まれたサンキタトゥスの落人の村を焼いて皆殺しにするよう命じたのは、あの王なんだから。……でも」

「ルイ」

「あの城に入り込んで、そのうえ生きたまま出てくるなんて、絶対むりだ。たとえ兄ちゃんでも」

帽子の庇から覗くルイの震える顎が、微かに上がった。

「……こんなこと、おかしい」

「えっ？」

「なんで――どうして〈サンスタン〉が……よりによってガルド王の娘になんか？　ぜったい、間違ってるよ。……こんなはずじゃ……こんな……」

まるで魂の奥底から絞り出すような、どこか妙に不穏ですらあるその声音に、ジンは思わずまた相手の半ば隠れた横顔を見た。こんなルイは、覚えている限り本当に初めてだ。

「ルイ？　なあ、聞けよ」何とか宥めようとした。「アガトにはな、いつだって勝算があるんだ。そりゃあ、今までいろんな危ない橋を渡ってきたことは確かだがな。だがあいつは、ただ全滅するために皆を引き連れて突撃したことは一度もねえよ。よくわかってるだろ、おまえだって？だから、この話をあいつがどういうふうに考えようがやっぱり同じことで、必ずうまくやる方法を考えつくさ」

ルイは応えない。

「……ルイ」ジンは馬を更に寄せ、腕を伸ばして少年の細い腿を軽く叩いた。「それに、たとえどこに行くことになったって、アガトのことは俺たちがみんなで守る。信用しろ。必ずあいつを砦にちゃんと連れて帰るから。だからおまえもあんまり心配し過ぎるな。おまえがそんなに青い顔してると、あのやんちゃな兄貴が困るだろうが？」

＊　＊　＊

エルギウスの現王家であるヴァラメルー族は、古くから平原の南西部に位置する豊かなオアシス地帯で暮らしてきた豪放磊落な遊牧の民を、その父祖としている。

　エルギウス南西部は昔から、大陸で最も素晴らしい馬を産する地として知られていた。ヴァラメルの人々は、彼らが育てた駿馬の群れを大陸各地に引き連れていっては巧みに高値で売却し、その訪れた先で現地の特産物や重要な情報を手に入れ、また別の大きな町へと旅をして回った。彼らの最も重要な取引相手は、もちろん都に住む当時のエルギウス王や貴族たちだった。彼らの軍隊は文字通りいくらでも駿馬を必要としたからである。

　ヴァラメルは次第に大きな経済力と緻密な情報網を持つようになり、それらを背景とした彼らの政治的発言力は、やがて王といえども軽んずることができないほどに強力なものとなっていった。一族の中で一部の者は通年定住の道を選んで都市貴族化し、権力の中枢へと貪欲に食い込んだ。

　平原最古の王家とされるサンキタトゥスの手からエルギウスの王権が奪取されたのは、ヴァラメルの男の一人がその軍功によって初めて公爵の地位を手に入れてから、ほとんど一世代が入れ替わる間もないうちのことである。病弱であったサンキタトゥス朝最後の王テアネスは、一族と召人と共に、彼らの発祥の地とも言われる北西の辺境へと追放された。

　当時ヴァラメルが旧王家の血を完全に抹殺しようとしなかったのは、格別な温情によったのではなく、古い貴族たちの根強い反感や世の風評を多少は慮ったからに過ぎない。騎馬民族の間には古来より、公明正大な指導者を敬う気風がある。そしてまた、王座に至るまでのヴァラメルの行為の数々については、例の食えない文司たちが後世に向けて黙々と記録を残し続けているのである。まったく、常に大陸を彷徨している文司という輩は、幽霊の如くいつでもどこにでも出没していた。

だが、権力掌握への道筋はともかく、その事後に国の領土を拡大させるという意味においては、ヴァラメルの歴代の王たちは十分に有能であり、かつ貪欲だった。

サンキタトゥスの時代、エルギウスは基本的には、土地の個人所有や富の蓄積にはそれほど執着を持たない、古の伝統を維持する「遊牧民の国」だった。王都そのものも何度か遷都したと言われているが、いずれも澄んだ開明と贅肉のない品格とを備えた美しい街であったという。しかしその主な役割は広い領土を照らす灯台の役を果たすことにあり、そこに根を下ろして暮らす人々よりは、集っては再び散る騎馬の旅人たちの方が多く行きかう地だったのだ。

だが、ヴァラメルは違った。彼らは周辺諸国との大小の戦いを経て自らの領土を史上最大の範囲にまで拡大し、さらにその目を海上にも向けて、これまた無数の小競り合いを交えながらも、大規模な交易事業へと乗り出し、それを存分に成功させていったのだ。「旅」と「財の蓄積」との融合は、他の遊牧民には見られぬヴァラメルに特有の価値観であったと言っていい。

騎馬民族はまた、本来はその気風として定住の生活というものをあまり好かない。「家」などいつでも解体して馬で運べる天幕一つで十分というのが、彼らの人生における基本姿勢なのである。

ヴァラメルもまた、もともと馬群を飼う人々だった。馬は牧草を大量に消費するため、多頭飼いをしている以上、そもそも通年の定住は無理なのである。

だが、遊牧の民の中でも特に男性的、攻撃的、そして独特の鮮やかな美意識を持ち、華麗な装飾品で自分たちの身や乗る馬たちを彩るのが好きでもあった彼らは、新たな王都を現在の地に定めると、権力の象徴である城の造営に俄然熱中し始めた。ヴァラメルの何代かの王が熱心に増改築に励んだ結果として、今では諸国一の壮大な主塔を備えた絢爛豪華なものとなっている。その規模は、ほぼ同程度の国力を持つシザリオンの王城の倍近いと言っていい。

王に近しい貴族たちや愛妾たちが過ごすための側塔が七つ、階段状の空中庭園、ヴァラメルの出自に恥じない素晴らしい馬たちを揃えた厩舎。そして、海外交易によってもたらされた異国の石材や珍しい植物たち、美しくも不思議な動物たちの毛皮などが、目も眩むほど煌びやかに内部を彩っている。

また同時に、この華麗な城は鉄壁の要塞でもあった。どこか強迫観念的な傾向も持つ王たちによって、矢狭間、張出し櫓、石落とし、濠と跳ね橋、堅牢な城壁などの防衛設備が長い年月をかけて丹念に作りこまれ、華やかでありながらどこか烈しい敵愾心も秘めた騎士のように、王都の中央に今日傲然とそそり立っている。

そして、遂に降誕した伝承の〈サンスタン〉――ガルド王の生母にちなみ「ギネヴィア」と命名された――は、このあらゆる意味で異常な城の中心で、まさしく絹布団でくるまれるようにして日々守り育てられていた。

彼女はまったく、何から何まで特別な存在だった。その「特別」の最も目立つしるしはもちろんその背中の翼だったが、それ以外にも周囲を仰天させる特質は早くも次から次へと零れ出していたのだ。

「ギネヴィア様をお散歩にお連れすると、必ず小鳥たちがやってきて、姫様にご挨拶をするのですよ」と、乳母は誇らしげに、他の召人たちに話した。

そして、はしゃぎ集うのは鳥たちばかりではないのである。

「姫様はほんとうに可愛らしいお花のよう。蝶たちだって集まってきて、ひらひら周りを舞い踊るのですから」

「お花といえば、お部屋に飾る切り花たちまで、姫様がお笑いになる度に幾つも蕾を増やすような勢いですのよ……」

そして、何より、彼女自身が、まるで仔犬か仔猫のようにその成長が早かった。

生後一月ほどで、この金髪の姫は敷物の上を元気に這い回り始めた。背中の翼はまだ小さくて彼女の体を宙に浮かせるような芸当はできなかったが、彼女の短い手足と同じように極めて逞しくパタパタと動いては、自らを鍛え続けている。

傲岸そのものの威容を天下に示してきたこの城は、今や薔薇色の奇跡を見守る驚嘆と喜びとで、日々やさしく沸き立っていた。


王城に参ずるのは、緊急の議題がない限りは三月に一度ほどのことだったのだが、レオン・バロウズ侯爵はこの一月で既に二度も領地から自らやってきている。

侯爵の側近である騎士ハイデンは、他のどんな用事を放り出してもそれに付き従うことに決めていた。もちろんそれは立場上必要だからでもあるが、どうやら彼にとっても個人的でかつ密かな楽しみを伴うようになっているのである。

当初レオンは、定例の御前会議に出席するために王城に参じた折、ギネヴィア姫と顔を合わせるのを用心深く避ける様子を見せた。

極秘のこととはいえ、何しろ生母の元から姫を引き離して攫ってきたのはこの自分なのだから、さしてもののわからぬ赤子といえどもきっと自分を憎んでいるのに違いない、と考えたらしいのである。少なくとも、顔を見せれば大声で泣かれるのは必至であろう。

「まああ、そんなことは決してございませんわ」

姫のご機嫌を損ねては、と慇懃に面会を辞退するレオンに、女官長は口許に手を当てておほほほほと笑った。

「お髭面の近衛隊長にあやされても、ギネヴィア様はお笑いになるのですよ。まして、侯爵様のようにお美しくお若い殿方にお会いになったら、どんなに喜ばれますことか」

お美しいとかお美しくないとかいう問題ではないのだ、という顔を、侯爵様はした。自分を不快な目に遭わせた人物を幼子が嫌うのは、身を守る術など何も持たぬ生きものとして至極当然な反応のはずである。実際にはそのやり取りの間、レオンの表情は常とほとんど変わらず、形のいい眉がほんの少し動いただけだったのだが、乳兄弟のハイデンの目からすれば、彼が「赤子についての知識なぞは確かに皆無だが、さすがにそれくらいのことはわかるわ」とやや不満に思ったらしいことは明らかだった。

だが、周囲のしつこいほどの勧めに負け、一度くらいはとしぶしぶ義理を果たすことになった。ハイデンを連れて育児室に入り、レオンは豪奢な敷物の上で乳母や女官たちにちやほやされている金髪の「姪」の前でそっと片膝をついた。

「ギネヴィア姫には、ご機嫌麗しく」

静かに声をかけ、そのまま黙って、泣かれるのを待った。

傍らで共に姫の反応を待ち構えながら、ハイデンは「見れば見るほどなんと美しい幼子であられることよ」と内心で感嘆していた。そして彼女が「父」であるガルド王と同様に金色の髪を持っていたのは、またなんと幸運な偶然であったことか。ガルドはこの「私によく似た」奇跡の娘を得て、もはや後ろへ倒れそうなほどにそっくり返ってご満悦である。

すると——正面のレオンの顔を見上げたギネヴィアが、突然喉を鳴らして笑い出した。彼女は小さな両手をぱちぱちと叩き、笑い、また叩いた。

相変わらず無表情に、レオンはその様子を観察した。そして首を曲げ、自分の背後を見た。誰もいない。ハイデンや女官たちは、横に並んで様子を見守っているのである。

レオンはもう一度、ギネヴィアの顔を見た。

彼女が再び、うきゃーっと喜んだ。背中の小さな羽がせわしくパタパタと動く。

「何を見て、姫は笑われているのだ？」

「あなたですよ」口許を微かにひくつかせながらハイデンは答えた。もはや笑いを堪えるのに必死である。彼自身は八人兄弟の長子であり、それが高貴な存在かどうかはともかく、少なくとも赤子などというものは歩く度に躓くかと思うほどに見慣れて育った。

対してレオンは、二つ違いの妹の赤子時代についても記憶は定かでないという。

「私の顔が何かおかしいのか」レオンは真面目である。だが、姫が何かでべたついた（たぶん涎であろう）小さな手で彼の顔に触ろうとしても避けなかった。

「おかしいなんて、そんな。侯爵様のことがお好きなのですわ」

女官たちが華やかに笑いさざめく。

「まあまあ、こんなに喜ばれて。お小さいうちから姫様はお目がお高いですこと」

「でもいくら素敵な殿方でも、さすがに伯父御さまではねぇ。残念ですことねぇ」

レオンは、黙っている。

だがもはや胸もときめく思いのハイデンは、これまでの人生でもせいぜい二、三度しか記憶にない光景を目撃していた。

主の頬骨の辺りに小指の先ほどの薔薇色が浮かんでいる。

レオン・バロウズ侯爵が、照れているのである。

以来、レオンは領地での忙しい政務の間を縫っては王城を訪れたがるようになった。

ハイデンにとっても実に嬉しいことである。とんぼ返りの強行軍そのものはほとんど荒修行に等しかったが、もはや諦めたくなるほど長きに亘り「憂愁の貴公子」であり続けた主が、たまにのことではあっても、ほとんど柔らかいと言っていいほどの微笑を見せるようになったのだ。

「先に、ギネヴィア姫のお部屋に寄ってゆく」

「はい、はい」自分まで、つい足取りがいそいそしてしまう。

だがそれはそれとして――喜ぶよりも先に、やはりたまげることの方が多い。心と贅を尽くした土産の品を両腕に抱えながらレオンの後ろについて姫の居室に入ったハイデンは、その姫が部屋の中を元気に駆け回っているのを目にして、高価な貢物をほとんど全部床へ取り落とした。

「おお、もう歩かれているぞ」レオンは悦ばしげに目を見張っている。「赤子の成長とは、実に早いものなのだな」

早いものなのだな、どころの能天気な話ではあるまい。いや、姫の成長速度が並外れていることは既にわかっている。しかしそれにしても、通常ならまだ床を這い回ることもできぬはずの月齢なのだ。

「ほう」レオンには、そもそも驚く前提としての知識が、やはり無い。「そうなのか」

「そうなのです」ハイデンは汗を拭った。

「まあよいではないか。そもそも姫は最初から特別な方なのだ。選ばれし至高の存在に、凡庸な成長ぶりなどはおよそ似合わぬ」

「侯爵」

ハイデンは、散らばった土産をせっせと拾い集めながら横目を遣った。

「あなたはきっと、姫がおみ足でお食事をされるようになっても、なんとご器用なと喜ばれますよ」

「口が過ぎるぞ、ハイデン。私を何だと思っている」レオンはそっけなく言い、彼の方へ「おじたまー」と回らぬ口で叫びながらよちよち走ってきたギネヴィアを腕の中に迎え入れた。そのますぐに高々と抱き上げる。

「なんと、もうそのように呼んでもくださるのか！　まるで神のような賢さだ」

（……何だと思う、って）

ハイデンは胸の中で呟き返した。

もちろん、「先が思いやられる伯父馬鹿」に決まっている。

＊　＊　＊

「先ほどまで、物を投げるなどして暴れておいでだったようです」

女官長が、急ぎ足で付き従いながら囁いた。

「侍医殿がお薬をお飲ませして、ようやく少し――」

レオンは次々に会釈する女官たちの前を通り抜けて、王妃の寝所へと入っていった。

紗の垂幕に囲まれ、幾重にも絹布をのべられた豪奢な寝台の中で、王妃は晒したように真っ白な顔に虚ろな眼を開けて横たわっている。

「シルフィン」寝台の側に寄り、その端に静かに腰を下ろして、レオンはそっと声をかけた。

「私だ。今日の気分はどうだ？」

「……」

「領地から、そなたの好む果物を何種か持ってきた」妹の乱れた髪を優しく何度も撫でる。

「今、女官に用意をさせている。ほどよく甘くて冷たい。口に含めば、少しは心地もよくなろう」

「……お兄様」シルフィンの色味のほとんどない唇が小さく動いた。

「うん？　何だ？」

「どうして……私のところへよりも先に……ギネヴィアの部屋に」

レオンは僅かに目を見張り、じっと彼女の顔を見つめた。

「以前なら何よりも……誰よりも先に、私のことを考えてくださったのに……お兄様だけは」

「シルフィン？」

「あんな……」赤くなっていたその濡れた目から再び涙が零れ、やつれた頬を伝い落ちた。「あんな、化け物のような、気味の悪い子……！」

「シルフィン」レオンは心底愕然となった。「何を言う。あの姫はそなたの娘だ。そなた自身が命がけで産んだ、かけがえのない、このエルギウスの宝なのだぞ」

「お兄様ばかりじゃない。陛下も……」嗚咽が漏れだした。「陛下はもう、私には……何のご関心もお持ちではないのです……！」

「シルフィン、何ということを」レオンは、絹布の上に力なくのっている彼女の細い手を握った。「そなたは美しい。国中で一番の美姫と幼少よりずっと謳われてきた女人ではないか。その上、虫も殺せぬほどに心優しく、そしてまだこれほど若い――」

「美しくなど、ない。そんなふうに今も言ってくださるのは、もうお兄様だけです……！」

「シルフィン、そのようなことは決して――」

「お世継ぎを……伝説の姫を産んだのに」ギネヴィアを化け物と呼んだばかりであることを、既に自ら忘れている。「もう産めないと思っていた……こんな私の体では、きっとまただめだろうと……でも、マリアルヴァの女神様が助けてくださった……恩寵を垂れてくださったのに……どうして陛下は――」

「シルフィン、聞きなさい」髪を撫で、冷たい手を引き寄せてそれに接吻を与えながら、レオンは言い聞かせた。「陛下は今、現実にお忙しいのだ。私がこの後もずっとお側でお相手をする予定なのだから、間違いはない。そなたにご愛情がないのではなく、もとよりご自分の王としての責務に、ただひたすら忠実な方でいらっしゃるのだよ。それをあれこれ別の方向に考え過ぎて、余計な心配をしてはいけない。ここより先に姫の部屋に伺ったのは、私が悪かった。もう二度とせぬ」

シルフィンは濡れた睫を伏せたままだ。

「だからそなたも、心安らかに……そなた自身が産んだ娘を見なさい。あの薔薇色の頰を見て、それに触れてみるのだ。そなたもまた、あれと同じような頰色に戻らなくては……そして、必ず戻れるのだよ。花のように色づいたそなたと姫を共にご覧入れれば、どれほど陛下のお慰めとなるか、そのことを考えてごらん」

「……お兄様……」嗚咽の中で、とぎれとぎれにシルフィンは言った。「私は……陛下が怖いのです……」

「……怖い？」レオンの声が、俄かに感情の色を失った。「陛下の——何が、どこが怖いのだ、シルフィン」

「どうして時々……あのような眼で……私をご覧になるのでしょう」シルフィンの顔も手も、薄絹の中で痩せ細った体も、終わりの見えない苦悶に震えていた。

「まるで、汚らわしいけだものを見るような……蔑むような眼で……！」

レオンは、しばし声を吞んだ。

「シルフィン、まさかそのような――」

「いいえ、本当にそうなのです！　そうして、事実そのように私を扱われる……！　なぜなの？　私はあの方の正妃――あの派手はでしい愛妾たちとは違う――しかも、諸国の女王となる〈サンスタン〉の産みの母なのに……！」

「シルフィン」

「あのとき、お兄様のお側を離れなければよかった！」軋むように耳障りな声が、どんどん大きくなった。「そうすれば、私はずっと幸せで――ただお兄様の無邪気な妹でいられたのに……！　バロウズの城に帰りたい！　もうこんな冷たくて意地悪なところは嫌よ！」

妹の慟哭する体を抱き寄せながら、レオンは首を曲げて女官たちを見やり、部屋を出ていくように表情で命じた。そして寝台に深く座り、あらためて彼女の体を抱き直した。

「落ち着きなさい。私は今でも、こうしてここにいるではないか。そなたが王の妃となっても、そなたは私のたった一人の妹だ。そしてそなたのことを昔と少しも変わらず愛している。未来永劫、それは変わらない……そなたが望むなら、何度でも口に出してそれを誓おう」

「……」

「何年もの間体を痛めてきて、そなたはとても疲れている。だからそのように寂しくなったり、悲しくなったりするのだよ」

相手の乱れた褐色の巻毛に、そっと接吻する。

「よいか、シルフィン、陛下はそなたを蔑んだりなど決してなさらない。そなたが言う通り、そのようなことをなさる理由などまったくないではないか。そなたは、この国のすべての女人の頂点に立つ王妃なのだよ。しかもこのエルギウスは、今や世界一の大国だ。そなたは、現在この地上において最も偉大な王に正妃として選ばれたゆえに、今ここにいるのだ。誰よりも美しく、気品に満ち、聡明で、しとやかな女人であるという、それほど確かな証拠はないではないか……。この華奢な身を削って大任を果たし、またとないお世継ぎも得た。そなたがそのように自らわかっていながら、自身のその価値を疑ったりしてはならぬ」

「……」

「陛下は、確かに気性の激しいお方だ」妹の耳元に顔を寄せ、レオンは静かに囁き続けた。

「その肩に負われた重荷ゆえに、ときに冷厳にも見える振る舞いや物言いをなさることもある。そなたは、たまさかそのように精神が険しくなられた折の陛下を目にして、怯えた気持ちになったのだよ。そなたが慕ってくれるこの私でさえ、相手によっては冷酷と呼ばれることもあるのだ。だがそのような、時に情を退けて振る舞う強さは――まして、王となられるような方には、どうしても必要なものでもある。そのことは、どれほど辛くても、一国の王妃としてそなたも理解せねばならぬ。そなたのあの愛らしい姫でさえ、いずれは父陛下のように、下々の輩の何倍もの気丈さをもって、毅然と王国の統治に当たらねばならないのだよ。そなたには姫をそのように育てる責務がある。だからそなたも、これから——少しずつでよいのだ——気持ちをしっかり持ってゆかねばならない。……私の言うことがわかるか、シルフィン？」

シルフィンの嗚咽は啜り泣きになっている。

「私の妹としてならば、いつでもこの胸で気が済むまで泣いてよい。だが、母としてのそなたは、強くならねばならぬ。あの、そなたを頼り切っている小さな姫のことを考えなさい。そして、その姫のために生きるのだ。そなたのその使命を、どんなに苦しい時でも、忘れてはならぬ」

「……お兄様のように」小さく、呟いた。

「お兄様だけが——どんなときも、こんなにだめな私を——愛して、護ってくださる」

零れ続けるその涙が、レオンの胸に次々と染みこんでいる。

「この世でただ、お兄様お一人だけが……」

（私は、陛下が怖いのです）

筋肉の鎧を固く重ねつけてきたつもりの胸に、その震える吐息交じりの一言で、内側からあっさりと、細い亀裂が走ったような気がした。

（怖いのです）

その隙間から、氷室の冷気のような何かが――滲み出してくる。

ハイデンの待つ階下への下り口まで彼を見送ろうとした女官長を、レオンはその肘を軽く摑んで壁際に招き寄せた。

「確認したいことがある」周囲に人の気配がないことをもう一度確かめ、レオンは声を低めて尋ねた。

「何でございましょう？」

「王妃のお体に、暴力を受けた痕などは？」

目許や口の周囲に小じわこそ目立ち始めているが、そのためにかえって面差しが思慮深い印象を与える女官長は、細い眉を寄せて彼の顔を見つめ返した。

「いいえ、まさか、そのようなことは」

「本当か」

「本当ですわ。もしそのようなことがあれば、お世話をする私どもが気づかぬはずはありませぬ」

「最近の話だけをしているのではない。王の妃となられた、その直後からのことを尋ねているのだ」

「……いいえ、ございませぬ……」

だが彼女の黒い瞳がほんの一瞬揺れたのを、レオンは見逃さなかった。

「あったのだな。かつて、そういうことが」

抑えた口調の、その装われた落ち着きの奥深くに蒼白い鬼火にも似た何かが動くのを、女官長はすばやく感じ取ったらしい。

「侯爵様」彼女は同じく懸命に冷静の仮面を被ろうとしてみせた。この侯爵の裡なる激昂がどれほど凄まじい事態を招くことになるものか、既によく知っているからだろう。

「あの頃、お体に微かな傷がついていたことは、確かに何度かございました。でもそれは、決して深刻なものではございませんでしたわ。事実、どれも数日で消えるものだったのです。私どもが手当てをさせていただき、侍医殿にお見せするほどのこともないような……。王妃様ご自身も、それほどお気になさってはいらっしゃいませんでした。まだ笑顔もお見せになっていた頃のことなのです」

「……」

「私の亡き母の名にかけて、本当でございます、バロウズ侯爵様」

レオンは黙って踵を返し、そのまま冷たい石の階段を下りていった。

＊　＊　＊

定例の御前会議は、エルギウス王国の十四の管区をそれぞれ統括し、治安と防衛、徴税の責務を負う軍政官たちを集めて行われる。

ガルド王には他に宮房長や王軍長などの側近集団が城と王都を維持運営するべく仕えていたが、広大な領土の実質的繁栄は、いわば「現場」を統治するこの軍政官たちの働きぶりにかかっていると言っても過言ではない。

「そなたの要求の意味がわからぬ、ダキア」彫物に金箔を施した上座の椅子で、ガルド王は不機嫌な声を発した。「たかだか数十人の馬賊の討伐なぞのために、なぜこの王都の正規軍をそなたの領地までわざわざ派遣せねばならぬのだ」

「ご説明申し上げます」国境を守る辺境伯であり、西部管区の軍政官をも務めるダキア公爵は、恭しく応えた。

「まず前提として、この馬賊軍団の規模は、実質的には一千人を超えると考える必要があります。核となっているのはお言葉通り数十人程度の集団ですが、西部馬賊の間では近年一種の合議制が敷かれており、彼らはしばしば共闘の態勢を取ってより大きな果実を得ようと協力し合うことがあるのです。その点、王都の近在で不埒を働く匪賊ども、あるいは東の海賊どもとは性質が多少異なりましょう」

王の組んだ足の靴先が、その表情と同じ不機嫌さで小さく揺れ続けている。

「そしてこれまでの一連の騎兵屯所襲撃により、あの者どもが結託して得ようとしている果実とは、北西部一帯の無法地帯化にほかなりませぬ。つまり――」

「つまり、まさにそなた自身の出番だな」王が大きく足を組み替えた。「都の精鋭軍を支援によこせという前に、その馬賊どもの連携とやらを挫く手は十分に打ったのか。雑多な寄せ集めにしか過ぎぬ盗賊どもの思惑など、完全に一致するわけがないであろう」

「陛下、もちろん――」

「第一、そなたの所有する兵力は六千を超えておる。ダナエ国境の通常警備には三千もあれば十分であるはず。残りの騎兵だけでは烏合の衆千人も蹴散らせぬとは、いかにも辻褄が合わぬな」

「陛下、どうか」ダキア公爵はあくまで丁重に話を続けようとした。その氏育ちの上品さが政治の場では逆に足を引っ張ることもなくはないが、生来の気質がわりあい穏やかな男なのである。

「この季節、ダナエの砂漠遊牧民たちは国境線をしばしば踏み越えて北へと移動をいたします。特に今年は新太守の就任式がハロで行われるために、移動する民人の数は既に数万に及んでおります。これはとても通常の配置で監視できる規模ではありませぬ。そして馬賊どもは、実はそのことを最初から計算した上で、この度の一連の暴挙に及んでいるのです」

「……」

「広がる腫瘍の種のようなものです。今のうちに圧倒的な武力差をもって根絶やしにしておかねば、あの者どもはいずれ、畏れ多くも陛下のおわすこの王都攻略への道筋さえもつけかねませぬ。これまでの動きから私が察するに、連中の最初の大目標はおそらく、カルキス平原とファスキナ街道の制圧にありますゆえ」

黙って聴き手に回っている他の軍政官たちが、それとなく視線を交わした。

カルキス平原とファスキナ街道は、かつてヴァラメル一族が王権奪取を成し遂げた際にも南西部からの支援の軍勢がまず押さえに走った、いわば軍事上の要衝なのである。

しかし、ガルドの顔はあからさまに不快げなままだ。

王の不機嫌には理由がある。二月後には都に置いている直轄の精鋭軍も引き連れてまた海に出たい、という目論見があるからだ。彼の場合、それは目論見というよりほとんど生理的な欲求に近い。だがこれから西部くんだりまで直轄の貴重な兵力を送り込んだりしていては、その出航に最も風の適した時期を逃してしまいかねないのである。

エルギウスの海軍はガルドの代になってから王軍長の直轄となったため、この場にその意向を専門の立場から代弁する者はいない。

しかしそもそもこの王は海賊どもを追い散らすことばかりに兵と金を使い過ぎなのだ、と、長卓を囲む軍政官たちは、程度や思惑の違いはあれ、それぞれが内心に考えていた。

ガルドには元々、自国の現領土内の問題よりは外へ外へと目を向けたがる性癖がある。加えて少年の頃から大海原に強い興味を持ち、彼の誇りである華々しい交易船群にちょっかいを出す海賊どもの悪さに対しては、ほとんど血管が切れそうなほどの怒りを示すのが常だった。年に一度は大艦隊を繰り出し、時には自ら陣頭指揮を執って海上のもぐら叩きに励むのである。

だがやはり今は平原の西で暴れ回っている無頼の若造どもを徹底的に駆除すべき時だろうと、北部管区軍政官としての席で、レオンもまた見ていた。

重要な平原と大街道の制圧という話は現実的に考えて相当遠大な「目標」であるにしても、国境に近い騎兵屯所が既に五ヶ所も焼き討ちに遭い、一年半前からは月に複数回、国家所有の隊商が草原で身包み剥がされ続けているのである。これ以上明白な体制への反逆はない。海賊の狼藉は遠い海の上の話だが、馬賊の横行は巷の領民の眼前で起きている。この馬賊の狙いはどうやら自分たち無辜の平民ではないらしいと見て、領民の中には事態を面白がる者さえ現れ始めたという。

（それに）

「陛下、畏れながら」レオンは自分の席から、穏やかに声を発した。

「エルギウス西部の治安については、ダナエの旧太守一族も強く関心を持っておりましょう。一族の息女がエルギウス側の馬賊に攫われ身代金を要求された事件はまだ記憶にも新しい。新旧太守の我が国への内政干渉を避けるためにも、ここはやはり陛下のご寛容なお力添えを賜り、早期の決着を図るのが肝要かと」

ダナエの支配者層の思惑もだが、〈サンスタン〉を略奪された大国シザリオンの動きに対しては、レオン個人として更に慎重たるべき理由がある。

シザリオンのアストラン王は元来内省的、慎重過ぎるほど慎重な人物で、現時点ではまだガルド王に対して、宣戦布告に先立ち「蛮行を非難する」使節を寄越すようなことはしていない。アストランは起きたことの実情を調べ、エルギウスの犯行の証拠を集めようとしているのだろう。ギネヴィアの姿はまだ鉄壁の城塞の中に完全に隠されている。ガルドが世に我が娘として宣言した〈サンスタン〉がアストランの愛娘本人であるのかも確かめようがないのだ。そして現時点の軍事力ではエルギウスの方がシザリオンより一、二歩の優位にある。怒りに任せ闇雲に攻め入っていい状況とは言い難い。

しかしここへきて、シザリオンとダナエの二国が「誘拐はエルギウスのお家芸」などと不信を募らせて手を結ぶようなことになっても厄介だ。砂漠の戦士であるダナエの支配者層の伝説的な血の熱さに煽られて、酷い屈辱を味わっているアストランが一気に宣戦へと走る可能性もなくはなかろう。

一方ガルドはといえば、シザリオン側の「姫は我が方のものだ、この泥棒め」という主張など、一笑に付すだろう。どんな証拠を突きつけられたとしても、「出鱈目だ」と断じてあの伝承の姫を手放すまい。手放すわけがないのだ。仮にアストランにそのまま戦いを挑まれても、最終的に大きな勝利を手にするのは己の側だという自信が彼にはある。レオンとしては、王のその自信もまた、何としても現実的に裏づけてやらねばならない。

援護の派兵を勧めるレオンの言葉添えに、ダキア公爵は瞳の奥に感謝の色を潜めてちらりと彼の方を見たが、ガルド王の眉間の縦じわは更に深まった。

「正規軍の西部派兵をお願いできますれば、その間いただくお時間で、北部からの金鉄木の出荷を二百本追加することが可能です、陛下」

レオンはそのガルドに向かって続けた。

「ご出航に備えた船の補修作業が万全のものとなるよう、我が領地の者ども総出で急がせますゆえ」

「二百か」王の縦じわが少し緩んだ。

エルギウス国内ではバロウズ辺境伯領でしか産出されない金鉄木は、王の玩具である軍船の船体用としては最高級の素材なのである。

……「エズラが死にました」。

数日前、領地の城で、レオンの眼前に膝を折り、農夫姿の男は頭を垂れて報告した。

レオン自身とほぼ同年であるはずのエズラは、シザリオンの王城で妃の衣装係を務めながら密偵の任を果たしていた女である。その丁寧な仕事ぶりをエレメンティア王妃にも輿入れ当初から愛され、「エルギウスに〈サンスタン〉が降誕した」という一報に驚天動地に陥ったシザリオン王家の状況を、可能な限りに詳しくレオンの元へ知らせ続けてくれていた重要な存在だった。

「いつもの窓に合図の花が飾られていなかったもので、野菜を届けながら厨番の女にそれとなく城内の様子を訊きましたところ、五日前に衣装係が一人死んだと。詳細は不明ながら何かひどい粗相をしたらしく、近衛隊長に咎められ、地下で厳しく尋問されそうになり、その前に自分で毒を飲んだようだと——女は申しておりました」

レオンは厳しい警戒を潜り抜けて戻ったその疲れ果てた男に、約束よりも多くの報奨を与え、身寄りのなかったエズラの墓を必ずバロウズ家の墓地に置くと話して聞かせた。肉体はたとえシザリオンの地に露と消えても、彼女の忠実な魂はきっとここへ還ってきてくれるだろう。

エズラはシザリオン王城の内外に放った密偵の最後の一人ではないが、レオンとしては打つべき手は迅速に打ち続けねばならない。エズラは拷問によって白状を強いられる前に自死した。だがシザリオンの近衛隊長が彼女の何に疑いを抱いたのかわからぬ以上、今後の展開は幾通りにも予測できる。

（……）

会議が終了し人気の去った部屋の外、広い露台の端に立って、レオンはしばらく王家自慢の華やかな庭園を眺めていた。

北部辺境伯領において、有事の際シザリオンの進軍を食い止める最初の防壁を務める準備は数年前に既に完了させている。そもそも、辺境伯となると決意したあの日以来、隣国の軍事情勢から注意を逸らしたことなどただの一日たりともない。

宣戦布告が現実のものとなった時、シザリオンは国の命運を賭して当然大軍を送り込もうとしてくるであろうが、少なくとも中央や他領からの援軍が国防計画通りに後方から到着するまでの間くらいは、自分と自分の兵士たちは盾の役を果たし得る、という冷静な計算が、今のレオンにはあった。そこでこの身が散るのも、それは当然の理という以上のものであろう。大戦勃発という地獄の火をこの手が平原に投じ、無辜の領民らまでを巻き添えにする。誰よりも早く、永く、その業火に焼かれるべきは己である。

鳥がどこかでふいに美しく鳴き、レオンは視線を流した。

（……まずは）

ダキアを少し、支えるか。

「公爵」

白い円柱の立ち並ぶ回廊で、レオンは長身のダキア公爵を呼び止めた。

相手は浮かぬ顔に、それでも好意の色を浮上させて引き返してきた。それを壁際に招き寄せ、声を低めて尋ねる。

「お立場お察し申し上げる。この私でも何かお手伝いできることがあれば」

「いつものことながらお気遣いをかたじけない、レオン」ダキアはマントの肩を優雅にすくめ、小さく苦笑を漏らした。

「あなたには父の代からお世話になっておりますゆえ」

「そんなことがあったかね」四十半ばの公爵は、微笑うと何とはなしに人のよさそうな皺が目尻に寄る。整えられた黒い口髭が美しい。「あなたにもあそこまで言葉添えを頂いたのに、寄越す兵は結局たったの千とは。まったく悋気な国王であることよ。いったい誰のために日夜、神経と私財をすり減らして国家の威信維持に努めていると思っているのだ」

「そのたった千の兵にしても、ですな。本当に西部であなたの軍と合流してくれるまでは、私もせいぜい木材の搬出に時間をかけさせることにしましょう」

「あなたにまで要らぬ神経を遣わせて、まったく面目のない限りだ」ダキアは再び苦笑した。

「まあ言い訳をさせてもらえば、南西部の例の旱魃のせいで馬賊どもに断たれた警戒線の再構築に必要な費用の調達が遅れているのだ。手を打つのが遅れたのは私の失策だが、辺境伯領の中では私の守る国境線が一番長い。しかもその大半がダナエの砂漠に面している。元々兵力に大して余分があるわけではない。最前線への補給路が従来のように確保できなくなるとわかっていて、ハーミットの城塞から奥地まで騎兵たちを大規模な探索や討伐に出すことなどあり得ない。あの馬賊どもは最初からそれも計算して、事を起こし始めたのだ」

レオンは頷いた。

「派兵の範囲をぎりぎりまで絞って一気に叩くしかないのでしょうな。大元の賊の根城について、発見の目処は？」

「彼らのこれまでの動線を分析して、北西部の丘陵地帯のどれかではないかと私は見ている。退却に同じ経路を使うことはないし、同盟を結ぶ他の馬賊の縄張りを経由して方角をごまかしたりもしているが、十中八九、間違いはない。丘陵周辺の村を重点的に小隊に探索させているところだ。かなり緻密にやらせて、半分ほどが済んだ」

騎馬人員を大量投入できない以上、優先順位のつけ方として公爵の判断にも一理はある。馬賊はどの集団も常に馬賊の風体をしているというわけではない。西部でではないが、「確かにここに隠れているはずだ」とある集落の中を徹底的に捜したが何も見つからず、実は兵たちの眼前でのんびりと農耕を営んでいた村民全員が馬賊だったと、後で判明した例もあるほどだ。馬賊と一口に言ってもその成り立ちは集団によっていろいろだとされる所以である。

それにしても、と公爵は続けた。

「その中心核の賊どもが戦闘力という点でも他集団より数段抜きんでていることは間違いなさそうだ。全員まるで曲芸のように馬を乗りこなしていたという証言もある。騎兵との戦い方、というより、騎兵の殺し方に明らかに習熟しているのだ。何者の仕込みか知らぬが、よほどあちこちで練習を重ねてきてくれたと見える」

エルギウス騎兵の標準的な装備は、兜に肩当て、胸当てと背当て、そして籠手だ。盾は状況に応じて用いられる。むろんそのすべてがかなりの厚みを備えた金属製である。上位の将は更に他の部位にも防具を着けるが、移動時間が長くなりがちな各辺境伯領の一般騎兵たちは、重量の負担以外にも、愛馬の胴が擦れることなどを嫌い、下半身にはあえて金属製防具を着けぬ者も多い。つまり、最も重要な臓器を護ることはできていても、人体のすべての急所を覆い隠せているわけではないのだ。

一方、頑丈な防具を着けぬ馬賊たちの方は、まともに攻撃を食らえばもちろん致命傷を負うことになる。だがその反面、身体の自由度は極めて高い。騎兵同士の一騎打ちならば必殺となったはずの一撃を身をしなわせて躱し、思いもよらぬ角度から刃を入れてくる。喉元の僅かな隙間や腿を斬られてたちまち大出血を起こし、落馬して死に至る兵も決して少なくないという。

こうした機敏極まる馬賊どもに対して最も有効な攻撃方法は、彼我のあいだに適当な距離があるうちに矢を雨あられと浴びせかけることなのだろうが、彼らが襲撃を仕掛けてくるのは常に夜のことなのだ。猛獣のように夜目の利く彼らは、闇に紛れ音もなく標的に忍び寄り、こちらがその突撃の気配に気づいた時には既に眼前に迫った馬の上で剣を振り上げている。弓矢の狙いを定める暇などあらばこそで、一瞬後にはこちらの首が刎ねられている。徹底的に仕込まれた強靭な馬たちとまさに一つ身となり、突如闇の中から襲いかかってくる彼らのことを、『死の夜行獣』と呼ぶ者さえ騎兵たちの中には出始めているという。

「確かに、厄介な連中ですな」レオンは再び小さく頷いてみせた。「だが、彼らをその強烈な印象のままに、すなわち現時点での実体以上に恐れを抱いてしまうことにでもなれば、むしろその方が我らには危険なこと」

「……」

「探索についてですが。騎馬隊以外の者も並行して使われた方がよろしいのかもしれませぬな」

「騎馬隊以外？」

「これは個人的な推測ですが、問題の集団はおそらく平均年齢が相当に若いのでは？」

「うむ、どうもそのようだ。生き残った目撃者が少ないので断定はできないのだが、少なくとも頭目格の男がまだ二十代前半らしいという証言は複数得ている。常に首に赤いスカーフを巻いている。それが目印となって標的にされることなど自分は怖れていないと、敵にも味方にも見せつけているわけだ」

「なるほど」

近くを通り過ぎていく貴族たちにさりげなく目を配りながら、レオンの口調は淡々としている。

「仕切っている頭目自身が若い。襲撃の手法が派手で、自己顕示欲が強い。出没範囲が異常に広く、神出鬼没。襲われた隊商の運んでいた荷の内容を少し確認させていただいたが、荷の中に何か目新しいものでもあれば、彼らは特に大はしゃぎのようですな。それが相当かさばるものでも、高価な絹織物の方を諦めてまで無理に持ち帰っている。それも重要な部品を取りこぼしていくほどだから、正確な使い途がわかってのことではない。まるで、光り物を集める烏のようだ」

「烏か」ダキアは苦笑した。「確かに。軍船用の重い複合羅針盤をわざわざ持ち帰ったこともある。あんなものを馬賊が一体どうする気なのだ。あの難解な使用法が万が一にも推測できたとして、そもそも連中自身は平原の方位など目隠しされていてもわかるではないかね」

「単純に、好奇心ゆえでしょう。これは何だと興味を抱いて巣へ咥え戻り、安全な場所でいじり回してみたいのですよ。なかなかの野望と多少の知恵はあるが、基本的にはまだ勘と体力を頼りに突っ走っている悪童の群れということでしょうな」

「化け物のように体力があるのは確かだ。一晩でおそらく百五十タリスを移動するような無茶をやってのける。その間に戦闘を交えてだ。最初はまさかと思い、探索の地域も限らせていたのだが、もはやそうとしか考えられぬ。私と私の馬たちなら、同じことをやらされたら、しばらく使い物にならぬだろうよ」

「ならば、こちらは大人らしく搦め手も使うべきでしょう」十二の年に子どもとしての心を永久に捨てると自ら決め、そして事実その通りに生きてきた二十六歳のレオンは言った。「無頼の輩であってもなくても、まだ家族も持たぬ年齢の若造連中が数十人、仕事のない間は原野の根城にこもって大人しく寝ているなどというわけがない。お考えの丘陵地帯周辺に、盛り場もあるような規模の町は幾つ？」

「……十か、その程度」

「連中の馴染みの女の一人でも見つけられれば後は早い。どんな手を使ってでも糸をたぐり、その若い頭目を引きずり出して始末すべきです。まだ今の段階ならば、彼さえ排除すれば群れはすぐに崩れる。鼠が四散する前に直ちに巣を叩く。今回は一匹たりとも逃がしてはなりませぬ。最初からそこに何もなかったかのような状態にまで、全速で戻さねば。連中のほとんどはあくまで鼠。決して、兵らが噂するような『死の獣』などではないのですよ、公爵。我らはただ、たった一人の若造に振り回されかけているだけなのかもしれぬ」

「……」

「その種の探索に慣れた者が若干名おります。よろしければご自由にお使いいただきたいが」

「本当か。感謝する」

「警戒線整備の費用についても、できる範囲で私が個人的に用立てを。北部は幸運にも昨年、何とか旱魃を免れましたゆえ」

「レオン」

「もっともここでこのような話をしていては、陛下にまた痛くもない腹を探られてしまう。私の出しゃばりに関してはどうかすべて内密に、公爵」

ダキアはしばらく黙って、若い友人の白い顔を眺めていた。

「私はこの一連の借りを返すのに、何年かかるのだろうかな」

「借りなど。あなたはかつて、私の父を救ってくださった」

「救った？　さすがにそこまでの覚えはないが」

「泥酔して先帝の御前に転び出かけたのを、あなたが腕を摑んで止めてくださったのだと、下の者から聞いています」

公爵は肩を揺すって笑い出した。

「そうか。そう言えばそのようなこともあったな。今となっては愉快な思い出だ。あなたの父上は少しばかり困ったところもある方だったが、実に魅惑的だったよ。まさに宮廷の華だった」

レオンは黙っている。

「亡き父上の小さな悪戯の数々を、そうやって端から償ってゆくおつもりかね、レオン？」

レオンは軽く肩をすくめた。「だとしたら、どうにか私の代で終えたいものですな」

「バロウズ侯爵」侍従長が現れ、慇懃に声をかけた。「陛下がお席に戻られました」

レオンは頷き返し、公爵に「では」と礼をしてその場を離れた。


まだ若いという件の馬賊の頭目が何者なのであれ、そして今はその行動に様々な未熟さが目につくにしても、相当な逸物であることは間違いないとレオンは思っている。

既に穏当に代を重ねてきた王国であれば、当代の王に仮に多少暗愚の気配があったとしても——ガルドが格別にそうだというつもりもないが——そのために直ちに国が傾くというような事態はたぶん避けることが可能だろう。培われた伝統、王家をしたたかに守る法規、有能な側近や官僚というものは、そのために存在するのである。

だが、無法の原野に躍り、集合と離散を繰り返す盗賊の群れに、秩序だった体制らしきものなどありようはずがない。彼らの生死は文字通り、その時々の頭目の才覚によって左右されてしまうのだ。頂点に立つ者の資質が都社会より更に厳しく純粋に問われたとしても当然かもしれない。

机上の学問では身につかないある種の知性と、生き残りへの反射神経とも言うべき鋭い勘、そしておそらく、理屈も何もない無頼の若者たちをも魅きつけ続けるだけの人間的魅力。

（常に首に赤いスカーフ——自分が標的となることを怖れていない）

つまり、敵の注意を自分に引きつけることで手下たちの動きを助けているということだ。それだけ己の武力と運とに自信を持っているということでもあろう。

だがそこが弱い、とレオンは思った。

自分の読みが正しければ、小僧の集団の中の誰か一人でも捕らえることができたら、ダキア公爵はもはや勝ったも同然だ。可愛い手下をたっぷり痛めつけて晒しものとすれば、その若く気位の高い頭目ならばほぼ間違いなく、怒り狂って自ら登場してくるだろう。

本人にはどうにもならぬ弱点。若さゆえの、直情と狂気——

……薄暗い地下牢の、湿った暗闇。

転がるように石段を駆け下りてきた家令の動転ぶりに、思わず腰を上げた。

「レオン様、お早く！」

「どうしたの」

「母上が——」

牢から出され、無我夢中で母の寝所へと走った。

寝台の上で長い髪を乱し、母はひとり虚ろな目を開けていた。その体は肩まで豪奢な掛布に覆われていたが、母がその下で何もまとっていないことがわかった。生臭いほどの血のにおいがしていた。もはや打つ手はないと家令らは察し、せめてこの哀れな女主人の破壊された惨めな肉体を、覆って隠してやろうとしたのだろう。

「母上」何度も、何度も叫んだ。

「……レオン」母は小さく、応えてくれた。

父の何倍も教養深かった母の、数々の美しい詩歌を彼に教えてくれたその優しい唇。それが最後になぞったのは、彼女の未来への唯一の希望であり続けた息子の名前だった。

そして、目を開けたまま死んだ。

「……お兄さま」部屋の扉の側から、乳母に連れられた小さな声。

夢中で怒鳴り返した。

「入るな！　早くシルフィンを向こうへ連れていけ！」

……もう、だめだ。

怒りとも絶望ともつかぬものに自分の全身が痙攣を起こしかけ、激しく息が乱れるのを感じた。

座り込んだその床の上に、ポタポタと煮え湯のような汗が落ちるのを、ただ見下ろしていた。

涙は一滴も出なかった。

（……殺す）

あの男。

（絶対に、殺す）

二度と父などとは思わぬ。けだもの――醜悪な、穢らわしい――身も心も腐り果てた、あの化け物のことなど。

決して――決して。

母は――
「足を滑らせて階段を落ち、首の骨を折って死んだ」と外部には説明され、ひっそりとしめやかに一族の墓地に埋葬された。

＊　　＊　　＊

「待て」

豪奢な飾り彫りのついた肘掛に腕を置き直し、ガルド王がレオンの講釈を中断させた。「鉱山からの搬出量が増え出したと？　何ゆえにだ」

王の執務室に他に人影はない。

「増産が可能となった理由、またその目的については、確証が取れぬ部分が多いゆえ現在もまだ調査中です。が、理由の方についいては一つ。あくまで私の個人的な推測ですが」

「何だ」

「鉱山現場の体制は、確かに路線を変更しつつあるように思われますな」

レオンは手元の図面を何枚かめくった。山腹の遠景を描いた絵を二枚、王の目の前に並べて置く。遠景には違いないが、行商人を装ってシザリオンに潜入した偵察部隊が、厳戒態勢の鉱山現場に可能な限り接近してひそかに描きとってきたものだ。

「これはどちらも偵察の者が描いた鉱山の模様ですが、一年前のものとこちらの直近のものを比べると明らかに建築物が増えているのがおわかりになるかと。この辺りです」

「製鉄炉か」

炉は山腹に作られることが比較的多い。山の斜面を吹く風を製鉄に利用することもあった頃からの一種の伝統だろう。

「では、ないようです。まず高さが足りない。そして、炉の熱を保つよう鞴を動かし続けるためには大型の水車が要りますが、それがどの角度からも視認できなかった。上がっている煙や蒸気の量も少ない。これはむしろ普通に考えて、一般の家屋に近いもの、厨か湯屋などの設備ではないかと」

「……湯屋？」

「鉱山で働く者のための休養施設であると、今のところ私は考えております」

王は、正気か、という顔をした。

「元々かの地にはその種の設備はありましたが、それが突然、幾棟も各現場に増築され出した。鉱山の地下に潜って働いているのは生身の男たちです。仕事場のより近くで、よりよい食事を与え、疲れた者は湯にでも浸からせ、交代で横になって休む場所を与えるようにすれば、彼らの意気も上がり、長い目で見て生産性が向上するのはむしろ当然でしょう」

「呆れてものも言えん」

「他方、労働力の補強という意味でしょうが、女たちも有志の者が山に入り始めました」

「女だと？　女が鉱山で何ができるというのだ。岩を掘って運ぶのは大の男でも音を上げる重労働だと、そなたからさんざん聞かされた気がするが」

「女たちが担当するのは、恐らくその類の仕事ではありませぬ。鉱山の仕事には幾つもの過程があります。金の浮揚選鉱場や鉱石の断面を見る仕分け場の作業ならば、女の体力でも何とかなるでしょう。元々女というのは細かいことに気がつくものです。まして、男たちに対するほどではむろんないが、各々の働きに応じて一応の報酬が出されているようですから」

「もう一度言う。私は呆れた」王はうんざり顔になっている。

「鉱山に労働力を提供している町や村の数は現在四十二。恐らく集落の収入が増えだしたためでしょうが、周辺の市場や街道の荷動きも活気づいていると、偵察の者の報告です」

「そんなことはどうでもよい。なぜこの今になってアストランは女どもまで駆り出すのだ」ガルドの眼に欠片も微笑はない。「増産した鉄や黄金で何を作ろうとしている？」

「武器工房が増設されたという報告は、今のところはまだ」

「そなたの探索が単に手ぬるいのではないか」王の口調がいつもの皮肉な響きを帯びた。「そもそも十三年もその立場におって、いまだにシザリオンの鉱山坑内に潜入もできぬというのは叙勲ものよ、侯爵」

レオンは微風を感じたほどにも表情を変えない。

事実、これまで——あの鉱山の内部に潜入させるよりは、シザリオンの王城深く、王家の召人の中に密偵を紛れさせる方がまだ容易かったのである。

シザリオンの鉱山地帯が最重要国家機密地域として鉄壁の防御を敷き始めてから、既に百年以上が過ぎている。

かの国の王が代々に亘って極端な警戒ぶりを示してきたことには、為政者としてもっともな理由があった。平原諸国の中でその領土内に堂々たる山脈を有しているのはシザリオン王国だけであり、しかもその山々では古来より数々の素晴らしい鉱床が発見されているのである。銅、錫、鉛、亜鉛。陶磁器や硝子に素晴らしい色を与える、希少な海碧石。発見される時は一緒であることが多い、この上なく貴重なる黄金と銀。

そして、騎士の国としては特に重要なことであったが、この山々で産出される鉄には燐や硫黄の含有が比較的少なかった。結果としてシザリオン産の鋼、それを用いた刀剣類は世界最高の品質であるという妬み交じりの評価が、他国にも定着して既に久しい。

必然として工芸技術も諸国からは一段抜けた発達を遂げ、このエルギウス王国の誇り高い貴族たちでさえ、意中の婦人の関心を引くためには密かにシザリオンの繊細巧緻な装飾品を求めたりする有様なのである。

鉱物精製の過程では常に安定した、かつ大量の熱源と動力、そして水とが必要とされる。

しかし草原は国土の半分ほどというシザリオンにはまた、燃料となる木炭を提供する豊かな森林も、百年以上前から研究されている植林技術も、そしてほとんど無尽蔵かと思われるような石炭も存在していた。

そして、年間を通じて水量が安定し、かつ無数の水車を回し続けてくれる大小複数の河川もまた、シザリオンにはうらやましいほどに備わっている。

草原が国土の九割以上を占め、遊牧業や農業、そして大型船による諸島との交易——それは夥しい数の海戦も生じさせはしたが——によって、今日まで豊かに着実に発展してきたエルギウスにとってさえ、それらは望むべくもない、はるかな山々がもたらす至上の恵みだった。


「——これも」レオンはさりげなく言い添えた。「推測ですが」

「何だ」

「アストラン王の施政の傾向、例えば鉱山労働者への待遇が変わり出したのは、かの王の婚儀後からであるような気が致しますな」

「婚儀？」

「エレメンティア王妃です」

「……ああ」王は薄く笑んだ。彼の愛妾には十三歳の少女もいるのである。「まだ子どものように若い、そして〈この世のものとは思えぬほど儚く美しい〉女であるそうだな。……その王妃が、どうしたのだ？」

「アストラン王の国政に影響を与えているように見受けられるということです」

「王妃が？　女が？　馬鹿な。そもそもその妃は虚弱で、都の外へも出たことがないはずの女と、そなた自身が申していたではないか。そんな世間知らずの小娘などが、あのアストランの堅物にどのような影響を与えられるというのだ」

レオンは黙っている。既に何年も理解を得るための努力を続けているつもりだが、性別や身分を超えた人材の登用、またその発揮し得る影響力という概念を、いまだにガルドの頭に滑り込ませることができない。

だが――

もしあのエレメンティア・ド・ラ・マスキオンが、ただ美しいだけの、ひ弱で世間知らずな斜陽貴族の娘であったなら、そもそも当時のあの劣勢からアストランの妃の座になど飛び登れたわけがない。

密偵を務めたエズラも生前、レオンのその読みを裏づける報告をしばしば送ってきている。菫の瞳、なんとも耳に快い甘い声、全身足裏まで赤子のような柔い肌をした、どんな男の庇護欲も一目で掻きたてずにはおかぬ容姿を備えた王妃は、婚儀のその翌朝には早くも、分別盛りのはずの国王アストランを完全に一個の巨きな崇拝者へと変貌させていたという。

まして彼女は、ガルドはむろんあずかり知らぬことながら、あの〈サンスタン〉の産みの母なのだ。平原史上、これに比するほど目の眩む偉業を成し遂げてみせた女はほかに存在しない。あの伝承降誕の日、シザリオンという平原第二の大国の運命を現実に左右したのは、〈堅物〉アストランではない。いまエルギウスが真に注視——あるいは警戒——すべきなのは、むしろあの小さな若き妃、エレメンティアではないのか。

レオンは当初、彼女の「野望」は並みいる名門貴族の令嬢たちを退けて王の妃となり、願わくば順調にその世継ぎを授かることであろうと考えていた。かの国の法規によれば、それ以外に彼女の生家を存続させる手立ては他になかったからだ。むろん、それをどちらも早々に実現してみせただけでも、エレメンティアの強運と意志力とは存分に賞賛されてよい。だが、婚儀以降、引き続き隣国の王家の様子を窺っているうちに、レオンが「おや、これは」と思い始めたのも事実である。

レオンは、エレメンティアと自分とには少なくとも一つは共通するものがあると思っている。すなわち、形と程度はどうあれ、「虐げられていた者であった」という過去だ。味わった屈辱と失望に、心の奥底にいつしか自ら炎を生み、己を苦しめた世界をその手で密かにゆるやかに解体し、後に続く人々の未来をいつの日にか光の中に再構築してみせると決意した、ある種の同類のようなものなのではないか。

現にエレメンティアは、首尾よく妃の座についただけでは満足などしなかった。アストラン王の心と体を完全に我がものとすることによって、婚儀から数月と経たぬうちに早くも「世界の改革」に取りかかっていたのは明らかだ。国の要である鉱山に女たちを招き入れたことなどは、その最もわかりやすい例であろう。「男子を持たぬ家は消え去るのみ」という古からの法規がシザリオンから消滅するのも、もしやもすればそれほど先の話ではないのかもしれぬ、とレオンは思っている。

（彼女とは、一度ゆっくりと話をしてみたかった）

むろん今となっては、そのような時間は永遠に訪れることもない。

「まあ、アストランの妃の話はもうよいわ」

ふと物思いに落ちたレオンの沈黙を、ガルドは不満の表明と取ったようだ。

「宮房長が、徴税庁官との会合にそなたも同席してほしいと申しておったぞ」

うるさ型代表のような古参にも頼りにされて嬉しかろう、という皮肉交じりの機嫌取りを、一応してやったつもりなのだろう。

「御意のままに」

王が好んでいる活発な遠洋交易の要となるのは、当然のことながら投入される船の規模やその性能の良し悪しである。大型船の建造には大量の木材が必要となるが、平原の国エルギウスには元々、樹木の密生した土地は少ない。天然の豊かな森林が備わっているのは、内陸奥のシザリオン国境に面したバロウズ侯爵の領地だけといってもさして言い過ぎではなかった。

それゆえに、国王の立場からすればだが、この由緒正しい辺境伯の扱い方を間違えると、王の海を走る豪勢な玩具たちが貧弱化するどころか、エルギウスの経済的支柱の大きな一つが揺らぎかねないのである。むろん理由はそれだけではないが、王と辺境伯の関係はもう何代にも亘って常に微妙な緊張を孕み続けてきた。

そしてガルド王にとっては幸か不幸か、現辺境伯レオン・バロウズは、その若さに似ず国家の参謀の一人として、政策についてもこれまでしばしば有効な提言を為している。

エルギウス王国は樹木の自生こそ少ないが、大陸諸国の中では最も大地と気候の恵みを享受している国といえるだろう。領土の半分を占める草原地帯は古くから名馬の産地として知られ、その他の家畜を育てる伝統的な遊牧業も変わらず盛んである。残り半分である海側の低地では豊かな農耕地帯がその大部分を占めている――広々とした黄金色の麦畑、透き通った緑の影を連ねる葡萄棚、見事な絹織物を生み出すための桑畑。

そうした王国各地の特産物を徴集して、不足する土地に効率よく転売する。あるいは豊作の年に物資を平準倉に蓄え、凶作の年にそれを放出するなど、レオンが自らの領地での成功を基に、税制の整備と併せて提案した幾つかの政策は、広い国内の物価を安定させたのと同時に、王が近年手を焼くようになっていた大商人たちの勢力増大に対しても、その権力の横行を抑制する効果を示した。

治水工事の新しい方法を次々に立案した功績も大きい。エルギウスに限らず、「水路を維持できなくなった平原の国は滅びる」と古来より言われているほどに、平坦な大地を適切に潤わせる治水事業は、時の王権にとって常に重要な意味を持つからである。

レオンは有能な人材にはその身分性別に拘わらず厚遇をもって応えたので、時には国境を越えて腕に覚えのあるシザリオンの工人たちが自ら彼の下にやってくることもあった。工芸大国シザリオンはその発展の過程で、土木工事も含め、各方面に渡る技術的知識を蓄積してきている。その文化の中から移り住んできた貴重な人材の余すことない活用は、レオンの中央における政治的立場の躍進にも大きな役目を果たしてきたことになる。

現国王ガルドとレオンとの考えが、少なくとも「表立って」対立しているのは、今のところは、沿岸の諸島から供給される奴隷たちの処遇についてだけだろう。

レオンはラトーヤという一人の「奴隷」を身近に知ることによって、この遠い東の海洋民族たちの、ほとんど例外のない潜在能力の高さに驚嘆した。だからこそ彼らはエルギウスでも様々な場の労働力として重宝されてきたということにもなるのだが、例えば単なる暗算の速さからしてレオンの側近の誰も敵わないようなこの誇り高い知的民族に、往来の下水掃除などさせていてはむしろ国家の損失であるというのが、この侯爵の主張なのである。

一般領民程度の自由を与えよとまではさすがに言わないが、能力の高い奴隷には然るべき教育を施して専門的な職につかせ、その厚遇によってエルギウスへの強い忠誠心を抱かせて、国家への貢献を果たさせた方が、こうした異民族の人材を確保していない他の大陸諸国に対しても、長い目で見れば相当に有利な状況となることだろう。

だが、ガルド王はその提言だけは常に聞き流した。東の海洋民族が、その物静かでほっそりとした外見に似ず豪胆な気性を備え、かつ楽天的で開放的なエルギウス人よりはるかに敏いところがあることなど、先王の頃からわかっている話なのである。

その狡賢さゆえに、港に近い町では何年かに一度の割合で、奴隷たちは騒ぎを起こす。彼らに目をかけてやっていた主人とその一家を、ある日突然惨たらしく皆殺しにし、その蓄えを盗み、舟を奪って夜の海へと逃げるのである。富豪の邸や役所を襲った集団もある。いずれも捕まればもちろん直ちに馬裂きの刑に処されることになるのだが、その末路を目の前で見ていながら、彼らは何度でも同じことを繰り返す。

王が見るところ、反抗の手段は悪質かつ狡猾化する一方だ。一見いくら従順に日々の労働に就いているようでも、彼らは代々の復讐心と遥かな故郷への執着心というものを永久に捨てない人種なのである。国の制度に直接関わるような仕事など、到底任せられるものではない。

若くして王位を継いで早々に、重要な港町での数十人規模の奴隷たちのしぶとい反乱を経験させられて以来、この方面についてのガルドの考えは完全に硬直化していた。

ついでに言えば、レオン・バロウズはいずれ、自分の惚れた女に寝首を掻かれる、とこの王は思っている。だいたいなぜレオンのような取り澄ました男が、あんな奴隷女如きを気に入っているのか、王にはよく理解ができない。

ラトーヤとかいうらしいあの奴隷は確かになかなか好い女のようだ――見た目よりも実は抱き心地がいいのかもしれない――だが普通に考えて、日々の激務に疲れた男がわざわざ愛人を持つのならば、何もあのような痩せて陰気な婢ではなく、もっと美しくて豊満な、色香溢れる女を選べばよさそうなものではないか。

女の趣味からして、この二人の男はまったく気が合わない。

「ギネヴィアの聖権授受の儀式に、そなたは参列せぬそうだな」

紅い葡萄酒で喉を湿し、ガルドが再びレオンの顔を見遣った。

聖権授受の儀式とは、ヴァラメル王家が王位継承者を正式に定める際の典礼のことをいう。ヴァラメルにとっての聖地である西部アルベラのオアシスで代々行われてきた、もちろん非常に重要で格式の高い国家行事である。

「は、畏れながら」レオンは軽く目線を下げてみせた。「先日の大嵐で、領地内の植林域にかなりの被害が出たとの報告が早馬で届きました。腰を据えて対応せねば、長年の努力と資金投入が無駄になり、秋以降の木材の供給にもよくない影響が出て参りますゆえ」

「木材の安定供給も極めて重要だがな。そなたが祝宴の舞踏会に来ぬと早速聞きつけて、女どもがうるさくてかなわぬわ。女の機嫌なぞはどうでもいいが、この度の儀式は〈サンスタン〉たる姫の姿を初めて城外に披露する場でもあるのだ。各国の使節らも臨席する。せいぜい場は華やかに盛り上がってくれねば国の威信にかかわるというのに、そなたが来ぬとわかった途端、衣装屋や宝石商への注文はガクリと減ったらしいぞ」

レオンは黙って拝聴している。

嵐の被害への対処が緊急であるのも事実だが、「各国の使節が臨席」する場に顔を出すことも、当分は当たり障りなく理由を用意して控えるつもりだった。

シザリオンの王城に侵入した際、城の人間に自分の顔を見られたという記憶はない。むろん面当てもつけてはいたが、直接出くわした相手はすべて殺したのである、恐らくあのギルディオン・デ・ラ・オナーも含めて。レオンを守って斃れた三人の騎士たちは、むろんその遺骸を隈なく調べられたことだろうが、彼らはあくまでバロウズ辺境伯領の城で内部的に仕えていた者たちであって、国としての公の場に参列したことはほとんどない。出立前に髭や頭髪、眉さえも自ら剃り落としていた彼らの人相から、レオン・バロウズに繋がるその素性を調べ上げることは、現実的に考えて、シザリオン側にはほぼ不可能だろう。

しかし念には念を入れた方がよいのは自明だ。シルフィンの晴れ姿を見ることができないのは至極残念だが、逆にこの兄が場を慎んだ方が、長い目で見れば彼女の安全を守ることになるだろう。辺境伯名代としては、城への侵入には直接加わらなかったハイデンが列席することになっている。各国使節たち、むろんとりわけシザリオンの使節の反応とその後の動きについては、細大漏らさず注視しなければならない。

「そなたもいい年だ」ガルドは言いながら、再び酒杯に手を伸ばした。「いつまでもそのように気楽に独り身を謳歌しておらんで、そろそろ適当な妻を娶るべきであろう。奴隷女に子を産ませても、そなたの跡取りにはできぬのだからな」

「お気遣い痛み入ります」レオンは相変わらず淡々と受け流した。王の皮肉や挑発には、この十三年間切れ目がないのである。

「聖地での儀式の件ですが」

「うむ？」

「ダキア公爵も間もなく件の馬賊を平定されましょうが、一連の警備担当責任はどなたが？」

「正規軍のミスール将軍がすべて指揮を執る。ダキアに貸してやるのとは別に、二千の兵を連れてゆく」

ミスールか、とレオンは思った。王軍長の副官を務める男だ。

むろん歴戦の将であり、武人として今や脂が乗り切っている偉丈夫である。だが生粋の正規軍育ちだ。小賢しく神出鬼没な馬賊の小僧どもなどを相手にしたことが、果たしてこれまであったかどうか。

（明日にでも、挨拶を兼ねて出向くか）

仮にも王妃の実兄、〈サンスタン〉の伯父なのだ。多少の口煩さは大目に見てもらわねばならぬ。

「そういえば、アルベラのオアシスの水量調査については、やはりあまり思わしくない結果であったとか」

「うむ。今回の儀式には水も間に合おうが」

間に合うというよりぎりぎりだ、とレオンは思った。水にすこしの余裕もないような乾いた地で、多数の軍馬を引き連れ王のための陣など張るものではない。

「水脈調査に秀でた工人がおります。よろしければこの機会にハイデンに同行させましょう。こののちも、陛下御一族の御為に重要な儀式が次々と予定されましょうから」

＊　＊　＊

長時間に及んだ王の謁見の後、城下で暮らさせ諸々の活動をさせている者たちからの報告を聞き終わった頃には、時刻は既に真夜中を過ぎていた。

側塔の一つに用意された寝所の隣に、壁に絹を張り巡らせた豪奢な浴室が設えられている。熱めの湯に浸かり、レオンは疲れた首を浴槽の縁に預けて目を閉じた。

微かな衣擦れの音がして、垂れ布をそっとすり抜け、ラトーヤが入ってきた。

レオンは瞑目したままだ。

ラトーヤは浴槽に近づいて跪くと、袂から小瓶を出した。その蓋を開け、中に少量入っていた蜂蜜色の液体を湯の中に垂らす。

深い森の中の空気を思わせる香りが浴室に広がった。レオンが好んでその身にもつける香料だが、国境際の森にしか棲んでいない赤鹿の角袋から一頭につき僅かに採れるだけの極めて希少で贅沢なものである。ラトーヤは時折ひとり馬を駆り、侯爵のために森へ狩りに出かけることを、自らの密かで、だが誇らしい務めの一つとしていた。

小瓶を再び袂にしまうと、ラトーヤは立ち上がってレオンの頭の方へと回った。そっとその首と肩に触れ、静かに揉みほぐし始める。

彼の肩の下にある烙印の痕に触れてしまっても、もう彼女の指は驚かない。ただ、どんな言葉も無力に思えるような哀しみが胸をひたひたと満たすだけだ。

所有する家畜に押すためのその焼印を、レオンは十一の時に父侯爵の手で体に当てられた。その話をラトーヤにしてくれたのはハイデンだった。侯爵の左肩には生来、美しい星型をした痣があったという。彼はそれとまったく同じものが息子の肩にもあることになぜか強い不快を感じたらしく、永久に消し去るためにその肌に焼けた鉄を当てたのだ。

少年時代、レオンは母を殴る父を止めようとする度に地下牢に放り込まれていた。同じく少年だったハイデンは、レオンの乳母だった母親の悲嘆と、親友とも思う乳兄弟への同情心とに堪えかね、とうとう彼に食事や毛布、無聊を慰める書物を差し入れるための穴をこっそり内庭に掘ったという。召人たちは皆そのハイデンの無謀について見て見ぬ振りをし、誰も穴のことを侯爵に告げ口しなかった。

いずれ、時は来る。じっと待っていさえすれば、必ず来るのだ。レオン様の代になれば――なってくれさえすれば、日々繰り返されるこんな血生臭い暴虐は、きっと何もかも終わりになるに違いない。

都の王城で常に華やかな輪の中央に立つ、貴婦人たちの憧れの的、優雅な人あしらいと並びない美貌で知られたシオドア・バロウズ侯爵は、領地の彼の城においてはまさしく別人のように豹変し、他人の苦悶の声に陶然と酔いしれ、その相手がのた打ち回って流す血を求めて止まない怪物だった。

「ラトーヤ」瞼を閉じたまま、レオンが口を開いた。

「はい」ゆっくりと手を動かしながら、ラトーヤが応えた。

「そなたの身内の者たちを、今度しばらくダキア公爵に貸したい。西部馬賊の本拠地を早急に突き止める必要があるのだ。数名、都合をつけられるか」

「今日の正午までには」

奴隷としてエルギウス各地で重労働に就かされていたラトーヤの血縁者たちは、レオンの手配によって生き残っていた者全員が捜し出され、バロウズ辺境伯領へと既に引き取られている。エルギウス文明下での生活も長くなり、少し容貌に手を加えれば海洋民族の血を引くことも一見わかりにくくなってきているために、レオンの隠密の偵察部隊として各地に潜入、潜伏していることが多いのである。

ラトーヤ、とレオンが再び呼んだ。

「妹は――シルフィンの命は、もう……長くはないのかも知れぬ。火が、細くなり続けて……もう、今にも吹き消されてしまいそうだ。私がどれほど、風を防ごうと扉を閉めて回っても」

ラトーヤは手を動かしながら、レオンの濡れて乱れた輝く髪を見ている。

「どうすればいい」王城の会議の間でも、戦場でも、一度として発したことのない台詞を、目を閉じたまま彼は口にした。「どうしたら助けてやれるのだ……私の、たった一人の肉親を。もはや世界中に私しか頼る相手もいない——あの哀れな妹を」

ラトーヤはしばし黙っていた。

彼女自身、ここ何年もの間、孤独な王妃のためにできることはすべて陰ながら果たしてきたつもりだった。だが同時に自分があの王妃に激しく憎まれていることも知っている。侯爵の深い愛を受けているこの身はむしろ、シルフィンにこの世で最も憎まれている存在だと言っていい。ゆえに極力その視界に入り込まぬよう、自分の存在を感じさせぬように努めつつ、険しく閉ざされている誰かの心を慰めるというのは、決して容易なことではない。

しかも今日、彼女は聞いてしまっていた。王妃付きの女官たちが幕の陰で囁き交わしているのが微かに漏れていたのである。

（あなた、もう聞いていて？　王妃様がまたギネヴィア様のことをお叩きになったのよ。お母様の方に伸ばされた、あの小さなお手々を）

（しっ、こんなところでそんなことを。陛下やバロウズ侯爵のお耳に入ってしまったらどうするつもりなの）

「……あの姫君が」ラトーヤはそっと囁いた。「ギネヴィア様が、きっとこの先、シルフィン様のお支えとなります。まだ真実の意味ではシルフィン様のお目に入っていないのでしょう。姫君のあの笑顔を、まだ……まっすぐにはご覧になっていないのです。何かに怯えていらっしゃる。でもいつかは、必ず」

レオンは、しばらく黙っていた。

ラトーヤもそっと唇をつぐみ、沈黙した。

「ラトーヤ」レオンは瞳を開いた。

「はい」

「私は、そなたに軽蔑されるような男になってしまうかも知れぬ」湯気に霞む豪華な天蓋を見つめる。「あの妹を……もしも、喪うことになれば」

ラトーヤはやや顔を俯けた。そして相手の金髪に頬をあてた。

「何があっても——どんなお姿になられたとしても、私はずっとお側におります」

「それ」を目撃することになったのが偶然だったのかどうかさえ、今となってはわからない。父侯爵の執務室の扉がその日、なぜか少し開いていたのである。

父が椅子に座り、十一歳のシルフィンを膝の上に乗せているのが見えた。娘の髪に接吻しつつ、その白く優雅な手が彼女の衣服の中に差し入れられていた。

「父上は、今までにもあのようなことを、そなたにしていたのか」

「……ときどき。お母様は、生きていらした頃、お父様に近づいてはいけないとおっしゃっていたけど。お父様の方から夜、私のお部屋にいらっしゃることもある」

兄の鉛のような顔色に怯み、大きな眼で窺うように見上げていた、あまりにも幼い妹。

「でもお父様はいつも、愛する私の娘、と言ってくださるわ。私のことがとっても可愛いって——可愛いからこうしたいのだって。あのね、レオンお兄様も……私を可愛い子だとお思いになる？」


一日も早く、大人になりたかった。

十三の誕生日を過ぎさえすれば、あの父が亡くなっても、法律上は後見人を置かずにこの辺境伯領を継承することが許される。そしてもちろん置くつもりはない。ヴァラメル王家の手綱のついた後見人など、独立貴族にとっては単なる乗っ取り屋でしかないことは、世間の常識のうちなのだ。

間もなくやってくる「その日」のために、覚え、己を鍛え、技を磨き、本当に多くのことを学ばなければならない。

「レオン！　まあ、なんて大きくなられたこと」

「美々しくおなりになって。ますますお父様にそっくりね……」

ただ微笑し、語らず、何も気づかれぬように。
生きていかなければならない。
自分をこの世に生み出した男の、その血で濡れそぼった、おぞましい両手のままで。
いつか、償いの一端にすら届かぬ当然の盾となって散り果てるその日まで。
この自分しか頼るべき者がいない——あの妹、あの人々のために。

第四章　愛の両刃（九六日）

平原の町、パルディナ。

『青の仔馬亭』の奥の卓で、四人の男が賑やかに賭け札の勝負をしている。

そのうちの一人が、ふいに自分の手札を全部卓上に広げて降参を示した。「八、十二、六が三つ。これでもう、店じまいだ」

派手なところは少しもないが、こなれた旅姿のまだ若い男だ。短い黒髪の頭には縞目の布が巻かれ、髭のないなめらかな細面がいくぶん異国的で、いかにも遠方からやってきた旅の商人という風情がある。彼は他の三人に陽気に囃されながら椅子を立つと、胸元から長い煙管を取り出してぶらぶらと表へ出ていった。

煙管に火をつけながら、後ろ姿も意気揚々たるニキを乗せた馬が土埃と共に町の外へと消えてゆくのを、目を細めて見送った。またぶらぶらと酒場の中に戻った。

仕切台に寄り、店主に新たな酒を頼み、賑わう店の中をさりげなく見回す。

二階からエニータが階段を下りてきた。立ち去ったばかりの少年の貢物である飾り櫛をさっそく髪に挿し、手で軽く巻き毛を撫でつけている。

そちらを見遣った旅の男と、目が合った。煙管をくゆらせつつ、彼が微笑した。

エニータも、一瞬じっと相手を見つめた後で、営業用の甘い笑みを浮かべた。

なかなかいい男だわ――緑の眼なんて珍しいこと。粗野な感じがちっともしない男というのも、この辺ではなかなかお目にかかれないものだし。身なりも決して悪くない。こういう風体の商人は、外見は若く見えても意外と懐が暖かかったりするものだ。

酒の杯を手に彼女の傍へと移ってきた相手に、自分でも妖艶と知っている大きな瞳で、エニータは更に微笑みかけた。

「この町の生まれかい？」男が訊く。口調がなめし革のように柔らかい。「それにしては、肌の色が素晴らしく白いようだけど」

「もっと北の方の、クーンツの出身よ」

「なるほど。そこなら私も行ったことがあるよ」

男の言葉に、エニータは思わず本気で驚いた。「あんな小さな田舎町に？」

「仕事でね……シザリオンの細工物を仕入れに行く途中だった。私は平原のあちこちを回って装飾品の商いをしているんだ。クーンツはたしか……町の中心に大きな赤樫の木があったんじゃなかったかな。その周りに椅子を並べて、お年寄りたちがのんびり水煙草を吸っていた」

「そう、そうさ、そこだよ」エニータは、突然激しくこみ上げた郷愁に、思わず商売女らしからぬ訛りを出した。「ああ、懐かしい……！　私が小さかったころと、じゃあ、今でもなんにも変わっていないのね」

「そのようだ」温かく微笑み返し、男は懐から小さな革袋を出した。中に入っていたごく小粒の、だが色とりどりの貴石の寄せ集めを掌に零してみせる。

「まあ、綺麗」

「加工の際に出る欠片や屑石だよ。値打ちは大してないが、こうやって眺める分にはちょっと楽しいだろう？」言いながら、その中の幾らか大きめの一粒を摘み、エニータの瞳の近くにかざす。

「……色は、これが似ているかな……。あげるよ」

「あら……いいの？」

「いいさ。故郷をこんなに遠く離れたところで、今日も頑張って生きている、勇敢なあなたに。お守り代わりだ」

相手の掌に、それをそっと置く。それからふと目を上げ、彼女の髪で煌めいている宝石付きの櫛を、いかにも職業的興味をそそられたという表情でしげしげと見た。

「だが、こんな小石のことはともかく、あなたのそれは実に素晴らしい品だな。失礼だけど、ここみたいな素朴な町でよくそんな芸術品が手に入ったものだね」

「ふふ」

「ああ、失礼」苦笑を返す。「恋人からの贈り物なんだね。それならわかる――その、幸運な彼の気持ちが、だが」

「べつに、恋人っていうほどの相手じゃあないんだけれど」エニータはクスクスと笑った。「その子、どういうわけか何でも私にくれたがるのよ。それに、その場ですぐ着けてみせろってうるさいの。自分があげたものをいつも、みんなの前でも着けていてくれって。でも、それじゃあまるで……ねえ？　正直言えば、ちょっと困っちゃうわ」

「その子、だって？　そんなに若い男なのかい？　そいつはまた……余計に妬けるな」

「子どもも子ども、それこそまだ十六、七の、ひよっ子ちゃんよ。自分じゃ二十だと言ってるけどね、大嘘。だけどいつも私に、確かに素敵なものばかり持ってきてくれるわ。よく知らないけど、親戚と組んでやってる今の仕事がとってもうまくいってるんですって……」

＊　　＊　　＊

ここまで上機嫌な頭目を、砦の誰も見たことがなかった。

「オアシスの聖地でお披露目だと！」

アガトは可笑しくてたまらないらしい。ニキがパルディナの町から持ち帰った王のふたたびの布告の内容を見せられ、愉快さのあまり、今夜はいつにもまして酒杯の進みが早い。

「ガルド王って男は、本当にどこまでもただのアホンダラだな。国王ってのはそんなにしきたりだの見栄だのが大事か。大人しく鉄壁の王城ん中で浮かれてりゃいいものを。我輩こそは炎に飛び込む羽虫でござる、とでも、誰かあの間抜けの鷲鼻に書いてきてやれ」

火を囲んで食事をする年長者たちの輪の中に、ニキも今日だけは特別に加えてもらっている。十六歳のニキは完全に笑み崩れていた。

砦ではアガトの命令により、ここに来るまで読み書きが不自由だった者は、老いも若きも全員が、ルイから一通りのことを辛抱強く教えられてきている。ニキ個人は、本音を言えば文字なんてものに興味はまったくなかったし、先生役のルイのことは好きだったけれども、どうしてそんな頭の痛い苦労をせねばならぬのかもずっとわからずにきた。

しかしそれでも、町に張り出されていた新しい布告が、自分の頭目にとっては重要なものだということに、彼はすぐに気がついた。そこでありあわせの紙にそれを一文字ずつ一所懸命書き写し、周りの通行人に間違いがないか何度も確かめてもらった上で、砦に持ち帰ってみたのだ。すると、ニキにとって憧れと畏怖の象徴である頭目アガトは、彼が逆に驚くほどに大喜びした。しかも、皆の前で手放しで彼のことを褒めちぎってくれたのだ。こんな名誉は生まれて初めてのことだった。エニータの豊かな白い胸に顔を埋めてその香りを吸い込むあのひとときよりも、今のニキは幸福感で全身がうずうずと痛むほどだった。

「だが、アガト」ご機嫌の頭目の隣から、ジンが言う。「俺もほかから聞いたが、警護の兵は相当な数になるって噂だぞ。だが俺たちの方は、この一帯の奴を全部掻き集めても今の時期は千にもならんだろう」

馬賊団によってはその構成員に季節労働者もかなり多い。多数の家畜を抱えた遊牧民もいれば自前の農地を持つ者もおり、そちらの仕事の繁忙期には盗賊稼業から一時遠のくことが多いのである。

「相当なってのは、何が基準だ？」アガトが愛想よく訊き返す。「そもそも今のアルベラは『相当な数』の軍隊を連れていけるような場所じゃねえ。昔よりオアシスの水量が減っていて、大軍を滞在させられるほど多くねえんだ。せいぜい頑張って二千騎かそこらだろう」

「……」

「それに、平原の西は今じゃあ俺たちの側の庭だ。鐙がなけりゃろくに騎射もできねえお上品な軍隊なんざ、馬具を着ける暇もなく虫の餌にしてやる」

「虫の餌？」

「エスター」アガトは首を捻り、飲み食いに励む若者たちの一人を見た。「タルキの木は見つかったか？」

平原に自生するひねこびた灌木の一種である。その樹液や根は様々な用途に重宝される。

「陽が落ちかけてたんで、まだ二本」小柄な相手は、口をもぐもぐさせながら答えた。「でも、その近くに別のが絶対何本かはあるはずですから」

「急げよ。姫様のお披露目まであと十日だそうだ」酒のせいばかりではなく、アガトの眼は熱っぽくきらきらしている。「俺は俺で明日あたり、久々に本気で鳥を飛ばしてみるか。羽合わせの呼吸もよく確かめとかねえとな。サライ、付き合えよ」

羽合わせとは、鳥使いが獲物の動きに合わせ、初速をつけつつ猛禽を放つ動作のことをいう。アガトはこの砦で雛から育てたオオハヤブサを二羽飼っているのである。

「アガト」杯を手に、ジンは困った眼になっている。「あんた、いったい何を考えてんだ」

「心配すんな、ジン。おまえにも仕事はある。最も重要で最も困難な、崇高なる任務だ」

うろんげに見つめ返す相手に、アガトはニヤニヤした。顔を寄せてそっと耳打ちする。

「……げ」

「怖いか？」

「あんたは攫い過ぎだ、アガト」ジンは怖がるというより、心底げんなりした顔で言い返した。

「姫の前に、女王を攫う？」

「いい練習になるだろうが？」

「俺はタルキの臭いは大嫌いなんだ。いつも吐きそうになる。あんなのに全身まみれるのはごめんだぜ。だいたいな、あんた、アレの実物を本当に見たことあるのか？　連中は自分たちの体を繋いで、あのでっかい巣を地中に作ってるんだぞ」

「知ってるよ。別に、俺が自分であン中に入ってもいいぜ。おまえが縄で俺を下ろす役で」

「それはだめだッ」

「話が進まねえな」

ジンはしばらく黙って、相手の悪魔のように感じのいい微笑を見ていた。

「アガト」

「あ？」

「あんたのことがこうも好きでなけりゃな、俺はもう五回はあんたと刺し違えてるよ」

フフ、とアガトは子どもじみた笑顔を見せた。

その様子を、椀と匙を手にルイが黙って見ている。

＊　＊　＊

ルイが寝起きしている小部屋は、細い通路を挟んでアガトのそれの斜め向かいにある。砦の中で一人部屋を使っているのは、アガトを除けばルイだけだ。その特権を申し訳なく思ってか、本人があえて小さい部屋を選んでいるのだが、いつの間にやら女たちに叱られた子ども連中の逃げ込み場所にもなってしまっているので、玩具や毛布などが勝手にゴタゴタ持ち込まれ、いよいよ狭い。

いかにも重要な意味を持っていそうに慎重に入口付近に並べられた積み木をまたぎ越え、アガトは中へ入った。

蠟燭の灯りは消されていた。通路から入り込む弱々しい光だけが、毛布の塊を載せた寝台の輪郭を浮き上がらせている。

「なに、泣いてんだ」その塊に彼は声をかけた。

「……ないてなんか、いない」小さな掠れ声が言い返す。

アガトは寝台の端に丸まっていた二匹の猫を摑み下ろし、そこにどっかと腰を下した。手を伸ばし、毛布から覗いているルイの髪をくしゃくしゃと搔き回す。

いつも、思う。この弟の容姿は本当に何から何まで母親似だ。笑顔。細い眉に華奢な鼻筋。金褐色の柔らかい髪の、その細さまでもが同じなのだ。あまりにも似ているので、父が生前ルイのことをなかなかきつく叱ることができず、よくむっつりと困惑していたのを覚えている。

（もしもこれが娘だったら、親父は嫁に出すのも渋ったろうな）

「眩暈はもうおさまったのか。夕飯もろくに食わなかったな。食いたいもんが出てなかったら、何でも言って作らせりゃいいんだぞ」

「……」

「ルイ」アガトが弟の痩せた肩に手を掛け、体を起こさせた。「そんなに心配すんな。必ず、何もかもうまくいくから」

ルイが両腕を回して兄の体にしがみついた。

「これは、運命だ」アガトは相手の髪に頰を押し当て、耳元で言い聞かせた。「いいか。今、この時に、古き〈黄金の都〉の場所を知る伝承の乙女があぁして生まれてきたってのは、俺たちにとっての運命なんだよ。それなら俺は、誰と争おうと勝ち籤を摑み取ってみせる、絶対に。俺たちは大きな犠牲を払った。大きくて、そして辛い犠牲だ。だからそれを埋め合わせるだけの未来を手に入れる。その道がこうやって天から目の前に用意されたんだ」

「……ぼくが」ルイが掠れた声を漏らした。「ぼくがもっと強くて、兄ちゃんの助けになれればいいのに。大事な夢を叶える手伝いが、できたらよかったのに」

「ルイ」

「兄ちゃんが危ない時には、剣を持って馬を走らせて助けに行けるくらい、強かったらよかったのに……！　兄ちゃんのためなら、ぼく、ぼくは何だって……！　生まれる前からきっとそう思っていたんだよ……」

　アガトはしばらく黙っていた。

「ほんとに、馬鹿だな」再び口を開いた時、その口調はひどくのんびりしていた。「俺がな、いろんな連中から不死身だの何だの言われながら、こうやってしぶとく生き残ってるのはなぁ、死んだらおまえんところへ帰れねえと、いつも思ってるからなんだぞ」

「……」

「おまえはここで、ここでなくってても、どこか安全な場所で、ただ生きててくれりゃいいよ」

「……シメールの神様」

　兄の肩に顔を押しつけてルイが嗚咽まじりに呟くのを、アガトは聞いた。

　どうか、ぼくの兄ちゃんとみんなをお守りください。

＊　　＊　　＊

シュタインはあくまでシルダリア川の支流沿いに北へと向かいたいようだった。「この先は当分登りのままだぞ、シュタイン」念を押すように、馬にも地図を見せた。「それでおまえは本当にいいのか？」

森の際に起こした小さな焚き火の前である。シャロンの村を離れて、最初の夜だ。

腰を下ろして、ギルディオンは村で手に入れていた簡単な周辺地図を眺めているところだった。村長のところにあった古い地図を絵の上手い村人の一人が彼のために描き写してくれたのである。シュタインはゆっくりと草を食みながら、ちらと地図に横目を遣った。鼻こそ鳴らしはしないものの、主の顔を見遣る眼つきに何やら軽侮らしきものがある。そしてそのまま食事を続けた。明らかに「こいつ、何もわかってねえな」という態度である。

ギルディオンは少し笑った。

「おまえは、まったく変わった馬だな」

もっとも、変わっているという点ではこの自分もむろん遜色ない。あの善良で愛すべき人々の暮らす平和な村を、ほとんど何の当てもなく風来坊そのままにふらふらと出てきてしまったのだ。

また、ロナのことを思い出した。彼女が流した涙のことを。

ここまで鞍に揺られ続けながら、ずっと考えていた。だがどうすればよかったのか、困ったことに未だにわからない。できないとわかっていることをしなかった。それだけのことだった。だがその結果として……泣かせてはいけない人を、自分はああして泣かせたのだ。命の恩人を――そして、この広い世界で、たぶんたった一人だけ――今のこの自分のことを間違いなく大切に思ってくれていた、その心優しい女性を。

ロナのような、あれほど慎み深く控えめな女性が、きっと想像もつかないほどの勇気を奮って自分の側へと歩み寄ってきてくれたのに。

あの暖かな薄闇の中で、押し寄せる愛おしさに胸が痛み、彼女のその真心に応えたいと激しく思った。応えられたらと願った。ロナは綺麗だった、とても。甘く柔らかく、その瞳は星のように清らかで、広がった長い髪の一筋一筋までもが無限の愛と許しに満ちていた。その優しい美しさに全身が圧倒されるのを感じた。抱きしめ合い、共に溶け合い、そして共に泣くことができたら、二人どれほど満ちたりて幸福だったことだろう。

だが――できなかった。

自分の体がずっと震えていたことは、もちろん彼女に伝わっていたはずだ。それなのに、抱こうとしない。そんな頑なな拒絶がどれほど彼女を傷つけたことか。あらためて考え起こすのも何やら怖いくらいだ。

(困った)

せめて何か一つでも、自分が下したこの決断の確かな根拠となるものがあってくれたらいいのに！

　だがこの期に及んでくるりと向きを変え、村へとのこのこ帰っていったら、それこそ単なる間抜けであろう。もぐもぐと草を食みつつまた横目で彼の方を窺っている馬の顔を、彼は見返した。少なくともこのシュタインは、全速力で彼を見捨ててゆくに違いない。

「あまり心配するな、シュタイン」微笑し、言ってやった。「おまえに恥をかかせないように、何とか考えてやっていくさ」


　自分がどうやら「武人」であるという自覚は、村で過ごすようになったごく早い時期からギルディオンの中に何とはなしに漂っていた。

　村で過ごす日々、素朴な暮らしを営む人々の夜はいつも早かった。毎日の労働が日の出と共に始まるのでもちろん起床も早いのだが、若いギルディオンにはそれでも十分な夜の時間があった。

　その時間を使い、彼はロナの家の馬小屋で、自分や村の若者たちが使う剣の手入れをしたり、手に入る限りの材料を用いて弓と矢を作ったりしていた。そして日中も暇を見ては人気のない野まで出て、弓の仕上がり具合を試しつつ、適当な的を選んで実際に射る練習を重ねた。

　剣を操る動きの方が、より体に馴染む気がしたのも本当だ。だが弓術に必要な筋肉も自分の体には備わっていることに、彼はすぐに気がついた。過酷な訓練を長期に必要とするために骨格まで変形してしまう長弓の射手ほどではないにしても、特に背中、そして矢をつがえる手指が、射るという行為の夥しい積み重ねによってその形を幾らか変えていたようなのである。歩射では弓の左、騎射では右と、手が矢をつがえる位置を勝手に変えるし――村人たちの中で弓を操る者は皆、左にしか置かない――弦を引く指からして、初心者向きではないはずの微妙なかたちを、考えるより先に選んでしまう。

そして、成り行きから村の子どもたちに弓術を教えるようになって、ぼんやりとだが、自分が以前にも誰かに……しかも女の子に、同じように教えたことがある、と感じたのである。

だがそこから更に思い出そうとすると、彼は必ずひどい頭痛に見舞われた。

寝床で物思いの深まる夜更けはまさしく頭痛のための時間のようなものだった。馬小屋で寝ているために、シュタインはともかくロナをあまり心配させずに済んだことを、彼はひそかに喜んだ。痛みのことを相談すれば、きっと彼女はすぐさま薬草を煎じてくれたに違いないが、それと同時に問答無用で彼の寝具を母屋に運びもしただろう。心優しく大人しいロナが、本気で怒ると実はとんでもなく怖そうだということを、ギルディオンはかなり早い段階から薄々感じていたのだ。

しかし、もう一生分の頭痛を味わったような気がするにも拘わらず、自分が何者であるのかは未だにわからない。何だか心底がっかりしたくなる。今この瞬間も、物言わぬシュタインにただ導かれてゆくばかりで、どこへ、何のために向かおうとしているのかすらもまるでわからないという、自分でも首を捻るような頼りなさなのだ。

（……あの夜）

ロナを迎えに出た夜。路上で向かってくる盗賊の姿を目にした途端、手は勝手に剣へと伸びた。相手の動きが瞬時に読め、どこに一撃を加えるべきであるかが、まるで相手の体の一部に光が当たっているかのようにはっきりと見えた。疾風の如き全速力に入ったシュタインの鞍上で、ほとんど驚愕するほどに全身に烈しく気が満ちるのを感じた。そしてまた、シュタインの走りぶりといったら——驚愕どころではなく——その背中でギルディオンは、自分自身が伝承に謳われる天馬と同化した錯覚すら覚えたものだ。あのとき、ギルディオンとシュタインの神経は間違いなく隅々まで完璧に繋がっていた。

（馬に乗って戦う、仕事）

そんなものが、だが、近在の農村で成り立つわけがない。

最も可能性が高いのは、自分が王城のある町で生計を立てていたという線だろう。流れ戦士だったのかもしれないが、それであったとしても、日銭を稼ぐ生活圏はある程度の人口密集地でなければならなかったはずだ。大きな町まで行けば、運がよければこの自分のことを見知っている誰かに出会えるかもしれない。戦闘を生業とする者たちが寄り集まる場所も、たぶん町のどこかにはあるだろう。体に矢を射られていたということは、規模はわからないにしても、何らかの戦いなり揉め事なりがあったのだ。まだ数ヶ月前のことならば、そのことを記憶している者もいるのではないか。

だが地図をどう読んでも、彼のその推測とシュタインの目指す方角とはかなり食い違っている。

（わからん）

この数ヶ月でそこそこ慣れたつもりでいたが、途方に暮れ続けるというのも思いのほか疲れるものだ。

ついでに言うと、すこし腹も空く。

手の中で無意識にいじり回していた弓を見た。明日はこれで鳥か小さな獣を仕留めてみよう。有り難いことに、ロナに塩もたくさん持たせてもらえたし。ロナ自身の拵えてくれたハムのようには美味くはならないだろうが――

（……）

びっくりだ、と思った。顔が少し赤くなったかもしれない。自分がここまで未練がましい奴だったとは！

（馬鹿め、ギル）自ら罵りながら、指でふにふにと眉間を揉んだ。

いったい何様だと思ってる。過ぎ去った贅沢はもういい加減に忘れろ。

＊　＊　＊

畑作業や家畜集めの仕事が片付いた夕暮れ、まだ光の残る草地で騎射の練習をしている若者たちのようすを、丘の上から見ている姿があった。

艶やかな鹿毛の牝馬に跨った旅姿の騎士だ。上質な毛織のマントを羽織るその肩の線が繊く、まだごく年若いことが見て取れる。草地の方を眺めながらそのまま丘を横切って街道に出ようと馬を進ませていたが、やがて手綱を引いた。

向きを変え、軽々と丘を下ってきた。


「……よーし」

自分のところまで戻ってきた騎馬たちに、セスは自分も馬上から声をかけた。

「みんな、だいぶ当たるようになってきたな。トリス、押手の肩がまだ上がり過ぎている。一度弓手の肩の力を抜いて、それからこう、まっすぐ押すんだ、ギルにも言われたろ？」

「うん」

「じゃあ次は、陣形の練習をしよう。最初は楔形から展開するやつだ」

騎馬の練習をする若者たちの中では最年長になるセスは、村を旅立ったギルディオンから全体練習の面倒を見ることを託されていた。定期練習をする若者たちの中では最年長になるということ、普段からしばしば野に出て狩りをしていたために弓の習熟度が一段抜けていたことを認めてもらえたのだろう。彼はそのことに強い誇りを覚えると同時に、極めて重い責任も感じていた。

どうしてギルディオンが、村の皆を……あのきれいなロナを置いて発たねばならなかったのか、その本当の理由はもちろんセスにもわからない。だが、自分の生まれ育ったこの素朴な村を深く愛しながらも、時々緩やかな丘に登っては遥かな地平を眺めるのが好きなセスは、平原に生まれて死ぬ男ならきっと誰もが持っているであろう「疾駆する本能」のことも自然に理解はしていた。自分なら、きっと……ロナとの穏やかな暮らしを選んだろうと、密かに思いはしても。

「いいか、まずあの樫の木まで行く間に横に一直線になる。ギルに決められた自分の定位置、覚えてるな？　みんな周りをよく見ろよう。一人だけ飛び出すと、そいつが真っ先にやられちまうんだからな。いつも仲間の動きに気をつけてるんだぞォ」

「セス」彼より二ヶ月若い親友のニーロがふいに馬を寄らせてくると、後方をうながした。「誰か、来るぜ」

セスは首を曲げ、丘の斜面の方を見た。

「……馬賊？」相手がどうやら剣を携えているのを見て、ちょっと不安そうに、十二歳のデイルが訊いた。今日は騎射と陣形の練習だけの予定だったので、ほとんどの者が剣を持参していない。弓の方も、今の練習で矢をほとんど散らばしてしまったばかりなのだ。

「違うよ」セスは答えながら、まっすぐ近づいてくる相手から目を離さずにいた。「でもおまえたちは下がってろ」

年齢の低い子どもたちの馬がやや後ろに退いた。入れ違いにニーロや他の年長者たちの馬が前に出てくる。

見慣れぬ騎士は彼らの近くまでやってくると、ふわりとマントをなびかせて馬から降り立った。間近で見るとその姿はいっそうに若い。それこそまだ少年のようにほっそりした胴を、軽くて丈夫な編み方をした高価な鎖帷子で包み、飾りのついた拵えのいい長剣をその腰に提げている。草地に立つその姿には、華奢でありながらも周囲を払うような凛々しくも華やかな品格があった。

だが何よりも、その騎士のとんでもない美貌に村の若者たちは度肝を抜かれた。兜の縁から短く零れ出ている金髪は、本物だろうかと疑うほど金糸そのものだ。すっと伸びた眉の下の、何かを求め続けるようにひたむきな菫色の瞳。繊細な鼻梁。薔薇色の、少しだけふっくらとした唇。

「少しお尋ねしたい」騎士が、その容姿にふさわしい涼やかな声を発した。「あなた方の訓練の様子を見ました。皆さんの指導者はどちらに？」

「……今は」セスが答えた。「ぼくが」

「今は。以前は？」

「なぜ訊くんです？」

「ギルだよ」十歳のトリスが後方から声を放った。口調に幼い誇りが籠っている。

「ギル？」騎士がふいに鋭く訊き返し、子どもの方を見た。

「トリス、黙ってろ」ニーロが叱る。

黙り込んだ一団を、若い騎士は見回した。そして少し口をつぐんで考え、自分の頭から兜をはずした。ふわりと夕風を受けたその短い金髪が陽の名残を集めて輝いた。

「名乗らずに失礼しました」騎士は、あらためて丁重に話し始めた。「私はラフィエルといいます。ずっと遠くの——大きな町から来ました。ある人を捜して」

若者たちは黙っている。

「あなた方が先ほどしていた弓の練習方法は、私がかつて習ったやり方とまったく同じなのです。私にそれを教えてくれた人を見つけるために、もうずっと旅をしています。その人に危害を加えるつもりはまったくない。ただ、彼が無事であることを確かめたいのです。彼の家族もひどく心配しています。彼が今どこにいるのか、もし何か知っているのなら、どうかぜひ私に教えてもらえませんか」

「ギルには危害なんか加えられないよ」ジルが我慢し切れず、ふいに叫ぶように言う。「誰も勝てっこあるもんか。剣も弓もすごく上手くて、それに勇敢なんだから！」

ラフィエルは、まるで思わずというようにほほえんだ。「もう、証明済みなのですね」

「たった一人で、たくさんの馬賊たちの中からロナを助け出したんだよ！」

「ロナ？」

「怪我をしていたギルを助けて、ずっと世話をしていた人です」仕方なくセスが説明する。「ギルは自分のことを何も覚えてなかったから」

ラフィエルの顔からすっと表情が消えた。「……何も、覚えていない？」

「怪我がほんとに酷かったんです。首と胸に矢傷があって、近くの川岸に流れ着いた時にはほとんど死んでたようなもんだったし。服に名前があったから、ぼくたちはギルって呼んでたけど、彼自身は自分がどこで生まれた誰なのか、全然わかってなかった。……たぶん、今でも」

「……ギルは」十四歳のリアが、ラフィエルの蒼白な顔を見つめながら口を開いた。「ほんとうは、どういう人だったの」

ラフィエルは目を閉じた。兜を抱える手が震えている。

「ギルディオン・デ・ラ・オナー。……オナー伯爵の息子……王城の騎士」

若い旅の騎士を、ニーロを含めた何人かと共に村はずれで待たせ、セスは先にロナの家へと馬を走らせた。奇妙な来訪者のことを彼女に慌ただしく説明する。

「ギルのことを捜して、ずっと旅をしているというんだ」

水仕事で濡れた手を拭きかけたまま立ちすくんでいるロナに、セスはなるべく動揺させまいと彼なりに言葉を選びながら話した。

「どうする、ロナ。会いたくなければ俺たち、彼はもうここにはいないからこのまま立ち去ってくれと言うよ。この家の場所は話してないから、断っても奴がここに来るようなことはない。大丈夫だ」

ロナはしばし床を見ていた。それからセスの顔へと目線を上げた。「会うわ。ここに連れてきてくれる、セス」

その彼女の顔をセスはちょっと見ていたが、やがて頷き、往来を引き返していった。

やがてセスに連れられ家の中に入ってきた人物を見て、ロナは思った。

ああ。やはり。彼と——ギルと、同じ世界の人だ。

「あなたが、ギルディオンを助けてくれたロナですね」騎士の方もじっと彼女を見ながら口を開いた。「私はラフィエルといいます。あなたがこうして会ってくださって、本当にありがたく思っています、ロナ」

何と応えてよいのかわからず、ロナは唇を小さく動かしただけで、結局そのまま控えめに会釈だけをした。

なんだろう。今の自分が、誰よりも恋しくて恋しくて壊れそうになっているあのギルと――きっと深い繋がりのある人なのだろうに――こうして会えても、私は……うれしいと感じていない。どうして……？

この若者は、確かに綺麗過ぎる。でも、そんなこと。私がこんなに不安になる理由になどならないはずなのに。

「それは？」

相手の視線の先に気づいて、ロナははっとした。

ラフィエルは返事を待たず、つかつかと質素な卓に近づくと、折り畳んだ小布の上に置かれていた指輪を見た。それを手に取って眺める。

ロナは息を呑んだ。

指輪は、高価な青宝玉を嵌め込んだその黄金の指輪は、まるでボロボロの状態で流れ着いたギルディオンの体に残っていた唯一の装飾品だった。彼が旅立った直後に、ロナはそれを部屋の棚の上に見つけた。ギルディオンはロナへの好意と感謝の気持ちをこめて、せめてそれをと黙って残していったのだろう。大きな町へ行って換金すれば、ロナはたぶん何頭もの馬や牛を新たに手に入れることができるだろうし、かなりの長きに亘って生活に十分な余裕が生まれる。

だがロナはそれを、いつの日にか自分と共に棺に入れてもらうつもりだった。そこに置いたままにしてあったのは、自分からは見えないところ——引き出しの奥にしまいこむ勇気が、まだ出せずにいたから過ぎない。彼の身に触れたことがあるものならば、たとえ布切れ一枚でも、きっと死ぬまで捨てることはできないだろう。

「……彼は」ラフィエルは指先でそっと指輪を撫で、それから目を上げて、質素だがきちんと片付いた家の中を見回した。「ここであなたと暮らしていたのですね」

ここではない、とロナは言わなかった。なぜか、この夢のように美しい若者には言いたくないような気がした。ギルはここでは眠らなかった……毎晩馬小屋で、シュタインと一緒に休んでいたの。

セスは戸口の近くで、そのロナの様子を黙って見守っている。

「どちらへ向かうか、彼はあなたに話しましたか」ラフィエルが指輪を布の上に戻した。

「いいえ。……ただ、シュタインが——彼の馬が、以前から行きたがっている方角があるからと……」

「シュタイン？」ラフィエルが、鋭く訊き返した。「シュタインが、彼と一緒なのですか？あの黒馬が？額に流星のある？」

「ええ。最初から彼の側にいたんです。シュタイン自身、いくつも怪我をしていたのだけれど……川を流される主の後をずっと追ってきたのだと思います。あの馬が川岸にいるのが見えたので、私はギルを見つけることができたんです」

「素晴らしい、シュタイン。……しかも、蹄鉄も落ちた裸足だったのに。よく――」ラフィエルの呟きが、一瞬震えを帯びた。「……今でも故郷では最高と謳われている名馬です。その馬がどちらに行こうとしていたか、あなたはわかりますか」

ロナは、ゆっくり首を横に振った。

はっきりと知らないのは本当だ。だがたとえ知っていたとしても、この初対面の若者にそれを告げることはきっとしなかっただろう。ギルは誰かと争っていたから、その体にあれほど酷く矢を射こまれたりしたのだ。彼には恐ろしい敵がいる。それが誰なのか、どんな姿をしているのか、この自分はまるで知らない。万が一にでも彼の身に再び危険を招くかもしれない迂闊な言葉は、決して口にしてはいけない。

ラフィエルは、表情の読めない眼でそのロナの様子を見ていた。そして、頷いた。

「とにかく、ありがとう。彼の命を助けて、その回復を支えてくれたことに、心からお礼を言います。彼の馬を世話してくれたことにも。いずれ然るべき形で正式な謝礼を」

マントの下に手を入れた。

「今は多く持ち合わせがないのですが、私個人からのお礼を少し置いていってもいいですか？」

「いりません」思いがけず、はっきりとした口調になってしまった。「お金を頂きたくて、彼を助けたのではありません……！」

声が。この人の前で、こんなに震えなければいいのに。

ラフィエルは黙って彼女の顔を見ていた。そして再び頷き、「では」と礼をすると、戸口の方へと歩き出した。

「……あの」ロナは思わず呼び止めた。

ラフィエルが首だけ振り向いて彼女を見た。

「あなたは――」ロナは小さく口ごもった。胸が激しく小刻みに波打つのを感じた。「あの人の――」

「私は」ラフィエルが言った。「彼の、許婚です」

喉元に突然杭を打ち込まれたように、ロナはよろめき、言葉を失った。意識が数瞬の間、貧血を起こした時のように真っ白になった。

離れて立つセスの口があんぐりと開いている。

「……あなた……」ロナは、やっとのことで唇を動かした。

（女性なの――！）

ラフィエルは美しい唇の隅で微かに笑んだ。そして呆然とするロナとセスの視線を背中に受けながら、既に暗くなった戸外へと出ていった。

＊　　＊　　＊

（馬が行きたがっていた方角がある――）

既にとっぷりと暮れた暗い田舎道を街道の方角へと進みながら、ラフィエルは馬上でロナの言葉を何度も反芻した。人に飼われていた馬はふつう、どこかで放されれば自らの馬小屋へと帰ってゆこうとするものだ。主を失った軍馬が戦地から鞍を空にしたままで戻ってきたという例は、枚挙に暇がない。

シュタインは懐かしいシザリオンの王城へと帰ろうとしたのだろうか。普通なら、そうだ。彼が普通の馬ならば。

だがそもそも普通の馬なら……流されてゆく、既に死んだとしか思われない主の体を追って、あの険しい崖を下り、川伝いに丘陵を下り、こんな鄙びた農村地帯にまではるばるとやってくるものだろうか。まして彼自身が幾つもの傷を負っていたと、あのロナも言っていたのに。

（あり得ない）

そして、シュタインはまさにそのあり得ないことをしでかす馬なのだ。時に気味が悪いほど、彼の主によく似て。

（——ギルは）

引き結ぶその唇の脇を、気持ちを激しく揺さぶられ続けたこの一刻、ずっと堪えていた涙がとうとう一粒転がり落ちた。常にあり得ないことばかりの男だった——これまでもずっと。いつだって、辛くて、苦しくて、困難な道ばかりを選ぶ。そうして、呼び止めようと焦るラフィエルを見て、いつもと同じ顔で笑ってみせるのだ。赴くその先に、輝かしい勝利や温かな安らぎが約束されているわけでもないのに。

……安らぎ。

ラフィエルは既に後方に遠くなりつつある小さな村の、あの彼女のことを再び考えた。

牝馬のように優しく辛抱強い眼をした、一目で働き者と知れる、素朴で健康な美しさを湛えたひとりの女。彼女のあの腕の中で、傷つき、記憶さえも失ったというギルは、たとえひと時のことではあっても安らかに眠れる夜を持てたかしら。

私には……一晩もなかった。あの日から今日まで。彼の家族、同僚、友人たちと共に、狂ったように国境の森中を捜した日。鄙びた宿部屋の外に声を漏らすまいと両腕に顔を埋めて泣き続けた無数の夜。

ギルディオンが流されたシルダリア川は、滝となって落ちた後、エルギウス領内をやや下ってから幾つかの支流を持つ。彼の体がそのどの流れに運ばれたのかが推定できず、愛馬エリーに跨ったラフィエルはそれぞれの川筋を辿り、岸辺を捜し、付近の町や村を端から順に訪ね歩いていくしかなかった。見慣れぬ黒髪の男がやってきて居ついたという噂を聞き、来た道を再び戻って会いに行ってみたこともあった。交錯する希望と絶望の日々。

（私は彼の、許婚です）

言う必要もなかった、つく必要もなかったそんな残酷な嘘を、なぜあの時すらりと口にしてしまったのだろう。ギルの寝顔を眺め、あの男らしく美しい唇に触れ、あの黒髪を撫でて……言葉に尽くせぬ幸福な思いに、ただ無邪気に酔いしれていたに違いないあの女を、ことばの一太刀で切り捨ててしまいたかったのか。

馬鹿な女、とラフィエルは思った。この私と同じように。

ギルは誰も愛さない。たとえすべての記憶を喪っていたとしても、きっと。そのことに、彼女は最後まで気づかなかったのかしら。たまさか、彼のあの指が……感謝と、いくばくかの温かな好意とを帯びて誰かの肌に触れることがあったとしても……そんなものはかりそめの夢なのだ。事実、彼はその行く先さえもロナというあのひとには告げず、ただ唯一信頼する彼の馬だけを連れて、あっさりと再び旅立ってしまったじゃないの？

どれほど無垢な、あるいはどれほど熱く烈しい愛情を捧げられても、ギルは、「他の女」を愛したりはしないのだ。

エレメンティア。

私のたった一人の、あのおそろしい姉以外は。


壮年のアストラン王が遂に花嫁を選ばれるという宴が催された夜のことは、この先もずっとシザリオン王都の語り草だろう。

マスキオン伯爵夫妻は、次女のラフィエルが王の面前に進んで挨拶をする列に加わることを許さなかった。彼らの嘆きの種であるこのじゃじゃ馬娘が御前で何か粗相をしでかすことをあるいは怖れたのかも知れないが、長女エレメンティアのための衣装と宝飾品を工面するのに、残り僅かな蓄えの大半を注ぎ込む必要があったからという方が、より現実的な理由であったに違いない。

宴の夜は、伯爵家の存続を賭けた一世一代の勝負の時だったのだ。現行制度において、高位の貴族たちは男子の後継者を持たねば事実上のお家断絶、財産は王家の預かりとなる。女子が家督を継ぐことを許されるのは、王家を除けば、婚姻を通じて王の縁戚となった家柄だけだ。将来有望な才を備えた貴族の次男坊以下の中に、斜陽の色濃いマスキオン家に養子として入ることを承諾する者は誰もいなかった。

何日もかけて準備に勤しむ両親と姉がただひたすらに真剣で、その顔に華やかな宴を楽しみに待つような浮かれた笑みなど一片もなかったのも無理はない。

だがそうした緊迫した空気の中にありつつも、十六歳のラフィエルは、素晴らしく贅沢とまでは言えないにしても、彼女の瞳の輝きや生き生きとした肌色を引き立たせてくれる淡い薔薇色の新しいドレスを十分に喜んだ。

何より、眩いばかりに凛々しい近衛隊の黒礼服に身を包んだギルディオンが、彼女を見るなり足早に近づいてきて、「ラフィ！　物凄く綺麗だ」と褒めてくれたのだ。その輝く瞳の、なんと誇らしげだったことよ！　それ以上、この自分が望めることは何もない。

三十人の貴族の息女たちが順々に国王の前まで進み、しとやかに腰を屈めて挨拶をした。時めいた家柄の姫たちが順番を優先されるのは当然のことで、事実上の花嫁候補は最初の五人の中にいるというのがその夜の暗黙の了解だった。

エレメンティア・ド・ラ・マスキオンは、列の最後の一人だった。

姉が大広間のアーチを抜けて入ってきた時にあたりに広がった空気を、ラフィエルは忘れることができない。

父であるオナー伯爵の隣に立っていた、ギルディオンの顔も。

その体に人の重さはないのではないかと思うほど音もなく軽やかに、エレメンティアは登場した。

混じりけのない黄金の細い髪をきっちりと高く結い上げ、その天然の宝冠に、白銀と青宝玉の繊細な飾りをあしらっていた。白鳥のようにほっそりした首筋を飾るのも、銀の網目が繋ぐ見事な青宝玉と金剛石たちだ。清らかな愛らしい膨らみを半ば覗かせる真っ白な胸元から、男の両手で摑めそうなほどに細い胴までを包む、銀糸で豪華な刺繡を施した絹の胴衣。膨らんだ袖と胴衣から続く長い裳裾は、淡い夜明けの蒼のような最上級の紗を幾重にも重ねていた。

彼女が大広間の奥へと歩みを進めるにつれ、人々のざわめきが嘘のように消え去った。

楽の音までが一瞬乱れ、途切れかかった。

周囲にたなびく月輪のように朧な輝き。

圧倒的だった。文字通り万座が言葉を失い、息を呑むほどに。

透けるうなじの上で金髪が光の尾をひく。白薔薇の香りが漂う。

紅を差したその小さな唇は、果実のようにほんのりと甘いに違いない——

毅然と頭を上げ、その大きな菫色の瞳で前方に棒立ちとなっている王を見つめて歩くエレメンティアは、仄かに微笑していた。悦に入る表情ではなかった。我こそは今宵の女王と最初からわかっており、その冷静な誇りと重責への自覚を、無言のままその小さな胸に湛えている。

「ギル」オナー伯爵のごく低い叱責の呟きを、ラフィエルはすぐ近くで聞いた。「口を閉じなさい、見苦しい」

その口調に、少なくとも余分な感情はなかった。あっても至極当然の状況だったのだが。

ラフィエルが後で、大人たちの意味深な態度から曖昧ながらも推測したことだが、オナー伯爵は縁戚であるマスキオン伯爵に対し、エレメンティアの支度のため内密に費用の援助を申し出ていたらしい。だがエレメンティアの父はその友情と厚意に感謝しつつも、きっぱりと断った。

単に旧家の自尊心の問題からではない。オナー伯爵は、エレメンティアを彼の愛息ギルディオンの花嫁にとずっと望んでいたはずなのである。望むどころか、もし一人息子のギルディオンが彼女以外の妻は生涯娶らぬなどと言い出したら――それは十分にあり得た――それこそオナー伯爵家の方が厄介なお家騒動に陥ることは明らかな話だった。お妃候補に名乗りをあげるなど、いったい何ということをしてくれたのだと怒鳴り込む方が、オナー家にとっては自然な態度であったろう。にも拘らず、「美しい姫が更に美しく、必ず陛下の御心をとらえられるように」とそっと声をかけてくれたその深い心遣いに、マスキオン伯爵は恐らく、ひとり涙したに違いない。

今この時も冷静な表情を崩さない父伯爵に叱られて、ギルディオンはやや頬を赤らめた。だがすぐにその視線が再び、今まさに目の前を通り過ぎてゆくエレメンティアの姿へと吸いついた。

彼が泣くのではないかと、ラフィエルはその時思った。それほどに、姉の美に打ちのめされている。あるいは、あれほど華奢な肢体に秘められたその烈しい気性に。

（それが真実必要であるならば、たとえ今どれほど不利な立場にあったとしても、私は絶対に手

に入れてみせる）
エレメンティア・ド・ラ・マスキオンの、凄まじいばかりの魂の剛毅に。
彼の方へなど僅かな視線も寄越すことなく、超然と他の男の腕の中へ――輝かしい修羅の只中へと歩いてゆく、彼の生涯ただ一人の女王……

馬上で、ラフィエルはしばらく黙って涙を流していた。

歩を進めながらエリーがブルルと鼻を鳴らした。主の様子を気にしているのだ。

「大丈夫よ、エリー」ラフィエルは思わず少し笑い、濡れた顔を手でごしごしとこすった。

「あのね。昔から母上がよくおっしゃっていたわ。他人のことを羨んでばかりいると、ひどい醜女になってしまいますよって。それでなくても私みたいなお転婆は全然ギルの好みじゃないのですもの。髪だってこんな有様だし、これ以上条件が不利になったらまずいわ」

エリーの敏感な両耳がじっとその言葉を聴いている。

「でも、ねえ、エリー……自分の一番愛している人と、一つの屋根の下で二人だけで暮らすのって、どんな感じなのかしらね……」

問いかけられて、エリーも黙って考えているようだ。もっとも馬は、例えばただ排泄をしたいだけの時でも妙に哲学的な表情を見せることがある。

「私が……ううん、姉上だって知らないギルの姿を、あのロナは知っているのよ。そう考えると何だか不思議だわ……私がこんなに負けず嫌いで強情な女でなかったら、ロナに頼み込んでいろいろ話を聞かせてもらったのだけど」

エリーが、今度はちょっと不満げに小さく鼻を鳴らした。

「何をかって？　……そりゃあ……恋人としてのギルはどんな感じなの、とか……」

馬が両耳を伏せた。まったく、なんてはしたないことを。呆れた、もう聞く気はありませんよ、という意思表示だ。

「わかっているわよ。ちょっと言ってみただけよ。ロナだってそんなこと、私に話すもんですか」

だが、いずれにしても。ギルその人であることがほぼ間違いない人物の痕跡を発見したことを、一刻も早く彼の家族と上官、そして友人たちに知らせなくてはならない。街道の、ここから一番近い宿場町まで出て、早馬での伝令を飛ばそう。

皆どれほど驚き喜ぶかしら！　たとえ彼がこれまでの輝かしい日々の記憶を今は一切失っていると告げられても。

彼が——というよりも、彼の馬が、懐かしい我が家へと続く道を選んでくれていた時のために、予想される経路のすべてに再び人手を出さなくてはならない。そのどこかで、ああ、本当に一刻も早く彼を見つけるために。

＊　＊　＊

下生えの中をシュタインは黒い疾風のように駆けてゆく。

木々の間を縫って前方を駆ける赤鹿との距離は確実に狭まってきていた。馬上でギルディオンは弓を構えた。鹿が倒木を飛び越えようとして体が伸びたところに、矢を放つ。

命中し、若い牡鹿はそのまま体勢を崩して倒木の反対側へと転がり落ちていった。

ギルディオンは地面に飛び降りて、軽くシュタインの首を叩いてやった。倒木に近づいて向こう側を覗き込む。そこからは落葉の積もった短い傾斜になっており、首を射抜かれた鹿がその下で弱々しくもがいていた。彼は斜面の下まで落葉を崩しながら下り、短剣でとどめをさして哀れな苦悶を終わらせてやった。

鹿のように大きな獲物を倒したのは、この旅に出てから初めてだ——つまり、記憶にある限り初めてだ。手持ちの矢の本数が心細くなってきたので、一度の狩りである程度の量の肉を確保したかったからなのだが、馬のそれとはまた違った鹿の走る姿の美しさに見とれるようだった思いも幾分かは残り、彼は少し悲しい気持ちになった。全部は運べないにしても、せめてなるべく無駄を出さないよう役立てねばならない。

短剣を持ち直し、すぐにその場で解体作業にかかろうとした、その時だ。彼の場所からは見えぬ位置で、シュタインが鼻を鳴らした。

ギルディオンは顔を上げ、周囲を見回した。

何かが近づいてくる。遠くから大地を蹴る蹄の音……一頭。

微かに口笛を吹くと、シュタインの巨体がバッと倒木を飛び越え、落葉を舞い立てながら彼の側まで下りてきた。その手綱を摑んで側に引き寄せながら、ギルディオンは少し後ろに下がった。剣の柄に手をかける。

倒木の向こうで馬が止まる気配がした。誰かが飛び降りた。体重が、軽い。

すぐにほっそりとした人影が——マントを羽織り、弓を手にした女が、倒木に片足をかけて姿を現した。

ギルディオンと彼女の視線がぶつかった。

「——！——」女の緑の眼が大きく見開かれた。

ギルディオンは相手の顔を見つめ返した。そして、自分がまだ剣に手をかけていることに気づいた。その手をそっと離し、もう一度彼女の方を見上げる。そして敵意はないと示して安心させようと、なるべく穏やかに微笑いかけた。

きっと彼女もこの美しい鹿を追ってきたのだろう。狩りのための身なりをしている。身に着けた衣類や装具の一つひとつが、派手さはないがとても上等で品がいい——束ねられ、肩から滑り落ちている長い黒髪が、見たこともないほど滑らかな艶を放って綺麗だ——そしてよく使い込まれた、形は見慣れないが、素晴らしい弓。相当な手練れであることが語らずともわかる。自分の方がこの獲物を仕留められたのは、まあ運がよかったということらしい。

だが、あっという間にその弓に矢がつがえられ自分に向けられたのを見て、ギルディオン・オナーは息を呑んだ。

「まさか生きていたとは」女が紅い唇で低く呟いた。「やはり恐ろしい男、ギルディオン・オナー……！」

ギルディオン・オナー？

……この、自分のことか？

オナー？

「でも——結局、ここで終わり」女は、キリキリと弓を引き絞った。

構えが違う、とギルディオンは瞬間的に思った。弓の握りの位置が中央より低い。その独特の視覚的印象に、強烈な、ほとんど痛みさえ迸らせるような既視感があった。

……水飛沫。

月光。

木立の中で弓を引くほっそりとした立ち姿。

たちのぼる殺気！

(誰だ……！)

「今度はその目に射こんであげる。もう二度と起き上がってこぬように！」

ギルディオンが剣を引き抜き、ラトーヤの矢が放たれようとしたその瞬間、ドカッと大地を強く蹴る音が響いて、横手の木立から一頭の鹿毛馬が躍り出た。その馬上から長剣を振りかざして影が跳んだ。

ラトーヤは飛びのき、地面に転がってその一撃を避けた。立ち上がるより早く弓を投げ捨て、腰の剣を抜き放つ。閃光のように続いたラフィエルの二太刀目を不利な体勢ながら辛くも受け止め得たのは、天晴れと言っていい。

「……何者！」全身をしならせ、身長で勝るラトーヤは力ずくで相手の剣を押し離した。

「こちらの台詞よ！」いったん後方へ飛び退り、ラフィエルが怒鳴った。「さては川でギルを射ったのもおまえね！　殺す！」

間髪入れず、再び獰猛な山猫の如く跳んだ。

気合迸る撃ち合いが続く中へ、シュタインに跨ったギルディオンが剣を手に駆け上がってきた。掬い上げる動きでラトーヤの剣をその手から遠く弾き飛ばし、馬体の向きを変えて二人の間に強引に割り込む。

喘ぎながら、ラフィエルがその姿を見上げた。「……ギル……！」

ギルディオンは彼女の方を見なかった。ラトーヤから目を離さない。

険しく眉の寄った彼女の端麗な顔、その立ち姿をじっと眺めながら、眉をひそめる。何かを——思い出そうとするように。

ラトーヤはまっすぐそのギルディオンの顔を睨み返した。

だが突然背を向け、剣と弓を拾い、無言のまま自分の馬の方へと歩いていくと、マントを翻して飛び乗った。彼の方を再び見つつ冷ややかに言う。

「また、邪魔が入った」

「……」

「私を見て、笑ったわね」馬の向きを変えるその眼差しに、緑炎のような怒りがある。「偉大な敵ならば敬意は払う。でも侮辱されて、その相手を許したことはない。近いうちに必ずおまえを殺す」

「来るなら来なさい」ラフィエルが激しく叫ぶ。「次はおまえが自分の血で窒息する番よ。ギルと同じ苦しみを、少しでも長く味わって死ねばいい！」

「おまえも殺すわ」ラトーヤは馬の腹を蹴った。「もしその男と一緒に死にたいのなら、もうしばらく側にいなさい。長くは待たせない」

あっという間に木立の中へと走り去った。


ギルディオンは、ラトーヤとその馬の姿が消えた方角をしばらく黙って見ていた。半ば無意識のようにその手が上がり、首の横に触れる。

「傷痕が痛むの、ギル？」落葉の上に立ってラフィエルは尋ねた。

ギルディオンがようやく彼女を見下ろした。

その蒼い眼でまっすぐに見つめられて、ラフィエルの喉は思わず詰まった。

ギルだ。ほんとうに、生身のギルが今、目の前にいるんだわ……。不思議そうな瞳……私を私とわかっていない、見知らぬ他人を見るような戸惑いの眼。

でも、間違いない。会いたかった、ギル……！　ずっと、ずっと、あなたを捜したのよ！

「ごめんなさい、私……泣くかも」

まだ蒼白い顔で、ラフィエルは何とか笑おうとした。

「でも今は、移動しなきゃ……あの女の仲間が大勢、近くにいるかもしれない。……急ぎましょう」

＊　＊　＊

真っ暗な夜の森は湿った匂いと得体の知れぬざわめきの海だ。風に揺れる木々の触れ合う音に虫や獣たちの鳴き声が入り交じり、うごめく闇をまるで不定形な一つの生きもののように思わせる。

ラフィエルとギルディオンは洞穴の中で、小枝を組んで熾した小さな火を前に座っていた。木々や繁茂する蔓草に隠された岩崖に、中も乾いて休むには頃合いのこの場所を見つけられたのは幸運だった。

（少し……痩せたかもしれない）ラフィエルは思った。

髪が伸びたせいでそう見えるのだろうか。首筋で軽く結わえるほどに、その黒髪が長くなっている。そして、前よりも顔つきがどこか穏やかになった。王城にいた頃の彼は、仲間と談笑している時でさえ、忍び寄る敵を発見することを瞬時も忘れまいとでもいうような眼をしていたものだ。

きっとあの小さな村での静かな暮らしが、いかにも母性的なロナに尽くされる穏やかな日々が、彼の中の何かをほんの少し変えたのだろう。

……でも。

（寂しそう）

寂しい。そう、それは寂しいのに違いない。そうに決まっている。記憶を喪うということは、肉親や友達、愛していたものすべてを一度に喪うのと、もしかするとほとんど同じことなのかもしれない。

髪をそっと撫でてあげたいと彼女は思い、そんな自分に少し驚いた。彼に対してそんな気持ちを抱いたのは初めてだった。ギルディオンはラフィエルにとって幼い頃からずっと、頼もしくも光り輝くような「夢の騎士」だったのだから。同世代の誰よりも武芸に秀で、誰よりも見事に馬を操り、その氏育ちにふさわしい品格を備え、そしてどんな時も絶対に、そう、絶対に弱音を吐かない男。

彼が最初から――ラフィエルの両親と同じように――天使のように繊細で美しい姉のエレメンティアに魅入られ切っていることは、幼い頃からラフィエルにもわかっていた。それでも彼は、父母からはほとんど諦められている彼女のこともいつも決して忘れずにいてくれたし、二人きりで遊んでくれることさえあったし、持参する土産もエレメンティアへのものと差をつけるようなことは一度もなかったのだ。

「自分の名前はわかっていたのね。よかったわ」火明かりの中で、ラフィエルは静かに話しかけた。

踊る火を見つめていたギルディオンが彼女の方を見た。

「あなたの正式な名前はね、ギルディオン・デ・ラ・オナー、というのよ。あの村の人たちと同じように、私たちもずっとあなたのことをギルと呼んでいたの」

「……君の名は？」ギルディオンが、彼女の顔を見つめたまま尋ねた。

ラフィエルは微笑んだ。せっかく自己紹介をし直せるなら、もっとましな姿でいる時にしたかったのに。まあ、自分にはこんな間の悪さもお似合いだ。

「私の名は、ラフィエル・レナ・ド・ラ・マスキオン。あなたは、いつもラフィと呼んでくれていたわ。私たち遠縁に当たるのよ。家も近くて、生まれた時からずっと家族ぐるみのお付き合いをしてきたの」

「……」

「あなたの父上のオナー伯爵は、国王陛下の政務顧問もなさっている、とても素晴らしい方よ。母上はあなたが小さい頃にもう亡くなられてしまっているけれど……。あなたは伯爵の一人息子で、いずれは爵位を継ぐことになっている。伯爵は不要な贅沢はなさらない方だけど、オナー家は代々裕福な家柄でもあるわ。怪我をしてシュタインと一緒に行方不明になるまでは、あなたは王城の近衛隊で仕事をしていたの。あなたは今十九歳だけど、近衛隊に十代で入るなんて前代未聞の快挙だったのよ」

ギルディオンは身動きもせずに、じっと話を聴いている。

「あなたがどうしてそんなにひどい怪我をすることになったのか、知りたい？」

彼は小さく頷いた。

ラフィエルも、頷いた。

「必ず、ぜんぶ話してあげる。でも……あなたのご家族のところへ戻ってからでは、だめ？」彼女は顔を少し傾けるようにして相手の顔を覗きこんだ。

「いろいろな話を一度に聞かせて、あなたの気持ちを……今ここで乱したくはないの。それに、あの村であなたのことを聞いてから、私はすぐにあなたが生きていると伯爵やお城へ知らせを送ったわ。皆、総出であなたを待ち構えているはずよ。もう途中まで迎えに来ている人たちもいるかも。あなたを喪ったと思って、あなたの父上は一夜でお髪が真っ白になってしまった。一刻も早くあなたは顔を見せてあげるべきだと、私は思うの。あなたも早くその父上に会いたいとは思わない？」

彼の瞳の中で何かが揺れたことに気づいて、ラフィエルは喋るのを止めた。

「……ギル？」

……白髪。髪。唇が微かに、言葉をなぞった。

そっと手が上がった。ラフィエルはじっとしたまま、彼のその手が自分の短い髪に触れるのを見ていた。

（金色の……髪）

火明かりに輝く、柔らかな……黄金の絹糸のような。

……菫色の瞳。

――ギル！――

「……！……」

ドン、と心臓を衝かれるような衝撃があった。

「……ギル？」ラフィエルが、その手を掴んだ。「どうしたの？　大丈夫――」

――姫が！

ギル、姫がいないのです――

私の赤子が――

頭を、胸を押さえて、ギルディオンは苦痛のあまり体を前に倒した。

「ギルっ！　しっかりして！　どうしたの、苦しいの⁉」

体にかぶさるようにしてその顔を覗きこむラフィエルの手首を、ふいに彼は摑んだ。突然身を起こしたギルディオンに仰天するほど強い力で抱きすくめられて、ラフィエルの息が停まった。

「……ギル――」

彼の体は瘧のように激しく震えていた。抱きしめているラフィエルの髪に顔を押しつけ、唇を、頬を埋めた。

この、髪の手触り。知っている。白い耳朶から華奢な顎への清らかな輪郭。うなじの線。知っている。額に亀裂が入り、そのまま割れてしまいそうな気がした。体裁も何もなく喚き出しそうだった。だが、離すことができない。

「……ギル、痛いのね」激しく喘いでいるその胸の中で、ラフィエルが小さな声で言った。その目に涙が浮かび上がった。回された両腕が、何とか慰めようとするかのように彼の背中をさまよう。「かわいそう……どうして、どうしてこんなことに……！　ギルはずっと、あんなに頑張ってきたのに！」

割れた額から、どす黒い血液と共に、何かが搾り出されているかのようだった。それは得体の知れない、血と同じ熱さを備えた粘液のようなもので、まるで水銀の如くその表面に無数の歪んだ画像を光らせていた。

……王城。甲冑の騎士たち。規則正しい蹄の響き。

花々の香りに包まれた庭園。きらめく風。

自分がそっと握っている華奢な小さな手。頰をくすぐる黄金の髪。甘い息遣い。

足元から澄んだ柔らかな水がふいにその水位を上げてくるように――黒ずんだ血の濁りがどこかへと薄められて去り――

彼の髪をふわりと揺らめかせ、傷ついた額の上までもあかるい水色の光が満ちた。


――ギル――


（……）

再び名前を、今度はやさしく呼ばれて、彼はゆっくりと目を開けた。

白い花々の中に、黄金色の長い髪をした少女がひとり、立っている。

縁戚であり幼馴染でもある、同い年の虚弱なエレメンティアを連れて、あるいは両の腕に抱いて、庭園の先まで新鮮な空気を吸いに連れてゆくことが、三日に一度だけ許された大切な習慣だった。

天使のようなエレメンティア――あるいは愛くるしい、恐るべき、小さな魔物のようなエレメンティア。陽射しに溶け込む黄金の髪、さえざえと透き通る肌、咲き匂う菫の瞳。花のようにほころぶ口許。

微熱があり、今日はいけませんと乳母に止められても、彼女は聞かなかった。途方に暮れるギルディオンの胸にしがみつき、散歩にゆくのだと言い張った。そんな時は――いや、どんな時も――天空に輝く太陽のように、世界と人々とを自ら心ゆくまで甘やかに支配していたエレメンティア。

「ギルは世界でいちばん、私のことを愛している」

それは質問ではなかった。大人たちから禁じられている、走ることも、水辺で遊ぶことも、腕を長く伸ばして王の垣根の花をこっそり摘むことも、ギルディオンにならば叱られないと知っていた。少なくとも、本気で叱られることなどないと。

いけない、と精一杯の厳しい口調で窘められても、大きなその瞳で……ほんの少しだけ不安げに、確かめるように彼の瞳を覗き込み……その胸に触れ、硬い顎に触れ、それから細い両腕で彼の首にすがりつきさえすれば、それだけでいつもお小言の時間は終わりなのだった。

一度、たった一度だけ、約束の時間に彼女のもとへ行かれなかった日があった。父の命令で、その名代として城の国王のところへ急ぎの使いに出なければならなかった時のことだ。城へと向かう前に、彼女のところへも事情の説明をさせに従者の一人をやった。

だから、自分の邸へと馬で戻る途中、炎天下の路上で彼女がひとり立っているのを見た時には、驚愕のあまり鞍の上から転げ落ちそうになった。

彼女は泣いていたのだろう。頬に涙の痕が幾筋もついていた。だが彼の姿を見て、まるで辺り一面の空気を変えるかのような光り輝く笑顔になった。そして彼に向かい、その両腕をさしのべた。馬を降りるや飛びついた彼の腕の中で、彼女は意識を失った。そしてそのまま何日も寝込むような熱を出した。

「ギルが、私の傍らいなくなってしまう夢を見たの」

毎日見舞った彼に、彼女は枕の上から囁いた。

「この次は、父上のご命令より、国王陛下より、私を選んでね」

誰からも愛され、大切にされ、甘やかされていた——強く抱きしめればたやすく折れてしまいそうに華奢で繊細な、マスキオン家の美しい長女、エレメンティア。

彼女は、けれどもギルディオンの知る限り、この世で最も高い知能を備えた人間でもあった。

高く、まさしく天を舞うかの如くに危うい知能を。

そして、まるで王その人のように烈しい気位をも。

「サンティアの鉱床と南の農地も、お父様はもうじき手放すことになったのよ」

咲き乱れる花々の中で彼女はギルディオンに話した。

花を摘み取る彼女の、その細く白い指を、彼はただ黙って見ていた。

彼女が次に発する言葉はわかっていた——この数月、父も、マスキオン伯爵夫妻も、ギルディオンに対しては不自然に言葉少なだった。沈黙のうちにじわじわと広がる不吉な気配に、眠れぬ夜が続いた。胸がむかつくほどの不安で食も落ち、勤務中に信じられないような失態をしでかして、敬愛する隊長から直に厳しい叱責を受けた。自分が鬱屈した獣のような眼つきになっており、何も知らぬ人々を訝らせていることはわかっていたが、どうしようもなかった。

そして、今……ただ彼女の指先を見つめながら、この期に及んで運命の女性を抱き攫って逃げ得ない己の弱さに絶望し、真昼の光の中で、ひっそりと暗黒に凍りついている。

力ずくで奪うことは、できる。

きっとできる。

今ここで、あの口許を素早く手で塞ぎ、繊《ほそ》い体を抱え上げて、背後で佇んでいるシュタインに共に乗ってしまえばいいのだ。

父が、隊長が、国王が何だというのか！　走り去ってしまえばいいのだ。自分のシュタインには誰も追いつけない。ただどこまでも、地の果てまでも走って逃げて、そうしてどこか、誰も知らない遠い土地で、二人だけで――

（エレメンティアは私のものだ）

（ずっと私のものだったのだ）

――だが、そうすれば――この至高の女性の愛が、自分から永久に離れ去るだろうということもわかっていた。

（ワタシノモノ）

……違う。

エレメンティアはこの自分に無理解を許さない。彼女の愛は常に、喉元に切っ先を突きつける剣だった。いつも、いつの日も。

私は、彼女のものだ。この体も、魂も、喜びも悲嘆も何もかも。

だが、彼女は……誰のものでもない。

「私は、王の妃になってみせる」

エレメンティアは彼を見た。そして、すがる恋人を、家族を置き去って遥かな戦に臨むことを既にひとり決意してしまった戦士のように、目許で優しく微笑んだ。

「そして、必ず王の世継ぎを産むの。それしか、マスキオン家に残された道はないのだもの」

男盛りのアストラン王が、何人もの名門貴族の姫たちを退ける形で、確かに世に聞こえて美しく賢くはあるけれども人一倍虚弱でもあるマスキオン家のエレメンティア姫を選んだことも驚きならば、そのエレメンティアが程なくして懐妊できたこともまた、多くの人々を驚かせた。

その慶事を奇跡と呼ぶ者も少なくなかったが、ギルディオンはそれがただエレメンティアの凄まじいばかりの努力の賜物であったことを知っていた。彼女にとり奇跡とは天から降ってくるのを待つものではない。綿密に計算し、計画し、自ら糸を探しあて、そしていったんそれを摑んだら、その先にある何かを、たとえどんな邪魔が入ろうとも我が側へ引き寄せるものだ。

だが人々が更に予測した通り、その懐妊は王妃の体を苦しめた。近年になく長く厳しい夏を彼女が乗り越えられないのではないかという密やかな噂が、城にも街にも広まった。

上品な言い回しで、もちろん婉曲にではあるが、つまりは「そら見たことか」という意味のことを口にする貴婦人たちも少なくはなかった。世間を呆れ返らせるほどの厚顔ぶりを発揮して、身の程も知らず不相応な大役を引き受けようとするからそのような目に遭うのだ。何ものにも代え難い王の神聖なる御子を宿しながら、もしもの事態にでもなってしまったら、いったい彼女はどうやってその重大過ぎる責任を取るつもりなのだろう。

ギルディオンは仕事の合間を縫ってはシュタインを駆って高地に赴き、炎暑の城下では入手できなくなっていた何種かの果実を探し集めて城へと持ち帰った。その果汁だけが僅かに、酷い悪阻に伏したままの王妃の喉を通った。

若く美しく、しかも機知に富んだ妃を深く愛し、その胎内の子を強く待ち望んではいたが、国王アストランは政と広い鉱山地帯を含む領地の視察とで常に多忙だった。

床で苦しむエレメンティアのために、彼女の輿入れにも従いてきていた乳母は、王の留守にしばしば近衛兵ギルディオンを呼び寄せ、彼女の寝所へとそっと招き入れた。

血の気を失い、息も乱れ、じっと静かに横たわっていることさえできずにいるエレメンティアは、ギルディオンの姿を見ると、その度に助けを求めるかの如く痩せ細った腕を伸ばした。ギルディオンは彼女を胸に抱き、その冷や汗を拭ってやり、苦しいという涙ながらの訴えを聴いては、気持ちを籠めた慰めの言葉を与え続けた。

出産の夜は誰にとっても恐ろしいものとなった。

乳母は、エレメンティアが苦悶のあまり遂にギルディオンの名を悲鳴のように叫び出すや、その声が部屋の外に漏れないように彼女の口を布で強く覆わねばならなかった。

近衛兵のための宿舎で、だがギルディオンは自分が呼ばれていることを感じていた。

誰もが、朝が訪れる前に王妃が惨たらしい死を迎えるものと考えた。

しかし、夜明け前――小柄な金髪の姫がこの世に産み落とされたのだ。天から託された伝説の翼を、まさしくその小さな色白の背中に生やして。

そしてエレメンティアの息がまだあると知らされ、ギルディオンはその足でまっすぐに厩舎へと向かった。そしてシュタインに飛び乗り、暁の野へと疾駆した。

王城近衛隊の騎士ともあろう男が、止まらない涙など誰にも見られてはならない。

……花々の中で風にそよぐ、さざなみのような金髪。くすぐるような愛らしい笑い声。

生垣の陰に身を隠して彼を慌てさせ、けれども抑えようともしないそのくすくす笑いで、すぐに見つけられ。

「ギルは、世界でいちばん、私を愛している」

真っ白なその小さな両手が、彼の頬を優しく包んだ。

「だから、私の生まれて初めての接吻は、あなたにあげるわ……」

あの美しい庭で。時がこのまま止まればいいと、いつだって願っていた。

ラフィエルを固く抱きしめたまま、火明かりの中でギルディオンは再び瞳を開いた。

（――ギル――痛い――助けて……あああ！）

体を引き裂く拷問そのものの夜。彼女が支払った、ほとんど生命の重さにも等しい大き過ぎる犠牲。

それなのに奪われたのだ。何ものにもかえがたい、運命の翼を背にした、あの美しい赤子は。この自分の目の前で。あの黒いマントの賊に。

（どうして）

どうして立てなかったのだ、あの時！　這ってでも、血を吐き、泥を嚙んででも、追いつかなければならなかったのに――！

シュタインがどこへ向かおうとしていたのか、ようやくわかった。彼の忠実な健気な馬は、彼らの運命を捻じ曲げたその場所へ戻ろうとしていたのだ。奪われた宝を取り戻すという使命を幾本かの矢によって中断された、その川辺へと。

もう一度そこから、炎の如き追跡をやり直すために。

＊　＊　＊

この男のためになら、きっと鬼神にでもなれる。

それほどに恋している男に、初めて抱きしめられたまま眠り――それがたとえ誰かの身代わりであったとしても――そして、目が覚めたら再び独り、という朝は。

いったいどういう想いを抱いて立ち上がればいいのだろう。

（……）

ラフィエルは、立ち上がった。

洞穴の外に出た。朝の光を含み始めた乳色に輝く靄が、木々をしっとりと濡らしている。

エリーが夕べ繋いだ時のままにそこにいて、静かに草を食んでいる。

そして、シュタインがいない。その主と同じように。

「……ギル」

彼女は呟いた。

「そんなふうに、あなたはまたひとりで……いったいどこへ行くつもりなの」


たとえ、あの姉の選択はそうでなかったとしても——私が選ぶもの、選ぶ人は、この世でたったひとり。彼という男だけだ。

そしてまた、この朝、その彼の後を追う旅が再び始まる。

（たとえギルが……あの気持ちの優しい彼が、殺すべきなのにできないと思う相手に、出会ってしまったとしても）

森で遭遇した、あの不吉な、黒髪の女のように。

（私になら殺せる）

そうだ。彼のためなら私は鬼神になる。そのために——捜し出し、ついていく。何を犠牲にしても。誰を殺め、どこで死ぬことになったとしても。

彼女は木の枝から手綱を解いた。

「行きましょう、エリー」

第五章　翼持つもの（八九日）

エルギウス南西部、王家の聖地アルベラ――

緩やかな丘陵地帯に囲まれた盆地に位置する、緑豊かな古いオアシスである。

駿馬の群れを養うヴァラメル一族の本拠地として長く栄えてきた安息の地。だがそのアルベラも、季節の遊牧地がやや東へと移された現在は、固定的な住人もせいぜい五十人ほどの聖職者とその用人たちばかりとなっていた。

一族の守護神ラージギルを奉ずる聖職者たちは緋色の長衣を纏った剃髪、そして全員が男性である。王家の手厚い庇護の下、彼らはこのまさに小さな天国のような水と緑の輝きの中で、貴族同様の豪勢で優雅な暮らしを営んでいる。激しい気性で鳴らした伝説的遊牧民の野生的な喧騒は、もはやあらゆる意味で遠かった。

その日々ゆったりとした時間の流れる静かな聖地が、ここ数日はまるで王都の市場さながらに騒然としていた。それも当然のことで、何しろあの伝承の〈サンスタン〉の、栄えある聖権授受の儀式が間もなく執り行われるのである。エルギウス史上、これほどの緊張と興奮、そして狂騒の中で準備に励まれた行事はないだろう。

ガルド王とその家族を迎えるにあたり、巨大な天幕の設営は儀式の十日以上も前から始められた。儀式に立ち会い、その後の華やかな宴に出席するべくやってくる数百人の貴族たち、各国の使節たちを収容するための白い天幕の数も、オアシスを幾重にも取り囲んで続々と増えた。

そして――

その運命の日がやってきた。


三人の騎兵は、持ち場である緩い傾斜の上をゆっくりと馬で巡回していた。

煌めく太陽は次第に彼方の丘へと近づきつつある。日中は肌をちりつかせるようだった風も熱を落とし、ずいぶんしのぎやすくなった。光を透かせる空の高みが深い群青色へと変わり出している。

「そろそろお披露目の方も幕引きなんじゃないか」窪地に密集する天幕の群れ、その中心に頭を覗かせている聖堂の方を見やりながら、一人が仲間に話しかけた。

「そうだな。天幕の灯りも急に増えてきた。今夜は一晩中祝宴だな」

「ううっ、早く交替して、あの中で冷たい麦酒をたらふく飲みたいぜ。都とはずいぶん気候が違って乾くな、ここは」

「まったくだ。だが陽が落ちたら結構冷えるだろうよ。夕べもそうだったしな」

アルベラのオアシス地帯をぐるりと囲む、二重に引かれた警戒線の外縁である。同様の小班が歪んだ円周上の十二地点に配置されており、至高の行事が一日がかりで消化されてきた聖地を、あらゆる不審者の侵入から守るべく目を光らせていた。

「んっ？　何か出てきたぞ」

一人の声に、麦酒の産地について議論していた二人の同僚が馬ごと向きを変えてそちらを見た。岩だらけの斜面に散在する木立の中から一頭の山羊が歩み出ている。

「迷い山羊か」

「どこから来たんだ。この辺りはここ数日、遊牧の連中も立入禁止なのに」

斜面を下りかけた山羊が途中で立ち止まり、藪草を食み始めた。

そこへ、馬に跨った若者が木立を抜けて姿を現した。素朴な風体からして近在の山羊飼いらしい。斜面の上で睨みをきかせている三人のものものしい騎兵の姿に驚き、彼は一瞬手綱を引きかけた。少し怯えた様子になり、それでも一応会釈の真似ごとなどしながら、呑気に咀嚼をしている山羊の方へと馬を寄せていく。

「おい、おまえ」騎兵の一人が軽く馬を走らせて若者に近づいた。「ここは通るな、あさってまではこのアルベラ周辺地域は通行禁止だ。どこの村の者だ？　重要な布告文を見ておらんのか」

「うちの山羊を捜しとっただけなんですが……」

「だからそもそも、今はこの辺りで山羊の群れを連れ歩いていてはいかんのだ。さっさと行け。すぐに行かぬと貴様も山羊も叩き斬るぞ」

煩げに手を振って追い払おうとした途端、若者の腕が突然翻り、騎兵の鼻柱に小刀がドカッと突き立った。

異変に気づき斜面を駆け下ってくるもう一人に向かって、木立から一矢が宙を切った。

斜面の上で角笛を吹き鳴らそうとした三人目には、更に速く別の矢が飛んでいる。

三つの遺体は、武器の装備をすべて奪われた上でさっさと木立の中へと放り込まれた。

残された三頭の軍馬が体よく替え馬用に引き集められていく、その上手で、ジンが彼方の丘の連なりを見ている。

「最後の合図が今、光った。全員配置についたぞ、アガト」

アガトに協力し、分隊としてアルベラを囲んでいる他の馬賊団たちが、それぞれの場所で火明かりを短くかざしているのである。

アガトは頷き、首を曲げて背後をちらっと見た。

「いけそうか、サライ？」

言いながら、自分の左腕の籠手に留まらせているオオハヤブサの頭からスルリと目隠しの頭巾を取る。

「風はいいようです」長弓の射手はもう一度彼方の標的を見やって方位と角度を確認した。逞しい両足を踏み開き、斜め上方に向けて構えに入る。その両の腕、肩から背中にかけて奇異なほどに発達した筋肉が、みるみる獰猛に膨れ上がっていく。

つがえているのは鏑矢だ。馬の骨を削り出し幾つかの孔を開けて作られた一種の音響発生器を、矢尻の下に装着している。

サライの周りでは他の射手たちが火矢の用意にかかっていた。

アガトは、手下が傍らから注意深く差し出した革袋をオオハヤブサの足に摑ませた。袋はさして重くはないが、人の頭程度の大きさに膨らんでいる。そして、動いていた。ギチ、ギチ、と中で何かが蠢いている。

「群れが来ますよ、アガト」馬上の手下の一人が背後を振り返りながら言った。

耳鳴りのように微かに——岩や林の後方に下っていく草原から間断ないざわめきが伝わってきている。だが、その音を立てているはずのものは何も見えない。

「もうあんなに気配が……」

「そうでなけりゃ困る」アガトはそっけなく応え、再び天幕の群れの方を見遣った。

すべては綿密な計算の上だ。陽が落ちて地表が寒くなれば、「連中」は途端に動きが鈍くなる。どこに到達した時点で鈍くなるかが問題なのだ。

ふと、空を見上げた。遥かな高みで一羽の鳥の黒ずんだ影が悠然と旋回している。高度の目測が一瞬狂いかけるほどに、その両翼は大きい。

アガトは内心軽く舌打ちした。

(――ったく、何ひとつ見逃さねえ連中だな、相変わらず)

さっさと帰らねえと、空が暗くなってそいつが飛べなくなるぞ、爺ぃ。

「おい、ニキ」後ろの方で、手下の一人が言っているのが聞こえた。「いつまでかかってんだ。早くタルキの汁を塗ってやんねえと、もう間に合わねえぞ」

「わかってるよ」ニキは焦りのあまりほとんど泣きそうになりながら、苛々と脚を跳ね上げる自分の馬の周りを回っている。「でもこいつ、タルキを塗るの初めてなんだもん。臭いがすごく嫌みたいなんだよ」

「嫌だのと言わせてる場合か、馬鹿が。それ塗っとかねえと、脚をぜんぶ食い千切られて二度と走れねえんだぞと言ってやれ」

「言ったってこいつにゃわかんないよ、そんなこと――」

「やれ、サライ」アガトが言った。

鞭を振るうような烈しい音をたてて矢が放たれ、遥かな虚空へと大きく弧を描き始めた。

「うわぁっ」ニキが慌てて虫除けの薬液を含んだボロ布を振り回し、必死に自分の馬の脚を濡らし出す。

ヒョオヒョオと鋭い音を奏でながら飛んでいく鏑矢に、アガトもすぐさま大きく腕を振ってオオハヤブサを放った。

矢と音を追い、袋を摑んだまま、鳥は一気に上空へと翔け上がった。

音の案内がなくともアガトのハヤブサは矢の後をまっしぐらに追えただろう。そもそもハヤブサはこの世で最高速の生物であり、鷹ならば追わないような遠くの鳥でも追撃するほどの驚異的天空の狩人だ。だが、辺りには既に黄昏が近づき始めている。平原のオオハヤブサは夜に飛ぶことを好まない。この鳥の聴覚を鍛えつつ、アガトは以前からさまざまな訓練を重ねてきた。そして今日この時、飛行の目標を一瞬でも見失わせるような危険を冒すことは絶対に許されない。

鎧アリは地上最強の軍団である。

草原を押し寄せる二千万匹の前線を走るのは、兵隊アリの夥しい群だ。大きさはその一匹ずつが大人の小指ほどにも達する。体の先端の巨大な頭に複眼はなく、その内部に脳もほとんどない。

ぎっしり詰まっているのは、強大な顎を動かすための筋肉なのである。肢に備わった触角が、匂いや細かな震動を捉えて視力の代わりを果たす。

僅かな脳の、文字通り本能でしか動かないこの比類なく忠実な兵士たちは、我が身を呈して女王を守り、働きアリを守り、獲物や敵に襲いかかっては喰らいつき、その顎であっという間に無数の肉片に分断していってしまう。他の昆虫たちはもちろん、平原の巣に隠されている野鳥の雛や卵、巣穴の中のサソリや鼠、生きて動くものならば、素早く走ったり飛び立ったりして逃げ果《おお》せない限りすべて彼らの餌食となる。

杭に繋がれた牛や馬でさえ、彼らの群れにいったん体を覆われたらまず助からない。まして柔な人間の体など言わずもがなだろう。どれほど図体が大きかろうと、体表が甲殻に守られていようと、彼らは組織の柔らかな部分を探し出して嚙み千切り、潜り込み、体の内側から食い殺していく。何しろ所帯が大きいので、食料の確保は彼らにとって常に緊急性を帯びた課題なのである。食事内容についての選り好みはまったくしない。

通常この恐るべき昆虫は地中に巨大な球体状の巣を作り、一定期間をそこで過ごすという習性を備えている。その周辺地域で巣の全体を養うだけの狩りが成立している間は、平原の他の場所は平和である。

しかし、新たな女王アリが生まれた場合などには自然発生的にも起こることだったが、羽を持つ女王アリがその居場所を俄かに変えるような事態が生じると、飛ぶことのできない軍団は彼女を追って、たちまち地上の大移動を開始する。何しろ女王が存在しない巣は死滅するしかないのだから、その行動はむしろ必然である。

働きアリたちは兵隊アリに守られながら、何百万もの大事な卵や幼虫を体の下に抱えて駆け足で出発する。まさに壮大な引っ越しだが、たまたまその進路上にいた者たちにとっては、生きながら食われるという悪夢が草の中から突然足元に押し寄せてくるということに他ならない。アリたちは当然、せわしい旅の途中でも食料を必要とするからである。

女王の側に辿り着こうとするこの決死の行軍を止めることができる者は、誰もいない。地表の気温低下によって、彼ら自身の動きが自然と鈍くなるまでは。

黄昏の大空を大きく弧を描いて幾つもの炎が飛ぶのを最初に目撃したのは、内側の警戒線を構成していた騎兵たちだった。

「……火矢です！」

「笛を吹け！　襲撃だ」

敵の来襲を告げる角笛が高々と吹き鳴らされる間にも、長弓によって放たれる炎の矢は次々と彼らの頭上を遥かに越えていく。練達の長弓射手であれば通常の矢距離の三倍以上先の標的をほぼ正確に狙えるのである。

そして今は広い宿営地の中央まで火を届かせる必要もない。外側の天幕が幾つか燃え出して人々の気を引きさえすれば、目的は達せられたも同然だ。全体の何分の一かを占めるおしとやかな貴族たちが仰天して騒ぎ出し、内側を固めている警護兵たちの邪魔に励んでくれればそれでいい。

目論見通り一番西側に位置していた馬番のための天幕の幾つかに矢が落ち、たちまち大きく炎を上げ始めた。

そのすぐ近く、飲み水を引く溝に沿って繋がれていた数百頭の馬たちが、火と煙とに興奮して騒ぎ始めた。


「あの斜面の向こうからだ！　行くぞ！」

手近な小班を集合させ、火矢が放たれる丘に向かって先頭を走り出していた分隊長は、やや前方で突然大地の色が黒くまだらに変わっていることに気づいた。

「……なんだ？」

手綱を引くのを躊躇した次の瞬間には、馬はその変色した地面に駆け入っている。続く三十ほどの騎馬も、止まる余裕もないままにそれに続いた。

真っ先に地獄を味わうことになったのはむろん馬たちだ。仲間への奉仕の念に燃える兵隊アリたちは、ほとんど宙を跳ぶような勢いで獲物に襲いかかった。

共に喚きながら跳ね回り、無我夢中で死の絨毯を駆け抜けようとする人馬を、斜面から飛んだ矢が容赦なく射倒していく。

その間にも長弓の火矢は彼方へと飛び続ける。

警護の騎馬小隊が統制された陣形を組みつつ、次々にこちらへ向かってくるのが見える。その総数二百ほどか。

岩だらけの低い斜面の縁から、アガトはその状況と、そして天幕の群れの方を見ていた。背後では騎乗した馬賊たちが相変わらず静かに整列して佇み、彼の合図を待っている。

（……）

最前列を走っていた部隊の惨劇を目撃して、後続の者たちはさすがに事態に気づいたようだ。進路を変えて鎧アリの大群を迂回しようとしたが、その幅広さに結局諦め、宿営地の方へと全員が退却を始めた。

次に彼らが取る行動は油壺を抱えて駆け戻ってくることだろう。群れの進路上に馬を走らせて油を撒き、火を放って炎の防御壁を作るのである。何が何でも、王とその家族がおわす宿営地のずっと手前で、押し寄せる凶暴な昆虫たちを食い止めねばならない。

だがもちろん、そんな時間は与えない。

「行くぞ！」

アガトは大きく腕を振って合図し、馬の腹を蹴った。

斜面を一気に駆け下る彼の後に続き、高々と鬨の声を放ちながら百騎の馬賊たちが躍り出た。


広い宿営地は、文字通り阿鼻叫喚の騒ぎに陥っていた。

密集する天幕群の数ヶ所で延焼が加速していたが、今はオアシスの水量に余裕がないので、どう頑張っても消火作業が追いつかないのである。中央の天幕で祝宴の美酒を楽しみ始めていた貴族たちも早々に騒ぎに気がついた。誰も状況が正確にわからぬまま、いきなり恐慌が暴走し出している。

「天幕を倒して延焼を止めろ！　東の馬たちを南側の馬場へ移動させよ、放馬して散らしてはならん！」

既に自らの軍馬に跨っている将軍ミスールが、混乱して走り回る人々の中で次々に指示を怒鳴っている。

「第一から第三装甲部隊、東側の防備と避難誘導に回れ！　第四部隊、陛下がたの天幕をお守りせよ！　残りはそのまま自分の持ち場を守れ、全方位警戒を維持！」

「将軍！」若い騎兵が馬を飛ばしてきた。「虫の群れが来ます！」

ミスールは振り向き、そちらへ馬の向きを変えた。「虫？」

「よ、鎧アリの大群が、まっすぐこちらに――一小隊が既にやられました！」

「何だと⁉」

「距離はもう二タリアートほどしかありません、地面が黒くなるほどのすごい数です！」

「……なぜだ」ミスールの顔が、見る見る青黒くなった。「なぜ鎧アリなぞが、突然ここへ？」

「将軍、西から馬賊らしき群れが！」別の騎兵が叫びながら、自分の足で走ってきた。「総数、約百五十！」

「南からもです――」

「北から約百騎、距離七タリアート！」

騒乱の口火を切ることになった、一本の鏑矢。

道しるべとして放たれたそれが狙い通り見事に突き刺さった、その巨大な天幕の屋根の上に、オオハヤブサは爪を離して革袋を落とすと、翼を翻して飛び去った。

そしてその袋が広い幕の上をするする滑り、地面へボトリと落ちた時、たまたま近くに人影はなく、袋の存在に気づく者はしばらくいなかった。

発見したのは、怯え騒ぐ人々を掻き分け王の側へと走る途中だった近衛隊長である。彼がそれを目にした時、袋の口は既に開いていた。そして中から――人間の肘から手首までの大きさほどの、透明な羽を生やし、ぶよぶよと柔らかく長い腹を持つ異様な生きものが、まさに今這い出てこようとしていた。

虫の歩みはゆっくりだったが、その全身は小刻みに動いていた。人にはわからぬ匂いを発する体液を分泌し、さらに下腹部の膜を高速で震わせて信号を発している。彼女の二千万匹の子どもたち、彼女の忠実な護衛である軍団を彼方から呼び寄せているのである。

百戦錬磨であるはずの近衛隊長の口から、心臓が飛び出しそうになった。

彼はかつてまだ若い騎兵だった頃に、平原を騎行中、同僚の一人が運悪く地面の亀裂を踏み崩し、鎧アリの巣の中へ馬ごと転落してしまったのを目撃したことがある。この世で最も悲惨な死に方の一つを、その目で実際に見たと言っていい。

しかも今は、あろうことか布切れ一枚隔てた場所にエルギウス国王ガルドその人がいるのだ！

「こ、この虫を捨ててこい！　できるだけ遠くへだ！」

隊長の叫び声に駆けつけてきた近衛兵たちが、その命令にややたじろいで視線を交わした。咄嗟の心情としては無理もなかろう。鎧アリはむろん馬の速度に追いつけはしないが、必ず後からどこまでも、大群としてついてくるのだ。四方八方から突撃してくる馬賊の群れを突破し、女王アリを首尾よくどこぞへか置き去ることができたとしても、その時にはもう、自分たちがこの宿営地へ戻るための路は相当に広く断たれているに違いない。しかも辺り一帯はもはや暮れなずむ、賊と虫と獣しかいない大草原なのである。

「これを殺すのでは、駄目なのですか」港町の出身で鎧アリの実物を見たことがない若い騎士が、身体を震わせ続ける女王アリを剣先で指しながら、急いで尋ねた。

「今ここで殺してもあの群れは止まらんのだ！　止まるのはここを埋め尽くした後だ、早くしろ、馬鹿者めらっ」

怒鳴る隊長の耳に、宿営地の東の方から湧き起こった凄まじいいななきが届いた。避難が間に合わず、無数のアリに体を覆われ出した軍馬たちが断末魔の悲鳴をあげているのである。

手綱を繋ぐ竿の竿頭飾りの鈴が、まるで儚い弔鐘のように、一斉に鳴り響いている。

虫の大地を駆け抜けて、アガト率いる東から迫った馬賊たちが真っ先に混乱の宿営地へと突入した。

ジン、そしてキーマという二刀流もこなす手下の一人が、まずアガトに先行して斬り込んだ。前後左右に剣を振るいまくり、頭目のための道を拓こうとする。

だがエルギウス正規軍に冠たる王都装甲部隊の名とて、むろん飾りものではない。虫と馬賊の二段構えの急襲に驚き、自分の馬にも辿り着けない状況ながらも、騎士たちは直ちに敢然と彼らを迎え撃った。ジンもキーマもたちまち一人で三人を相手にする状況に陥った。

アガトの馬は構わずその二つの激闘の間を駆け抜けた。目的の天幕がどれか見分けはつく。王妃と姫、王家の高貴な女たちが休息する天幕には、男どもがうっかり近づいてしまわぬよう、猩々緋に金糸の飾り帯がしるしとして使われているからだ。

行く手を阻むあらゆる敵を斬り飛ばし、障害を飛び越え、天幕の中を駆け通って、アガトはひたすらに中央を目指した。

蒼に金糸の幟をたなびかせる王の休息所。その隣に位置する巨大な天幕の、緋色に伸びたしるしが目に飛び込んできた。

（ギネヴィア）

運命の赤子。俺を待っている。

（今、迎えに行くからな！）

整然と積まれた薪の小山を飛び越えた途端、待ち構えていたように横から大きく振り切られた長い戦斧に、危うく体を抉られそうになった。アガトは咄嗟に馬体の反対側に体を落とし、鞍に摑まったまま半ばぶら下がる体勢でその場を走り抜けた。

だが宙を切ってきた短剣が鞍の後橋に突き刺さり、馬が驚いて跳ねた。アガトは手綱を放した。いったん地面に落ちてゴロゴロと転がり、すぐに立ち上がって身構える。

戦斧と短剣を操った騎兵が間髪入れず走り、今度は長剣で撃ちかかってきた。それを正面からがっしり受け止めた直後、アガトは柄から左手を離した。その手を閃かせるや、手甲に仕込んでいた小刀で騎兵の頸を襲っている。

「――――！」

跳び退って頬を押さえた相手に、アガトは軽く片眉を上げた。顎下の喉を捉えたつもりだったのだ。

「やるな。貴様、近衛兵か」

「近衛兵、シルディ・マナル」

美しい甲冑を纏う体格は堂々たるものだったが、血を流す顔はひどく若く見えた。兜の下で水色の眼があかるく、金色の口髭がまだ生え揃っていないのが初々しい。アガト自身とさして変わらぬ齢だろう。

「妃殿下がたに貴様の如き下郎、これ以上一歩も近づけさせせぬ！」裂帛の気合と共に、再びシルディがかかってきた。

アガトは後ろへ下がりながら、その二、三太刀を受けかわした。

（勝てる）

手の速さは一級品だが、足の動きがやや遅い。甲冑の重量のせいだ。

……が。

アガトは、騎兵という種族への根深い憎しみを超えてふと微かな口惜しさを覚えた。近衛兵の名に恥じないその膂力と技巧、剣筋のよさ。屑野郎を王に戴く国の悲劇だ――こいつはこれほどの腕と真っ正直な勇気とを持ちながら、ほとんどろくな意味もなく、地獄のような苦痛を味わって無残に死ななければならない。

「あんな糞野郎の女房のために死ぬ気か、シルディ」

三つ目の深手を負わせた後で、それでもなお立っている相手にアガトは尋ねた。自分でも意外な問いかけだった。騎兵として立つ輩に慈悲をかけたことなど、これまで一度としてなかった。

（……シュヴァルに似ている）

その眼が、似ている。ルイと母のためにと命を投げ打って時間を稼いでくれた、あの豪胆で誰よりも腕の立った叔父に。

そしてなぜか、たった一度遭遇しただけの、ある男のことも思い出していた。夜の田舎道で怯える女を背後に庇い、まっすぐにこちらを見据えていた正体不明の黒髪の男だ。

（確か、ギルとかいう名前だったか）

肉体の痛みへの人として当然あるべき怖れも、安楽な生への未練もなく、ただその澄んだ瞳を蒼く燃やして、彼の前に立ちはだかろうとする男たち。

「この国で豪勢な思いをしているのは、あの馬鹿王と高位の貴族だけだぞ。おまえが今ここで死んでも、それは単なる犬死だ。この国の誰一人として幸福にはできねえ。そんな命の使い方で、おまえは満足か」

この一瞬の時間も惜しい状況下で、「天敵」である騎兵を真面目に口説いている自分に、アガトは内心で驚愕した。己の運命が大きく決せられるという日、人は誰もが、その人生の瞬間にふと交錯してゆくことになった他人の運命にも常ならぬ関心を抱くのだろうか。

血まみれの体をゆらゆらさせながら、シルディが剣を構え直した。

「俺と来ることを、ここで選べ。あのガルドはおまえの忠誠に値する男じゃねえ。もうわかってるはずだ、おまえほどの男ならな」

「……シルフィン様は」シルディの血濡れた唇が動いた。「この世で……一番美しく……女らしいお方だ」

撃ちかかってきた。アガトはその一撃を撥ね除け、返す刃で真一文字に首を斬った。相手がどうと地面に倒れ伏す、その兜を剝いでうなじに剣先を突き込み、すぐに断末魔の痙攣を止めてやる。

「この次は俺の国に生まれてこい、シルディ」

剣を引き抜き、腰を上げた。もう顔は見なかった。

「アガト！」返り血にまみれたジンが馬を走らせてくるのが見える。

アガトは拳を上げて無事を知らせ、鋭く口笛を吹いた。駆け寄ってきた愛馬に飛び乗り、すぐさま腹を蹴る。


まっしぐらに、巨大な天幕の中へと馬で駆け入った。

入りつつ、迎え撃とうとした近衛兵二人の顔面をアガトはほとんど見もせずに左右に叩き斬った。その顔が向くのは、侍女たちに囲まれ、中央の敷物の上で竦んでいる王妃と乳母の方だ。

そしてその側に立ちこちらを見ている、三歳ほどの身丈の金髪の姫。

（――赤ん坊じゃ、ない？）

だがその驚愕と疑念は一瞬で消えた。あれがギネヴィアだ。間違いない。布に切れ目を入れられた背中に、確かに小さな羽が生えている。

アガトは突進した。

悲鳴をあげながら女官たちが逃げ散る中、死に物狂いでその子どもを胸に抱え込む乳母に、馬上から怒鳴る。

「離せ！　姫の体が千切れるぞ！」

体を落とし気味に大きな馬で突っ込んでくる鬼神のような賊の、その言葉の本気に気づいて、乳母の動きが凍りついた。

シルフィンが突然立ち上がり、開いた両手を痙攣させながら絶叫した。もはや正気の貌ではない。「お兄様！　お兄様ーっ！」

「悪いな、おっかさん」アガトは呟いた。「俺が大事に育てるからな」

次の瞬間には半身を完全に落とし、乳母の緩んだ腕の中からギネヴィアの小さな体をすくい上げていた。そのまま金切り声の王妃の前を駆け抜ける。

「しっかり摑まってな？」片腕に抱え込んだ子どもの耳元に唇を押しつけ、アガトは囁いた。

「落ちると痛いからな」

馬を走らせながら剣の柄を両手で握る。眼前に天幕の支柱の一本が迫っている。

「ジン！」怒鳴った。「キーマ！　脱出だ！」

天幕の中に続いて駆け込んできた男二人が、彼の意図に気づいた。すぐさま馬の向きを変え、泣き騒ぐ女たちを尻目に今くぐり抜けたばかりの出入り口から飛び出していく。

剣は既に何人もの人間の肉と骨を断った後だった。だがルイが一心に砥ぎ上げ、アガトの両腕が一呼吸に振り出したその光のような刃は、すらりとそのまま木の支柱に吸い込まれて上下真っ二つに分断した。

天幕の屋根部分が、やや傾いだ。始めはゆっくりと、次第に斜め方向へと揺らぎ出し、やがて残りの支柱だけでは広大な布地の重量を支え切れなくなって、そのまま激しい風を巻き起こしながら連鎖的に全体が倒れ出した。

かぶさってきた最後の幕を跳ね上げて外へ飛び出し、アガトは止めを刺すように左右に剣を閃かせて天幕の固定縄を二本断ち切った。

「手に入れた、引き上げだ！　合図を吹け！」

アガトの叫びに、天幕を回って彼の後方まで来ていたジンが声で応えた。更に後ろに続くキーマに向かって腕を振り回す。

キーマも馬上で大きく頷き返し、すぐに腰に提げていた角笛を取った。

混乱の宿営地を縦横無尽に駆け回っていた馬賊たちは、長々と吹き鳴らされるその音を聞きつけ、彼らの目的が達成されたことを知った。

直ちに、状況に何の未練もなく、一斉離脱が始まった。五百頭の騎馬は二十の集団に分かれ、それぞれ別の方角に向かって夕闇の中を駆け去った。

地平へと全速で走らせる馬の鞍上で、アガトは鋭く長く口笛を吹いた。その腕が風を切って斜めに突き出される。

それを目指し、漂う最後の薄明の中を一羽のオオハヤブサが舞い下りてくる。

濛々と立ち昇る煙の柱を優雅にかわして小さな影が地表へと滑降していく。

走りながら、ハイデンは偶然にその光景を目撃した。

（あれは――？）

だが深く考えこむ余裕もなく、彼は渦巻く混乱の中を必死に走り続けた。

辺境伯の名代として儀式に出席した直後だったので、甲冑どころか邪魔くさい気取った礼服のままで馬賊どもと大立ち回りを演ずる羽目になってしまった。何が何でも王妃シルフィンと姫の側へと、焦りのあまり発狂寸前の態で剣を振るいまくったが、馬賊全員がなぜか唐突に一斉退却を始めなければ、ほとんど同じ場所でただ暴れ続けることになっていたかもしれない。

王妃の天幕が薄焼きのパンのように潰れているのを目にした時には、熱した呼吸がいきなり喉元で凍りついた。だがよく見れば、その王妃が近衛兵たちに抱えられるようにして天幕の残骸から助け出されているところである。

「シルフィン様っ！」ハイデンは文字通り転がるようにその側へと駆け寄った。「ごっ、ご無事ですか！　お怪我は――」

兵の腕の中で蒼白な顔中を涙で濡らし、髪も乱れ、目の焦点も合わないシルフィンは、ただ繰り返している。

「……お兄様……！　助けて……賊が……私を……！　おにい……」

「ギネヴィア様が」王妃の異様な有様に言葉を失いかけるハイデンの腕に、泣き叫ぶようにして乳母がすがりついた。「姫様が賊に攫われましたっ！」

「何だと？」ハイデンは仰天し、逆に彼女の両腕を掴み返した。「姫様が？　馬賊に？　賊どもの誰にだ、どんな男にだ！」

「黒い服の、あ、赤いスカーフをした——まるで、お、鬼のような、怖ろしい——」

何の脈絡もなく、ハイデンの脳裏を先ほど目撃した一羽の鳥の影が過ぎった。走り去る馬賊の一群、その只中へと……まるで帰還する精悍な一兵士のように翼をかえしていた、雄々しい猛禽。

「ギネヴィア！」続々と集まってくる貴族たちを乱暴に押しのけながら、装甲騎兵に守られたガルド王が大股に姿を現した。「我が姫は無事か！」

「陛下、王妃様は軽傷にいらっしゃいます——」

ガルドは満面を朱に染めたまま、もはや兄の名を呟くばかりでぐったりと介抱を受けている己が妃の方を見た。

「シルフィン、ギネヴィアはどこだ、姫は無事であろうな！」

「陛下——」王妃に付き添う近衛兵の一人が蒼白な顔で言いかけた。

「お許しくださいまし」乳母が泣き叫びながら王の前に身を投げ出し、地面に額をこすりつける。

「ぞ、賊が姫様を――」

「何だと!?」

「お体が千切れても連れてゆくと――そう怒鳴ったのでございます、あ、あの男が――馬ごと走り込んできて――姫様のあの小さなお体を、上から摑んだのです！　わ、私は離さないわけには――離さないと大切な……あの大切な姫様が千切れて死んでしまうと！　どうか、どうかお許しくださいましーっ」

「陛下っ」

近衛隊長が叫ぶより早く、引き抜かれたガルドの剣が斜めに振り下ろされた。乳母の首が一瞬で刎ね飛び、血飛沫が切断面から噴水のように激しくびゅうびゅうと飛び散った。

「……シルフィン！」仰天する家臣たちの前で、血塗れた剣を手に王が妃に怒鳴り寄った。

「そなた、よもやこのガルドの娘がみすみす賊どもに奪い去られるのを、そのように見苦しく乱れてただ見ておったのかッ！」

シルフィンは、夫の悪鬼の如き剣幕にもほとんど無反応だ。目の前で乳母の首が無残に斬り落とされ、自分の衣装にまでその血が散っているというのに、涙に濡れた眼を虚ろに見開いたまま何事か呟き続けている。

「陛下！」ハイデンが間に飛び込んで必死に両腕を広げ、その彼女を自分の背で庇った。

近衛隊長が、それに続いて何人かの騎士や貴族が、更に詰め寄らんとする憤怒の王に四方から懸命に制止を訴えた。

「陛下、何とぞ、何とぞお鎮まりを！」

「王妃様には何のお咎もございませぬ、シルフィン様はこれほどかよわき女人の身でおわせられますぞ！　いくら姫様をお守りされたくとも、あのような鬼畜どもに襲いかかられて、いったい何がお出来になりましょう」

「姫君をお守りできなかったのは一重に我ら近衛兵の責でございます！　陛下、どうかッ」

「陛下――！」その時、天幕の間を馬で駆け抜けて将軍ミスールが姿を現した。

「陛下、疾くご脱出を！　アリどもが火を迂回してすぐそこまで来ております、お早く！　者ども、何をしておる！　陛下がたを安全な場所までお連れせぬか！」

再び恐怖のどよめきが戻り、その場の全員が浮き足立った。

ハイデンは自分も立ち上がりながら、近衛兵に抱き上げられて運び去られようとするシルフィンの冷え切った手を、万感の思いをこめて一瞬握った。そして、離した。

（……シルフィン様！）

自分の天幕に甲冑を取りに戻り、愛馬エルバスを捜すために別方向へと走り出す。

何としても。必ず、必ず、あなたのために——そして兄侯爵のために、このハイデンがギネヴィア様をお連れして戻ります。

＊　＊　＊

月下に波打つ濃銀の草原を駆け続ける間、風はほぼ追い風だった。

子ども一人がいくら泣き喚いても、もう後方の誰にもその声は流れ届かぬだろうという辺りまで来て、アガトは逆に当のギネヴィアが少しも泣かないことが気になり始めた。

（あの時のルイみたいだ）

惨劇の村から馬で逃げ出した、忘れ得ぬあの日の。当時を思い出し、アガトは少し不安になった。確かに弟は泣かなかった。だがそれから二年近くもの間、はっきりとした病気というのではないようなのに、突然に嘔吐したり、眠りながら痙攣を起こしたりする症状を度々見せた。

きっと悲劇のすぐ後で泣いてしまっていた方がよかったのだ、とアガトは後々よく考えたものだ。たとえ一度きりでも、目玉が溶けて流れそうなほどに号泣できていた方が。この自分がそうしたように。

「泣きたかったら、もう泣いてもいいんだぞ」腕の中で仔猫のように体を丸めている子どもの顔を覗き、優しく言い聞かせる。オオハヤブサは手下の一人に任せたので、ギネヴィアの姿勢を楽にさせて抱いていてやることができる。「ずっと怖かったろう？」

「あなたは、だあれ？」

初めてギネヴィアが口を開いた。その容姿にふさわしい、あどけなく愛らしい声だった。大きな瞳に雲を光らせる月明かりが映り込んでいる。

アガトはなぜかふと、軽い眩暈を覚えかけた。

「……俺の名前は、アガトだ。そう呼んでいい」

「アガト」

「そうだ。おっかさんが恋しいか、ギネヴィア？」相手の小さな頭に唇でかるく触れる。「無理やり連れてきて悪かったな。ふだん、俺はこういう子ども攫いはしない。だがおまえはきっと、だんだん俺のことも好きになるよ」

ギネヴィアはじっと彼の顔を見ている。まるでその心を、魂の内側を読み続けるように。

「おまえはずっと、俺の夢の女だった。これからはこの俺が大事に守って育てる。今から行く俺たちの砦は楽しいぞ。必ず、おまえを幸せにしてやるからな」

＊　＊　＊

「昨日、このわりと近くで狼の群れを見かけたよ。一人で野宿はせん方がいいぞ。あんたが寝ている間に馬をやられちまうからな。丘伝いに小半刻も行けば、カルディンていう町が見えてくる。そこまで行くんだな。そんなに大きい町じゃないが、幾つか宿があるよ」

群れからはぐれたらしい山羊を見かけたのは、もう陽も沈む頃だった。

それこそ狼と見紛うほど大きい、勇猛な牧羊犬に先導された山羊飼いが草の中を近づいてくるまで、シュタインを操って山羊を足止めさせていたギルディオンは、その男が礼代わりにくれた忠告に従い、いったん方角を変えて町へと向かうことにした。

皓々たる満月の夜である。大気はつめたい月光にたっぷりと満たされ、草の海は銀の波濤の如くどよめいている。

緩やかな丘の一つを越えかけた時、その海の中を突っ切って逆方向に駆ける一群れの騎馬を見た。シュタインを進ませながら、ギルディオンはしばらくその一団を目で追っていた。

妙だな、と思ったのは、その群れのさまがどこかちぐはぐだったからだ。馬たちはほぼ正確な陣形を組んで走っていた――シザリオンやエルギウスのそれとは多少違うが、ほとんど軍隊式にと言ってもよいくらいに戦略的な騎馬の配置である。明らかにそれなりの訓練を積んだ武闘集団が、敵襲を受けることを予期し、警戒しているのだった。

しかし月下の遠目にも彼らがいわゆる正規軍の騎兵ではないことがわかった。揃いの甲冑を身に着けていれば、この月光にそれらが光らぬはずはない。少なくとも行軍中に兜をかぶらぬような騎兵はエルギウスにもいないはずである。そして、替え馬を多く連れている。全員甲冑なしの身の軽さでありながらだ。相当の距離を一気に駆け抜けるつもりなのは明白だった。

（馬賊か）

ふいに、アガトと名乗った馬賊の頭目の顔が脳裏に閃いた。咄嗟にシャロン村との位置関係を頭の中で計算してしまう。

いや、違う……あそこを行く彼らは、少なくともロナたちの暮らすあの平和な村をこれから襲おうとしているのではない。

だがギルディオンは、その群れがやがて視界から完全に消え去るまで鞍の上で首を捻って見送っていた。シュタインに無意味な負担をかけたくないという気持ちがなければ、そのまま彼らを追いかけてみることさえしたかもしれない。

この胸の――得体の知れぬざわめき。何なのだろう。

＊　＊　＊

「お帰り、兄ちゃん！」出迎えに沸き騒ぐ仲間たちの中を、右足を引きながらルイが精一杯に急いで寄ってきた。

「ルイ！」

「ああ、よかった……！　待ってる間、ぼく、もうどうしていいかわからなかったよ……！」

ルイの顔色はその言葉が少しも大袈裟でないことを示している。「無事だった？　怪我は？」

「もちろん何ともねえ、当たり前だろ？　全部計画通りだ」

アガトはまさに輝く笑顔で、片腕に子どもを抱えたまま馬から降り立った。夜風や埃から守るためにすっぽりくるんでいた布を手早く剝ぎ、その柔らかな息づく戦利品をルイに見せる。

「ほら」促すその眼が星のようにきらきら光っていた。「これがかの、生ける伝説だ。見ろよ」

「すごい！　遂にやったんだね、兄ちゃん！　……あれっ」覗き込んで、ルイは目を丸くした。

「赤ん坊を攫うんじゃなかったの？」

アガトの腕の中から、ギネヴィアの大きな二つの眼がじっとルイの顔を見ている。

「ああ。そのつもりだったが、行ってみたら、育ってた」アガトは肩をすくめた。「なんでかは、訊くな。俺にもわからん。だが羽があるし、引っ張っても取れなかった。本物の羽だ。ギネヴィア姫本人に間違いはないはずだ」

「……へえぇ……」

「とにかく、世話を頼むぞ。俺は皆の被害の程度を見てくる。ああそれと、羽はもう引っ張るな。強くすると痛いらしいから」

「うん、わかった。……うわぁ、それにしてもほんとに綺麗な子だねぇ」

地面に下ろされた幼子の手を、ルイは優しく取った。腰を屈めて顔を覗き込む。

「こんばんは、よく来てくれたね。ぼくはルイというんだ。一緒においで……ずっと馬に乗ってきて疲れたろう？　おなか、空いてないかい？　あっちにいろいろ美味しいものがあるよ」

暖かい部屋の中で、ルイは絞った布で子どもの顔を拭いてやり、小さな手と足も桶の湯水で洗ってやった。

「何か食べたいよね？」湯冷ましを飲ませた後で、彼は鍋のかかった小さな炉の方に行きながら尋ねた。

「きみのこと、てっきり赤ちゃんだと思っていたからさ、実は山羊の乳しか用意してなかったんだ、ごめんね。ええと、糖蜜と果物があるよ。それから……羊のシチュー。でもこれは香料が効き過ぎてるから、きみにはまだ無理かな……山羊の乳で、パンを少し煮てあげようね。——ええと。きみのこと、何て呼べばいいかな？　ギネヴィア姫？」

「ルミエ」子どもは彼をじっと見ながら、口を開いた。

「ルミエ？　ギネヴィア姫じゃないの？」

「それは、この国でつけられた名前なの。ほんとうは、ルミエなの」

「……ふうん？」ルイはまじまじと相手の顔を見たが、また棚の方に向き直ると小さな鍋を取った。「じゃあ、ルミエ。ここに来るまでにきっときみは怖い思いをしただろうけど、もう心配しなくていいからね。ぼくの兄ちゃんは、見たところはちょっと怖そうな感じだけど、でもきみにひどいことをしたりは、もう絶対にしないからさ」

「……」

「きみに会うことが、ずっとずっと兄ちゃんの夢だったんだよ」

ルイはパンと乳を入れた鍋を火にかけてから、糖蜜と何種かの果物を載せた皿を持って、足を引きつつルミエの側に戻った。

「きみは大昔からの言い伝えの秘密を知っていて、ぼくらを素晴らしい〈黄金の都〉に案内してくれる。そうでしょ？」

「そう」ルミエが頷いた。

そのルミエの顔を、ルイはしばらく見つめていた。そしてゆっくりと笑み崩れた。

「よかった。……兄ちゃんが、ほんとうに喜ぶよ」

「わたしが、みんなをそこへ案内しないと」

ルミエが彼の笑顔を見上げたまま言った。

「みんなが、死ぬの」

「……」

「あなたも、お兄さんも、王様も——エルギウスの人はほとんどみんな、死んでしまうの」

ルイの頬で笑みが薄く固まっている。

「……死ぬ？」もう一度微笑し直して、彼は訊き返した。

「お兄さんて……ぼくの、あの兄ちゃんのことかい？　みんなって……？　なんで？」

「星が、墜ちてくる。〈炎の蹄〉が」

ルミエは言った。

「平原は火の海になって、何もかもが燃え尽きる。エルギウスはこの世から滅び去るの」


——星が、墜ちてくる——

ルイは呆気にとられたまま、まじまじと相手の顔を見つめていた。

「ルイ、わたしね。あなたにとっても会いたかった」

ルミエの小さな両手が伸び、ルイの手を愛らしく包む。

「きっとあなたに会えると思ったから、わたし、ここへ来たの。わたしたちね、分身なのよ。あなたは、わたし。わたしは、あなた。ひとつのいのちを、ふたりで分けあってる」

「……ルミエ」ルイはだんだん途方に暮れ始めた。どうしよう……この伝承の小さな女の子の言っていることが、ぼくにはまったくわからない。兄ちゃんにしっかり面倒を見ろと言われたのに。

（だいじょうぶ。これから教えてあげるから）

――えっ。

突然頭の中心で囁かれる声を聞き、ルイは思わず唇を強くつぐんだ。

ルミエの両手が彼の手を離れ、まるで天からの雨粒を受け止めるかのようにそっと虚空へと差し伸べられた。

（これからどういうことが世界に起きるのか、いま、ルイにも見せてあげるね……）

支度を急ごうとする手がガクガクと震え、何度も物を床へ取り落とした。

頭の中で何かが鳴っている。冷たい汗が気味悪く鳩尾を流れ落ちる。

ルイはよろけそうになり、棚の縁に摑まって体を支えた。たった今見せられたばかりのあまりにも凄惨な光景に、かつて彼の村を覆い尽くした炎熱地獄の記憶が重なって、わけのわからぬことを声の限りに叫び出してしまいそうだった。

（……ワカッテタ）

そして、意味不明な、覚醒の亀裂――

（ボクハ、知ッテタ）

（アレガマタ、ボクラノ上ニ起コルッテ――）

「ルイ」呼びながらルミエが下からしがみついてきた。彼は考える間もなく床の上にへたりこみ、小さな相手をぎゅうっと抱きしめた。

「力をあげる。がんばって」

ルミエが耳元で言っている……

「わたしたちふたり一緒なら、きっとだいじょうぶよ、ルイ」

輝かしい松明から冷えた炉床に火が移されたように、力強く煌めく不思議な光が体の芯に点った。

ルイはほとんど泣きかけながら頷き、再び立ち上がって狭い部屋の中を動き始めた。

「……き、きみを、文司の丘まで連れていくよ」

砦の子どもたちが持ち込んでいた毛布の中から小さなマントを見つけ出し、それでルミエの体をくるみこむ。

「ザキエル師なら……どうすればいいか、きっと教えてくれる。きみをシザリオンに連れていくことも、あの人ならできるよ……シャ、シャンクがいるから。シャンクは、大陸のどこにだってまっしぐらに飛んでいけるんだ」

　烈しい苦しみのために隈がまだらに浮いたその顔を、ルミエはじっと見ている。

「……あの、兄ちゃんに、このことを説明する時間をもらえないかな、どうしても――兄ちゃんはきっと――」

「アガトが正しくこのことを理解するより先に、きっとね、軍隊が来るの」ルミエが小さな手を伸ばし、ルイの頰に落ちた涙を拭こうとした。「そうしたら、アガトはここのみんなを守るために戦わなくちゃならない。いま戦いが始まってしまったら、わたしたち、ここにずっと閉じ込められて、きっと間に合わなくなってしまう」

「……そう……そうだね。きみはさっきもそう言った」

　ルイは腰を上げ、自分もマントを手繰り寄せた。

「ごめん、もう言わないよ……さあ、行こう」

　砦には、緊急脱出用のものを含めて五つの出入り口がある。だが馬を連れての出入りが可能な広さを備えているのはそのうちの二つだけだ。ルイは、確実に自分一人の力だけで防御柵と岩扉の開閉ができる小さい方の出口を選んだ。

エルギウス王の鼻先でその宝を奪い取ってやったという高揚感で、砦の中にはまだ熱気と興奮が渦巻いている。広場に集まり、祝い酒で喉を潤しながら声高に戦いの様子を語る若者たち、熱心にそれに聴き入る女たちや老人たち。

ルイが子どもの一人を抱いて砦の中を歩いているのは、ここでは日常の風景だ。マントの上から更に古い毛布で頭まで包み込んだルミエを抱いた彼が、さりげなく皆の後ろを通り抜けていっても、それを見咎める者は誰もいなかった。

厩ではルイの馬である牝馬のマーリが馬房から顔を突き出して、いつものように彼を歓迎した。居並ぶ馬たちのほとんどは非常識な距離の遠征から戻ったばかりで疲れ切っていたが、マーリはルイと同じく留守番組だったので、その黒い目は明るくきらきらしている。

ルイはいったんルミエを下ろし、静かにするよう馬を小声で宥めながら馬具を着けた。

厩から裏の出口まではすぐだ。一番の難関は、外に出てから丘を回ってその陰に入り込むまでの間である。岩の上で見張りについている若者たちは驚くほど夜目が利くし、今夜は特に人数も増やされて厳戒態勢が敷かれている。しかも満月の夜なのだ。正直なところ、ルイには自分たちが彼らの目をごまかせるとはまるで思えなかった。

（どうしよう……）

あっという間に発見され、ルミエともども兄のところへ引っ張っていかれる光景が頭を占領し、手綱を握るルイの手は冷たい汗で滑った。そうなった時の兄の顔を想像すると、いっそ今この場で死んでしまいたいような気持ちにさえなる。

だが行かないわけにはいかないのだ。どうしても。

兄が、みんなが、世界が、あんなことになってしまうのなら。

（ソシテソレハ、スベテ、ボクノセイナノダ）

幻の中で、全身焼け爛れた兄が、それでも不甲斐ない弟であるこの自分を何とか助けようとして、地面に爪を立てつつ這い寄ろうとする姿を見た。

灼熱の大地に転がっていた、顔の見分けもつかないほど凄惨な仲間たちの死体。

（行かなくては！）

「だいじょうぶ」ルミエが囁いた。

「……え？」

「わたしたち、見つからないわ」

本当だった。

人間と馬との被害の状況をすべて見て回り、何人かと今後の警戒態勢の再確認をした後で、アガトはようやくジンと差し向かいで食事を取った。

盛んに飲み食いしつつ、今回協力を求めた他の馬賊団に与える報酬についてもっと調整が必要だというジンの意見を聴いていたので、火の側から再び立ち上がった頃には真夜中をとっくに過ぎていた。

ギネヴィアがルイと共に心地よく休んでいることを期待しながら、疲労で凝り固まった肩を軽く回しつつ、部屋へ向かう岩の階段を上がる。

ルイは幼い子どもの扱いが本当にうまい。ギネヴィアがあの後、たとえ母や乳母のことを思い出して泣いたとしても、きっと上手く機嫌を取ってやったに違いない。ルイのことだ、今夜は自分の寝床に入れて添い寝してやっているかもしれない。

たっぷり眠って自然に目覚め、ルイや他のチビどもと一緒に賑やかに、とびきり美味い朝餉を済ませる頃には、ギネヴィアもここの居心地はそれほど悪くないと思い始めていることだろう。砦で暮らすようになったどの子どもも、みんなそうだったのだから。

どうせあの趣味の悪いでかい城の中では、飯を食うにもいちいち、化粧くさい女官たちにちやほやと要らぬ世話を焼かれていたに決まっている。小さい子どもにとっちゃ無意識の地獄だ。絹の裳裾を引きずる生活ではなくなっても、ギネヴィアがこれからこの砦で幸福に暮らせるだろうということを、アガトという男は微塵も疑っていなかった。

（にしても、最初の晩くらいは寝顔を見ておかねえとな）

だが――

ルイの小さな部屋の寝床は二つとも空だった。

アガトは向かいの自分の部屋を見たが、むろんそこにも誰もいない。階段を駆け下り、厠と、まだ数人が遅い食事を取っている厨を次々に覗いた。

「ルイは？」

「ルイ？」洗い物をしていたミアが水桶から顔を上げた。「あら、部屋にいないの？」

アガトの脳裏を、ほとんど条件反射のように氷粒を含んだ危惧が走った。

（どこかで、倒れたか）

他から見えにくい物陰かどこかで。ルイには前にもそういうことがあったのだ。まして今夜は、アガトらの生還を長時間待ち続けて、あの弟は神経を極限まですり減らしていた。出迎えた時のあの顔色。もっと気遣ってやるべきだった！

「誰か、ルイを見なかったか！」

「アガト？」休もうとして既に衣服を脱ぎかけていたジンが、通廊で呼ばわる声を聞きつけて部屋から出てくる。その後ろからそっと現れたのは、ユリアという波打つ黒髪の小柄な娘だ。一年ほど前に平原で倒れていたのをジンが連れ帰って以来、この砦で暮らすようになっている。

「どうした」

「ルイがいねえ」

「えっ？」

「ギネヴィアもだ！」

「最初の晩だから、他の子どもたちと一緒に寝ることにしたんじゃないの」手を拭いてアガトの後を追ってきたミアが、急いで女部屋に向かいながら言う。「私が見てくる！」

アガトは、まだ起きていた数人の若者たちに砦中を手分けして捜させた。

そして自分は、井戸の汲み上げ口へと走った。子どもが誤って落ちないように囲いをし、板の覆いも付けてはいるのだが、穴そのものには大人が一人落下して死ぬに足るだけの広さ、深さがあるのだ。

井戸の口は常のようにきちんと塞がれていて事故の気配はなかったが、アガトは躊躇なく夢中でその覆いを放り投げた。真っ暗な中を覗いてルイの名を呼んでみてから、井戸底を浚うための長い竿を操って感触を探り出す。

ギネヴィアの世話に新鮮な水が必要だったのかもしれない。眩暈でも起こして落ち、その後で通りかかった誰かが、気を利かせたつもりで、中のルイに気づかぬまま覆いをかけ直してしまったのかもしれない。そして、地下水は冷たく、ルイはまったく泳げない。

（ルイ）
必死に竿を操りながら踏みしめるその両足が、こみ上げる恐慌で震え出しそうになった。

そこへふいに半裸のままのジンが通路から姿を現した。

「アガト」理解不能、という顔をしている。「厩に、ルイの馬がいねえ」

竿を握ったまま、アガトは同じく呆然と相手の顔を見つめ返した。

＊　＊　＊

丘と丘の間に町の灯りらしき光が遠くちらほらと見え出した頃だった。

ギルディオンは、辿る道の先で何か影が動いていることに気づいた。

馬と――男だ。兜をかぶりマントを羽織っている。エルギウスの騎士だろう。こんなところに独りいるのも妙な話だが。

そのままシュタインを進めていくと、相手も顔を上げたのがわかった。その姿勢に鋭い警戒が走ったが、月光の中をゆっくり近づいてくる馬上のギルディオンの様子を見守り、僅かな逡巡の後で剣の柄から手を離した。

「どうしたのだ？」ギルディオンは高みから声をかけた。

「ああ、馬が何か尖ったものを踏んだようなのだ」

ギルディオンはシュタインから降りた。鹿毛の馬の右前肢を抱え込んで蹄の中を見ている騎士に近づく。「それでは見えにくいだろう、ちょっと火を熾そう」

「かたじけない。急いで飛び出してきたもので、用意がなかった」

「傷を焼くか？」石の破片を取り除き、蹄を叩いて溜まった血を出してやっている相手に、ギルディオンは訊いた。「少しなら油と塩がある」

化膿を防ぐために、油を塗った上に軽く塩を撒いて傷口を焼くのである。

「本当か。有難い」

騎士が火で熱した短剣で愛馬の傷を消毒している間、ギルディオンは馬があまり動かぬように手綱をまとめ、その頭を抱いて優しく宥めていた。

「馬のあしらいが上手いな」体を起こし、額の汗を拭いながら騎士が言った。がっちりした体格で、顎周りに栗色の鬚を蓄えているが、まだ年は若そうだ。三十には届くまい。人のよさそうな丸い眼をしている。埃にまみれ、かなり疲労しているようにも見えた。「このエルバスは、知らぬ相手にはあまり聞き分けがよくないのだが」

「いや、むしろ私の方が馬にぞっこんなのだ。たぶんそれを見抜かれるのだろう」

騎士はちょっと笑い、薄暗がりにじっと佇んでいるシュタインの方を見遣った。その全身に視線を滑らせ、知らず感嘆の唸りを洩らす。

「……いや、実に素晴らしい馬だな！　これはもう、生まれつき宝玉のようであったに違いないな。先ほども側対歩で来たようだが。それも生まれつきか？」

「そうだ」

「うまく育てたな」

馬の速歩は、右前肢と左後肢が対となって着地する、いわゆる斜対歩であるのが普通である。それに対して右前肢と右後肢が同時に着地する歩様のことを側対歩という。

乗る者にとっては側対歩の方が、上下の揺れが少ないので長時間の騎乗でも疲れず、姿勢も安定するから弓の狙いなどもずっと定めやすい。ゆえに、平原の市場などではこれができる馬は通常の十倍の値で取引されることさえ珍しくはなかった。

この側対歩は訓練で身につけさせるのがかなり面倒で、また逆に生まれつきの側対歩であっても、その後の騎乗の仕方がまずいと歩様が次第に乱れていってしまうこともあるために、大人になった馬が美しい側対歩を保っているというのは、馬もその乗り手も共に賞賛されてよいことなのである。

「体が柔らかくて強いし、速い。蹄の大きさが四つともほぼ同じなのだ」

「すべてが利き脚のようなものか。さぞ凄まじい走りであろう」

「ああ。だが二歳くらいまでは結構横っ飛びもしていた」ギルディオンも微笑し、愛馬の方へと目をやった。「他の馬が気づかないものに気づいて、驚いて飛びのく。その反応が速すぎるから、あっと思った時には自分の下に馬がいないということが度々あったな。よく落ちたよ、おかげで」

「馬自身、そのような動きで体を痛めなかったのは、逆に大したものではないか」

シュタインは男たちの話題が自分のことだとわかっている。両耳をピンと立て、小さな火を映してきらきら光る黒い眼で二人の方を見ていたが、突然右の後肢を上げてカカッと耳の後ろを掻いてみせた。

「うおっ」案の定、騎士は喜んだ。「本当に体が柔らかいな！　親戚に猫でもいるのではないか、おまえ？」

シュタインは、その反応を確かめるように窺った後で、「客」の機嫌を取ってやったことの褒美を期待し、今度はギルディオンの方に首を伸ばした。

口の中で「この、お茶目」と呟きながら、ギルディオンは半ば仕方なくその鼻面を撫でてやった。

「この馬と一緒ならそなた、いずこの城でもすぐに召し抱えられるぞ」

「そうかな。今は一介の流浪の身だ」ギルディオンは汗をかいている鹿毛馬の鼻も撫でてやりながら軽く応えた。「先を急いでいたようだな。これもとてもいい馬だが、だいぶバテている」

「賊の集団を追っていたのだ」騎士の顔が俄かに別人の如く厳しくなる。疲労でつい神経が緩んでしまったが、馬談義に顔をほころばせている状況ではないことを突然思い出したのだ。「あちらの方角に逃げた。そなた、見かけなかったか？」

「賊？」訊き返すギルディオンの脳裏を、月下の草原を疾駆していく騎馬の集団の姿が過ぎった。

「北西へ向かう集団を見たが。二十人ほどの。月明かりの遠目にだったが、装備がどうもバラバラで、騎馬隊ではなく、馬賊団か何かのように見えた」

「それだ」騎士は叫ぶように言った。急いで兜を脱ぎ、脇に抱えて礼をとる。

「私はハイデンという。北部辺境伯のバロウズ侯爵にお仕えする騎士だ。どの辺りで連中を見たのか、教えてくれ。私はこの命に代えても、どうしても奴らに追いつかねばならぬのだ……！」

　その語調に戸惑うギルディオンに、彼は更に一歩近づいた。

「そうだ、そなた――私に手を貸してくれぬか。私は見ての通り、頼みの馬も本調子ではない。本当に困っているのだ。そなた、腕には相当覚えがあるのだろう？　その馬とそなたの歩き方を見ればわかる。力を貸せば褒賞は出す、必ず出す。我が主も、国王陛下も、そなたが望むだけの褒美を下さる」

「……国王陛下？」

「そうだ」ハイデンは相手の怪訝な表情を見守りつつ、信頼させるように頷いて見せた。「畏れ多くもこのエルギウスの偉大なる王、ガルド陛下だ」

「ずいぶん話が大袈裟だな」ギルディオンが真面目な顔で応える。「ここは、王都からは離れた土地だ。あの馬賊たちは、そんな遠い国王にも関わるような、何をしたのだ？」


ハイデンは、しばし相手の顔を見つめていた。だが、ほどなく覚悟を決めた。こうして迷っている間にも、あのとんでもない盗賊どもは手の届かぬ彼方へと距離を稼いでいるのである。

そして、出会ったばかりのこの若者の顔には、たぶん生来のものなのだろう、他者への誠意のようなものが刻まれていた——心根の卑しい男ではないことは一目でわかるのだ。それに通りすがりの他人の世話をも焼くような親切心も、たったいま現実に示したばかりではないか。少なくとも、母の手から奪われた幼子を救うという使命を無碍にあしらうような義侠心のない男ではあるまい。

これは賭けだ、とハイデンは自分に言い聞かせた。もしも見込み違いで、事態が望むような展開とならず、主レオンにとっての状況に不吉な兆しが現れるようなら……非情ではあっても、この自分がこの若者を斬り捨てていくだけのことだ。

「この後たとえ誰かと遭遇したとしても、この件は内密に願おう」ハイデンは再び手の甲で額の汗を拭った。「ここで、約束してくれ」

「約束はできない」ギルディオンは相変わらず落ち着いている。「状況が何もわからないのだから」

ハイデンは、ぐっと唾を飲んだ。

「……そうか。……無理もないな。わかった」じっと彼を見ている相手の蒼い瞳を、再び見返す。

「実は、あの馬賊が攫っていったのは、かの伝承にいう〈サンスタン〉、そのご当人なのだ」

——一瞬、言われたことの意味が正確に理解できなかった。

一方、言ったハイデンの方は、ギルディオンの唖然とした反応を別の意味でもっともなものと捉えた。

「俄かには信じられぬだろうが、真実のことなのだ。今日、王家の聖地アルベラで正当な王位継承者を定める聖権授受の儀式が行われていた。馬賊どもは大胆にもその宿営地を奇襲し、かの幼い姫を、文字通り母君のお膝上から奪い去ったのだ。奴らは四方八方に散ったが、私は大きなハヤブサが夕闇に紛れてその中の一人の腕に下りていくのを確かにこの目で見た。そして、きっとその男こそがあの馬賊どもの頭目格で、姫君は奴と一緒におられるに違いないと考えた。だからその一群が去った方角を見定め、ここまで追ってきたのだ」

「……先ほど、主はバロウズ辺境伯、と言ったな」ギルディオンの口調に感情の色はなかった。意思の力で抑えたのではない。あまりの衝撃に、ただ失われているのである。

馬賊の群れを見送った時の胸騒ぎの意味が、ようやくわかった――

遅過ぎる、今にして。

（あの時、素直に直感に従って追いかけていれば）

「バロウズは……エルギウス王妃の実兄――と聞いている」

「そうだ」月明かりにも相手の様子の変化に気づいて、ハイデンはふと眉をひそめた。

「つまり、攫われた姫君の伯父上に当たられる。……それが、どうかしたか？」

（……哀れみはせぬ）

川音響く中で発せられたその声の、貴族的かつ野生的な抑揚。断定の語尾がほんの僅かに巻かれる。エルギウス王国の、最も高貴なる階級の男たちに特有の――

（斬り捨てよ！）

エルギウス王国のガルド国王に、待ち望まれた世継ぎがとうとう生まれたという布告を、ギルディオンはまだ目にしていなかった。

一方で、隣国シザリオンの王城関係者として、数年前に輿入れしたエルギウス正妃は辺境伯の実妹という名門出の美女であるということ、また彼女が生来の内気であって、表立った場所へはあまり姿を現さないという話については、いわば国際情勢の一端として知っていた。

壮年の国王は精力に満ちた堂々たる体躯の人物だという。大国の統治者にふさわしい豪胆さ、そして時に冷酷とも評される気性で知られている。一方で美しいものに目がないとも言われ、複数の愛妾たちも王城内に住まわせているという話だった。子宝に長く恵まれなかった妃の立場の複雑さは想像に難くない。

……渇望されていた世継ぎ。

民の前にほとんど姿を現さない、妃。

〈サンスタン〉。

聖権授受の、儀式。

「……妹のために」

ギルディオンは突如、まさに全身が紅蓮の炎と化すのを感じた。考えるより先にその手が腰の剣を抜き放っている。

「子のできぬ自分の妹のために、辺境伯ともあろう男が他国の姫を盗み出したのか！」

エレメンティアが命がけで産んだ、あの大切な御子を！

（許せぬ！）

エレメンティアの悲痛な叫び……その見開かれた瞳。川面に散乱する月光。シュタインの苦痛のいななき。激痛の日々。ロナの哀しい微笑。ラフィエルの嘆き。

深く意識下に抑え込んできた無数の痛み、悲しみ、そして生まれて初めて覚えるような狂気じみた怒りが、この瞬間ギルディオンのあらゆる理性を吹き飛ばして彼を獰猛な一個の野獣に変えた。

反射的に飛び退って自分も剣を抜きながら、ハイデンは愕然となった。

「そなた、何者だ。先ほど流浪の身と言ったのは出任せか！」

「故あって故郷を離れている」ギルディオンは吼えた。「だが、今でもこの魂はシザリオン王城近衛隊の一員だ！　よくもエレメンティア妃のたった一人の姫君を盗み、ぬけぬけとエルギウス王の娘などと——恥を知れ、バロウズ！」

その激烈な初太刀を、度肝を抜かれていたハイデンは顔面すれすれに剣身で受け止めるのがやっとだった。二度、三度とかわしながらも、相手の凄まじい連続業に後ろへ後ろへと退いていかざるを得ない。

（強い）顔中に冷や汗が噴き出すのを感じた。（二十かそこらの、この若さで！）

シザリオンの王城近衛兵。まさか、ここで、エルギウスのこんな夜の田舎道で、そんな男と遭遇するとは。

あの夜、レオン・バロウズに従いてシザリオンに侵入していった三人をたった一人で斃したのも、やはり若き近衛兵であったという。かの国の近衛隊はこんな男ばかりを揃えているのか。だとしたらまさに予測を超えた怪物の集団としか思われない。この雷光のような剣さばき！

ハイデンとてむろん、飾り物として長らく剣を携えてきたわけではない。エルギウス王城の剣術大会で優勝したこともあるレオン・バロウズの練習相手を、それこそ七つの齢から務めているのである。主に従いて戦場へと赴いたことも一度や二度ではなかった。

だが、彼我の技術を超えて、強烈な後ろめたさが――主レオンへの鉄の忠誠、その更に奥底に疼く彼個人の良心の呵責が、ずっと見ぬ振りをしてきた根強い痛みの感情が、この若い相手の凄絶な怒りと哀しみとに直面して、ハイデンの動きを今、防戦一方のものにしていた。

（よくも、エレメンティア妃のたった一人の姫君を）

わかっている。よく、わかっているのだ。我が母、八人の子をなしたあの母でさえも、そのうちの一人を幼くして病に喪った時、この世の終わりのように泣き伏していた。その痛ましい姿を忘れることは生涯できない。母からその子どもを奪うという行為の残酷さを、この自分とて決して知らぬわけではないのだ。

だが、仕方がないではないか。奇跡の姫を授けられなければ、侯爵の大切なあのシルフィン様に、もはや生き延びる術はきっとなかったのだから！

夫たる王に一輪の花より空しく斬り捨てられそうになっていた、あの哀れなかぼそい王妃の姿が頭を過ぎった。

（許せ）

異国の妃よ。我らを、我が主を許したまえ。

怒り心頭のギルディオンの剣からハイデンの命を救ったのは、皮肉にもその相手の剣そのものだった。ハイデンの剣と数度目に激しくぶつかりあった瞬間、その剣身が鍔近くで折れ飛んだのである。剣の拵え、その強度から言えば、ギルディオンが村で手に入れていた田舎刃など、辺境伯の刀鍛冶が鍛え上げたハイデンの愛剣の比ではない。

だがギルディオンは一瞬も動きを止めなかった。剣身が折れ飛ぶとほとんど同時に、柄を離した左手が腰の短剣を抜き放ち、その両腕が宙で交錯した。

「――――！――――」短剣が頬を掠め、飛び散った血が右目に入って、ハイデンは咄嗟に大きく後ろへ退った。「……待て！」

武器の不利などものともせず向かってこようとする相手に、長剣の先を突きつけ、目を拭いながらハイデンは必死に叫んだ。

「私は逃げはせぬ、殺したくば殺せ。だがまず、先に話を聞け――」

「……」

「私には使命がある。今となっては、そなたにとってもそれは同じであろう」

ギルディオンは半ば腰を落とし、微塵の隙もなく短剣を構えたままだ。相変わらず獰猛な表情で、蒼い両眼をギラギラと光らせている。

「私は姫を、何としても馬賊どもの手から無事にお救いしたい。そなたもまた必ずそうであるはずだ。奴らがあの小さな愛らしい姫をどのように扱うか、知れたものではないのだぞ！　事態は一刻を争う。こうして我らが争っている間にも、奴らは手の届かぬところへ逃げ去ろうとしているのだ」

ハイデンは言いながら剣を下げ、体の脇に戻した。

「これはたった一人では無理な仕事だ。たとえそなたのように強い忠誠心と勇気を備えた、腕の立つ男であったとしても」

怒りと復讐心で真紅に染まっていたギルディオンの脳裏に、荒々しい手下どもを従えて月下に立っていた頭目アガトの姿が浮かんだ。ほとんど美しいとさえ言えたあの感じのいい微笑と、白く燃える残酷な双眸とが。

もし、もしも、ルミエ姫を彼方へ攫い去ったという馬賊が、あの男の率いる集団だったとしたら。

(そなた一人では救い出すのは無理だ)

アガトの微笑。月気に仄光る、鬼の笑顔。

(無理だ)

――そう――かも、しれない。そして、もし自分が突然降って湧いたこの機に救出に失敗し、シザリオンの人々に何の手がかりも残さず死ぬことになったとしたら、もはやあの姫は母エレメンティアのもとへ帰るどころか、その行方さえ遂に杳と知れぬままということにもなりかねない。

「今は、今だけは、互いに思いを呑んで協力し合おうではないか」内心の逡巡に唇を引き結んだ相手に、ハイデンが全身で精一杯の真情を示しながら畳みかけた。

「共に奴らを追おう。そして姫をお救いしたその後で、我らはあらためて勝負をしよう。その時にはそなたも新たな剣を手に入れ、それを使えばいい。勝った方が姫を己の主の元へお連れして帰る。……どうだ？」

ギルディオンはゆっくりと腕を下ろした。そして、黙って短剣を鞘に戻した。

「聞き入れてくれるか。ありがとう！」ハイデンは思わずというように汗に濡れた顔をほころばせた。自分も剣を腰に戻すと小走りに自分の馬へと近づく。鞍から予備の長剣を鞘ごと外し、ギルディオンの方へと柄の方から差し出した。

「よければ、この後はしばらくこれを使ってくれ。多少重めかもしれんが、岩を叩いても折れはしない。斬れ味もいい」

ギルディオンは小さく頷き、それを受け取った。だがその表情はまだ硬く、笑みはない。「ありがとう」

「そなた、名はなんという」

「ギルディオン」借り物の剣を腰に提げながら答える。

またしても度肝を抜かれ、ハイデンの顎は今度こそガクリと落ちそうになった。護衛の三人を斬り斃した男の名を、もちろん彼はレオンからも、ラトーヤからも、冷たく烈しい憎しみをこめて聞かされている。

ギルディオン・デ・ラ・オナー。

（……なんということだ）

生きていたとは。貴様、あのラトーヤの矢を二ヶ所にも受けて……しかもおそらく滝から盛大に落っこちておきながら、なぜそのまま大人しく死んでいないのだ。国境から遥かに食い込んだこんな内地で、何をノコノコと呑気にうろつき回っているのだ！

（やはり、化け物だ――）

だが、そう思ったことは今は言わずにおくことにした。盟友たちを殺した男だとわかった以上、この若者はもはや自分個人にとっても許しがたい仇だ。やはり、決着はつけねばならぬ。

この、とんでもない誘拐劇が片付きさえしたら。

＊　＊　＊

無彩色にどよめく夜の草原を、ルイの死に物狂いの願いに健気に応えてマーリは見事に走り抜いた。

銀色に濡れ光る懐かしい丘にようやく辿り着いた頃には、馬と同様、鞍上のルイもすっかり息があがっていた。これほどの長駆をしてのけたのは生まれて初めてのことなのだ。だがそんな感慨に耽る余裕もなく、彼は半ば落ちるように先に馬を降りると、ルミエの小さな体を抱え下ろした。

丘の中ほどにどっしりした黒樫の扉がある。緩い斜面に設けられた階段を、ルイはルミエと支え合いながら文字通り這うようにして上がっていった。

「ルイ！」半白の髪を巻いてうなじにまとめた女性の文司が、覗き窓から確認した後で驚きながら扉を開けた。「いったいどうしたのです、このような時刻に！」

「ユディト」

その顔を見て、ルイはほんの少しだがほっとした。あまりよく知らない新入りの文司にでも仏頂面で出てこられたら、どう話を切り出していいものだったか。ユディトはまだ若い頃からこの集団に加わっている熟練の筆記者だ。ルイも兄のアガトもここで過ごした頃には、この聡明で物腰柔らかな文司に、母のように親身な世話を焼かれたものだった。アガトは今でも時折彼女に高価な刺繍糸や好みの香料などを差し入れている。

「お入りなさい、早く……！　アガトはどこ？　まさか、ルイ、あなた一人でここまで来たのではありますまいね！」

「あの、長に」ルイは息を切らしながら、自分の陰にいたルミエをそっと前へ出させた。「こ、この子と一緒に……今すぐ、長に、お会いしたいんです」

ユディトは子どもを見下ろし、それからまた、疲労に蒼ざめ震えているルイの顔を見た。

「この子は、ルミエというんです」

ルイは言った。

「あ、あの伝承の、〈サンスタン〉です……」

＊　＊　＊

遠吠えが聞こえた。別の方角からそれに応えるようにまた長々と一声。その、高く満月にまで谺する哀切な響き。

奪われた命は、今は――少なくともまだ今は、ないはずなのに。狼たちのこの歌が常に、まぎれもなく挽歌にしか聞こえないのはなぜだろう。まるで運命は既に決していると、彼らだけが天空に在るなにものかに教えられているかのように。

（砦のこんなに近くに、群れが）

夜風の運ぶ声を聞き、ルイは予期せず氷水を大きく呑み込んでしまったかのように鳩尾が鋭く痛むのを感じた。

草原狼には明確な縄張りがある。十頭前後の群れをつくり、その縄張りの中を速足に移動し続けるのだ。彼らがふだん特に神経を払って見回りをしているのは、大型の草食動物が集まりやすい、もっと川に近い辺りのはずである。

（ルミエを連れていく途中でなくてよかった）

あの恐ろしい声を聞いたら、あの不思議な幼子もさすがにひどく怯えたことだろう。それどころか下手をすると、往路でまともにあの群れと出くわしていたかもしれない。

だが、自分も急がなくては。

「マーリ、頑張れ」

気の優しい牝馬もすっかり緊張していた。気配を探ろうとして耳が落ち着かなく動き、毛が汗で濡れている。だが文司の丘まで早駆けし、ほとんど休まずにまた砦へ駆け戻るという運動量に、ルイ専用の馬であるマーリはその主同様にやはり慣れていない。確実に周囲に迫る狼たちの気配に震え上がり、必死に大地を蹴り続けてはいるのだが、速度は明らかに落ちていて、ともすると体がよろめき、進路さえよれていきそうになった。

手綱を握るルイの手も既にじっとりと汗をかいている。

（近い――）

首を捻って背後を見ても、その姿はまだ見えない。だが今や、散開して草の中を疾走してくる彼らの荒い呼吸音が耳元に禍々しく襲いかかってくる気がした。

剣は、携えてきた。みそっかすとはいえども一応は平原に生きる馬賊の一員なのだ。さすがに丸腰で遠出をするほど非常識ではない。剣術そのものにはまったく自信がなかったけれども。今帯びているのは兄のアガトが見繕ってくれた、ルイの細腕でも操れる軽量の剣だった。だがそれはつまり打撃力には劣るということでもある。この剣の一撃で大きな草原狼の戦意を挫くには、埋め合わせとして相当な技量が必要であるはずだ。

でも。

(帰らなくては)

砦に——何としても兄のところまで帰りつかなくては。ここで狼の餌食になってしまったら、兄は永久に、この自分の体の断片さえも見つけられないだろう。懸命に守り育ててきたたった一人の「小さな弟」が、彼の過酷な人生の最大の支えが、ある晩忽然と姿を消してしまうことになるのだ。

伝承の乙女を連れ去るという、これ以上ないほど残酷な裏切りだけを残して。

(今、ぼくがいなくなったら。兄ちゃんはきっとだめになる。本当に鬼になってしまう)

そしてあの兄が壊れてしまったら、砦の皆の未来もまたきっと崩れ去るということだ。

何もかもがだめになる——

(帰らなくては!)

最初の一頭は、まるで幽霊のように突然現れた。

左手の草の中を音もなく突進してくるや、走るマーリの脇腹に飛びかかって大きく喰らいつく。後肢の付け根に近い柔らかい箇所を狙い、腹を食い破って腸を引き出し、馬を走れなくするのだ。

「やめろ！　あっちへ行け！」ルイは鞍上で体を捻り、ぶら下がるその狼を必死に鞭で叩こうとした。この体勢で剣を振るっては馬の体まで傷つけてしまいかねない。「やめろったらー！」だが恐怖と苦痛とでもはや暴れ馬となりかけているマーリの支離滅裂な動きに翻弄され、ろくに手綱を離すこともできない。

狼たちは——皮肉にも——まるで完全に統制された馬賊団のようだった。脇腹に続き、別の一頭が尻尾を捕らえてマーリの懸命な前進の阻止にかかった。更にもう一頭が大きく跳び、馬の鼻面に齧りつく。鼻腔に食い込んだ牙に呼吸機能を完全に奪われて、命運の尽きた哀れな牝馬はとうとう大地へ横ざまに倒れこんだ。

ルイの体はあっという間に投げ出され、草の中へと激しく転がった。一度は吹っ飛んだに違いない意識が情け容赦もなく瞬時に戻らされたのは、脳天まで一気に貫いた激痛のためだった。何を考える余裕もなく絶叫していた。

狼が一頭、倒れているルイの右腿に喰らいついている。顔面を覆うような獣の臭い、その全身から轟く獰猛な唸り声。

思わず身を捩って逃れようとする彼の背中を、大きな前肢が素早く押さえ込んだ。狂暴な爪が上着も何も貫いて食い込み、たちまち皮膚を裂いて血を噴き出させた。

（兄ちゃん）

死ぬのだ、と思った。圧倒的な虚無の暗黒が頬に触れるほど近くにある。ここで、こんなふうに、独りぼっちで……

(兄ちゃん、ごめん)

ああ――どんなに悲しみ、苦しむことだろう。

説明したかったのに。

許してはもらえなかったとしても、せめて説明をしたかったのに。

……ギャイン、と狼の悲鳴が虚空に弧を描いた。

力強く大地を蹴る蹄。いななき。

マーリじゃない――マーリのはずがない。

錯綜する獣たちの咆哮。戦場のように荒々しく動き回る馬の気配。また一頭、狼が馬に激しく蹴り飛ばされた。

夜気を貫く誰かの甲高い叫び声。

失神しかけているルイの耳に、その声はひどく歪んで届いた。

(……兄ちゃん)

兄が――来てくれたのだ。ぼくを捜しに来て、そして、見つけてくれたのだ。閉じた目尻から涙の粒が零れ落ちた。

……兄に、謝れる……

「――あなた」

口許が冷たく濡れたのを感じた。水筒の飲み口をあてがわれている。

「あなた、しっかりしなさい。いま気絶してはだめよ」

誰かが、喋ってる……

「これから私の馬に乗るのよ……ほら、伏せて待っているわ。少しだけ頑張って動けば、あなたにも乗れるわよ」

ルイはうっすらと目を開けた。すべてのものが何重にもぼやけている。

「あなたの馬の死体を狙って獣がうじゃうじゃ集まってこないうちに、ここを離れなくては。あなたの家はどこなの？」

澄んだ声……女の子？　月光に逆光となりながらも白いと知れる小さな顔が、すぐ近くから覗きこんでいる。短い金髪が光輪のように柔らかく、その美しい面差しを取り巻いている。

（……ルミエ……）

――いや――ちがう。そんなはずはない……

この人は――子どもじゃない――

「……だれ……」やっとのことで、貧血にこわばる唇を動かした。

「私はラフィエル、旅の者よ。あなたが襲われているのが聞こえたの。間に合ってよかったわ。さあ頑張って。家まで送るから。どちらに向かえばいいの？」

＊　＊　＊

真夜中過ぎにも拘わらず、砦の表側の岩扉が馬一頭通れる分だけ引き開けられている。アガトが中で、二人の若者を連れてルイを捜しに行く準備をしているからだ。

聖地襲撃と姫の奪取を成し遂げた今、激怒するガルド王の軍隊がもはやいつこの場所を探り当てるか知れたものではない。砦の防衛にはむろん万全を期さねばならなかったし、そもそもこの時分に月夜の平原を下手にうろついていては、軍の先遣隊だの何だのに発見され、藪蛇となる可能性もないとは言えない。頭目としてのアガトは、少なくとも今夜は砦を離れるべきではなかった。

だが彼がとうとうジンと数人を呼んでこの後の指示を始めた時、その決断を少なくとも口に出して咎める者はいなかった。

「もう一度だけ言うが、俺が出た方がいい、アガト」ジンだけが一人、それでもアガトに剣を手渡してやりながら話しかけた。

「いや、あの丘の連中はおまえのことを知らん」アガトは二本目の革帯を手早く締め、受け取った剣を差した。「おまえみたいな強面が夜中にいきなり出向いても、たぶん用心して扉も開けやしねえよ。中まで確認するには、俺が行くしかねえんだ」

「だがもし、ルイが姫を連れてその文司のところへ行ったんでないとしたら？」

「お手上げだ。心当たりはあそこしかねえ」更に短剣を帯びて、アガトは戸口に向かった。「その時は、俺はまっすぐここへ戻ってくる」


見張り台の上で逞しい片膝をつき、月下にざわめく草原を眺め渡していたサライは、彼方に一点の黒影を見つけてすっとその目を細めた。

（……野生の大鹿）では、ない。確かに馬だ。人を乗せている。（旅の者か）

だが、ほぼまっすぐにこちらへ向かってくる。岩場の近くまで寄って、これから野宿でもしようというのだろうか。

「ノース」サライはその影を見失わぬよう凝視したまま、低い声で別の見張りを呼んだ。「ジンに知らせろ。誰かが馬でこっちに来る」

あっという間に相手が梯子を下りていく気配を背に、サライは視線を保ちながら手元の弓にそっと矢をつがえた。あの影が万一騎馬隊の偵察兵だったとしても、一人だけで現れるというのはもちろんおかしい。何かの囮、罠かもしれない。

相手の方からは、サライの上半身は背後の岩肌に影となって溶け込みまったく見えないはずだ。いつでも一射で仕留められるよう、慎重に、ゆっくりと弦を引いた。これだけの月明かりがあれば、砦で一、二位を争う弓の名手であるサライに他の照明は必要ない。

前方の影は——今やはっきりと人を乗せた馬だとわかる——丘から三タリアートほどのところで速度を落としだした。やがて常歩になり、ちょっとおぼつかなげに進路を探すような様子を見せる。丘の裾を迂回すべきか、月光の届かない間隙を抜けてゆくべきなのか迷っているらしい。

サライは弓を構えたまま、じっと見ていた。

馬に乗っているのは二人だ。その体が密着しているので正面からはずっと一つの影に見えていたのだが、この距離になると頭部が二つあるとわかる。

騎手は進む方向を見定めたようだ。再び馬を軽く走らせながら、しきりに首を回して辺りの様子を窺っている。はっきりとした場所は知らずとも、この辺りに何かがあるはずだとわかっているのだ。

（……あれは……！）サライは息を呑んだ。

そこへジンが身軽く梯子を上がってきた。「どうした、サライ」

サライが黙って指差す方向を見る。

馬上、その騎手の体に括りつけられているらしい後ろの影は、首も腕も力なく垂れ、馬の震動に揺さぶられるままになっている。髪が光った。

ジンは一瞬身を乗り出しかけた。すぐに体を捻り、下方の通廊に向かって怒鳴る。

「防御柵を上げろ！　ルイだ！　アガトに知らせろ、すぐ！」


「アガト！　ルイが戻ってきましたぁ！」ノースが転がるように厩まで走ってきて叫んだ。「負傷してるみたいだって、ジンが――」

馬を引きかけていたアガトは、すぐさま手綱を放り出して駆け出した。

砦中の人間が叫び声を聞きつけ、わらわらと広い通廊に出てきている。

そこへラフィエルとルイを乗せ、岩扉と二重の防御柵を速歩で抜けてきた鹿毛のエリーが姿を現した。

「ルイ！」アガトが叫びながら走った。「どうしたんだッ！」

ラフィエルがエリーに再び地面へと膝を折らせた。体を結び合わせていた紐を手早く解き、自分のマントを羽織らせていたルイの体に腕を添えて助け下ろそうとする。

アガトと何人かが飛びつき、それを手伝った。

「草原狼に襲われたの。彼の馬はやられたわ」ほとんど意識のないルイの体を、まるで守銭奴のように両腕で抱え込むアガトに、ラフィエルは説明した。「背中と腿に深手を負っている。ありあわせのもので血止めはしたけど、すぐに傷の毒消しをした方がいい」

アガトは、自分の手にべったりとついたルイの血に、傍目にもわかるほど顔色を変えた。だがすぐに鋭く訊き返す。

「あんたは誰だ。なぜこの砦の場所を知ってる！」

「ただの旅の者よ。たまたま悲鳴を聞きつけたの。ここの場所は彼が教えてくれた。でもそんなことより、手当てを早く」

「見つけたのはこいつだけか？」

「え？」

「子どもが一緒じゃなかったか！」つい喰らいつくような口調になった。「小さい女の子だ！」

まさか、狼に。

「……あの子は、ぶじ……」言いかけたルイの瞼が落ちて、体が完全に脱力した。

「ルイっ！」

「手足を押さえてろ」モナハンが忙しく手を動かしながら指示した。「目を覚まして、暴れるぞ」

普段はたいてい砦の中で飲んだくれている、年齢不詳の萎びた老人である。若い頃に王都の大学院で医術を学んでいたのだが、学業途中に不祥事で学び舎を追い出され、予期せぬ運命の変転に翻弄され続けることとなった。結局医師の看板は一度も正式に上げることなく、漂泊の果てここに流れ着いている。

ルイは服を脱がされ、寝台の上で横向きに寝かされていた。生まれつきの白斑が幾つかあるその肉の薄い背中、そして右の腿に、獣の爪と牙が食い込んだ傷が、肉が弾けかかるように酷い。

アガトと二人の若者が肩と手足を押さえると、二ヶ所の傷に瓶から火酒が振りかけられた。

ルイが目を開け、絶叫した。抗い、懸命に逃れようとするその体を周りから三人がかりで押さえ込む。

「痛い！　痛い——嫌だ、やめて——兄ちゃん！　にい……」

「毒消しだ、もう終わった」痙攣する手を強く握ってやりながら、アガトが耳元に顔を寄せて言い聞かせた。「もう、おさまる。大丈夫だ」

ボロボロ涙の零れる、その冷や汗にまみれた白い顔を、何度も布で拭いてやる。

その手にルイの指が触れた。

「……兄ちゃん……」その手と同じくらいに震えている白い唇が、浅い呼吸を繰り返しながら動いた。「ごめんね……」

何のことを謝られているのか、アガトにはむろんわかっている。

「……ごめんなさい……でも……わけが……」

「ルイ」アガトは弟の手を握った。「大丈夫だ。俺は怒ってない。おまえが、生きて戻ってくれてよかった。ただ、それだけだ」

底知れない苦痛と悲嘆に満ちたルイの眼が、涙越しに兄の顔を見ている。

「おまえの話は後でちゃんと聞く。だからもう何も心配するな。今は眠って、静かに休め」

「……火が、みんなを」

ルイの目の焦点が、俄かに合わなくなった。その顔が突然、アガトを愕然とさせるほど激しい苦悩に歪んだ。

「……ぼくの、せいだ……！」

「火……？　ルイ、何を言ってる？」アガトが急いで顔を近づける。「俺たちの村のことか？　あれは何も、おまえのせいなんかじゃないぞ」

だが、ルイの意識はそのまま虚ろに遠のいた。その瞼が再びゆっくりと落ちた。

手当てが行われている隣の部屋で、ラフィエルは炉の側に座っていた。

ルイの体を何人かで慌ただしく砦の奥へと運び込んだ後、アガトと自ら名乗った、ここの頭目であるらしい若い男が、「ここでゆっくりしていてくれ」と言い置いていったのだ。

女たちが何人か頻繁に出入りしては、彼女のための食事を運んだり、炉の火を掻き立てて寒くないように気を配ってくれたりしたが、彼女らはほとんど口をきかず、表情の読めない眼でラフィエルをちらちらと見るだけだった。もっとも、突然入り込んできた他所者の見張りを兼ねてもいたのだろうが。

特に、食事を運んだ、顔立ちの整った赤毛の女は、なぜか他の者以上にラフィエルのことが気になるらしかった。一言も喋らないのだが、彼女を見る眼に鋭さがある。闖入者なのだから警戒されるのは仕方がないにしても、そこまで険のある顔つきで観察されなくてはならぬ理由が、ラフィエルにはよくわからない。

だがもっと驚いたのは、この部屋に通されるまでの間にも、老人や小さな子どもの姿を何人も見かけたことだ。とりわけ子どもたちは、今も女たちに叱られては顔を引っ込めるのだが、よほどラフィエルのことが物珍しいのか、もじゃもじゃの小さな頭を幾つも戸口から覗かせている。

一人はむくむくした仔猫を大事そうに抱いている。

運ばれた食事に甘いものがあるのに気づき、ラフィエルはその皿を取って戸口の方に示した。

「これが欲しいの？　みんなに分けてあげるから、どうぞ、こちらへいらっしゃい」

だがどの子も指しゃぶりをしながらじっと彼女を見つめるばかりで、中へ入っては来ない。

（私が女に見えないから、怖いのかしら？）

子ども好きのラフィエルにすれば用心されるのはちょっと寂しかったが、結局一人で卓につき、そのまま遠慮なく食事に手をつけた。

高価な香辛料をふんだんに効かせた羊肉の熱いシチューに、舌にとろけるほど新鮮な山羊のチーズ、上等な小麦を使った木の実入りの堅パン、蜜に漬けた野苺。こんな草原の真っ只中で、まったく思いもかけないようなご馳走だ。

せっせと手と口を動かしながら、ここはいったい何なのだ、とラフィエルは再び考えた。

朦朧となったルイの発する切れぎれの指示に従って草原を進みはしたものの、夜気にさわさわとまどろむ、何の変哲もない寂れた風情の岩場に辿り着いた時には、やはり怪我人のうわ言に惑わされたのかと思ったものだ。

だが明らかに自分たちは見張られていたらしい。ルイの言葉通り、視界の悪い岩丘の間を抜けるべく速度を落とした時、突然どこからともなく数人の男たちが現れたのである。

全員が剣を抜いていた彼らの雰囲気はまったく不穏だったが、ラフィエルは自分たちが何とか目的地に着いたことを知った。

「この近くに、この人の家があるか知っている？」殺気だった空気にしきりに足踏みするエリーを宥めつつ、彼女は尋ねた。「ひどい怪我をしているの。すぐに手当てが必要だわ」

金髪を短く刈り上げた長身の男が、ほとんど間を置かずに剣を振って彼女を導いた。

岩と岩の隙間にいきなり現れた大きな暗い空隙に、ラフィエルは馬上でぎょっとなった。

中へとエリーを進ませ、頑丈な防御柵を二つ通り抜けた途端に広がった明るい空間を目にした時には、まるで攻撃に備えて厳重に守りを固めた完全武装の砦のようだと思ったものだ。

そしてたぶん、事実そうなのだろう。彼女が直接目にしたのはその砦の入口と一本の大きな通廊、そしてこの岩の部屋だけだったが、それでもこの規模はただごとではない。シザリオンの精鋭軍でさえ、相当な時間と手間隙をかけなければここを攻め落とすのは難しいのではないか。それにしてもよくもまあ、鉱山でもない岩土をここまで掘りも掘ったり、だ。

馬賊の本拠地に入り込んでしまったのかと、最初は思わず我が身の不運を呪った。が、しかし、それにしては……何やら様子が変だ。これではまるで――

女たち、老人、幼い子ども。

通路を呑気にうろついていた犬に猫に鶏。

まるで、岩の中の村だ。


扉を開けて、アガトと例の赤毛の女、そして老人と金髪の若い男が出てきた。

「私がなるべく様子を見るから」女がアガトを見上げながら言う。その声音に、ラフィエルが思わずはっとしたほどの気遣いが籠っている。並んで立つところを見て気づいたが、アガトより彼女の方が二つ三つ年上のようだ。「きっと痛みのせいで、意味のないうわごとを言っていたのよ」

「……」

「馬はどれを使う？」

「サディ」

「わかったわ」

「結局、一人で行くのか？」金髪の男が言う。「俺も一緒に行く」

「一人でいい。あそこは別に敵陣じゃねえ。疲れてるところ悪いが、戻るまでおまえにここの防御を任す。仮眠を取りながらでいいからな」

他の三人が通路の方へと姿を消すと、アガトは無意識のようにフゥと小さく吐息をついた。ラフィエルの方を見もせずに棚へと歩み寄り、酒瓶を取って栓を抜く。立ったまま瓶に直接口をつけてぐいぐいと飲んだ。

ラフィエルはパンを咀嚼しながら、しげしげとその姿を観察した。

アガトのその見目かたちが、彼女が今まで慣れ親しんだどんな貴族の子弟のそれからもかけ離れているのは間違いない。

例えて言うなら——彼女が理想の騎士と憧れ続けているギルディオンを、たてがみも尾も櫛を通され、蹄に油を塗られた凛々しい血統書付き軍馬とすれば、その彼より幾つか年上らしいこの男は、大平原の風と雨に洗われながら育った強靭な野生馬だ。

強い光を湛えた切れの長い両眼、陽灼けした肌、さらりと乾いた唇。背がラフィエルよりも頭ひとつ分以上は高い。広い肩幅、締まった腰、彼が生来備えている恵まれた筋骨のすべてが、日々の烈しい暮らしの中でしなやかに鍛え上がっている。足運び、立つ姿勢、眼の動き、そのすべてに余裕がありつつ、しかし何ひとつ無駄はない。

肩下まで野放図に伸ばした黒褐色の髪を、色つきの組紐でざっと束ねている。鮮やかな朱絹のスカーフを首筋に幾重にも巻いて垂らし、房飾りのついた上質な黒い毛織の上下を着ている。ここからならばもうそれほど遠くはない、西に国境を接した砂漠の王国ダナエ、その精悍な戦士たちの機能的な戦闘服に少し似ているようだ。耳に貴石の小さな耳飾り。足にはよく履き込まれた革の長靴。

シザリオン王城の大広間に立たせるにはあまりにも野生的過ぎ、異形であり過ぎるだろうが、この大平原の岩砦の中では実にふさわしく、一瞬どきりとするほど強烈な吸引力があった。

そのアガトが、手の甲で口を拭いながらラフィエルの方を見た。

「……小さい子が、ずいぶんいるみたいだけど」

ラフィエルは、心ならずも見入ってしまっていた相手の姿から視線を剝がし、戸口からまたほんの少し見えている巻き毛の方を見遣った。

「あなたたちの家族なの？」

「そういうのもいるが、拾い子の方が多い」アガトは棚に酒瓶を戻し、戸口に向かって声をかけた。「ロッタ、ルイはもう大丈夫だ。部屋へ戻って寝ろ」

それは意外なほど厳しくない声だったが、巻き毛はたちまち見えなくなった。

「チビどもはみんな、ルイによくなついてる。あいつを助けてくれたあんたにも、連中なりに興味があるのさ」

ラフィエルは、相手の前の言葉を考えていた。「……拾い子？」

「捨て子、迷子、親をなくした子ども。ふらふらしているのを見かけたらここへ連れてこいと、手下どもには言ってある。平原には、そんなチビどもはいくらでもいるぜ。知らねえのか、貴族のお嬢さん？」

「……」

「ここにいる連中はたいてい、他に行き場のない奴ばかりだ。女たちも。都から逃げてきた奴隷もいる。一人息子をキンピカな城の工事に無理やり徴集されて、平原の一軒家で飢え死にしかかってた婆さんもな」

「私の育ったところには奴隷はいないのよ」ラフィエルは、やや口ごもる自分を感じた。「暮らしの貧しい領民は、確かにいるし……捨て子も、もしかしたらいるのかも知れないけれど。……私がよく……まだよく、知らないだけで」

アガトは彼女の顔をちらりと見ただけで、相変わらず立ったまま盛り鉢の中に手を突っ込んだ。炒った木の実を摑み取って幾つも口に放り込み、ボリボリと小気味よく嚙み砕く。

「……あんた、エルギウスの人間じゃねえな。北方の発音だ」

「エルギウス人ではないわ」ラフィエルはまたアガトの顔を見た。「あなたは……馬賊ではないの？　人助けが仕事なの？」

「人助け？　まさか」アガトは一瞬白い歯を閃かせた。「馬賊も馬賊、平原の西じゃ一番働き者の集団だ。だがそこいらの貧乏村を幾つ襲ったって、実入りなんか何もありゃしねえよ。狙うのは王や貴族が動かしてる隊商だ。それと、騎兵の屯所」

「……騎兵の屯所？」

「俺は昔から騎兵って奴が大嫌いでね」口許に笑いを残すアガトの眼が白く光る。「見かけたら絶対に殺す。皆殺しにする。屯所も端から潰す。あいつらは、こじゃれた兜をかぶった糞虫だ。理屈じゃねえ」

ラフィエルは、しばらく黙って彼の顔を見ていた。

「隊商の人たちや騎兵にだって家族はいるのに。妻や、年取った親や、たぶん子どもだって」咎めるのではなく、浮かんだ疑問がそのまま口にのぼった。「あなたのしていることは、矛盾していると思うわ」

「矛盾のない人生なんてどこにある？」アガトがあっさりと返す。「貧乏な連中のことはまだよく知らねえと恥ずかしがるあんただって、いったんお城に帰りゃ、七つかそこらのガキどもに織らせた敷物の上に寝転がって、平気で菓子でも食ってんだろうが？」

黙ったまま、ラフィエルは顔を少し赤くした。

出歩きもままならぬ体の弱い姉エレメンティアとは違い、もともとラフィエルは子どもの頃から一人ででも馬に跨って都の賑やかな市場や地元の町、郊外の村にまでも遊びに行くのが好きだった。彼女のそのささやかな冒険譚の数々を、エレメンティアは両親に告げ口することなど一度もなく、熱心に細大漏らさず聴いてくれたものだ。だがそれでも、ギルディオンを捜して無数の町や村をさまよい歩く旅の間に、ラフィエルが今まで知ることもなかった多くの光景を目にしたのも本当である。どの土地でも子どもたちは立派な働き手だった。シザリオンには奴隷制度こそないが、すべての民の暮らし向きがここエルギウスの領民たちに比べればずっと楽なはずだなどと夢想するほどには、ラフィエルもさすがにおめでたくはない。

「俺は自分がやりたいようにやるだけだ。報復の手段も含めて」

うすく頬を染めたまま俯いている彼女の方を横目で見ながら、アガトはまた木の実を口に入れた。

「……報復？」ラフィエルが視線を上げる。

「アガト」戸口に影が現れ、部屋を覗いて声をかけた。先ほどの赤毛の女だ。「馬の支度ができたけど」

「ああ」アガトはそちらをちらりと見、またラフィエルの方へと目を戻した。

だが、女は何となくその場に立ったまま去ろうとしない。「……急いで出かけるんじゃ、なかったの？」

「出る。いいから向こうへ行ってろ、ミア」

一瞬恨みがましい眼でラフィエルを見た後、彼女は黙って姿を消した。

「ルイが狼に襲われているところを、たまたま通りかかったと言っていたな」アガトがラフィエルに尋ねる。「あいつを見つけたってのはどの辺りだ？」

「ランブルの灌木がたくさん生えた、低い二つの丘の間の辺りだけど」

やはり――とアガトは思った。ルイは文司の丘に行っていたのだ。滅多に砦を離れることもない あの虚弱な弟が、安全な行き先として思いつける場所は、子どもの頃に世話になったあの老人たちの家ぐらいしかない。

だが、なぜ？　なぜアガトに黙って、〈サンスタン〉をそんなところへ連れていったのだ？

(でも、わけが)

血の気も失せ、衰弱しきったその哀れな泣き顔に、後で聞く、大丈夫だと、止むに止まれずアガトも応えはした。

だが――理由？　いったいどんな理由があるというのだ？　この兄がどれほど強くあの子どもを手に入れることを望み続けていたか、ルイはこの世の誰よりもよく知っていたはずだ。なのに突然、誰にも何も告げずに、せっかく苦労して得たその「宝物」を再び連れ出し、不自由な体で無謀な危険を冒しつつ、彼にとっては遠過ぎる場所である丘にまで運んでいってしまった。

何度、どう考えても、信じられなかった。十六年もの間ずっと見守ってきたのに。あの弟のことを誰より理解しているのは、この自分だと思っていたのに。

「……私の気のせいかもしれないけれど」

火の側でじっと立ったままでいるアガトの様子をそれとなく見ながら、ラフィエルがまた口を開いた。

「弟さんはもともと、片足がちょっと不自由なのかしら？」

アガトは、鋭く目だけを動かして彼女を見た。

「だから、何だ？」

「あれは生まれつき？」

「訊いてどうする」

「私はシザリオンから来た人間なの」ラフィエルは匙を口に運んだ。「……あの国にはこのエルギウスにはない、高い山々があるのよ。北の方にね」

アガトは黙ってその顔を見ている。彼女が何を言いたいのかわからない。

「山には、温泉が湧いている場所が幾つもあって……」

「オンセン？」訊き返した。初めて耳にする知識はすべてその場で習得しようとする性は、アガトの生まれつきの特質である。「オンセンって何だ？」

「泉よ。ただ、湧いてくる水が温かいの。そして真水じゃなくて、言ってみれば大地から湧く薬湯みたいなものでね。怪我や病気のせいで手足が不自由になった人たちが大勢、湯治のために集まってくるわ。……あ、湯治っていうのは、その温泉に浸かって体を癒す治療法のことよ」

「本当に効くのか？」アガトは自分の眼つきが変わるのを感じた。

「生まれつきのものだと、難しいのかもしれないけれど……」

「生まれつきじゃない。十の時に熱病にかかって、それ以来右足が萎えちまったんだ。手の指も二本動かなくなった。そういうのにでもそれは効くのか？」

「私は医師ではないから、はっきりとしたことは何も言えない」ラフィエルが匙を椀の中に浸しながら、アガトの顔を見る。「ただ、私の乳母の子が、やっぱり高熱を出したせいで足が麻痺して、しばらく歩けなくなっていた時期があったの。でも有名な湯治場に数月の間行っていたら、ほとんど回復して帰ってきたわ。今では馬にも、他の皆とまったく同じように乗っているのよ」

「……」

「戦いで怪我をしたり、馬から落ちて骨折したりした人も、傷が塞がった後で行ったりするの。何もしないでいるより、確かに回復が早まるのよ。それにまあ、温泉っていうのは何でもない時に浸かっても、気持ちがいいものだしね。……ねえ？」

呼びかけられて、アガトは再び彼女の顔に目をやった。

「もしよかったら、そこへ行くまでの地図を描くわよ。私は一緒には行けないけど、紹介の手紙なら持たせてあげられる。それがあれば、向こうに着いてから、足がすっかり治るかどうかはともかく、弟さんは少なくともちゃんとした世話をしてもらえるはずだわ。向こうにいる良い医師を知っているから、彼のところでしばらく預かってもらえばいい。小さい頃の私を可愛がってくれた人なの。とても優しいおじさまなのよ」

「……なんで」アガトは視線を当てたまま、口を開いた。「初めて会ったばかりの俺たちにそんなに親切にしてくれるんだ？」

「あなたに親切にするなんて、一言も言ってないわよ」ラフィエルが肩をすくめ、ちぎったパンのかけらを口に入れた。「……いつもとても頼りになる私の勘が、人助けが趣味らしいあなたのことをね、それでもきっととんでもない悪党だ、と告げているの。でもあの弟さんの方はたぶん違うようだわ。あの子はいい子、という気がする」

　アガトは、声を立てずに肩を揺すって笑った。

「あんたは見かけばっかりじゃなくて、中身もつくづく変わった女だな。あんたみたいな女、俺は初めて見るぜ」

　俺のことを全然怖がってもいない。

「シザリオンの都には、あんたみたいなのが大勢いるのか？」

「一人もいないわよ。悪かったわね」パンを飲み込みながら、ラフィエルが肩をすくめた。「変わり者なのは、それこそ〈生まれつき〉なの」

　健康的な食欲を示して椀のシチューをすっかり平らげていくその様子を、アガトは腕組みし、何となく微笑したまま見ていた。

　火明かりに輝くラフィエルの短い黄金の髪、気品のある繊細な顔立ち、熱心に食べつつも少しも優雅さを損なわぬその動き。女としても特に大柄なわけではないが、その体はほどよい筋肉を感じさせて引き締まり、とてもしなやかだ。白い手に不釣り合いな胼胝ができているのは、既に相当な期間、剣や弓を熱心に学んだ結果だろう。

じっと眺めるアガトの胸の中に、いつもの好奇心とはかなり異なる、感嘆とも言っていいような輝きが生まれた。

ちょっとばかり風変わりではあるが、どう見ても氏育ちは貴族の姫様に違いないこの女は、まるで若草の野で風と戯れている仔馬みたいに純粋で、そして……今まで目にしてきた生身のどんな女よりも綺麗だ。

尚且つ、勇敢だ。夜の平原で見ず知らずの他人が狼に襲われているのを、頼まれもしないのに飛び込んでいって助けようとするくらいには。狼はたぶん五頭以上はいたはずだし、既に血の臭いに猛ってもいただろう。まだおそらく四歳かそこらのあの牝馬を駆って突っ込み、その全部を撃退するのは、大の男だってわざわざやりたがりはしない類のお節介だ。

年の頃はルイともさして変わるまい。まだほんの子どもと言っていいくらいだが、あのガルド王の宝物蔵でも見つからない希少な宝石のような女だ、と思った。

(……だが)

何だ？　何か引っかかる――彼女は、誰かに似ている。自分が直接知っている、誰かに。アガトは内心、はて、と首を捻った。

(この手の美人に……ましてやシザリオンの貴族になんざ、知り合いはいねえはずだが)

「あんな人気のねえ、獣がうろついてるような物騒な土地を、そんな女一人の身でなんで通っていたんだ？」軽く思考を切り替え、さりげなく尋ねる。「街道からは相当はずれている。何の目的もなしに通る場所じゃねえだろう」

「人を捜しているのよ。その人があの近くを通ったと確信があったの。行き会った遊牧民が話してくれたから。人相の似た男性に、この辺りには狼がいるから気をつけろと教えたって」

「人捜し？」卓の側まで行き、椅子を引いて腰を下ろす。「どんな奴だ？　親の仇でも追ってんのか」

「悪党には教えないわ」

アガトはまたちょっと笑ったが、すぐに畳みかけた。

「だがな、お嬢さん、この辺の情報を一番握っているのは俺たち平原の馬賊なんだぜ？　彷徨えるシザリオンの騎士なんて目立つもんが横切っていったら、たいてい最初にそれに気がつくのは馬賊で、つまりその頭目であるこの俺様が、結局は報告を受けることになっているんだ」

「彷徨えるシザリオンの騎士なんて、誰も言ってないでしょう」すぐに匙を置き、ラフィエルがぴしゃりと言い返した。

「ああ、あんたは言ってない」アガトはニヤリとした。「だが、そうなんだろ？」

「……どういう意味？」ラフィエルは、瞬時に食事のことなど忘れ去ったようだ。目が見開かれている。

図星だ、とアガトは思った。やっぱり自分の惚れた男を追っかけてやがるのか。

「心当たりがあるの？」

「どうかな」

椅子を倒さんばかりの勢いでラフィエルが立ち上がった。剣の柄に手がかかっている。

「私をからかうと」声が、震えるほどに低くなっていた。「この場で叩き斬るわよ」

アガトはそっくり返って椅子を揺らしながら、微笑してその様子を見ている。

「あんたは」何やら妙に楽しい。「怒るともっと綺麗なんだな。……おっと」

テーブルの上の椀が真っ二つになって撥ね跳ぶのを、片腕を上げて避けた。

「まあ、ちょっと落ち着きな。悪かった、別にからかったわけじゃねえんだ」

「……」

「なあ？　騎士だか何だか知らねえが、その男の行方を本気で知りたいんだったら、いっそ何日かここに留まったらどうだ？」

怒りと疑念でその大きな眼を光らせているラフィエルの顔を、アガトは笑みを残したまま眺めた。

「あんたは俺の弟の命の恩人だ。俺は確かに悪党だが、復讐と同じくらい受けた恩義のことも忘れん男だぜ。俺のところに情報が集まるという話は嘘偽りなく本当だ。あんたにその男の人相を話す気があるなら、それに合った奴を手下にも捜させるし、俺が信用できなくて話せないってなら、その辺を異国風に喋る騎士がうろついていないかという噂だけでも連中に拾ってこさせる。あんたにしたって、別にそれほど悪い話じゃないだろ？」

「……」

「あんたはな、自分では気がついてないんだろうが相当疲れてる。見ればわかる。あんたの馬のためにも、少しの間でも休んでいけよ。ここなら美味い飯も安全な寝床も、熱い風呂もある」

ちょっと、ニヤリとした。「あいにく、風呂はオンセンじゃねえがな」

椅子から立ち上がった彼を、だがラフィエルはまだ疑惑の眼差しで見上げている。

「弟の手当ても済んだし、俺はすぐに出かけなけりゃならん。部屋を用意させる。とりあえず今夜はゆっくり休むといい。足りないものがあったら女たちに言いな」

黙したままの彼女を残し、アガトはそのまま大股に部屋を出た。

＊　＊　＊

西の空にはまだ星がまばらに淡く瞬いている。

肺を冷やす夜気の名残が流れる大草原を、襲撃に駆り出さず砦に残していた中で最も速い馬に跨ったアガトは、まっしぐらに突っ切っていた。

たとえ草原狼の群れが再び現れたとしても、逞しい馬を駆り立て、何もかも踏み潰し蹴散らしそうな彼のこの剣幕には、獲物とみなしてちょっかいを出すという気分も失せただろう。

世界がほんの少しでも白み始めてしまう前に、文司の丘に辿り着かねばならなかった。何としても。ラフィエルと話をするのは必要なことでもあったのだが、つい余計な気分に浸って時間を食い過ぎた。

ルイからギネヴィアを引き渡された後にあの文司たちが取りそうな行動は、およそ見当がつく。変わり者の彼らがなぜそうするのか仔細にはわからずとも、何をするのかは勘でわかるのだ。アガトも伊達に十五の年から彼らと付き合っているわけではない。

（……ルイの奴、何てことを）

もはや数十回目の呻きが、食いしばった歯の間から漏れた。いったい、なんだって――なんだって、あれほど苦労して手に入れた〈サンスタン〉を、俺に一言の相談も断りもなく勝手に連れ出し、あんな爺いたちのところへなんか。あの大人しい、俺の言うことにならほとんど何でも従う、小さな弟だったルイが――

無情にも風の匂いが変わり出したのを感じた。

朝がやってくる。まだ陽は昇っていない、だが腹を空かせた野の小鳥たちが、風にそよぐ草ぐさの中から早くも飛び立ち始める気配がしている。空が灰色を含んだ蒼へと変わってゆく。

長駆けにさすがに疲れを見せ始めた駿馬に、アガトは鋭く活を入れた。

「頑張れ！」前傾姿勢のまま、馬の耳に叫ぶ。「〈あれ〉が飛び立っちまう前に着かないと、何もかも手遅れになるんだぞ！」

澄んだ蒼を背景に丘の黒いシルエットが見え始めた。

草の海の彼方で、東の空がほんのりと温もりつつある。

息を呑んで丘を見遣るアガトの目が、なだらかな曲線の向こうから舞い上がった一点の黒影を捉えた。

「――畜生！」健気に最後の疾走を続ける馬の鞍上で、アガトは拳を振り回し、大声で罵り出した。

「ザキエルの糞ったれが――！　てめえなんか尻を滑らして落っこちろ！　木っ端微塵になって死にやがれ！　もう許さねえからな、耄碌爺いがッ！」

一羽の鳥――鳥なのか――鳥だ。だが、その姿はただ「鷲」と呼ぶにはあまりにも巨大過ぎる。その雄々しい両翼を悠然と冷えた虚空に広げた影が、罵詈雑言を撒き散らし続ける地上のアガトに無言の軽侮を示すかの如く、頭上で大きくゆっくりと旋回した。

そしてそのまま翼を傾け、北の空へと飛び去った。

「ザキエルはッ」

馬から飛び降りるや、斜面を大股にガツガツと上がりながらアガトは怒鳴った。

「ひとこと挨拶ぐらいはしたらどうなのだ、アガト」

大鷲を見送って戻ろうとしたところらしい一人の文司が、丘に刻まれた階段を下りてきながら無表情にたしなめた。壮年の男で、名はグレダという。若手の文司らは各種調査のために諸国を旅していることが多いので、普段ここで暮らしている者のほとんどは老齢、もしくはそれに近い層なのだが、彼はその中では最も若い世代に属する。

「相変わらず礼儀のれの字もわきまえぬ奴だな、そなたは」

「ルイが夜中に、小さい女の子を一人ここへ連れてきたはずだ！　今どこにいる」

「そなたがここに来たということは、ルイは無事に砦まで戻れたのだな？」

質問には答えず、グレダは念を押すかのように尋ねた。

「皆、ひどく心配していたのだ、彼には無理ではないのかと。だが知っての通り夜の間は〈シャンク〉は飛ばぬ。朝になったら送り届けるからと諭したのだが、早く戻らぬとそなたが心配し過ぎて発狂しかねないと——」

文司たちは、この平原で暮らす人々としてはまったく驚くべきことなのだが、日常の移動に馬をほとんど使わない。天空を飛翔する聖なるものたちの伝説を守り続ける彼らの乗り物は、〈シャンク〉と呼ばれる、小屋ほどもあろうかという巨大な鷲たちなのである。

使う馬は、調査の旅の途上で一時的に入手する馬たちを除けば、周囲の小さな畑を耕す農耕馬だけだ。例えば日々の糧に肉が不足したという場合でも、彼らは自ら馬を駆って狩りに赴くのではなく、馴らしたオオハヤブサを腕にとまらせて野へと歩み出、この精悍な猛禽に兎や野鳥を獲ってこさせるのだった。

オオハヤブサを操るという技を、アガトはかつてこの文司たちから学んだ。アガトに最初から際立った鳥使いの才能が備わっていたことについて、文司たちは別段不思議にも思わなかったようだ。時代は下ってもサンキタトゥスの血はやはり争えぬと、悟った様子で頷きあっただけである。

「……狼に、襲われた」真っ向からの問いに、アガトは一瞬言葉に詰まり、知らず目を逸らした。

「たまたま通りかかった旅人に命は助けられたが……酷い怪我を」

「本当か？　何ということだ」グレダは珍しく声音に衝撃を表した。

アガトは続ける言葉もなく、消沈してうなだれた。

文司の長を務めるザキエルをはじめ、このグレダにもアガトは、弟のルイを自分たちのところに預けてはどうか、と何度か勧められたことがある。

　ルイ自身が荒事に出向くことはまったくないとはいえ、常に厳しい警戒を怠ることができない砦での生活は、彼のように特に感じやすい神経と体を持った少年にとってはやはり楽なものではあるまい。幸い彼は書物について学ぶことがとても好きだ。明らかに才能もある。いずれは一人前の文司として立つことができるように、年を取り過ぎぬうちに将来への道筋をつけてやった方がよいのではないか。

　だがアガトは、その彼らの親切な申し出をいつも断ってきた。ルイ自身が、砦を、兄の側を離れることを、それとなく話をする度にひどく嫌がり、涙ぐむようにして悲しんだからだ。人はたとえ心からそう望んだとしても、悲しいというだけで肉体までもが死ぬことはなかなかできぬものだ。だがあのルイだけは例外だ、とアガトは密かに思っている。

　俄かにしゅんとなったアガトの様子をしばし黙って眺め、グレダは小さく吐息をついた。

「だが、命が助かったのであれば、まあよかった。中へ入りなさい。茶を淹れてあげよう」

「茶なんか、要らねぇ」アガトは再び鋭く目線を上げた。「ザキエルはどこだ」

「もう発たれた」部屋の中へと入っていきながら、グレダは答えた。「〈サンスタン〉と共に。そなたもこの近くで、飛び立つ〈シャンク〉の姿を見たであろう」

「……」

「ザキエル師は、そなたが血相を変えて駆けつけてくるだろうとおっしゃっていた。レイシン茶でも飲ませて、その少しも育たぬ悪童のような頭の中身を軽くすすいでやれと」

「あの糞爺い、いちいち言葉が余計だ」

「そなたの口の悪さはもっとひどい。いいからこちらへ来なさい。そのぶんでは、ルイからはまだ何も聴いておらぬのだろう。……そなたが知るべき、とても大切な話があるのだ」


アガトがいつ訪れても、文司らの住まいはまるで僧院のように謙虚な静謐に満たされている。石段も通路も日々隅々まで丁寧に掃き清められ、書物の虫除けを兼ねて絶やすことなく焚かれている清涼感ある薬香の匂いが、部屋べやのどこにいても仄かに漂う。

そしてその住まいばかりを言うのではなく、文司たちの規律正しい暮らしぶりは確かに修行僧たちのそれにも似ている。もっとも、大陸の諸国はいずれもそれぞれが独自の慣習を持つ遊牧民の集合体から成立していったために、特定の大宗教は現在に至るまで形成されていないのだが。

流浪の遊牧民にとっては、群れを統率して守ってくれる強力な指導者こそが聖職者以上に敬意を捧げ忠誠を誓うべき対象である。その精神的伝統から、現在でもほとんどの権力は為政者、つまり国王に集約されていた。逆に、領土内の雑多な宗教に対して王の側も態度は基本的に寛容である。つまり、存在をさして気に留めていないということだ。

大規模な宗教組織が存在していれば担うことになったかもしれない精神的文化の継承には、この大陸では「伝承」と一括りにされる、主に口伝えの昔語りがその役目を果たしてきた。遊牧の時代が長く続いたため文字文化が深化しにくかったということもある。

そうした伝承の中でも「起源伝説」は最も重要で、かつ人々の間に深く浸透したものと言えた。

「人々の始祖は天馬であった」――

世界の運命は「天翔ける最も強大なる神馬〈炎の蹄〉」が司る。そしてその天馬の躍動によって生まれたというこの世界で、人間たちは今や大地に散り散りとなり、醜い争いも絶えることがない世の中となってしまった。しかしいつの日か聖なる〈サンスタン〉が降誕し、苦しみ乱れる人心を一つにまとめて、私たちを美しい〈黄金の都〉に導いてくれるだろう、と伝説は語るのである。

文司は〈炎の蹄〉の「起源伝説」も含め、数々の歴史的伝承を収集し、起こり続ける事象を記録し続け、文書の形に整えて管理保存することを自らの使命とする人々だった。一応はエルギウス領土内の、この人里離れた丘に集団でひっそりと暮らしているが、あくまでも精神的にはどの国家にも属さずに中立的立場を保つことを旨としている。篤志家による援助は原則拒まないにしても、彼らの生活そのものが基本的には自給自足で、暮らしぶりは常に慎ましい。古から続く彼らの無私の仕事はエルギウス、シザリオンの両大国からも高潔で尊重すべきものとみなされ、

「干渉はせず、好きなようにやらせる」という形で、俗事を超越したその存在を黙認されてきた。

そして、その文司が黙々と記録を取り続けているものの一つに、平原の最も古い王家、サンキタトゥスの血統図がある。今ではわずかに二人の男子、すなわちアガト・サンキタトゥスとその弟ルイの名のみが、没年未記載で残っている家系である。

あの眩むような夏の日、頼みの馬も疲れ果てて倒れ、瀕死の弟を自ら背負って少年アガトが助けを乞うてきた時、日頃世間とは狎れた関わりを持たない文司たちが直ちに二人を迎え入れることに決めたのは、起きた悲劇のいきさつとその歴史的意味とを、極めて正確に読み取ったからでもあったのだ。


ここで世話になっていた頃にさえアガトが足を踏み入れることもまずなかった正式な客間に、なぜか今日グレダは彼を連れて入った。諸国の名だたる学者のみならず、時代と世相によっては一国の王が数々の苦悩を携えて自ら訪れることもある部屋である。

肘掛のついた椅子の一つに、グレダはアガトを手振りで座らせた。音もなく動き回って茶器を調え、簡素な細工の施された杯に熱い茶を注ぐと、茶匙一杯分の黄色い粉末をそこに落とす。柑橘系の匂いが茶葉の香気に混じって広がった。

「どうせ一睡もしておらぬのだろう。トトリの粉を一緒に飲んでおきなさい。体に溜まった毒素が散り、血流がよくなる」

アガトは渡された杯の中に目を向けたが、すぐにまた相手の静かな顔を見た。

「大切な話って、何だ」

「そなたが昨日聖地アルベラでしでかした件については、報告が来ている」グレダは言いながら、自分も傍らの椅子に腰を下ろした。

アガトはちらりと肩をすくめただけだ。

アルベラを襲撃する直前、上空を飛ぶシャンクの姿を見た。ゆえに当然承知はしていたのだが、内心はやはり少々うんざりする。どうしてこうも文司という連中は耳目が早いのか。歴史的祝典のさまを仔細に記録すべく、きっと全員大はりきりだったに違いない。文司は、〈礼儀に関すること以外は〉アガトに説教をしたことがなかった。それは彼らの仕事ではないからだ。だがこういう場面ではいつも、一瞬ではあるが、教師にまずい悪戯を知られた子どもの気分になってしまうのが我ながら忌々しい。

「ああ、〈サンスタン〉をあそこから攫い出したのは俺だ。俺には伝承解明への手がかりが必要だからな。だが、その手がかりを俺に黙ってルイが砦から連れ出し、ここへ運んだ。そしてザキエルの糞爺いが――」

「立場をわきまえなさい。あの方はそなたにとって恩人なのだぞ」

「……ザキエルが、大事な手がかりを連れて空に消えた。なぜだ」

「この世界を救うためだ。事態はもはや、一刻を争う」グレダは言った。

「アガト。ルイは、そなたのあの弟は、自らの血を流して、我々全員の命を救おうとしてくれたのだよ」

「世界を救う？」アガトはじっと見つめ返した。グレダは冗談を言うような男ではない。「何の話だ」

「アガト、そなたはなぜ、そなたの仲間を大きな危険にさらしてまで〈サンスタン〉を手に入れようとした」

「何だよ、今さら」アガトはニコリともしない。これからひどく不吉なことを聞かされるのだということに、薄ら寒く気がついている。「あんたにだって幾度も話したろう。俺は伝承の〈黄金の都〉を見つけ出したいんだ。そこに、俺の——サンキタトゥスの王国を再建する。俺以外にそれが可能な人間は、もうこの世に誰もいない。あんたらがきっちり記録してきた通り、親父も、従兄弟たちも、みんなあのガルドの悪魔野郎に殺されちまったんだからな」

　グレダは黙って聴いている。

「だがここにある山ほどの書物をいくらあさっても、消えた都についての具体的な手がかりは何もなかった。俺は、俺たちの村が消される前から、そしてあの岩砦に移ってからも、あらゆる手を使ってずっと調べ続けてきたんだ。だが、ない。何もだ。わかっているのは、昔から言われている通り、サンキタトゥスの発祥の地は平原の北西部なんだろうということだけだ。一族の紋章がオオハヤブサの羽と、北西部にしか咲かないアカシアユリの組み合わせなんだからな。だがその八方塞がりの今、都の場所を知る伝承の姫が生まれてきてくれたんだぞ。この風向きが俺にとっての吉兆でなくて何だと言うんだ？」

「アガト」

グレダは、獣のような警戒の色を見せている相手の瞳を見つめたまま、静かに言った。

「伝承に言う〈黄金の都〉とは、平原に消えた古の王都のことではなかった。そなたが思い描いていたような、そなたの父祖が治めた地ではなかったのだよ」

「……えっ？」

「あの乙女が教えてくださった。〈黄金の都〉は、シザリオンのあの山脈の中に、今もある。ずっとあり続けていた。それはあの、代々の王によって鉄壁の守りを敷かれてきた――諸国に名高い、黄金鉱山のことだったのだ」

「……なんだ、それ？」

アガトは、ほとんどきょとんとしたような顔で訊き返した。耳から入ってきた情報のあまりの奇怪さに、反応が平坦になっている。

「あんたの言ってることが、皆目わからねえ」

「無理もない」グレダの口調に、アガトがこの六年間で初めて聞くような、どこか哀しげな労りが滲んだ。「長も、このことを聞いてそなたが受けるであろう衝撃のことを深く気になさっていた――」

「ちょっと待て」アガトの顔色が、変わり始める。「シザリオンの――黄金鉱山？　それとこれにどういう関係があるんだよ？　〈サンスタン〉は、平原の民を導いてってくれるんだろうが？」

「そうだ。〈死の炎を越えて〉」

「何だって鉱山なんかに連れていくんだ。誰がそんなことを望んでいるよ？　第一、あの鉱山地帯に下手に近づきでもしたら、防壁の上にうじゃうじゃいるシザリオンの兵士に端から矢を射られて針鼠になるだけだ。それくらい、山になんかまったく関心のねえ俺だって知ってる話だぞ。それこそ死の炎に、自分たちの方から飛び込んでくようなもんじゃねえか！」

「矢は、誰に対しても射られない。シザリオン王にそれを頼むために、乙女は急ぎ彼の国の王都へと向かわれたのだ。我らが長とともに」

「グレダ、あんた、学問のし過ぎでとうとう頭がおかしくなったんじゃねえのか。言ってることの意味が、一つもわからねえよ」

グレダは、小さく頷いた。

「まず茶を一口飲みなさい、アガト。既に起きたこと、起こってしまったこと、これから起こるはずのことを、そなたにも順を追って話そう」

――「私の父は、シザリオン王アストラン。母は、王妃エレメンティア」

砦に帰ると言い張るルイを心配しつつ見送った後で、文司らは長のザキエルを中心に全員が客間に集まった。

聴き入る彼らの前にちょこんと立ち、小さな姫はその可愛らしい声で、うたうように告げた。

「辺境伯バロウズ侯爵が、妹であるエルギウス王妃の苦境を救うために、私をシザリオンのお城から攫い出したのです」

「……シザリオンであったのですね」一番若い文司が、思わずというように口走った。「では、やはり平原の統一はあの国が――」

「黙りなさい、オトラル」小柄な長が叱った。「乙女のお話を遮ってはならぬ」

「……し、失礼しました」

「私があの王家に生まれたのは、平原にシザリオンによる統一王国を打ち建てるためではありません」

角灯の光に金髪を輝かせながら、幼子のルミエは続けた。

「この平原のすべての民を救うためには、シザリオンの山々を他国に開放する必要があるからなのです。あと新月が三度過ぎたら、空の彼方から〈炎の蹄〉がやってきます」——


「……〈炎の蹄〉？」アガトが訊き返す。

「そうだ」

「運命を司る、最も強大なる神馬……？」

「そうだ」

「やってくるって……どういうことだ？　本当に空から、天馬が現れるのか」

それにはすぐに答えず、グレダは椅子から立ち上がった。壁に切られた石造りの炉の方へ行き、その上の棚に置かれていた小さな陶器の壺を慎重に手に取る。

「私がいくら言葉で説明しても、そなたにはきっと正確には理解ができまい。私たちもそうだった、長でさえも。だから、乙女は不思議な業を用いて私たちに見せてくださったのだ——これからこの世界に起こることを。強大なる〈炎の蹄〉が、私たちの上にもたらすものを」

アガトは半ば呆気にとられ、グレダがその壺を丁寧に持ち直して、小さな蓋の摘みに指をかけるのを見ていた。

「乙女はその光景をこの壺の中に残してくださった。そなたにも見せよう。驚きもし、さしものそなたでもひどい恐怖を覚えもするだろう。それが当然なのだ、我々とて全員が恐慌に駆られて、その場から逃げ出しそうになったのだからね」

「……」

「だが、これから何を見ても、安心してその椅子に座っていてよい。そなたの眼に映るものはすべて幻なのだ。現れる光も炎も風も、現実の熱は持たない。そなたの身に危険はない。……少なくとも、今はまだ」

蓋が、そっと持ち上げられた。

——平原に寝転び、満天の星を見上げて夜を明かしたことは何度もある——

今その夢を見ているのかと、一瞬惑った。

だが椅子に——座っている。少なくとも、体のかたちは。

はっきりと目を開けている。目を開けたまま巨大な虚空に浮かび、幾千億もの銀砂の如き星屑にまみれている。

上も下もない世界だ。文司の家の床を踏んでいるはずの両足を透かして、遥か遥か彼方に、妖しくも美しい鬼火のような色をひいて壮大に渦を巻く星雲が見えている。椅子の肘掛に置いた自分の両腕もまた、まとわりつく蛍の如き無数の星を透かせている。溶けている。この宇宙に。

音が、ないことに気づいた。平原の風の音、草のざわめき、星を眺めるような時にはいつも近くにいるはずの愛馬の息遣い、何もない。

こんな静寂は初めてだった。

まるで耳の機能を完全に失ってしまったかのように、絶対の沈黙が支配する世界だ。

意識がしばし浮遊し、時間の感覚を茫洋と失いかけた時、初めて微かな音を聞いた。

しかも驚いたことに、それは慣れ親しんだごく日常的な響きだった……生まれた時からすぐ側で聞こえ続けてきた音だった。

（馬）

その、夢のように遠い、いななきの谺……

（……近づいてくる）

視界の隅に小さな動きを捉え、アガトはそちらを見た。

瞬きもしない星々の森の中を、揺らめく光の粒がこちらへと向かってくる。

距離が狭まるにつれ、粒と見えたその光球が実はいかに巨大なものであるかに気づき、アガトは今は透明な体が本能的に緊張するのを感じた。

〈炎の……蹄！〉

そう、あれは——まぎれもなく、聖なる馬だ。燃え盛る炎に包まれ、その背から二枚の大きな翼を鋭い凶器のように起ち上がらせて、運命を司る馬がぐんぐん突進してくる。今やその真紅に燃える石炭のような眼、猛々しく広がった鼻孔、火の粉を巻いて乱れる豊かな白金のたてがみがはっきりと見て取れる。

暗黒の宇宙はもはや白い光に埋め尽くされて、アガトは思わず目を閉じ、両腕で顔を庇った。

ぶつかる！

だが、予期した死の衝撃はなかった。

数瞬の後で再び目を開いた時には、〈炎の蹄〉はまっしぐらに地上へと向かっていた——アガトの背後にはいつの間にか、緑と黄褐色とに彩られた広大な大地が広がっていたのだ。

綿を薄く裂いて散らしたような雲の隙間から、蛇行して流れる細い川が見えている——いや、あれはきっと細くなどはない、堂々たる大河なのだろう——自分は今、どんな鳥でも飛ばないような高みから世界を見下ろしているのだ。

広い草原……荒地、そして海。

アガトは突然、自分がその地形を知っていることに気づいた。大陸の地図ならば文司の書庫で、古代の想像図に近い素朴なものから現在の最新の調査によるものまで、すべて興味深く見てきたのだ。どの方角から見下ろそうが、見間違えるわけがない。

（エルギウス）

内臓のすべてが、一気に石と化すのを感じた。脳裏に平原の北西に蹲る小さな丘の群れが閃いた――迫る夕暮れ、岩扉の外では子どもたちがよちよちと仔猫を追い、女たちは笑ったり喋ったりしながら洗濯紐を手繰り込み、そしてルイが草の上に座って、丁寧に兄の長靴の手入れをしている。

「……待ってくれ」

怒り狂う巨大な天馬が疾風を巻き起こし、炎を散らしながら降下してゆくその後を、アガトの小さな「体」は夢中で追いかけ始めた。

「どこへ行く気だ！　おい、待ってくれ！」

馬は止まらない。

彼は、神なのだ。

もちろん、誰にも彼を止めることなどできはしない。

薄い大気を切り裂きながら、筋肉の塊のようなその雄々しい体が次第にかたちを変えつつある
……

翼が縮み、揺れるたてがみが首筋に溶け込み、雲を荒々しく蹴散らす四脚が吸い込まれるよう

に胴へと消えて、それは見る見るうちに一個の岩塊へと変貌した。

「待ってくれ！」

アガトは絶叫した。

「そこはだめだ！　地上には人がいるんだ、俺の――

やめてくれえぇぇぇ！」


アガトは地上にいた。

広々とした畑の上に立ち、沈みゆく夕陽の豪奢な輝きにさらされながら、耕された土と作物の匂いを運ぶ風に髪を弄られていた。

彼の周囲では、畑の主であるらしい農夫とその家族がのんびりと会話しながら農具の片付けをしている。長男坊らしいひょろりとした体つきの少年は、驢馬を繋いだ荷車に鋤を担いで運び、二人の小さな娘たちはきゃっきゃと笑いながら、まだ雑草を抜く競争に忙しい。

アガトは空を見上げた。

昏く澄んだ群青の高みに、球体の炎が出現していた。

それがたちまち白煙の大蛇の如く頭上を横切り、森の向こうに見える家々、そしてその更に遠方で夕陽に逆光となっている城の方へと落下していくのを、彼は呆然と見守った。

最初に目が捉えたのは、天にも達する半球へと膨らみ上がる光だ。

傲然と聳えていた王城は瞬時に消え、それとまったく同時に街も森も消え。

空が真っ白になった。

そして――

衝撃波。

大地が崩壊した。

炎熱の大津波となって、爆風がやってきた。

凶暴な波動はアガトの透明な体を素通りしていった――

だが周囲で驚愕に動きを止めていた農夫と家族たちは、自らの死を悟るより先に真っ黒な炭の塵と化し、ただ光の中で消え失せた。


エルギウスは、平地の王国である。

計画的に植林された防風林、貯水や木材採取のために育てられた小規模な森林は各所に散在するが、国土のほとんどは平らかな草原と緩やかな丘陵地帯で構成されている。

そこに慎ましく生を営むものたち、その夥しい命を、超高速で駆け抜ける大軍勢のような衝撃波から守る防護壁となり得るものは、驚くほどに何もなかった。

アガトは、大蛇の如き無数の亀裂がどこまでも大地を走っていくのを見た。

死の熱風が数千頭の馬や牛たちを黒焦げにし、ささやかな防風林を麦藁のようになぎ倒し、煉瓦の家々を木っ端微塵にして、更に突進し続けるのを見た。

〈炎の蹄〉が大地に穿った穴から上空まで飛散した大量の土砂と瓦礫が、残照を覆い隠して世界を見る見る暗黒に変え、そしてもちろん岩礫の雨となって逃げ惑う人々の上に延々と降り注ぎ出すのを。

赤子を抱いて泣きながら走り回っていた、体の半分焦げた若い母親が、目の前で石弾の直撃を頭に受け、眼球を飛び出させながら倒れるのを。母の体に激しく押し潰されて赤子もまた息絶えるのを。

往来で横転した荷馬車の下から小さな手足が覗いている。赤く焼け爛れたその幼い手は、玩具の笛を握り締めたままだ。

老母を背負って必死に走る農夫の足に、容赦なく炎が追い迫っている。母の乱れた白髪に、その痩せた背中に、もはや火は移っているのに、息子の背で生きたまま焼かれながら彼女は声ひとつあげない。

もはやこの地に、生き延びるものは何もない――

そして、家も塔も橋も、人々が手ずから築き上げた何もかもが、塵となって崩れ去ってゆく。

死の突風は疾走し続ける。

彼方へ。彼方へ――

……ルイが、兄の靴を磨き終え、あちこち向きを変えて仕上がりを見ている。

　そこへ、長い黒髪の小柄な娘が後ろからそっと近づいてきた。
（ルイ）
（ユリア）ルイが振り向き、いつもの澄んだ笑顔を見せる。
　ユリアは服の裾をたくしこみながら、ルイの隣に座り込んだ。そして周囲を少し気にしつつ、首にかけていた紐を手繰ると、胸元から小さな布の袋を引き出した。袋の中から何かを大事そうに摘み出し、掌に載せて、顔を輝かせながら黙ってルイに見せる。

（……うわぁ、綺麗だね！）ルイは夕陽にきらきらと光るその二つの小粒な宝玉に感嘆して見入った。（緑炎石？）

（うん）

（すごいな、こんなに色と粒が揃った耳飾り、滅多にないんじゃない？）

（ジンが）ユリアの頬がふんわりとした薔薇色になっている。

（ジンがくれたの？）

恥ずかしそうに頷く。（……け、けさ）

ユリアは、喋るのがひどく苦手だ。彼女を事実上の奴隷として扱っていた養父母の家を逃げ出した後、平原で馬に逃げられた。飲まず食わずで一人彷徨ううち、たまたま遭遇してしまった複数の若い男に暴行された。そのまま血を流して死にかけているところを、ジンに発見されたのである。ジンは鳥たちが木の枝に留まって何かを待っているのを見て、近くに瀕死の動物がいると察し、何となくそちらに馬を回してみたのだった。

砦に連れてこられたばかりの頃は、会話をする能力をまったく失っていた。今ではそれもだいぶ回復してきていたし、体つきからも以前のように痛々しく骨ばったところはなくなっていたが、緊張するとやはりすぐに声が途絶えてしまう。ルイと同じ十六歳。

（よかったね！）ルイの顔も輝いている。（ジンが女の人にこういうことするの、ぼく今まで見たことないよ、ユリア）

（……ほんとう？）

（本当だよ。ぶっきらぼうに見えるけど、彼って実は砦の中じゃ、誰かをえこひいきしないようにいつも気をつけてるもの。やっぱりきみのことはすごく大事なんだ。ぼくが言った通りだろう？　特別なんだよ。そうに決まってるよ。きみの黒髪に緑の石はとても似合うもの。きっと、わざわざきみのためにとっておいたんだよ）

更に頬を染めて、ユリアは耳飾りを包んだ両手を上げ、そっと口許にあてた。

ルイも同じくらい嬉しそうに、その様子を見ている。

透明な「体」で空中から二人のさまに思わず見入っていたアガトは、ふいに大気が昏く色調を変えたことに気づいた。

（――来る――）

彼は夢中で叫んだ。

「――ルイ！　砦に入れ！　みんな、早く――」

（……あれは、なんだろう？）

ルイが手をかざして夕陽を避けながら、大空に出現したものを見ている。

ユリアも耳飾りを掌に包んだまま、その隣で見上げている。

少し離れたところで転げ回る子どもたちを呼び集めていたミアが足を止め、訝しげに顔を仰向けた。

暮れ始めようとしていた空が白光に染まった。

そして真紅から暗黒へ、再び束の間の銀色へ。

地鳴り――

（ルイ？）ユリアの顔が青くなっている。唇は動くが、それ以上言葉が出てこない。

（……砦に、入ろう）ルイが地面に手を突き、立ち上がろうとした。（何だか様子が変だ。どこかで、大きな竜巻でも起きているのかも）

（あんたたち、早く中へ！）両腕に子どもを抱え上げたミアが、走りながら二人に叫ぶ。

ユリアと共に、足を引きつつ岩扉の方へ急ごうとしたルイが、再び襲ってきた大地の鳴動によろけて転んだ。

ユリアが慌ててそれを助け起こそうとした。その拍子に掌から耳飾りが零れ落ち、短い傾斜を転がった。

（あっ）兎が跳ねるように、ユリアが急いでそれに飛びつく。

ルイが体を起こしながら、真っ暗になった平原の彼方からやってくるものを見遣った。

間に合わない。

アガトは、飛んだ。

両腕を広げ、ルイとユリアとを抱え込んで地面に伏せようとした。

だが無駄だった。彼の透明な「体」には何の力もなかった。

大きく目を見開いてルイが何か言いかけた――

そして、破滅が到着した。

＊　＊　＊

「――アガト」

「……！……」

アガトは、椅子から体が跳ね上がりそうになりながら、肩に触れた手を激しく払いのけた。思わず大きく声が出てしまう。

「アガト、私だ。落ち着きなさい」気がつくとグレダがすぐ傍らで腰をかがめている。

「今のは、ただの夢だ。もう終わったのだよ。さあ、楽に――」

「……なん……何なんだ、あれは」冷や汗にまみれ、アガトは叫ぶように言った。「ほんとうに来るのか、ここへ、あれが！」

「来る」グレダが頷く。

「新月が三度、と、あんた、さっき言ったな。シザリオンの鉱山まで逃げさえすれば助かるのか、ルイは、皆は――」

「全員が助かるかどうかは、状況による」

「日にちがギリギリだ」極限の恐怖から撥ね戻ったアガトの頭の中は、まさにその反動のように、瞬時に全力疾走に入っている。「シザリオンの北まで行くなら、ルイや年寄りやチビどもは幌馬車か荷車でなけりゃ無理だ。しかもエルギウスの騎兵に追われながら、シザリオンの国境警備線を突破しなけりゃならねえ。だが話が広まれば街道は避難民で埋まるだろう。ガルドは騎馬隊を、軍を、どう使うつもりだ。シザリオンにはギネヴィアが知らせるにしても、あのエルギウスの馬鹿王には誰がこれを伝える？　もう伝えに発ったのか？」

「まさに問題は、そこだ」グレダが言った。

「ガルド王は、まだ知らぬ。今やシザリオンのアストラン王に膝を折り慈悲を乞わねば、己の命も民の命も、王国の何もかもを失う立場となってしまったことを。それなのに彼はこともあろうについ昨日、アストランの腕から攫われてきていた〈サンスタン〉を、己が娘として得意満面に諸国に見せびらかしてみせた。シザリオンからも当然王の名代は来ていた、誘拐の事実を確認しに。ガルド王はかの国の人々を、これ以上は考えられぬほど完璧に愚弄してのけたというわけだ」

「さっきもそんなことを言ったな、アストランがギネヴィアの親父？」アガトはすぐに噛みついた。「攫われてきたただと？　何なんだ、それは」

「エルギウスの辺境伯バロウズが、子を死産した王妃である妹の苦境を救うために、自らシザリオンの王城に忍び込んだのだ。死産の前後、城を遠く離れていたガルドは、そのことを知らぬ」

アガトはもはや声を出して驚くことも忘れている。グレダの顔をじっと見ているだけだ。

「バロウズ侯爵もそなたも、己の身内のみを救うことだけでその小さな頭がいっぱいだ。もしもそなたらが、このようにかわるがわる誘拐ごっこなどして時間を無駄にせず、〈サンスタン〉が降誕されたままあのシザリオンの城に無事おわせられていたならば、この世界全体が救われる確率はもう少しは高かったであろう」


「そなたは、導き手であるそなたの父上を喪うのが早過ぎた」グレダが静かに言っている。

「……ここにある書物の山が、ずいぶんいろんなことを教えてくれたぜ」アガトは応えたが、視点を宙に置き、大車輪で思考を続けている。

「我々は伝承と、そして起き続けている事実を記録する。今までも、これからも。だが、そこから『真実』を読み解くためには、読み手の中に強く清澄なる心があらねばならない。父上はそれができた方だった。……ルイも、また」

「たしかに、この俺の中にはヴァラメルの糞どもへの憎しみしかねえよ」

「そんなことはない。もうしそうであるならば、そなたはとっくにガルド王の城に単身突撃して死んでいる。アガト。私は、私もザキエル師も、そなたが既に為したことをここで責めているのではないのだ。それが我々の仕事ではないからでもあるが」

「……」

「そなたの中には、愛がある。何者にも壊せぬ愛だ。その愛を守るために、どれほどに痛みを感じても自分は生きねばならぬとわかっている。いずれ王座に向かう運命の者には、それもまた必要な魂だ。アガト、今こそがそれを、そなたが絶対に手放してはならぬ時なのだよ」

「……なぜ、親父と一緒に、ルイの名を出した？」ふいにグレダの顔を見遣る視線が、鋭い。

「ルイの背中に生まれつきある、あの幾つかの白い班」

「ああ」

「あれは、翼のしるしだったのだ」

アガトの唇が、微かにひらいた。

「遂に生えることはなかった翼だ。ルイは男子として生まれた……少なくとも、かたちの上では。だがアガト、正直に言えば、私にはあの子の声変わりがいつだったのかもわからない。成人しても恐らく、あの子の体はもしかすると男としての機能は果たさないのではないかと、私は、そして実はザキエル師もなのだが、考えている。その見方は間違っていると、そなたは思うか？」

アガトは黙したままだ。だがその目許にははっきりと苦痛を堪える色がある。

「〈サンスタン〉は、正統なる王の末裔、王の直系として降誕すると伝えられてきた。だから、そなたの父の子としてあのルイは生まれたのだ、アガト。かの乙女は我々に言われた、ルイ・サンキタトゥスこそは、この自分の分身であると」

相手の表情を見守りながら、グレダは淡々と続けた。

「ルイは伝承の種をその裡に宿しながら、なぜか自らそれを芽吹かせることなく、あのような体でこの世に現れた。もしも彼が十六年前、〈サンスタン〉として降誕していたら、世界はもう少し早く〈炎の蹄〉の到来を知っていたに違いない。何かの力が少し足りなかったのか、あるいは何かが邪魔をしたのか——その理由は、おそらく誰にもわからぬ。乙女も語られなかった。ただ我らに、ルイの今朝がたの犠牲的行為のことを永く記録に留め、サンキタトゥス兄弟の行く末を心して見守るべし、と言われたのみ」

長い沈黙が、二人の上に降り立った。

（……火が、みんなを——ぼくのせいだ）

まるで、無垢なる生贄のように血を流していた……

（兄ちゃんのためなら、ぼくはきっと何だって……生まれる前からきっとそう思っていたんだよ）

「……ルイが生まれる、すこし前」ようやく、アガトの乾いた唇が動いた。その姿勢が、凍りついたように不自然に硬い。

「まだ、おふくろが身ごもったってことも自分で気づいてない頃だ……。俺は走る馬から落ちて背骨を折った。くだらねえ悪さをして、親父から罰を受けるのが嫌で、馬で逃げて隠れようと思ったんだ。絶対に助からないと周りは思った……呼吸も脈も、一度は完全に停まったんだ。目を覚ましてからも、もう二度と歩けはしないだろうと言われたのに……二月後にはまた馬にも乗れるようになっていた。それからはずっと、鬼だ、不死身だ、矢の方が避けて通る、そんな目に遭ってなぜ死なないと言われ続けて、今日まで生きてきたんだ。弓を射れば的を外さない。剣を握ればどんなに強い相手でも最後には必ず倒せる。なのにルイは、生まれてこのかた、ただ体調がいいって日さえほとんどなかった。一体どうしてなんだ、同じ親父とお袋から生まれたのに、俺のこの力を分けてやれたらと、幾度思ったか知れねえのに――」

「……アガト……」グレダの眼が大きくなっている。

（ルイ）

（まさか、俺の――この、俺のせいなのか）

（俺の命を救う代わりに）

（俺がこうして強くなる代わりに――）

（兄ちゃん）

彼の身をひたすら案じ、首にかじりついて涙ぐんでいた弟。

――神様――どうか、ぼくの兄ちゃんとみんなをお守りください。

「……俺のせいだったのか」アガトの声が、激しく震えて割れた。「そういうことだったんだな。やっと……わかった」

人にはとうてい理解されぬであろう。だがそれは、彼らが自分とルイとではないからだ。もう忘れるほどに長く、アガトは泣くという行為を自ら遠く置き去って生きてきた。いま目の前がこうして血潮のように熱く霞む、そのことの意味がわからない。

「分けてくれたのは、ルイの方だった。ルイは、伝説として生まれ、やがて世界を救うことより、あのとき俺の命を救うことを……俺に自分の命の力を譲ってしまうことを選んだんだな！」

「アガト、聞きなさい」グレダの手がすっと伸び、血の気を失うほど強く握られて震えている拳を摑んだ。

「たとえ万が一、ルイが本当に、かつてそなたに己の力を分け与えようとしたのだとしても――それが、それこそが、私たちが誰も一人では生きられないということの証ではないか。そなたも、もちろんこの私も、きっとザキエル師さえも……そして〈サンスタン〉その人であってさえも、そうであったということなのだよ」

部屋中を破壊し尽くしたいほどに荒れ狂う痛みを、己という肉体の中に閉じ込めておくために、アガトは椅子の上で震えながら渾身の力を振り絞っている。

「落ち着いて考えなさい。ルイのその黄金の愛情を、まして愛された当のそなたが否定したりしては断じてならぬ。人はみな、自分のためだけに生きて満たされることもまたできないのだから……そしてアガト、そなたはそのことを誰よりもよく知っている一人ではないか。誰に頼まれたわけでもなく、寄る辺ない人々をあの砦に集めて、懸命に守り養っているそなたこそは……」

「……」

「人の愛は、時に愚かだ。この世界の運命さえも迷わせ、狂わせる。いま我々の目の前で起きている酷い混乱のように。だが、そこから人々を救い出し、遠く未来へ生き延びさせるのもまた、愛以外には成し得ぬことなのではないか？」

生き延びさせる。

遠く、未来へ。

あの、父のように。叔父シュヴァルがそうしてくれたように。

「辛さはわからぬでもない。だが今は涙している場合ではないのだ。生きなさい、アガト」

グレダの茶色い瞳が、アガトの苦痛に満ちみちた眼を覗き込んだ。

「誰よりも心強く——そして、そなたが愛している人々を、一人でも多く救いなさい。きっと、今こそがまさに、そなたが真のサンキタトゥス王となるための最大の試練の時なのだ」

第六章　集結（八八日）

扉の向こうで、微かに咳き込む気配がした。

食事を終え、部屋の隅にあった手桶の水で手を洗っていたラフィエルは、顔を上げて振り向いた。

（あの子が目を覚ましたのかしら）

通路に出て誰かを呼べばよかったのかもしれないが、自分が命を救うことになった相手の様子が気にかかり、彼女は扉の方へ寄っていった。少し押し開け、そっと中を覗く。

ルイと呼ばれていた少年は、枕元にあった杯の水を飲んだところらしかった。また小さく咳き込み、口許を手で拭っている。

「大丈夫？　誰か呼んできましょうか」

自分の傍へ寄ってきたラフィエルを、薄明かりにも憔悴しきった顔で見上げた。

「……きみは……」

「私はラフィエルよ。水、飲めた？　まだ、自分では動かない方がいいわ」

「……ああ、そうだった。ラフィエル……」枕の上に再び頭を下ろし、囁くように言う。「ごめんなさい、ぼくを助けてくれたひとなのに……」

「少し熱が出てきたようね」額に触れてみる。さっきの毒消しが間に合っているといいけれど。獣の牙や爪による傷は重い病の原因となることがしばしばある。

「ラフィエル。きみは……だれなの」ルイが相変わらず細い、だが思考ははっきりしているのが明らかな声で尋ねた。「旅の人だって……言ってたよね……。どこから、来たの」

「私の生まれはシザリオンよ。今は一人で旅をしているの。でも、あなたのあのおっかない盗賊のお兄様が、どうやらしばらく私をここに泊めてくれるらしいわ。おかげで、ちょうど今、素敵に美味なお食事を隣で頂き終わったところよ」

「……兄ちゃんが？」ただでさえ大きいルイの目が、更に大きくなる。「きみに、ここにいて、いいって……？」

「ええ。どうやら、とっても名誉なことのようだわね？」ラフィエルは寝台の傍らにそのままとんと座り込んだ。首を曲げ、部屋の中を見回す。「ねえ、ここはいったい何なの？　何だか物凄いところねえ」

「ぼくたちの隠れ家だよ」ルイが答える。「だから、普通だったら……兄ちゃんは知らない誰かを中に入れたりは絶対しない……。馬賊の中には人質を連れ帰って身代金を取ろうとする団もあるけど、兄ちゃんはそういう仕事はしないしね。ラフィエルはきっと、特別なんだね……ぼくの命を、救ってくれた人でもあるし」

「どうやって、岩の中にこんなに大きな隠れ家を？」

「昔は、文司たちの家だったんだ……。でも、大洪水があって、川の流れが変わってしまったせいで……縞鹿なんかの群れが移動する道が動いてしまったんだって……。文司たちは、シャンクっていうすごく大きな鷲を何羽も馴らしているから……その鷲たちが自分の餌を獲りに行きやすい場所に、引っ越す必要があったんだよ……。それに、洪水のために、大事な書物にも被害が……永久に失われてしまった記録がたくさん……」

「そうだったの……。でもまさか平原に、こんなところがあったなんてね。驚きだわ」

「誰も知らないよ。文司が別の丘に引っ越したのは、もう百年以上も昔のことだもの……」

ルイは微苦笑した。

「きっと兄ちゃんにだから、文司の長はこの場所を教えてくれたんだ……。兄ちゃんが、これからはもう、騎馬隊にいきなり焼き討ちにされたりしないような、絶対安全な場所に住みたいって、相談したからなんだけど……」

「焼き討ちですって？」ラフィエルは驚いて訊き返した。

「兄ちゃんとぼくが生まれた村は……ガルド王のよこした騎馬隊に焼かれて、この世から永久に消えてしまったんだ。……親も、仲間も、みんな」

「なぜ？　どうしてガルド王が、あなたたちにそんなことを？」

「ぼくらはそれまで、何も悪いことはしていなかった。……だから、いきなり皆殺しにされかかった理由はたった一つしか考えられないって、兄ちゃんは言ってた……」

「どういうことなの」

「……それは」ルイは、眉尻を下げた。「ごめんね。たぶん、きみにも話しちゃいけないことだと思う……」

　ふいに背後で扉が開き、ラフィエルははっと振り向いた。反射的に腰帯の剣柄を摑んでいる。

「ここで、何をしているの？」鋭い声が飛んだ。アガトにミアと呼ばれていた赤毛の女だ。手に水桶と布の束を抱えている。「勝手に動き回らないでちょうだい！」

「ミア」ルイが、すぐに声をかけた。「ごめん、怒らないで。ラフィエルは、ぼくのことを心配して来てくれたんだ」

「ルイ、まだ話をしたりしてはだめよ。すごい出血で、傷だって縫ったばかりなのよ」

「ぼくは、もうだいじょうぶ。あの、ミア……兄ちゃんは？」

　ミアが目許を険しくしたまま、ちらとラフィエルの方を見る。「出かけたわ。あなたが行っていたところに」

黙り込むルイの眉が、更に下がった。

「彼の世話をするのね？」ラフィエルは床から立ち上がった。

「手伝いが要らないようなら、私の方は自分の馬の面倒を見に行きたいのだけれど。厩はどちらか、誰かに案内してもらえるかしら」


馬賊が馬の世話に長けていないわけはないが、それにしてもエリーは一級品の待遇を受けていたらしい。おそらく臨時用の馬房なのだろう、砦の馬たちの厩とは別に設けられた洞穴に一頭でおり、まるで風呂にでも入った後のように艶やかな毛並みで、自分の女主人を歓迎した。

洞はそれほど広くはないが驚くほど清潔で、床には新しい干し草が敷かれている。

「あなたもいっぱいお食事を頂いたようね、エリー」ラフィエルは笑い、馬が急いで擂り寄せてきた口許から、くっついている麦粒を摘み取ってやった。

だがエリーは、そのましきりに鼻を鳴らしている。蹄でカツカツと床を叩く落ち着きのないその様子に、ラフィエルは顔を撫でてやりながら周囲を見回した。

「どうしたの、エリー？　嫌な虫でもいた？」

馬は向きを変え、洞の奥側へ行った。天井近くの岩壁に換気口らしい小さな穴が開いている。

そちらへと長い首を更に伸ばし、匂いを嗅いだ。

「……ヒヒイィィ――――ン！」

突然後肢で立ち上がり、高いいななきを放った牝馬に、ラフィエルはぎょっとした。傍へ寄って宥め出すより早く、慌ただしい足音がして男が一人駆けつけてきた。先ほどラフィエルをここまで案内してきてくれた若者だ。

「おい、あんた、どうしたんだ！」

「わからないの、何かに驚いたみたい。エリー、どうしたの？　落ち着いて」

「すぐ静かにさせてくれ。騒ぐと外に気配が漏れる。今は特に警戒中の時期なんだ」

「わかったわ、ごめんなさい。この子にはこんなこと滅多にないのよ。エリー、いい子ね、大人しくしてちょうだい……」

＊　＊　＊

「……シュタイン？」突然ピタリと立ち止まった愛馬に、ギルディオンは声をかけた。「どうした？」

逞しい黒馬は東の方へと首を曲げている。夜明けも遠くない草原を問断なく渡る風に、主の黒髪とよく似たたてがみをそよがせながら、彼方の低い岩山の連なりの方を見ている。その敏感な両耳がピンと立って同じ方向を向いている。

「どうしたのだ。狼の気配でもしたか？」隣の馬上からその様子を見ながら、ハイデンが言う。

「警戒はしていない」ギルディオンは、シュタインの頭部と東の景色とを交互に見ながら応えた。

「だが、あちらの方角に何か気になるものがあるらしい」

＊　＊　＊

相変わらず落ち着かないながらも、エリーが換気口の方ばかりを気にするのをようやく止めたので、ラフィエルはやれやれと、額に浮いていた汗を拭った。

だが今度は別の方向から何やら複数の叫び声が聞こえ出した。しかもどんどん人が集まっているらしく、騒ぎは大きくなる一方である。

「まったく、何事なのよ、いったい？」

馬房の入口を塞ぐ横棒を下ろし、ラフィエルはぼやきながらそちらへ向かった。

ギルディオンとハイデンは、身に帯びていた武器を全部取り上げられた挙句、荒縄で情け容赦なく縛り上げられて通廊の広場に転がされていた。

　猛々しく取り巻く馬賊たちの中でも一際目立つ、金髪に左右の瞳の色が異なる男が、無表情に剣先でギルディオンの顎を上げさせている。

「知った顔だな」岩の上を這う虫でも見下ろすような眼だ。「前回は、村の女のため。今度は、何しにここへ来た」

　ギルディオンは黙ったまま相手の顔を見据えている。

　ハイデンと共に馬を進め、岩の丘の陰を抜けていこうとした途端、突然頭上から大きな網を擲たれて人馬もろともあっけなく絡め取られてしまったのだ。まったく大間抜けにもほどがある――あるが、しかし結果的には、追い続けてきた馬賊の本拠地にまんまと入り込めたのだとも言える。隠し砦の中まで引きずり込んだのは、どうせ二度と生きたまま外には出しはしないという連中の心積もりゆえだろうが、これはむしろ自分たちの側にとって千載一遇の機会だと、ギルディオンは頭の中で自分に言い聞かせていた。まさに今この瞬間、砦のどこかに、ルミエ姫その人がいるかもしれないのだ。

「ジン、こっちの奴は高位の騎士だぞ！　紋章付きの胸当てだ」

　周りで馬賊の若者たちが口々に騒いでいる。

「ガルドの騎馬隊のでも、ダキア辺境伯の系の紋でもねえよな？　どっから来た奴だ？　偵察じゃねえのか？」

「すぐ締め上げて吐かそう、ジン。アガトが戻るまでにはっきりさせといた方がいい。俺が――」

「吐かせるのは俺がやる」ジンと呼ばれた男は、だがハイデンの方には目もくれず、ギルディオンの顔をじっと見下ろしたままだ。

その時、広場の向こう半分で続けざまに悲鳴が上がった。

「うわあぁぁッ」

吹っ飛ばされた若者の体が岩土の上を勢いよくこちらまで滑ってくる。

シュタインは、もはや完全に激昂していた。川魚ではあるまいし、いきなり上から網を被せられたのも屈辱的なら、その勢いで地べたに転ばされたのも許せない。しかも見れば、引き離された自分の主が同じく地に引き据えられ、あろうことか不逞の輩どもに幾つも剣先を突きつけられているではないか。

白目を血走らせ、歯を剝き出し、高々と振り上げた前肢で踏みつけてくるかと思えば嵐の如く後肢を蹴り上げて暴れる大きな黒馬に、さすがの馬賊たちも近寄りようがないらしい。次々に投げ縄を引っ掛けて取り押さえようとするが、怒り狂ったシュタインは荒々しく首を振り、かかった縄を摑んでいる相手の方を逆に放り飛ばす始末である。

ハイデンの愛馬エルバスは蹄に傷を負っていることもあり、そこまで暴れる気にはなれないらしかったが、興奮はやはり伝播して、綱をかけられたましきりにたてがみを揺らしている。

シュタインが動き過ぎて自ら怪我をしないかと、思わず呼びかけようとしたギルディオンは、ジンが顎をしゃくって合図し、近くの男から弓矢を受け取っているのに気づいた。

「やめろ！」取り巻く剣先を忘れて起き上がりかける。「私の馬を傷つけるな！」

「なら、大人しくさせろ」ジンはギルディオンの方を見ない。流れるような動きで弓を引き分けると、跳ね回っているシュタインへとまっすぐ矢先を向けた。「今、すぐに」

ギルディオンは埃で汚れた唇を舐め、命令の口笛を吹いた。

シュタインが、すぐさま動きを静めた。黒い脇腹を光らせながら主の方を窺うように見る。

「……」馬賊たちが顔を見合わせた。

「――ギル！」

いきなり、悲鳴のような叫びと共にラフィエルが人の輪の中へ飛び込んできた。

「……ラフィ？」

仰天するギルディオンの体に飛びつき、自分の体で庇いながらジンの方を睨み上げる。「ちょっと、やめてちょうだい！　この人に剣を向けたりしないでッ」

「……何だ、こいつ？　こんな良い子ちゃんづらしやがって、女にゃちゃっかり二股かけてら」

輪の中の誰かが呟いたが、幸いラフィエルの耳には届かなかったようだ。

「どういうことだ？」ジンが仏頂面で言う。

「こちらの台詞よ、どうしてギルをこんな目に遭わせているのよ！　今すぐこの縄を解いてちょうだい！」

「つけあがるな、女」ジンの表情は一見変わらなかったが、その声が更に低くなった。「ここはあんたのお城じゃねえ。いくらルイを助けたからって、どこでも女王様づらしていいってわけじゃねえぞ」

「ちょっと、ねえ、通して……ジン！」人垣を掻き分け、今度はミアが彼の側までやってきた。

「ルイの様子が、何だか変なの。苦しいみたいで、さっきみたいにおかしなことばかり言うのよ……それに、アガトを呼んでる。ねえ、もうじき戻るからと、あなたからも言ってきかせて」

「ルイが？」思わず下から訊き返したラフィエルが、咄嗟に振り向いてギルディオンの顔を見た。

「ここの頭目の弟よ。草原で狼に噛まれたの。私はたまたまその場を通りかかって、彼をここに連れ帰ったせいで、こうして中へ入れてもらえたのよ」

「狼に、噛まれた？」ギルディオンは、はっとした。「……ロナが持たせてくれた薬がある。――おい！　私のこの縄を解いてくれ、その傷に効くかもしれない薬を渡すから！」

ジンが、斜めにジロリと彼の顔を見下ろした。

「ロナって、例の薬屋の女だろ？」周りがざわつく。「あの、大人しそうな、可愛い……」

「ああ。あん時アガトが持ち帰った熱さまし、確かにルイによく効いた、って言ってたよな……」

「そう、あのロナだ」ギルディオンはここぞとばかり言葉を重ねた。多少の後ろめたさを感じつつ、あの、の部分をつい強調してしまう。「怪我をしたらすぐに飲めるようにと、毒散らしをわざわざ丸薬にしておいてくれたのだ。私の馬の荷に、それが入っている」

ジンを含め、盗賊たちが一斉にシュタインの方を振り向いた。

「……」

シュタインは、自分が再び満座の注目を浴びたことに気づいた。その眼つきがいっそう凶悪になる。動きを仕方なく静かにしてみせたからといって、火のついた油壺のような気分でいることに変わりはないのだ。

鼻孔を猛々しく膨らませ、近づく輩の骨を端から蹴り砕くべく、闘志満々で身構えた。

ジンは、ギルディオンの縛めを解かせて馬の側へ行かせはしたが、彼が荷の中から持ってきた丸薬をしばらく胡散臭そうにじろじろと眺めていた。だがそれを一粒ギルディオン自身に飲み下させ、ラフィエルにまで飲ませてみて、彼らがその場で血反吐を吐いて死んだりしないのをよくよく観察してから、どうやらミアと共に姿を消した。

しかし、意外と間を置かずに戻ってきた。その眉間に氷河のような溝が刻まれている。

ギルディオンとラフィエルは、思わずそっと視線を交わした。

「……ルイは？」ラフィエルが、おそるおそる訊く。「様子は、どう……？」

「おまえらを、部屋に呼べと言い張っている」ジンは不機嫌そのものの声で告げた。「そこの糞騎士も、三人ともだ」

＊　＊　＊

ジンの機嫌は、寝床のルイが「ぼくたちの話が済むまで、部屋の外で待ってて」と頼むに至って、誰の目にも最悪となった。

しかし衰弱した少年が彼の手を取り必死に言葉を紡ぐさまに、その場で怒鳴り出すこともできなかったらしい。そしてどうやらルイは明らかに、この砦において特別な存在なのだった。ジンは三人の他所者を冷たい殺意に満ちて見遣りながら、少なくとも部屋の一歩外まで距離を置いた。

だが、怒声を抑えたその気遣いはまったくの無駄になった。灯りの弱められた部屋の中で、三人の立場を確認したルイが「〈サンスタン〉はシザリオンを目指して既に飛び立った」と彼らに話し、驚愕の叫びと呻きがしばし交錯した後で、ギルディオンがハイデンと共にこの砦にやってくることになった経緯を説明し出すと、ほとんどすぐに怒鳴り合いが始まった。

「この、恥知らずども……！」ラフィエルの小さな顔は、怒りの赤を通り越してほとんど紫色になった。

「あなたの主は、本当によくも……よくもそんな、情けない、残酷なことができたものね！　自分のところに赤子が生まれなかったら、他人の大切な子を攫って逃げて、素知らぬ顔を通して平気だというの？　騎士だなんて永久に名乗らないで！　虫けら以下よ、あなたの主も、あなたも！」

「私の主を侮辱するな」ハイデンの顔はむしろ蒼白になっている。「あの方はあなたが思っているようなお方ではない――」

「どんなお方でもないわよ、人間じゃないんだからッ！」ラフィエルが怒鳴る。

「他に方法がなかったのだ！」ハイデンも叫んだ。

「王妃様は侯爵にとって、お小さい頃から懸命にお守りし続けてきた、たった一人の大切な妹君なのだ。お世継ぎを得られなければ、あのお弱い王妃様はもはや身も心も破滅されてしまう。そして御懐妊の望みはあの日、未来永劫断たれてしまった。侯爵は……我が主は、妹君をお救いするためならばこの身はどんな卑劣漢にでもなってみせるとおっしゃった――あの誰よりも高潔で誇り高い方が、そこまで口にされざるを得なかった——だからこそ我々もまた必ず、そのお気持ちに殉じてみせると決心したのだ」

「では最後までそれを貫けばいい。侯爵が自分の妹のために屈辱を引き受けるというなら、私は自分の姉のために、彼を卑怯者と蔑みながら、この手で成敗してやるだけよ」

「あなただって逆の立場ならばそうしたかも知れないではないか、姉君のために！」

「するわけないでしょう、この大馬鹿者！」激昂するラフィエルの両眼から、紫の稲妻が迸った。

「姉と私を侮辱するにもほどがある、あなたたちみたいなくだらない男どもと一緒にしないで！」

「では、我々はどうすればよかったのだ」ハイデンも叫ぶ。「あのまま王妃様が病み果てて身罷られるのを、ただ全員で見ていればよかったとでも？」

ラフィエルは、しばらく黙って相手の顔を見ていた。

「彼女自身に選ばせればいい」やがて、低く口を開く。「運命は、その意味を変えられる。自分で選び取りさえすれば。私の姉も、私の愛する男性も、そうしたわ。私の前で、それを見せてくれたのよ……！　でもあなたの主は、自分の妹にそれをさせなかった……いいえ、彼女にそれをさせる勇気が、彼にはなかったのだわ」

ハイデンもまた、じっと彼女の顔を見つめ返していた。

「……あなたは幸運だ、マスキオンの姫。ご自分では気がつかれていないのだろう」

抑えた口調に、だが深い哀しみが滲んでいる。

「あなたの愛する人々には、自らそうしてくれるだけの強さがあったのだから。だがそれがどうしても、どうしてもできぬ人間も、この世にはいるのだ。我が侯爵の妹君のように。心弱い人間を愛した、愛さざるを得なかった男の苦しみは、あなたにはきっとわかるまい」

「――そして貴様らは」

戸口に立ち、毒蛇の威嚇音のように危険な声でアガトが言った。

「俺の弟君が寝ている部屋で、いったい何をしてやがるんだ」

「なんで、貴様がここにいる」

まずギルディオンの方を見遣る、アガトのその不審げな問いを聞いて、ラフィエルの顔色が再び変わった。

「……嘘つき！」

「あぁ？」アガトが彼女を見る。

「あの時ギルのことは何も知らないような素振りをして、本当はやっぱりあなたも会っていたのね！」

「ギルだと？」アガトの眉根が険しく寄る。「あんたの捜してた男って、まさかこいつのことなのか」

「白々しい、よくも私を謀ろうと――」

「ふざけるな、こいつのどこが彷徨えるシザリオンの騎士だってんだ。こいつは薬屋のロナの亭主じゃねえか」

「……亭主？」真っ青になったラフィエルは、一瞬その場でよろけかけた。それこそ世界が突然終焉を迎えたような顔で、呆然とギルディオンの方を見る。「ギル？」

「誤解だ、ラフィ」

「そうよね」

直ちに納得し、再び天敵のように自分を睨みつけてきたラフィエルに、アガトの中で何かがブチリと切れる音が、周囲にまで聞こえた。

「……っとに男を見る目がねえ女だぜ。嘘つき野郎はこいつの方じゃねえか。おい貴様、騎兵じゃねえとかあのロナに言わせておいて、よくもぬけぬけと知らぬ顔をしてやがったな、この臆病者が！」

「ああ、あれはすまなかった。騎兵だったということを、自分でも忘れていたのだ」

「こいつはたまげた、そんな頭の悪い言い訳は生まれて初めて聞いたぞ」

「本当なのよ」とラフィエル。

「ああ、そうかよ。あんたの国のオンセンでも、覚えの悪さについちゃ治せんようだな、ラフィエル」

狼のように歯を剝き出してせせら笑い、アガトは抜き身の剣を手にギルディオンの方を向いた。

「とにかく俺はな、ここに入り込みやがったことも含めて、徹頭徹尾貴様のことが気に入らねえんだ――」

「にいちゃん」寝台で懸命に身を起こしかけ、ルイが呼んだ。「やめてよ、今は、お願いだから……！」

「……ルイ、動くな」アガトの顔つきが突然変わり、彼は大股に寝台へ歩み寄った。屈み込み、弟の額に、体に、次々と掌で触れる。「熱が……やっぱり、獣傷のせいか」

「兄ちゃん……文司たちから聞いた……？」ルイが尋ねた。

その顔を見下ろし、アガトが、ぐっと息を停めた。

「〈炎の蹄〉は……あちこちにひびの入った、脆い岩の塊なんだって……。大きさは、さいしょは、ガルド王の城くらい」兄に手を握られたまま、ルイは寝台から細い声で話している。

「王の城？」ギルディオンが訊き返す。

「そんな大きなものが、空の上に浮いていているっていうの？」と、疑い顔のラフィエル。

「どこに！　どこに墜ちるのだ」ハイデンが急いで質した。

「ガルド王の、城の真上に……」

「ハッ」アガトが短く嗤う。「やっぱりそうなのか。そうだ、どうせ墜ちるんならそこがいい。一族もろとも、ドカンと景気よくぶっ潰しやがれ」

「何だと！」ハイデンが激昂し、丸腰の身を忘れて詰め寄りかけた。だが瞬時に剣先がその喉元に触れ、動きを止める。

「当然の報いだ」彼を睨むアガトの眼は、白く滾るようだ。「俺たちの村に寄越しやがった、その何千倍も熱を被って死にやがれ」

「村？　何の話だ」

「何の話も糞もあるか。六年前、ガルドの命令のままに、ダキアの腰抜け野郎が騎馬隊を寄越したんだ。俺たちの親も親戚も仲間も何もかも、年寄りも赤んぼもだ、全員斬り殺して焼き払いやがったんだよ！」

「……そんな、まさか」ハイデンの瞳が左右に揺れ動く。「陛下が？　……なぜだ」

「それを訊きたかったのは、まさにこっちだ。だが後でわかった。文司のところで、ガルドの女房が二度子どもを流したという記録を読んでな。奴は突然怖くなりやがったんだ。だから念のために、いずれ自分の立場を脅かすことになるかも知れねえ前王家の生き残りを、根絶やしにしときたくなったんだよ、発作的にな！」

「……前……王家？」

「俺とルイはサンキタトゥスの王の末裔だ。この地上に残った、その最後の二人だ」アガトは、冷たい炎のような誇りを籠めて言い放った。

「ダキアは事後、文司のところへ記録の確認もさせに使いを寄越した。その時ルイはまだ十歳で、そして病気だった。文司の長は使いの男に嘘は一つもつかなかったが、俺とルイが生き残っていて、まさにその時そこに匿われていたことをそいつには黙っていた。使いは村が完全に消滅したという記録だけを読み、没年の記載がないアガトとルイも他の者と同様に死体が焼けたのだと判断して、帰ってダキアにそう報告した」

　部屋の中は、しばらく静まり返っていた。炉で熾火が微かな音を立てて崩れ落ちる。

「だから、騎兵をそれほどまでに憎むのか」ギルディオンが口を開いた。「屯所を潰し続けたのも、貴族の隊商ばかりを狙ったのも、それが理由だったのか」

「そうだ。ガルドが俺たちの血を恐れたというなら、俺は大喜びでその恐れを現実のものにしてやる。だがどうやら、あの馬鹿王に鉄槌を下すのは、〈炎の蹄〉の方が先のようだ」

　全員が、またしばし黙り込んだ。

「……どれくらい」ハイデンの顔は、もはやほとんど灰色になりかかっている。

「我がエルギウスの、どれくらいの範囲が、その――〈炎の蹄〉に焼かれるのだ。都は、王城は、一応残りはするのだろう？　あれはとても頑丈な要塞だし、地下室もある。……そ、それに、我が辺境伯領はもっとずっと北の方だ、少なくともあの辺りの者たちは無事で済むのだろうな？」

「ぼくは、ルミエに見せてもらった」ルイが、そっと口を開いた。

「どうしてもわからせたい人がいたら、ぼくからも見せてって――」


ルイが小さな水差しから取り出して見せた炎熱地獄の光景は、アガトが文司の丘で生々しく体感したものと比較すればまだしも手加減されたものだった。だがそれでも、火が部屋中から消え去った後も、ラフィエルはまだ幼児のように叫びながらギルディオンにしがみついており、同じく動転する彼に夢中で抱え込まれていた。ハイデンは壁際まで下がり、ほとんど腰が抜けたようになっている。

「シザリオンの鉱山の穴に逃げ込むくらいしか、エルギウス以北では誰にも助かる道はねえ」

相変わらずルイの手を握ったまま、ひとり平坦な口ぶりでアガトが言った。ギルディオンとラフィエルの方を、ギロリと見る。

「だが、苦労して辿り着いたら、こっちが馬賊だからって、アストランは俺たちの鼻先で扉を閉めたりしねえだろうな」

「あなた……いったい何を言ってるのよ？」衝撃さめやらぬラフィエルが、茫然としたまま言う。

「……鉱山地帯の西寄りに、地下の古い採石場がある」ギルディオンが言った。その額にも冷や汗がびっしょりと浮いている。「私が去年、父から継いだ土地だ。五百人は入れるだけの広さがある。もし王の鉱山の方が手狭だったとしても、その採石場にならあんたの仲間を収容できるはずだ。馬賊だからあのような目に……遭わせてよいなどと、少なくとも私は言うつもりはない」

「本当だな」

「本当だ、約束する。ましてここには、女性も小さい子どももいるようだ。……だが、場所を提供するには条件がある。エルギウスの馬賊は全部あんたが統率して連れていく。道中でも、向こうに着いてからも、勝手な行動を取ったり周囲に狼藉したりすることは、絶対に許さない。助かるために皆が苦労して避難するのだ。詰まらぬ揉め事を起こしている場合ではないはずだ」

「……」

「私は、あんたがこの場でそれを約束するならその言葉を信じる。そして向こうに着いてから何があろうと、あんたの仲間を助けるために、この私にできるだけのことはしよう」

アガトは笑みの片鱗もない眼で、しばらくじっとギルディオンの顔を見ていた。

ギルディオンも青ざめたまま、だがまっすぐに見返していた。

「いいだろう。俺も約束する」オオハヤブサのような眼のまま、アガトが口を開いた。「ジン」

戸口の外に立っていた男が、灯りの届くところに姿を見せた。

「皆を広場に集めろ。全員だ」

兄ちゃん、と下から小さく呼びかけられ、アガトはすぐ弟を見た。

「もうじき、軍が、ここへ来るよ」ルイが囁いた。「ルミエが……そう言ったんだ」


「姫は既にシザリオンの王城に向かっているのよね？　となれば、私たちがまずしなければならないのは、バロウズ侯爵に事態を伝えることだと思う」ラフィエルが言う。

「自分の国が滅びるかどうかの瀬戸際なんですもの、ガルド王はもちろんシザリオンに正式に助けを求めるべきよ。バロウズ侯爵は今やエルギウス第二の権力者なんでしょう。それならハイデンを通じて侯爵から王に進言させるのが、きっと一番確実――」

「私たち？　そりゃどういう括りだ。なんでこの俺が、あの糞ったれ王のためにご注進に及ばなけりゃならねえ」すぐにアガトが、侮蔑を込めて言い放つ。恨み骨髄だけあり、その反応は文字通り脊髄反射のようなものだ。

「はっきり言っとくが、俺は『ガルドの国』なんざまったくどうでもいい。ヴァラメルどもがこのことをまだ知らないってなら、そのまま一族郎党あの城ごとぶっ潰されろ。平原の人間たちへの避難号令は、そこら中に散ってる文司を通してでも出せる。そもそもこうなりゃ、状況を一番冷えた頭で理解してるのは、ギネヴィアを除けばあの文司どもの長のザキエルなんだからな。そしてこの平原で生きてる族長なら誰でも、ヴァラメルどもはこれまでてめえにだけ都合のいい嘘をいくらでもついてきたが、文司ってのは良くも悪くも事実しか言わねえ人種だと知っている」

「悪党のくせに馬鹿ね」ラフィエルがすぐさま噛みつき返した。

「あなたは、ただガルド王が死にさえすればそれで満足なの？　さっきの口ぶりからじゃ、てっきりサンキタトゥスの再興まで考えてるのかと思ったわ。だいたいね、今のこれが、一国の王にでっかい貸しをつくる千載一遇の機会だってことがわからないわけ？　この砦の誰にも血を流させずに、堂々とヴァラメルの領土をぶん獲れるかもしれないのよ。そこらの悪ガキみたいに囃してる暇があったら、さっさと自分の勝ち札を数えて、取引の一つや二つ捻り出してみせたらいかが。それからついでにはっきり言っておくけど、もう金輪際、ルミエ姫のことをギネヴィアなんて呼ばないでちょうだい！」

アガトが口を開いて何か言いかけ――また、閉じた。

ギルディオンが目を丸くして、ラフィエルの顔を見ている。

「相手が卑劣だったからといって、何も自分まで同じように堕ちることはないでしょう」ラフィエルが、いったん息を吸ってから続けた。「屈辱を与えられた時、その相手への最大の報復方法は、剣を取って闇雲に斬りかかることじゃない。相手の目の前で、相手よりももっと成功し、幸福になって、優雅に笑ってみせることだと、私は言われたことがある。……言ったのは、私の姉だけど」

「ラフィ」ギルディオンが微笑している。「やはり、エレメンティアの妹なのだな」

ラフィエルは黙った。ほんの少し頬を染める。

「そうよ。蜜みたいな声で囁くか、こんな風にギャアギャア喚くかの違いだわ。そんなに嬉しそうな顔をしないで」

「髪、目の色、顔つき……誰かに似ていると思った」アガトの顔が、驚きを通り越してほとんどポカンとなっている。「ラフィエル、おまえ……ギネヴィアの身内だったんだな！」

「だから、姫のお名前はルミエですってば！　だいたいギネヴィアなんて誰が勝手につけたのよ、鈍くさい名前！」ラフィエルが再び怒鳴り返した。「第一、あなたなんかにオマエ呼ばわりされる筋合いはないッ」

「だが……だが」ひとりハイデンは、最も深刻な板挟みの苦悩に、顔色がまったく失せている。

「王にお話しするには、こ、侯爵は……姫のご出生についても、すべての秘密を打ち明けないことには……」

「そういうのを、まさに自業自得というんだ。それが嫌なら、可愛い妹も自分とこの領民も、すべて丸焼けにされやがれ。俺はもう、どっちでも構わんが」

哀れなハイデンは、その逞しい体躯までもがその場で小さく縮んでゆくように見えた。

「……そう……そうだな……。……きっと間もなく、侯爵もアルベラでの事件をお知りになって、王城へと急ぎ向かわれることだろう。私も、王都へ向かおう……」

「てめえの馬は西側の馬房だ。遠駆けに耐えられる状態か自分で見てこい。ジンに手下を呼ばせて、そいつに案内させろ。ガルドとバロウズへの口上は、その後で教える」

居丈高に言い渡され、だが苦悩の騎士は文句をつける気力も失せた風情で悄然と姿を消した。

「他の馬賊たちと連絡を取ること自体、手間も日数もかかるだろうな？」ギルディオンがアガトに訊く。

「緊急連絡用の鳩がいる」アガトは言ったが、ふと気がついたように相手の顔を見返した。「おい……俺のハヤブサや鳩たちも、ちゃんと避難場所に入れてくれるんだろうな？」

「犬でも猫でも鶏でも、あなたの可愛いものはみんな連れていけば」ラフィエルが脇から、面倒くさそうに切り捨てる。

「アガト！」突然叫び声がして、頭を剃り上げた若者が一人、転がるように飛び込んできた。

「騎馬隊です！　まっすぐこっちに！」

アガトはすぐに部屋を飛び出した。ギルディオンもその後を追う。

「距離は！　数はどれくらいだ」

「およそ二十タリアート、たぶん三十騎くらいです」

「先遣隊だな」アガトは四方へと怒鳴った。「火を消せ、窓を全部閉めろ！　みんな、もう広場に集まってるのか？　全員いるか確認しろ！」

「アガト」既に彼のところへ向かってきていた女の一人が叫ぶ。顔が真っ青だ。「ロッタがいない！」

「何だと？」

「砦の外で馬の練習をしていたのよ、で、でも、今呼びに行ったら、あの子の姿が！」

「アガト！」見張り台への上がり口から、別の男が顔を突き出して呼んだ。

アガトは猿のように素早く梯子を上った。


陽光満ちた平原を、確かにこちらへと進んでくる集団がある。土埃の中で甲冑が煌めく。

強烈な既視感がアガトの脳裏を切り裂いた。

（……兄ちゃん、何か来るよ……）

地平を見ていた十歳のルイが、可愛がっていた赤ん坊羊を胸に抱えて、彼を呼んだ日。

（あれは、なに？）

「──兄ちゃん」

梯子の下の方から、ルイの細い呼びかけがふいに耳に届いた。ラフィエルに支えられ、無理をしてここまで来たらしい。今は兄の近くにいたいのだ。

「来るなッ」ほとんど反射的に怒鳴り返した。「誰かルイを奥へ連れていけ！　早く！」

「あれは何だ？」

ギルディオンの声に、再びはっとして前方に目を戻す。

平原の浅い窪みを乗り越えて、騎馬隊の前を走る小さな影が姿を現している。

馬だ。小さい。小型馬だろう。

見張りの若者の喉が、隣で引き攣るように鳴った。

アガトは身を乗り出し、声を限りに叫んだ。「ロッター！」

「──アガト！──」

跳ねるような歩様で必死に逃げる小馬の首にしがみつき、幼い男児も声を張り上げるのが細く高く風に乗って耳に届いた。泣き叫んでいる。

「アガトォー！」

その後ろに見る見る追い迫る先頭の騎兵が、陽光にギラリと光らせて長剣を抜いた。子どもがどこへ向かうのか見定めるためにわざと逃げさせていたのだが、目的地を視認できた以上、もはや走らせておく必要などない。

「弓！　下へ馬を出せ！」怒鳴るアガトの眼下を、猛然と一頭の騎馬が飛び出していった。

ジンだ。抜き身の剣を手に、小馬の、騎馬隊の方へと、全速力で向かっていく。


その走りを目で追いながら、アガトが後ろへ腕を突き出した。すぐに手渡された弓に矢をつがえ、たちまち大きく引き分ける。彎弓であることに、隣でギルディオンは気づいた。弦を外せば反対側に大きく反り返るほどに強力な弓だ。

だが。

（まだ、遠すぎる）同じく前方を見つめながら、ギルディオンは息を詰めた。

届くか。

聴覚が怯むほどの音をたてて、矢が飛んだ。

ロッタの後ろでまさに剣を振り上げていた騎兵の顔面にそれが突き立った。矢尻が兜の後頭部まで貫通し、血と脳漿を飛ばすのが見えた。

「――！」

その体が馬から転がり落ちた時には、既に二本目、三本目の矢が宙を切り裂いている。

三人目が落ちるのを視認して、ギルディオンはようやく呆然とアガトの横顔を見た。

（この男）

生身の人間のわざでは、ない。

（ほんとうに、鬼か）

アガトはまさしく鬼神さながらの眼で、ほとんど息も継がずに四本目をつがえた。

一騎が指示を受けたらしく、来た方角へと既に戻り出している。後続部隊に知らせるためだ。

その馬の尻にアガトの四射目が突き立ち、馬が愕いて大きく跳ね上がった。騎兵が振り落とされ、地面に叩きつけられて動かなくなる。

ジンが新たな先頭となった騎馬とすれ違いざま、烈しい気合を発して騎兵の首を斬り飛ばした。

直後に向きを変え、走り続ける小馬へと自分の馬を寄せていく。ロッタの体をひったくるようにして自分の前鞍に移すと、砦に向かい、馬を鋭く煽った。

その背後に迫った一人の顔面を、更にアガトの矢が貫いた。

弓矢を手にした若者たちが、次々に見張り台に上がってきて攻撃に加わった。

騎馬隊は残り二十名ほどだ。下部がすぼまった騎兵特有の盾をかざして矢攻めをかわしつつ、土埃をあげてジンとロッタを追走してくる。

「投石機！」アガトがそれを注視したまま叫んだ。

ギルディオンの背後で何かが大きく軋む音がしたかと思うと、岩の板が二枚立ち上がった。その奥に据えられていたらしい二台の投石器がすぐに動き出し、支持腕を激しく撥ね上がらせる。一抱えほどの岩石が二つ、虚空へと大きく飛んでいった。騎馬隊の右側の数騎が、その犠牲となって大地に転がった。

投石の射程範囲から脱しようと、全騎が進路をずらしつつ、更に速度を上げた。

「そうだ、もっと左へ寄りやがれ」アガトが首を捻り、通廊に向かって怒鳴った。「落とすぞ！用意しろ！」

「用意だ、綱に摑まれ！」すぐに下で叫ぶ声。

（落とす？）ギルディオンは再びアガトを見、通廊に続く穴の方を見遣った。（何を？）

アガトは前方を見据えている。数瞬が過ぎ、再び大声を放った。

「今だ、引け！」

「引けーッ！」

号令が響き、ギルディオンは下方から死に物狂いで力を振り絞る声が湧き起こるのを聞いた。女や子ども、老人の声も混じっている。

何をしているのか、などと考える暇もなかった。アガトの視線を追って再び草原に目を戻した彼は、異変が――起こるのを、見た。

ジンとロッタを乗せた馬の真後ろで、大地の一部が土埃と共に下へとずれたのである。

突然目の前に出現した滑り台のような傾斜に、進路を変えつつ突進してきた騎馬たちは止まりようもなくそこへと雪崩れ込んだ。最後尾の何頭かはほとんど折り重なるような状態になり、あっという間に全騎が滑り落ちて姿を消した。

断末魔の悲鳴と馬のいななきが一瞬ここまで響いてきたが、それもすぐに静かになった。

ギルディオンは、もはや完全に自分の目を疑っていた。

（落とし穴）

あんな場所に。二十騎もの人馬をもあっさり飲み込むほどの規模で。いったいどうやって。穴を掘るだけでも、この砦の集団にとっては並大抵の労働量ではなかったはずだ。

「戻せ」土埃の舞う辺りから地平までを見渡し、逃げ果せた兵がいないか用心深く確認した後で、アガトが再び背後に向けて声を放った。「墓には蓋をしとくもんだ。糞虫の死臭がこっちまで届いたらかなわねえからな」

「戻せぇー」

せーの、よいしょー、という、再び一斉の掛け声。

「今のはいったい、何なのだ」踵を返すアガトの後を急いで追いながら、ギルディオンが尋ねた。

「あんな場所に、あれほど大きな穴を？　底の部分はどうなっている」

「水と槍杭だ」

「水？」

それ以上相手にならず、アガトは通廊まで急ぎ下りた。ロッタを前鞍に走り込んできたジンの方に向かっていき、手を差し上げる。「ジン！」

ジンが馬を止まらせつつ、腕を伸ばしてその手を勢いよく掴んだ。

「無茶しやがって！　無事か」

「もちろん」返り血の散った頬でニヤッとした。ロッタを持ち上げ、アガトの腕の中に下ろす。

「アガト、ごめんなさい」ロッタはすぐに、アガトの首に丸々した両腕でかじりついた。小さな顔が涙と汗と埃とでべとべとに汚れている。「ぼくね、ごめんなさい」

「二度と決まりを破るな、ロッタ」

「はい。ごめんなさい」

アガトは子どもを下ろし、頭を押しやった。「あっちへ行って、ミアに菓子でも貰え」

「ロッタ、おいで」近くで様子を窺っていたミアが、すぐに呼んだ。子どもが走っていく。

「ロッタだけが理由じゃねえな。騎馬隊がやはり近くまで来ていて、あいつをたまたま見つけたんだ」

岩扉が閉められ、二重の防御柵が次々に下ろされていく出入り口の方を見ながら、アガトが馬上のジンに言った。

「砦のおよその場所を本隊の連中にも勘づかれたと考えるべきだな。予想より早い。もうこの後は雲霞みてえに押し寄せてきやがる。脱出路も篭城用の備蓄も用意はできていたが、こうなればどっちにしても、今がここを離れる潮時だったのかもしれん。皆に、話をする。それから全員で準備を急ごう」

ジンが頷き、すぐに馬を厩へと向かわせる。

「ノース！」アガトは別の男を呼んだ。「何人か連れてって、まだ転がってる死体を始末してこい。手がかりを何も残すな。空馬も全部集めろ」


ギルディオンは、再び足早に歩き出したアガトの後に続きながら声をかけた。

「訊いても、いいか。先ほどの、あんたがミアと呼んだ女性だが。彼女は、あんたの――？」

「あ？」

「もしそうであるなら」ギルディオンは続けた。「ラフィエルには、ちょっかいを出してもらいたくないのだが」

「……はあ？」アガトは早足で歩きながら、こいつは馬鹿か、という顔をした。「この糞忙しい時に、いきなり何を抜かしてやがんだ、おまえ？」

「もしも、だが」ギルディオンは用心深い眼になって訊いた。「もし、この砦にいる女性が全員あんたの――」

「だとしたら、何だ」

「……本当に、そうなのか？　では、なおのことラフィエルには」

「阿呆」アガトはまともに相手をする気にさえならないらしい。

「私は阿呆かも知れないが、今は真面目に話をしている」

「あのな」アガトは歩きながら、ギルディオンの目を刺しそうな勢いで指先を突きつけた。

「てめえ、言うに事欠いていったい何様のつもりで俺に指図だ？　そもそもてめえだって、ラフィエルだのロナだのに同時並行でちょっかい出してやがるじゃねえか。他人のことをどうたら言えた立場か」

「私はどちらにもちょっかいなど出していない。ラフィは私の妹も同然で、ロナは命の恩人で友人だ。どちらも別の意味で大切な存在なのだ」

「ああそうかよ」アガトは鼻で嗤った。「だがてめえの女じゃねえなら、俺がどう手を出そうが、てめえに何の関係がある。最後に誰を、何を選ぶかだってな、女の側の問題でしかねえんだよ。横から余計な口を挟むな。わかったか？　わかったらもう黙りやがれ」

「あんたのやり方は矛盾だらけだ。大切な相手を守ってあげたいのではないのか、この砦の人々のように？」

　アガトの目玉が、呆れたように一瞬上を向く。

「まったく、てめえら貴族は言うことが皆同じだな。俺が何かする度に矛盾がどうのこうの——まったくどいつもこいつも、頭の中身が単純過ぎなんだよ。聞いてると苛々してくらぁ」

「言うことが同じ？」

「うるせえ、いいから黙れっつってんだろうが。俺は、俺にとって大切な人間を守って幸せにしてやるとも。現にそうしている。俺のことが気に入らなくなったら、本人がここから出ていくだけの話だ。俺は止めない。十分な支度をさせて、安全に送り出すだけだ。ここにいる人間はみんなそのことをわかってる。もっともギネヴィアだけは、出ていこうとしても俺は止めるつもりだったがな」

「アガト、女性は誰でも、男には自分に対してだけの忠誠を求めるはずだ。それは単純さの問題ではない」

「じゃあ、てめえがどっかの嫉妬深い姫様にそうしてやりゃいいだけの話だろうが！　俺のことを愛する女はな、ただ俺の近くにいたいからいるんだよ。形なんか関係ねえ。もっともてめえの場合は、どうせ生まれた時から親に決められた許婚でもいるんだろうがよ。けっ、くだらねえ」

「今は私の話をしているのではない。ラフィエルの話だ。忠誠なぞ知ったことではないというなら、彼女にはこれ以上近づかないでくれ。あんたにはどうでもよくても、彼女にとっては、愛情の形というのは非常に重要な問題なのだ」

「だーかーらー、自分に何が一番重要かくらいのこたぁ、女自身に選ばせろっつってんだろうが！　てめえはあの女の乳母か何かか」

アガトの堪忍袋はいよいよ限界に近づいたらしい。

「おい、俺は忙しいんだ！　だいたいてめえらが勝手に交じり込んできたせいで、仕事が余計に増えてんじゃねえか！」

「アガト、あの騎士野郎はどうします」サライが寄ってきて話しかけた。「騎馬隊が来るってんで、奴の馬と一緒にすぐ馬房に閉じ込めといたんですが。中で喚くわ暴れるわ、うるさくってかなわねえ」

「出してやれ。ここからは、奴にもきっちり働かせる」冷たく、ギルディオンの方を見た。「てめえらみたいなのにただその辺をうろうろされてたんじゃ、皆が迷惑だ。さっさとこっちへ来い」

＊　＊　＊

「エルバスは、あの脚で王都まで走るのは無理だ」ハイデンが、疲労と幾重もの苦悩とで青ずんだ顔で言う。「ここの馬をどれか使わせてくれ」

「馬はやらん。俺たち自身、こうとなったら一頭でも無駄にはできん状況だ」アガトが応えた。

「だが、都まで行くというなら、他の手段を提供してやらんこともない」

「他の手段？」

「ただし、ここからおまえを出して行かせてやるのには条件がある」

「何だ」

「バロウズにこれを渡して、ガルドに見せろと言え」

アガトは首のスカーフを緩め、上着の襟から細い鎖を引っ張り出した。猛禽の羽とアカシアユリを象った銀の彫物がついた、古い首飾りである。それを外し、ハイデンに渡した。

「自分の配下が平原で、成人したサンキタトゥスの末裔と相見えた、と言わせるんだ。これを見せれば、ガルドはすぐに信じる。〈サンスタン〉を失った今、奴は自分の威信がもう永久のものではなくなったという風向きに勘づいて、必ず動揺している。そこへ、ダーク・サンキタトゥスの息子が、次の新月までにはガルド・ヴァラメルのもとへ死神が訪れるだろうと笑っていた、と伝えさせるんだ。この贈り物は、その日のための軽い挨拶だと」

「……これは」ハイデンは、アガトの体温を帯びているその古い紋章を見つめ、また相手の顔を見た。「だ、だが、大切なものなのでは？　これは王家の紋だ。手放してしまっても、おまえはよいのか」

「俺の心臓みたいなもんだ、大切に決まってんだろうが！」アガトが牙を閃かす。

「これは、おまえの大事なバロウズ辺境伯への貸しだ。貸しである以上、いずれ必ず返してもらう。いいか、耳をかっぽじってよく聞いとけ。アガト・サンキタトゥスの人相を知っているのは、今言ったそのバロウズの手下だけだ。つまり、おまえだ。ガルドはその瞬間から近づくすべての人間を警戒して、おまえを自分の側にいさせようとするだろう。日頃は偉そうにふんぞり返っちゃいるが、あいつはそういう小心なところがある男なんだ。そうしたら、おまえはすぐにガルドを殺せ」

ハイデンの目が、衝撃のあまり飛び出さんばかりに見開かれた。その顔が完全に真っ白になる。

「……あの王を……国王陛下を、この私に、こ、殺せと……！」

「馬鹿、その国王陛下様をバロウズもてめえも騙してコケにしてやがったんじゃねえか。ガルドを殺らん限り、おまえの主も、その妹も、北部辺境伯領の一族郎党も、もはや助かる術はねえんだよ。覚悟を決めろ。バロウズが本当の大馬鹿なら別だが、そのことがわかるはずだ。おまえから〈炎の蹄〉の話を聞き、この紋章を見れば、それが今の自分に残された唯一の手立てであることが」

アガトが相手の胸元に向かってゆっくり指先を振りながら言う。

「ガルドがいなくなれば、バロウズは国政を掌握できるだろう。いや、しろ。〈サンスタン〉を戴くシザリオンが寛容であることをせいぜいあてにして、さっさと国中に避難の大号令を出すんだな。軍は、すべての騎馬隊は、避難民の誘導と保護に回せ。まかり間違っても馬賊の群れなんか追いかけ回させてんじゃねえぞ。俺たち全員にとって、事はとっくに時間との戦いになってるんだ」

黙って俯くハイデンの顎を、冷たい汗が伝い落ちた。

「地獄の幻が入ってるあの水差しを持ってけ」アガトがその様子を見ながら、椅子から立ち上がった。「バロウズにも、必要な覚悟をその場でわからせろ」

「何なの、ここは？」ラフィエルが尋ねた。その声が、石段を下り切った地下空洞に反響する。

「この池は何？」

「池じゃない。川だ」

「川？」

壁の松明に照らされた彼らの足元は水の寄せる岸辺となっていた。水面は静かで、薄闇の中ではほとんど動いていないように見える。だが少し注意して見つめてみると、確かに一定方向に向かう流れがあるのがわかる。

「……先ほどの、落とし穴」ギルディオンがはっとしたようにアガトの顔を見た。「下は水と言っていたな。これのことか？」

「元はそうだ。だが、アレを作った後で分断した。あっちは独立した水溜まりだ。ここに糞虫の欠片は流れてこない。そんなのがこの辺までプカプカしてきたら、不衛生でしょうがねえからな」

「……糞虫？　何の話だ？」未だ顔色の戻らないハイデンが二人を見る。

「あんたは知らない方がいいと思う」エルギウスの騎士である相手にギルディオンが言ってやり、暗がりの先で洞穴の中へと消えていくその流れを見遣った。「では、これはどこへ続いているのだ？」

アガトは、今度はハイデンの顔をちらりと見た。「都のすぐ東を通るはずだ」

ハイデンがぎょっとして見返す。「都のすぐ東？　すぐ東って、どの辺りだ？　川のどれかに出るということか？」

「てめえで確かめろ」

「……なに？」どういう意味だと更に問おうとしたらしいハイデンは、背後で起こったギシギシという物音に振り向いた。

馬賊の若者たちが縄を引っ張り、舟を一艘引き寄せている。

ギルディオンとラフィエルが、さっとアガトの顔を見た。

そのアガトは、ハイデンに向かって顎をしゃくった。

「おまえとラフィエルは、これに乗っていくんだ」

「ちょっと待て！」「なんで私が！」二人が同時に叫ぶ。

「所属も目的もバラバラな騎馬隊の群れだの、単騎兵と見りゃ殺したがる馬賊どもだの、獣や毒虫だのに一切邪魔されずにスルスルと王都に辿り着くには、それしか方法がねえからだよ」

こいつらは一体、なんでいちいち最後まで説明してやらないと理解しねえんだ。国を問わず、貴族ってのは皆どうしてこう飲み込みが悪いのか。この砦の者なら、「警戒しろ」と一声叫べば、満四つのチビだって自分の持ち場、あるいは正しくいるべき場所に向かってたちまち走ってくというのに。

「そもそも王城に行くって話は、おまえらが最初に言い出したことだろうが」

アガトはハイデンの鼻先に鋭く指を突きつけた。

「いいか。どうやら察しの悪い頭のようだ、念のためにもう一度だけ言っておく。俺はおまえには何の義理もねえ。だが生かして、こうして貴重な舟まで与え、おまえの大事なご主人様を助けに行かせてやるんだ。何に代えても、必ずバロウズを動かせ。そしてダキアに騎馬隊の使い途をとっとと変えさせろ。ハイデン、もしもこの俺を裏切ってみやがれ。なぜ俺が他の馬賊団からさえ鬼と呼ばれているか、この手で殺してやる前に、目玉が飛び出して地面に落ちるまでよくわからせるからな」

「……」

「都の近くで這い上がったら、その先は自分たちで考えろ」片足を上げ、蒼白のハイデンの背を邪険に押しやって舟縁に摑まらせる。「ああ、このギルなんとかは、残して俺を手伝わせる」

「……都の東を通るはず、と言ったな」そのギルディオンが急いで尋ねた。ラフィエルの腕を、用心深く摑んでいる。「実際に誰か確かめたのか、それを？」

「百二十年前に、ここに落ちた文司の一人がシルダリアの東の下流で見つかってる」

「ひゃくにじゅうねんまえ？」とハイデン。

「だって、死んでいたんじゃないの、その人っ？」とラフィエル。

「とても、死んでいた」アガトはもはや完全に苛立っていた。いつまでもこんな連中を構っている暇はないのだ。「だいぶ腐ってたし、下半身はなかったらしいからな。おい、いつまでもグダグタ言ってねえでさっさと行かねえか。俺は忙しいっつってんだろ」

ギルディオンが、言葉もない様子でラフィエルの顔を見下ろした。ここに残らせても、危険であることに違いはない。誰かがエルギウスの王都に向かわねばならないことも確かであろう——

だが、しかし。

　切迫した視線に気づき、ラフィエルも彼を見上げた。

「……い」顔を引き攣らせつつ、何とか笑みを作ろうとする。「行くしか――ないようね」

「ラフィ……！」

「わ、私……狭くて暗いところは苦手なんだけど……で、でも、一応は泳げるし……す、少なくとも、海にいるっていう人喰い魚みたいなのは……き、きっと、ここにはいな――きゃっ！」

　ギルディオンが止めるより早く、アガトはラフィエルの体をひっ抱え、舟の中に尻から蹴り込んだばかりのハイデンの上へと放りやった。そのまま足で問答無用に舟縁を強く押し、岸から離す。

「生きている人間で検証はしていないのか！」動き出した舟からハイデンが必死の形相で叫ぶ。

「ああ、したよ」アガトはふと、手下が脇から差し出している蠟引きの革袋を見た。

「十六歳のかわゆい俺がな。これが砦からの脱出路として今も使えるもんなのか、確かめておく必要があった。俺の弟やここのチビどもは、馬では多分逃げ切れねえからな――ああ、忘れてた。これ、要るか？　食い物と灯りだ」

　ブンと投げつけられた革袋を、ハイデンがあたふたと受け止める。

「エルバス……私の馬の面倒をちゃんと見てくれ！」

「私が見る」ギルディオンが片手を挙げて応えてやった。「もちろん、エリーのことも」

「地上の川に出るまでに、どれくらいかかるのぉ？」闇の中へと動いていく舟の上でラフィエルが叫ぶ。

「俺は一人で漕いで、何度か眠って、寄り道して、三日かかった」

「みっかぁ？」悲鳴のような二重唱。

「舟の底に櫂がある。二人で仲よく、寝ずに死ぬ気で漕げよ。この流れは地上の川と同じだ。平原のこの辺から海まで傾斜はそれほどねえ。もっとも、どっかで雨水でも急に流れ込んだら話は別だ。揉みくちゃになる。逆流して押し戻されちまったりもするが、ずぶ濡れになってわりと楽しいぞ」

「あんたなんか、さっさと地獄に堕ちろぉ！」暗がりから、ラフィエルの金切り声。

「……ああ、それと」早くも階段を上がりかけていたアガトは、ふと思いついて振り向いた。「立つなよ。天井がたいてい低い」

言い終わるより先に、ハイデンのものらしき頭が岩にぶつかる音が聞こえてきた。

＊　＊　＊

ジンが、風の吹きすさぶ見張り台に腰を下ろして地平を見ている。

梯子を上がったアガトは、黙って近づき、その隣にどっかと座り込んだ。

「……アガト」

彼方へと瞳を放ったまま、ジンが言った。

「俺は、この平原で死ぬのならいい。理由が何であれ、それならまったく構わねえんだ。だが、他人の情けにすがって、どっか遠くの山の穴に潜り込ませてもらってまで生き延びたいとは思わねえよ」

「俺だってそうだ」アガトが応える。「だが、皆の皆のためだ。仕方がねえだろ？」

ジンは黙っている。

「俺は、ここに残るよ」やがて、再び口を開いた。

「……ユリアは？」

「残ると言っている。だめだと言っても聞かねえんだ。一緒に残られたりしたら迷惑だと怒ると、黙り込んで、ただ泣く」

「恋する女ってのは、年に関係なく死ぬほど厄介だな」

「驢馬より強情だ」

「まったくだ。だが、駄々こねる女を端からその辺に埋めちまうわけにもいかねえし」

「そうしてもいいかな、と思う時はある」

ふむ、とアガトは顎を軽く引いた。「おまえ、俺のことが好きだと言ったろ？」

「……」

「俺も、おまえのことが好きだぜ」言ってから、アガトは少し考えた。「俺、前にも言ったかな？」

「いや」ジンは地平を見ている。「だが、知ってたよ」

風が、草原の色をなめらかに変えながら吹き渡ってゆく。

「……あんたがつけたこの傷痕のこと、覚えてるか？」

「いや、忘れた」

「いきなり殴りやがって」

「おまえが言うことを聞かねえからだ」

「初対面だったんだぞ。言うこと聞くも聞かねえもあるか。しかもあんたは俺より年下なのに」

「年下じゃねえ。たった八ヶ月違いだ。……なあ、ジンよ」地平線を流れる雲を見ながら、アガトが穏やかに言う。「俺とみんなと一緒に、来いよ」

「……」

「おまえがいねえと、俺はたぶん、困る」

「……」

「それに、もしかすると、ちょっとは寂しい」

風。草。悠然と空の底を帆走してゆく、雲の大船団。

「……まったく――どうして、そう――」とうとう首をがっくりと傾け、ジンが頭をガシガシと掻き出した。「本当に、しようがねえ男だな！」

アガトが肩を揺らし、愉快そうに笑った。

「……アガト」

しばらく再び共に風に吹かれた後で、ジンが口を開く。

「あんた、大丈夫か？」

「あぁ？　何が」

「〈黄金の都〉がなかったってわかっても」

「……」

アガトは、軽く眉を上げてみせた。

「大丈夫に決まってんだろ？　……それに」

草の海を波打たせてゆく風のゆくえを、琥珀色の目で追った。

「今は、下にいるあの連中にどうやって国境を越えさせるかで、俺は頭がいっぱいだ」

第七章　死闘（八五日）

銀の盆に茶器を並べ、ラトーヤは沸き立った湯を茶葉の上にそっと注ぎかけた。体を芯から速やかに覚醒させてゆくような清涼感ある香りが、湯気と共にたちのぼって顔を包む。薬師でもある彼女の従姉が、侯爵のために慎重に選んだ薬草と乾燥させた何種かの花を、南方から取り寄せられた高価な茶葉に混ぜて作ってくれている、特別なお茶だ。

盆を運んでいくと、レオンは既に起きていた。薄手の長衣だけを羽織り、窓を開けて外を見ている。朝の弱い光がその少し寝乱れた金髪と、神殿に飾られる彫刻のような横顔の線を白く縁どっていた。

（……）

ラトーヤは静かに近づいていき、彼女を見た侯爵の前にそっと盆を差し出した。

彼が蓋を取り、杯を取り上げて、何口か飲んだ。飲みながら、一筋の乱れもなく髪を整え、いつもの飾りの少ない仕事服を隙なくまとっているラトーヤの姿を見ていた。

「……妙な、夢を見た」

（どのような？）

瞳で問うラトーヤの顔を、彼は杯を置き、再び見下ろした。

「そなたは、朝まで私の側にいてくれたことが一度もないな」その指が彼女の細い顎に軽く触れ、喉を伝い、胸元まで下りて離れた。

「またお苦しい夢だったのですか」

レオンが悪い夢を見るのは昔から珍しいことではない。少年の頃、ハイデンは寝汗をかく主のことを心配し、しばしばレオンの寝台の下に床をのべて共に休んだものだという。まるでそこが戦場の野営地でもあるかのように。

「よくわからぬ。火、であったと思う」

「……」

「ラトーヤ。私は、そなたを苦しめたことがあるか？」

「いいえ、一度も」

「この体に」再び、触れた。「少しでも——ほんの少しでも、苦痛を与えたことは？」

「決して」ラトーヤは彼を見上げたままだ。

「もしも私が、いつか己を失うことがあって、そなたを傷つけてしまうことになったとしても、それは本意ではない。信じてくれるか」

レオンの声はひそやかで、まるで囁くかのように聞こえる。絹の海の中で彼女の輪郭を唇でそっと辿るときのように。

「私は父とは違う。自分の愛する女を、守るべき相手を、自ら望んで傷つけたりはしない」

「いつも、どんな日も、信じております」ラトーヤは瞳で微笑した。

素顔のレオンはしばしば、幼い少年のようだ。時に必要のない問いをわざわざ口に出して確かめたがる。彼に「少年でいられる時代」はなかったのだと、そんな時にはいつも思う。自分の幼い日々は確かに貧しく、屈辱に思うことも多かったけれども、少なくとも結束の強い身内が誰かしらは近くにいて、さまざまな形で守ってくれていたというのに。

「侯爵様はこの世でただ一人のお方です。どなたにも似てなどおられない。お側に置いていただいて、私はずっと幸せでしたわ。きっとこれからも」

レオンは、しばらく黙って彼女の微笑を見ていた。

「信じられぬな」

「……」

「そなたを知ってもう十年になる。だがそなたは、自分から私に接吻してくれたことさえもないではないか」

ラトーヤの目がやや大きくなった。何度か瞬きする。

その彼女の顔を眺めながら、レオンは黙っている。

待っているのだ。

「……侯爵様」

「うん？」

「もう、私を困らせておいでですわ」

レオンは笑った。

「私の悩みの厄介さがわかったか？」頰を染めているラトーヤの細い腰に腕を回し、抱き寄せる。

「困っているそなたを見ると、楽しいと感じる時がある。が、決して本意ではないぞ」


「侯爵！」

情報番の騎士が部屋へと走り込んできたのは、レオンがまだ身支度も終えぬうちだった。

「侯爵、一大事にございますッ！」転がるように飛び込んだ騎士は、兜を脱ぐのももどかしく、彼の前に膝をついた。「伝書鳩が、たった今。聖地アルベラより、ギネヴィア姫が馬賊に連れ去られました！」

「……何だと？」

「オアシスへと鎧アリの大群をおびき寄せ、混乱を招いた上での奇襲にございます……！」

「シルフィンは！」レオンは詰め寄らんばかりの勢いで質した。「妹は無事か！」

「御無事であられます。しかし大変なお取り乱しようとのことで――国王陛下と共に都へと間もなくお着きになるところにございましょう。……侍女の伝言によれば、ずっと兄君の名を呼び続けておられる、と」

レオンは、唇を引き結んだ。

「ハイデンはどうした」

「ただひとり馬賊を追走していき、その後の連絡がなく、消息は摑めぬとのこと」騎士は彼を見上げた。「侯爵。国王陛下はむろんのこと大変なお怒りようにございます。何としても姫君をお救いし、西部全域の馬賊を殲滅すべく、大軍の出動準備を命じられておられ、重臣各位も急ぎ王城へ参するようにと――」

「……」

「そして、もう一つ。ダキア公爵より、侯爵に個人的なご伝言がございます。西部辺境伯領より別の鳩によって届けられたものです。侯爵の先日の策が当たられた、心よりの感謝を、と」

「ダキア公爵が？」

「例の馬賊の本拠地をほぼ突き止めたとのことにございます。ために、公爵は国王陛下にお許しを頂き、こたびも王城には参上されず、そのまま賊どもを攻撃される由。その賊こそまさしく姫君を奪い去った輩である可能性が高いゆえ、天地神名に誓っても見失うまじと」

「すぐに、王城へ参る」レオンは呼ばわった。「馬を引け！」

＊　＊　＊

シザリオン王国――

アストラン王の重臣たちがその日全員王城に顔を揃えていたのは、王が間もなく発するはずの宣戦布告に備えてのことだった。エルギウスの聖地アルベラに赴いた公使が、「かの国が〈サンスタン〉として諸国に示したのは、まさしく我らがルミエ王女その人である」と確認して帰った暁には、直ちに大戦の火蓋が切って落とされるはずであったのだ。

閃光が、熱風が、炎が、断末魔の悲鳴の谺が、いつの間にか遠く消え去った後も、「王の間」はまるでそれがいま目の前で現実に起きたことであったかのように、生気という生気の蒸散し果てた墓場のような静寂に押し包まれていた。

居並ぶ王国の忠臣たちの中で最後まで直立していられた者は誰もいなかった。吹き荒れた幻の爆風に真実煽られたかのように、驚愕の表情のまま石張りの床にそれぞれ倒れ込んでいる。近衛隊長のクレイトス、王の側近の一人であるオナー伯爵もまた、咄嗟に壇上の王を庇おうと動き、その刹那に自らも炎熱に呑まれたという錯覚から、不自然な体勢のままで膝を折っている。

モザイク模様の床の中央に立つルミエが、宙に差し伸べていた両腕をそっと下ろした。静かに振り向き、その大きな瞳で玉座の父王をじっと見つめる。

「……」

そしてアストラン王その人は、傍らの年若い妃を逞しい腕に抱え込んだまま目を見開いて凍りついていた。

文司の長ザキエルは広い部屋の片隅に立ち、これもひたすらに黙然としている。

「――海上や山陰への避難が……間に合わぬ民の、数は」

長い長い沈黙の後で、アストランがようやくやや掠れた声を発した。

「いかほどなのだ……平原全体で」

「……左様……およそ、四十万、ほどかと……」国務の補佐を務めるカレン卿が、冷や汗にまみれた額を拭いながら必死に頭を働かせて答える。

「鉱山の坑道と地下施設に匿うしか、人々を救う途はありません」エレメンティアが口を開いた。王の強ばった腕に、そのたおやかな体を委ねたままでいる。

王が、部屋中の人々が、呆然と王妃を見た。

「すべての山を開放すれば、四十万人は収容できるはず。何年も全員がそこで生活するわけではありません。熱い風と塵の雲が去るまで、人々が食事と休息を取る場所を何とか確保できれば、それだけでも今はよしと致しましょう。幸い、ご寛容な陛下のおぼしめしで、厨や湯屋などの生活設備も、数をかなり増やしてございましたし」

「……王妃様、せっかくの仰せではございますが、そこまでの数は不可能かと」カレン卿が、床の上から声を振り絞る。「せいぜいその半分……いや、無理をすれば二十五万……」

「四十万、入れます」エレメンティアの凛然とした声が、断ち切った。「すべての山、と私はいま、陛下に申し上げました」

広間が再び、しん、と静まり返った。

ルミエが母王妃を見つめている。

「陛下」

エレメンティアは声音をふと柔らかな囁きに変え、夫である男の顔を見上げた。その小さな白い手が、自分の体にのっている彼の手に重なった。指がそっと絡められる。

「この広い世界で、ただお一人……慈悲深きシザリオン王アストラン陛下であるあなたにしかお出来にならぬ、ご決断の時ですわ。今こそが本当に……その時なのです。あなた、どうか……お願いでございます」

アストランはしばしの間、妻のその大きな瞳を見下ろしていた。

「――黄金と銀の鉱山も、門を開き、すべて避難場所として開放しよう」

一斉に声を漏らす臣下たちの方へと、シザリオンの王は顔を向けた。

「我が妃の願う通りだ。それほどに多くの罪なき生命が喪われた後に、我らが手に黄金だけが残ったとて、いったい何の意味があろう」


王と臣下たちがその場で直ちに緊急の会議に入ると、エレメンティアは玉座の傍らを離れ、相変わらずじっと立っている彼女の娘の方へと歩み寄っていった。

「言い伝えの通り、〈黄金の都〉へと民を導いてくれるのですね……。本当にありがとう、ルミエ。あなたのことを、母は心から誇りに思います」

白い花の香りのする胸に抱きしめられ、ルミエが小さな両腕で自分もしがみつく。

「中から都の門を押し開けてくださったのは、お母さまよ」

「ああ、ルミエ……！　あの恐ろしい夜、あなたを守ってあげられなかったことを、どうか許してちょうだい」

「お母さま」ルミエが囁く。「あのひとは無事よ。いま、エルギウスの平原にいるの」

娘に頬ずりしていたエレメンティアの動きが、止まった。

「ここへ、お母さまの側へ戻ってこないのはね、一人でも多くの人を助けようと、必死に働いているからなの。だから、お母さまも、どうか彼のために祈ってあげて……」

＊　＊　＊

「シザリオンとの国境に、最も早く辿り着く路を選んだ方がいいと思う」ギルディオンが言った。

岩砦のアガトの部屋で、二人は地図を挟んでいる。文司の蔵していた図の写にアガトが自ら追筆を続けてきたもので、極めて詳細な図面だ。ジンとサライも傍らで話を聞いている。

「例えば、このジェントリーの岩関門を目指すのはどうだろう。シザリオン側に国境警備隊は一応いるが、エルギウス側はもっと低地に引いて屯所を置いているから、常駐の騎馬隊は普段いないはずだ。そちらを回ることで北方の鉱山地帯への距離が多少のびたとしても、今はダキア辺境伯の騎馬隊を振り切ることの方が火急の問題なのでは？　とりあえずシザリオンの領土に入りさえすれば、この私にも打つ手があるかもしれない。少なくとも、各所に駐在する騎馬隊にあんたたちを攻撃しないよう話すことはできる。そのままソイエン渓谷まで北上すれば、私の従兄のカシアスが砦の将の任にも就いている」

「よし」アガトはすぐに頷いた。「バーミリオンの古い河川床沿いに行く。今の時期、シザリオン西部の市場に向かう隊商が使う路だ。幌馬車の行列が続いても、それほど不自然じゃねえはずだ」

「他の馬賊たちと連絡は取れたのか？」

「国境の向こうで待つ、詳しい話はそれからだと伝えた。黙ってついてくる奴だけを、俺が〈黄金の都〉へ連れていってやる、とな。それで来ねえ奴はそもそも馬賊じゃねえ」

「アガト、全員準備ができました！」若者の一人が戸口から覗く。

「ジン、行け」アガトは立ち上がりながら、黒い上着を脱ぎ捨てた。赤いスカーフを素早く解いて放り、ミアが用意しておいたありふれた茶革の上着に袖を通す。「サライ、二隊の確認をしろ」

砦の総勢を三つの隊に分け、それぞれ行商の隊列を装って、時間差を取って進む計画になっている。

「ルイが、あんたと一緒に最後の隊に入ると、まだ言い張ってる」急ぐサライと共に戸口に向かいながら、ジンが言う。

「聞くな」アガトは言い捨て、壁際の棚に大股に歩み寄った。そこに載せてあったギルディオンの剣を取り、彼に放る。

＊　＊　＊

「殺す！」

顎まで水に浸かり、目の焦点も定まらぬまま、ラフィエルは繰り返し口走っている。

「絶対殺す、アガト……！」

「ラフィエル、頼む」彼女の体に片腕を回して支え、自らもほとんど手探り、足探りで浅瀬を目指しながら、ハイデンが言った。「頭がとうとうおかしくなったのでなければ、『殺す』か『アガト』以外の言葉を、何か言ってくれぬか」

「何も見えないわ」ラフィエルが呻く。「私、目が潰れたの？」

「ずっと暗闇にいたせいだ。私も辺りが真っ白でよく見えない。だが、岸はあっちだ」

「人生で最後に見たのがさっきの化け物だったとしたら、死んでも死に切れない。いったいアレ、何だったの？　あの、真っ白で目が無くて、牙がいっぱい生えたでっかい水蛇みたいなやつは？」

「もう忘れた方がよい。あそこは地の底の異界だ。外の世界に、アレはいない」

「だいたい、あんなのが棲んでるなんて全然聞いてなかった。どうしてアガトのろくでなしが、十六だかの時にアレに食べられててくれなかったのよ！」

「あいつなら、アレに出くわしたら逆に釣り上げて腹の足しにでもしたのじゃないか。さあ、しっかり」

二人はよろめきながら、ようやく懐かしくも乾いた固い地面へと這い上がった。

「……ここは、どこなの……？」

「あそこに、王城の塔が、見えるようだ」ハイデンは何とか立ち上がり、弱った視力に苦労しながら彼方を見遣った。「どこかで馬を手に入れなければ」

「この辺に、馬を入手できそうなところがある？」金色の前髪から雫を垂らしつつ、ラフィエルもよろよろと起き上がる。

「侯爵の配下の者たちが、この辺りで身分を偽って暮らしている。驚くほど万事に有能な連中だ。ほとんどが海洋民の出なのだが、今では馬の扱いにも実に優れている」

＊　＊　＊

国境まで、幌馬車を連ねた一行の速度では丸三日はかかる見通しだった。アガトとしてはできることなら昼夜を問わず進みたいくらいなのが本音だったが、荷を牽く馬たちの疲労の問題以外にも、行商隊らしからぬ行動は当然避けねばならぬという事情もある。

二日目の夜、涸れた河床の野営地にアガト率いる第三隊が辿り着いてみると、他の馬賊の一団が既に追いついており、砦の二つの隊とやや距離を置いて火を熾していた。

「行商を装えと伝えたはずなのに」渋面のジンがアガトを出迎えた。「奴ら、あれじゃあ指名手配の追い剝ぎそのまんまの風体だぞ」

「シャイアの一味だな。俺が奴に話す。ルイは？」

「あんたをずっと待ってたが、疲れて眠り込んでる」

まだ夜もほとんど明けきらぬ草地の土手を、素足のユリアは水桶を提げ下りていった。河は涸れているが地下には水脈がまだ残っており、岩場の低い窪みに湧水がある。皆のために朝餉の支度を急がねばならない。今日も出発は早いのだ。

だが、見知らぬ二人の若い男がその湧水の側に屈み込んでいるのに気づいて、彼女の足はふいに止まった。

「……あれ、女が来たぜ」二人が振り向き、彼女を見る。「よう、水汲みかい」

立ちすくんだまま彼らを凝視するユリアの口が、小さく開いた。突然両足が震え出し、力の抜けた手から桶が落ちて転がった。

「けっこう可愛い女じゃねえか？　なあ、ちょっとこっちへ来なよ。話でもしようぜ」

「……あぁ？」一人がユリアの方へと首を伸ばし、しげしげ窺った。「おまえ……どっかで見た顔だな」

　早朝の静けさを突然に引き裂いたその叫び声には、まだ半分眠っていた者たちまでもいきなり起き上がらせたほどに、異常な響きがあった。

　焚火を掻きたてていたジンは、剣を摑むが早いか土手へと走った。

　湧水の近くで、ユリアが腰を抜かしている。まるで正気のものとは思えぬ悲鳴を高く放ち続けている。二人の馬賊はそのあまりの反応に愕き、彼女に触れかけた姿勢のままで硬直していた。

　迫る気配に彼らが顔を上げた時には、既にジンの拳が宙を切っている。一人を文字通り吹っ飛ばし、足を振り上げざま体を鋭く回転させて、もう一人を岩場の水へと蹴り落とした。

　ユリアはほとんど目の焦点も合わぬまま、ひぃー、ひぃー、と泣き続けている。

「……ユリア」ジンが屈み込み、その体を引き寄せようとした。「ユリア、しっかりしろ」

「――あのひと――あのひと――」

「ユリア」

「嫌――嫌、ゆるして――おねがい、おねがい、おねがい――！」

　ジンが首を曲げ、転がったまま呆然とこちらを見ている二人の男の方へ視線を向けた。

（ゆるして――おねがい）

それとまったく同じ、うわ言のような哀願を、以前にも彼女はまるで壊れたように延々と繰り返していたのだ。貧しい衣さえも引き裂かれ、無残に血を流したまま草の中に置き去られていた、その姿をジンが発見して、馬上に抱え砦へと連れ帰ったあの日にも。

なぜユリアがここまでこの二人に怯えたのか、ジンは察した。

少女の体を離し、ゆっくりと立ち上がった彼の手が剣の柄にかかるのを見て、二人の馬賊は短く声を漏らした。

「……まっ、待てっ！　早まるな！　お、俺たちに手を出したら、あんたのことを、ア、アガトが許さないぞ！」

「俺が」土手の上から、アガトが声を放った。

わらっている。

「誰を」言いながら、まっすぐ下りてきた。「許さないって――？」

悲鳴を上げる間もなかった。ジンに殴られて這いつくばっていた男は、まるで大鎌で薙ぎ払われるように頭を蹴り飛ばされ、宙を飛んだ。土手の下に墜落した時には、既に絶命している。

水の中に浸かっていたもう一人が、叫んだ。転びかけながら逃げようとし、土手上で見ている一団の中に、自分の頭目の姿を発見した。

「シャ、シャイアッ！　助けてくれ、そいつを止めてくれぇぇ！」

だが、髭面の大男は腕組みしたまま動かない。状況の趨勢、物事の優先順位も読めないような男が、そもそも馬賊の頭目として生き延びられるわけがない。

若い男は自分が見捨てられたことを悟った。無我夢中でアガトと逆方向に走り、土手を駆け上がって、何事かと集まってくる人々を突き飛ばすようにしながら逃げ去った。自分の馬の方へと向かったのだろう。

「すまねえな、アガト」シャイアが後ろから声をかけた。「あれはもう、平原に置き去りでいい。どうせいつも足手まといにしかならねえ奴らだったんだ」

アガトは振り向いて相手を見たが、すぐにジンの方へと目を向けた。ほとんど気絶しかかったユリアを抱え上げている。

まるで何事もなかったかのように、一団が質素な朝餉をそそくさと終えて出発のために火を消し出した時だった。

「アガト？」ジンと共に第一隊に加わるため、シュタインにひらりと跨ったギルディオンが、ふいに言った。視線を地平へと向けている。

「あの男……戻ってくるぞ」

アガトは振り向き、自分の馬に飛び乗って鞍の上に立った。

確かに——逃げ去った時そのままの勢いで、まっしぐらにこちらへ向かってくる馬影がある。

「——!」

その後ろ、平原の彼方から——

まるで、鎧アリの大群のように。

(来やがった)

「皆、急げ!」アガトは四方に向かい、大音声を発した。

「騎馬隊が来るぞ! 馬車に乗れ、全力で走れ——!」

重い甲冑を着けた騎馬隊は、長距離走行にはまったく向いていない。

もはやそれだけが、幌馬車の群れを囲んで走る馬賊たちの唯一の希望だった。

だが最後尾を走るアガトは、既にそれが蠟燭の火よりも細く頼りないものとなったことを背中ではっきりと感じていた。

大地が緩やかに、だが確実に上り斜面となり始めた。柔くなった土に車輪がめり込み、幌馬車の速度が落ち、必然的にその護衛たちの走りも鈍くなってゆく。

灌木の群れを駆け抜けると、彼方に岩山が姿を現した。せめぎ合う崖と崖の狭間に頑丈な大扉を備えた関門が見えている。物見櫓の上で警備兵の兜が陽光を反射している。

「……着いた！」

「シザリオンの関門だぞ！」

土埃の中で、叫び声が幾つも湧いた。

アガトは首を捻り、再び後ろを見た。

（だが、間に合わねえ）

大地を揺るがす軍勢の蹄の音、金属の武具が触れ合う音が、もはや海嘯の如くに迫っている。

それと拮抗するように、俄かに前方で角笛の音が響き渡った。

「ああっ」走る馬上で、ミアが悲鳴のように叫んでいる。「シザリオンが扉を閉めようとしている！」

国境警備隊の側とすれば当然の反応であろう。正体不明の一団が狂気のように突進してくる、そして更にその後方からは、まさに開戦の火蓋が切って落とされたような勢いで、数千騎ものエルギウス軍がこちらに押し寄せてくるのだ。

「私が開けさせる、先にゆく！」

ギルディオンが叫んだ。黒馬が、まるで繋がれていた四肢を突然解き放たれたような爆発力で一気に集団を抜け出した。

最後尾のアガトは自分の馬を進め、ひとつ前の幌馬車の横へと並んだ。

「ミディ」幌の隙間から中の子どもの一人に呼びかける。「その人形、俺にくれるか」

ミディが抱え込んでいるのは、かつてルイがパルディナの町で買って帰った大きな人形だ。陶製の頭部、髪には白馬の美しい金色の尾が使われていて、あの町で手に入る玩具としては最も贅沢なものの一つだった。

「うん」ミディは、布にくるんだ大切な人形を隙間から差し出した。「あげる。アガトがほしいなら、あたしのもの、みんなあげる」

アガトは幼い少女に向かって白い歯を零した。そして人形を受け取ると、再び馬を急かし、先行するサライに追いついた。

「俺は、離れる。おまえらは全員このまま行け」

「アガト！」

「行って、皆を守れ。ギルが説得に失敗したらシザリオンの兵が皆を殺そうとするかも知れん。頼むぞ！」

「アガトッ」

手綱を引いて馬の向きを変え、アガトはそのまま西へと疾走を開始した。

「兄ちゃんっ！」先行する馬車の荷台から身を乗り出し、ルイが悲鳴のように叫ぶのが聞こえた。

アガトは片腕を挙げて応えたが、振り向かなかった。

「ゼダ、止めて！」ルイは御者を務めている老人の背にしがみついた。「ぼくを降ろしてよ、早くーっ！」

後ろから馬を寄せてきていたミアが、馬車を牽く馬の尻を横から鞭でひっぱたいた。

「だめよ、まっすぐ走らせなさい！　止まってはだめ！」

「ミア！　兄ちゃんが――」

「いいから走って！　アガトの、みんなのためよ！　あなたがいる限り、アガトは必ず生きて戻ってくる！　走ってえ！」


アガトは全速で馬を走らせ続けた。人形の金色の髪が風に光るよう、騎馬隊の側を向いた左腕に抱いている。

ハイデンは、やはり間に合わなかった。ダキア辺境伯は〈サンスタン〉がいまだ馬賊に囚われたままと信じているだろう。彼の最大の目的は今や馬賊の殲滅などではない。ギネヴィア姫を生きたまま奪還することなのだ。

（ついて来い）

まるで追っ手の目を誤魔化そうとするかのようにわざと灌木の群れの中を駆け抜けてみせなが

ら、アガトは騎馬隊の方を振り向いた。

明らかに動きが変わっている。雲霞の如き軍勢が、土埃の中で二手に分かれ出している。

「ダキア、馬鹿が！」アガトは罵声を吐いた。「分けてる場合じゃねえ！　俺がどこへ向かっているか考えろ！」


閉ざされた関門に向かって、シュタインは黒い疾風の如く走っている。その鞍上で、ギルディオンは前方に迫るその扉が、僅かに押し開かれるのを見た。その隙間を滑るように抜け、二つの馬影がまっすぐこちらへと向かってくる。

「――ギルディオン！――」前を走る乗り手が大声で叫んでいる。「ギール！」

「……カシアス！」驚愕する間もあらばこそ、それがもっと北にいるはずの自分の従兄本人であることを悟って、ギルディオンの全身にみるみる黄金の希望が湧き起こった。「開けろ！　あそこを開けてくれー！」

「ギル、本当におまえなのか！」シュタインの傍らへと駿馬を寄せてきながら、豊かに髭を蓄えた偉丈夫は目を大きく見開いている。「いったいどこへ消えていたのだ、その身なりはどうしたのだ！　シュタインに乗っていなければ、私でもおまえとはわからぬところだったぞ！」

「話は後だ、ここにいてくれて助かった！　あの幌馬車隊を通してくれ、乗っているのは避難民で、女子どもと老人ばかりなのだ！」

「門を開けろ！」カシアスは背後を振り向き、大声で怒鳴った。「私の従弟のオナー小伯爵だ！幌馬車隊は彼の連れだ、通せ！」

角笛が再び響き渡り、頑丈な大扉が開き始めた。

「ありがたい……！」ギルディオンは滴る埃まじりの汗を腕で拭い、必死にこちらへ向かってくる一団の方を振り向いた。

「ここの隊長がかつての部下で、婚礼の祝宴に招かれていたのだ」カシアスは腕を伸ばし、亡霊でないことを確かめるかのように、年の離れた従弟に触れようとした。「ギル、あのエルギウス軍はいったい何事だ？」

それに答えかけ、ギルディオンははっとした。

息も絶えだえに、幌馬車たちが来る――だが、幌馬車と、女たちが乗った馬だけだ。

それらが扉の間隙へと次々に走り込んでゆくのを見届けるや、後方で馬を止めていた馬賊の若者たちが、一斉に向きを変えるのが見えた。

アガトは、まるで彼の罵声が聞こえたかのように、騎馬隊のほとんどが流れを変え出したのを感じた。関門に突進する幌馬車隊ではなく、この自分一人の方へとほぼ全軍が向かってくる。

（そうだ、こっちへ来い）

ダキア辺境伯は、アガトがまっしぐらに何の方角に向かっているのか気づいたのだ。

西へと更に荒地を越えれば、今度は別の国境線に到達する。剽悍な戦士たちの地、砂漠の王国ダナエとの境界である。そこから砂上の前線基地まではほんの僅かの距離しかない。もし、もしも、〈サンスタン〉を手に入れんと画策したのが、そのためにこの馬賊団を裏で操っていたのが、ダナエ王国の支配層であったとしたら。馬賊の頭目はシザリオンにゆくとここまで見せかけていたが、実はそうではなかったのかもしれない。ダナエの基地にはシザリオンのあの関門などとは比べものにならぬほどの数の兵がいる。もしその軍隊が、馬賊が連れてくるはずの伝説の乙女を護衛すべく国境線で待ち受けているとしたら。ダキア辺境伯が既にかなりの距離を走らせ続けてきたこの騎馬隊では、まさしく総力戦とならざるを得ない。

だがその時、アガトの耳がようやく、待ちかねた角笛の音が後方で響き渡るのを聞いた。

シザリオンの扉が再び開かれようとしている。

「あの夜の田舎道で、おまえを殺さねえでおいてよかったぜ、ギル」アガトは呟き、ようやく手綱を引いて、疲弊しきった馬の首を巡らした。

まるで金属の奔流のように兜を煌めかせながら、騎馬の群れが彼の包囲にかかっている。

ここが、最期の地か。

陽が照って。一面に草が光って。

風が青臭い。

そして、倒すべき騎兵どもが、あんなに――

アガトは微笑した。

(悪くねえ)

人の目には見えぬ真っ白な翼を持ったあの弟が、衰弱した体で、だが今朝も懸命に研ぎ上げていた長剣をすらりと引き抜いた。

「来やがれ」

＊　＊　＊

背後から俄かに蹄の音が迫り、甲高い奇声が天に向かって響き渡った。

「――！」アガトは振り向いた。

自分のすぐ脇を、剣を振りかざしながら駆け抜けてゆく若い騎馬。

「……ニキ」愕然となった。「ニキ、駄目だ！　戻れ――！」

振り向かない。アガトは自分も馬の腹を蹴った。手綱を持つ腕の肘で抱えていた人形を思い切り宙へと擲つ。恐怖のどよめきが周囲に湧き起こった。その一瞬の間隙を突いてまっしぐらに突っ込んでいく。

前方でニキが一騎と激突し、たちまち撃ち合い出した。だが、十もの騎兵がたちまち少年へと向かい、その姿は即座に囲まれて消えた。血飛沫が高く舞うのだけがアガトの目に映った。悲鳴はなかった。

アガトは猛然と馬を走らせ、たちまちその騎兵のうちの二人を斬り倒した。

「アガト――！」

ジンの、サライの叫び声が、接近してくる。

すべての馬車が門をくぐり、扉が再び閉まり始めた。

「ギル！　どこへ行くのだ！」しかしすぐさまシュタインの向きを変えたギルディオンに気づいて、カシアスが叫んだ。

「外に残った連中がいる、助けにゆく！」

「何だと――おいッ！」

扉の隙間を風のように駆け抜けていく馬上の姿を、カシアスは一瞬、呆然と見送った。

「……隊長！　出撃だ！　全騎出撃だ、彼を救出しろ！　ここへ連れ戻せ！」

「し、しかし――」

「しかしもかかしもあるかっ！」カシアスは周囲を怒鳴りつけた。「オナー小伯爵だぞ！　王城近衛隊の最年少騎士、王妃エレメンティア様の幼馴染だ！　彼をこのまま見殺しにしてみろ、どのみちここの全員首が飛ぶと思えー！」

疾走する馬上で、ギルディオンは誰かが必死に後をついてくるのに気づいた。

「……ミア！」愕然となって叫ぶ。

ミアは彼を見ない。蒼白の顔に唇を引き結び、腰を浮かせた前傾姿勢で馬に鞭を当て続けている。

「ミア！　いけない、戻れ！」

「アガトの馬はもう走り過ぎてる！」怒鳴り返された。「彼には替え馬が要るのよ！」

誰かが彼の元へ届けなければならないのだ、どうしても。

雄叫びと共に突撃してきた馬賊たちが、たちまち騎馬隊の中へと楔形に斬り込んだ。

その中心を直線ですっと抜けてジンが現れ、すぐにアガトの背側へと回り込んだ。

「なんで戻った！」アガトは怒りのあまり喚いた。「行かせた意味がねえ！」

「あんたこそ、なんで諦める！　あんたらしくねえよ、アガト！」ジンは剣を振るいながら怒鳴り返した。

「諦める？」

「あんな伝承のことなんか、忘れちまえ。まだ夢は見られる。あんたの〈黄金の都〉は、あんた自身が一から作りゃいい話じゃねえか！」


関門の物見櫓の上は、警備兵ばかりか馬賊団の者たちで既に立錐の余地もない。

眼下の緩やかな斜面、やや距離を置いたその灌木の群れの向こうで、騎馬隊が大渦巻きのようにうごめいている。それぞれが揃いの甲冑を着けたエルギウスとシザリオンの騎兵たち。それ以外は馬賊のはずだが、あまりにその数が少な過ぎ、ここからではろくに識別もできない。

「だれか馬から落ちた！」ロッタが悲鳴をあげた。「あたまが白かったよ、ジンかも！」

「アガトはどこだ、見えんぞ……！」


疲れ切った馬が刃をかわし切れず倒れ、アガトは地上にいた。荒れ狂う馬脚の群れを転がってかわし、すぐ眼前に現れた騎兵の鐙にかかる足を咄嗟に斬りつける。叫んで姿勢を崩した相手を、鞍から引きずり落とそうとした。そこへ、同じく馬を失っていた別の兵が背後から斬りかかった。

「――アガトォ！」

馬群の中から突然ミアが現れた。無我夢中の叫びと共に、馬上からその兵の後頭部へ剣を振り下ろす。刃が兜に当たって滑り、肩当てにまで落ちた。不意の打撃に狼狽した相手が、剣を大きく振って後方を払った。その剣先がミアの馬の首を斬り裂く。

馬が倒れ、ミアは混乱する地表へと勢いよく投げ出された。そこへ二頭の騎馬が争いつつ走り込んだ。幾つもの蹄が彼女の体を踏みにじっていった。

「……ミアッ！」

起き上がりかけたアガトは、斜め方向から振り下ろされてきた別の剣を危うくかわした。右手の剣を大きく振り切ってその相手を倒し、結果を見もせず立ち上がる。地面に転がっているミアの体に飛びついた。

「ミア！　ミ……」

抱え起こして顔を覗き込み、呼んでも無駄だとすぐに知った。泥に汚れ、乱れた赤い髪が張りついたミアの顔は、嘘のように静かだった。だが蹄の当たった左の側頭部は砕けて陥没し、両の腕もまろやかな腰も、抱えるアガトの腕の中で、本来あり得ない角度に捻じ曲がっている。

「──見ちゃおれん。わしも、行くぞ」

逃避行の間ずっと御者役を務めてきたゼダが、物見櫓を下りようとし始めた。

「これでも昔は故郷の自警団で鳴らしておったんじゃ。ちっとばかり衰えたとはいえ、まだまだ剣の一本くらい振るえるわい」

「わ、私も行くわ！」

「ぼくも！」

血相を変えて続々と梯子を下り始めた珍客たちを、シザリオンの警備兵が目を丸くして見ている。


撃ちかかってきた正面の兵士の一振りをかわし、その顔面を斜めに斬り上げた。兵士が声もなく大きくのけぞった。

喚きながら背後から組みついてきた別の兵を、見もせずに肘撃ちで倒し、仰向けに倒れた前面の兵に剣を振り下ろして止めを刺した。

「ダキア────！」一体を起こし、天を仰いで、アガトは野獣のように咆哮した。「どこにいる！出てこい、腰抜け野郎！　堂々と自分で俺を倒しに来い────！」

「アガト！」

右手に剣を、左手に主を失った別の軍馬の手綱を握り、乱戦をかいくぐって、ギルディオンがシュタインを走らせてきた。アガトの背後に回り込みながら叫ぶ。

「砦の皆が門の向こうで待っている、あんたも早く！」

「邪魔するなぁッ！」

アガトは完全に我を忘れている。狂乱の鬼神だった。現れた次の兵の腕を斬り飛ばし、その勢いのまま回転して猛烈な蹴りで相手を転がす。左脇腹からの出血が既に膝までを濡らしているが、逆上のあまり痛みをまったく感じていない。

「あんたが行かないと、皆があんたを助けようとして戻ってくるぞ！　女も子どもも！」

ギルディオンが必死に叫んだ。シュタインが、後ろから迫った兵士をドカッと後肢で蹴り飛ばした。

「……本当に全滅してしまうぞー！」

全滅……。

その言葉は、アガトの耳に――猛り狂う頭のどこかに届いた。

彼は更に剣を振るい、二人を屠った。だが、そこまでだった。全身朱に染まったまま後ずさると、左手を伸ばしてギルディオンから手綱を受け取った。

「ジンが、まだ生きてる」爛々と眼を光らせ、激しく喘ぎながらアガトは言った。「この馬に乗せる、手を貸せ」

「アガト、それならシュタインの方が」

「戻り切る前に死ぬかもしれねえ、それなら俺が抱えていく！」


退却はむろん容易ではなかった。ギルディオンを保護しようとするシザリオン警備兵らの獅子奮迅の働きがなかったら、退路の確保はまったく不可能だったろう。物見櫓や岩崖の上から射掛けられる矢にも助けられて、アガトとその一団は文字通り満身創痍の状態で巨大な扉の中へと転がり込んだ。

命を残して戻った馬賊の若者たちの数は、あの砦を離れた時の三分の一にも満たなかった。

＊　＊　＊

北へ向かい進む幌馬車と、それを囲む馬たちの一行は、まるで葬列のように静かである。

「――アガト」幌を上げた荷台の上に寝かされているジンが、小さく呼んだ。

その真横で黙々と馬を進めているアガトは、だがまっすぐ前を向いたままだ。

相手が何を言おうとしているのか、わかっている。わかっているが、どうしても聞きたくはない。

「もう、いい」掠れた声が再び耳に届いた。「おろして、くれ」

アガトは黙っている。周囲の全員が、黙っている。

「アガト……俺は……土の上で……死にてえよ」優しい声が言った。

ユリアが、声を出せずに泣き続けている。

「楽しかったぜ」

草の上に静かに横たえられ、ジンはアガトの顔を見上げ、微笑おうとした。

「……次は……最初から……あんたの……国……に……生ま……」


アガトが自ら穴を掘った草原の土の中に、ジンの遺体は野の花々と共に埋葬された。

既に夕闇が迫り、一行はそこでそのまま夜を明かすことにした。

小さな天幕の中で、アガトの幾つもの傷に薬をつけ直し、包帯を巻き、辺りを少し片付けた後も、ルイは兄のすぐ側に座り込んでいた。

「なに心配してんだ？」敷物と毛布をのべた自分の寝床に腰を下し、靴を脱ぎながら、アガトも相手の顔を見た。「俺は大丈夫だ。こんな傷、すぐに治るさ」

「うん。わかってる」ルイは微笑した。「兄ちゃんは、いつだって大丈夫だもんね」

兄の脱いだ靴を取り上げた。革帯に挟んでいた小布でその靴の汚れを擦り落とし始める。

「ぼくとは違うもの……。一回きり泣いたら、きっともう二度と泣かない。あの時も、そうだったもんね」

アガトは長い間、黙っていた。

やがて、ルイが重くうなだれている兄の頭を両腕で自分の胸に抱え寄せた。

「……俺のせいだ」押し殺すアガトの声は、別人のそれのようにしわがれていた。

「違うよ」

「俺があの時、もっと正気でいさえすれば」

「兄ちゃんは最後までひとり残って、皆を逃がそうとしたんだ。それくらい、兄ちゃんらしく正気な振る舞いって、ないよ」

慣れぬ慟哭に、アガトの固い体が引き攣るように苦しく揺れている。

「兄ちゃん。ジンも、ミアも、ニキも——どうしても——ああせずにはいられなかったんだよ」

その背中を撫でさすりながら、ルイは囁きかけた。「生きたいように生きようって、それがずっと、ぼくら皆の約束だったでしょう？」

「ジンは、一人で砦に残りたがっていた」アガトの顎を伝い落ちる涙が、乾いた地面に次々と染みを広げていく。「無理やりあそこから連れ出したのは、俺だ」

「……でも」ルイが、そっと言った。

「ジンは、ああやって、笑って死んでいったよ。楽しかったって。あのジンが、ねえ、兄ちゃんに嘘をつくと思う……？」


「アガト！」天幕の外から動転した声で呼ばれたのは、その夜更けのうちだった。「アガト、ユリアが！」

十六才のユリアは、石を積まれたジンの墓の前で、自ら短剣で喉を突いて息絶えていた。持ち出しが許された衣類の中で一番華やかな服をまとい、髪には路傍で摘んだ花を飾り、小さな耳朶に緑炎石の耳飾りをつけて。その高価な宝飾品は、あの涸れた河床で二人の若い馬賊が排除された直後、ジンがユリアに与えていたものであることを、ルイが知っていた。白い頬に既に涙はなく、不思議なほどあどけない表情で、彼女は静かに横たわっていた。

「目を離さないように、みんなで気をつけていたんだけど……。夜中に、ロッタが泣いているみたいだから見てくると、寝床を出ていって……戻らないから様子を見に行ったら……もう」

（ジンの眠る場所から遠くへ行くのは、いや）

（選ばせて、アガト）

（ごめんなさい）

彼女の華奢な亡骸はジンの墓のすぐ隣に埋葬された。砦の者たちは限られた荷物の中にアカシアユリの球根も大事に入れてきていた。〈炎の蹄〉は平原に咲くどんな花をも焼き尽くしてしまうに違いないと、アガトが考えたからだ。その球根の一個を二人の墓の前に埋める役を、ロッタが務めた。

やがて来るはずの炎がいずれは去り、そしていつかまた穏やかな風が吹き始め、燦々と雨が降って、幾つも季節が巡るうち、そこはきっとあの高貴で薫り高い花が無数に咲き乱れる大地となるだろう。

第八章　「永遠《とこしえ》に、あなたの側で」（五日）

ダキア辺境伯を除く軍政官が全員顔を揃えた御前会議は、ギネヴィア姫奪還のための策を喧々諤々と論じ合ってようやく決着した。レオンはすぐにその場を離れ、ほとんど走るようにしてシルフィンの寝所を訪れた。

王妃は薬を与えられて眠っていた。だがその眠りが彼女に真の安息を与えているわけではないことは、やつれ果てた寝顔を見守るレオンの眼には明らかだった。

「陛下は、何と？」寝台の傍らに立ち尽くしたまま、彼は静かに口を開いた。

背後に立つ女官長は、黙っている。この侯爵に何か慰めの片鱗だけでも与えてやりたくとも、だが本当に、そんなものは何もないのだ。聖地を離脱した時点から、ガルドは己の妃など地上から既に蒸発したもののように完全に無視している。

石のような横顔のままで部屋を出てゆく若き侯爵を、彼女は激しい焦燥の色を浮かべて見送った。

目通りを願うと、意外にも侍従長は奥から承諾を持ち帰り、レオンを執務室の上層にある階へと案内した。王国第二の権力者と目されているレオンでさえ滅多に入ることのない——入りたいとも思わぬ——ガルドの私生活のための部屋べやである。

王は湯を一浴びしたらしく、薄手の長衣を暑苦しげにはだけていた。

「今度は何用だ、侯爵」冷たい葡萄酒の杯を手に、不機嫌に言いながらレオンの前を横切っていった。

そのガルドの裸の左肩に星型の痣がある。

「……」

自分の見たものの意味に気づくまでに、一秒ほどかかった。レオンの鋼の体がぐらりと大きく揺らいだ。文字通りその場に倒れかけ、傍らの垂幕を摑む。

ガルドがふと首を曲げて振り向き、その彼を見た。

そして、自分が何を見られたのかということに気づいた。

二人の男はしばらく一対の彫像のようにそのままじっと見つめ合っていた。

「……この、星の痣か」ガルドが微笑した。今までレオンがこの「王」の顔に一度も目にしたことない、人間離れさえした奇怪な笑みだった。

「何をそんなに驚く。そなたなら以前にも見たことがあるはずだ――別の男の肩にも」

別の男の、肩に。

そして、その男の手で焼印を押される前までは、この自分の肩にもあった。薄紫色の、呪われた星――

「先王は、なかなかに放埒な方だった」ガルドがゆったりとした口調で言っている。「酒に溺れ、美味なる食に溺れ過ぎて、ために男としての体をあまりにも早く失うことになった。我が母ギネヴィアが苛立ちを募らせたのも無理はない。そして、状況に気づき近づいてきた、世にも稀なる美貌の若き侯爵に、その身を束の間委ねることとなったのだ」

レオンは言葉を失ったままだった。

「その侯爵とは、今はもう亡き、そなたの父だ」

蒼白い氷山に取り囲まれたかのような、世界の死を思わせるほどの沈黙が、豪奢な室内を押し包んだ。

「……あなたは」まるで凍死寸前の人間のように、レオンの声は震えていた。「それと知っていて――自分の腹違いの妹を――自ら妻にと望み――」

「おお、シルフィンはまったく美しい乙女であったではないか。そなたが長年見苦しく執着し続けてきた理由もわからぬ私ではないぞ。愛らしく、清らかで、花のように柔らかく……少なくとも、あの頃はな。今ではもはや病み衰え、あのように見る影もない残骸と成り果てているが。まさに女人とは花のようなもの。その麗しさの、かくも儚いことよ」

「あなたのために、あなたに世継ぎを与えるために――シルフィンは――私たちの妹は、あれほどに苦しみ、身も心も無残に滅ぼすところだったのだ……！　その苦痛を、あなたは全てを知りながら……そうやって何年も、ただ冷たく嗤って見ていただけだったのか！」

「そしてそなたは」ガルドが言った。微笑は既に消えていた。「どこぞかの城から赤子を盗み出し、この私を欺こうとした。それがどれほど愚かで無駄な企みであったか、今の今まで気づきもせずに。〈サンスタン〉は、正統なる王の直系として降誕するはずであった。ならば、その血を引かぬ私とシルフィンの娘として生まれるわけがない。……これほどの戯けが、我が王国の将であったとは」

ガルドは手元の紐を引いた。すぐさまレオンの背後で扉が開き、武装した衛兵たちが現れた。

「もはや呆れ果て、ものを言う気にもなれぬ。我が眼前から疾く消え去るがよい。者ども、この男を最奥の地下牢へ閉じ込めよ」

鋼の音を鋭く響かせ、レオンが剣を引き抜いた。一跳びでガルドに斬りかかった。

ガルドの手のすぐ側に銀製の水差しがあったのは、単なる幸運に過ぎない。彼は辛くもそれで一撃を受け止め、その衝撃によろけて後ろへ倒れこんだ。

「衛兵！」水差しを振り回して必死に二太刀目をかわしながら、ガルドは怒鳴った。「侯爵は乱心した、取り押さえよ！」

「卑怯者！」ばらばらと駆け寄ってくる衛兵たちに、己の剣を鋭く向けながら、レオンは叫んだ。

「この僭王が！　妹と、貴様のためにこれまで死んでいった騎士や兵らの忠誠を返せ！」

「卑怯者はどちらだ、レオン・バロウズ」ガルドが起き上がり、喘ぎながらも冷然と言い放った。

「よりによって貴様から、忠誠などという言葉を聞こうとは」

室内はたちまち大混乱となった。衛兵たちは困惑をかなぐり捨ててレオンに次々と斬りかかったが、壁を背にした侯爵は戦さ神のように荒れ狂い、そのすべてを跳ね返した。

だが、集団の中から飛び出して斬りつけてきた一人の剣を己の刃で受け止め、レオンは一瞬正気に返ったかのように目を見開いた。

「ハイデン」微かに唇を動かす。「そなた、生きていたのか。どこにいたのだ……！」

「今、到着したばかりです」巧みに鍔競る素振りをしながら剣越しに顔を近づけ、真っ青なハイデンが早口に囁いた。「あなたに重大なお話が。だがいったいこれは何事なのです、侯爵！」

「ガルドの父は先王ではなかった。奴は、私とシルフィンの腹違いの兄だ」レオンは低く囁き返した。「そなたは即刻、シルフィンを連れて我が領地へ逃げろ！」

「――！――」

「行け、早く！」重ねた剣を力任せに押して、突き放した。

室外からも続々と駆けつけてくる衛兵たちの中を、ハイデンは後ずさり、掻き分け、そして走り去った。


「いかに功多き王国の将であったといえども、王である私を誹謗し、自ら刃を向けた咎は、万死に値する。何者にも例外はない」

ガルド王は鋼のような声で告げた。

「百回の鞭打ちののち、王城前広場にて火刑に処せよ！」

縛り上げられ、中庭を連行されてゆくレオン・バロウズの姿に、王城中の視線が集まった。呻きや微かな悲鳴があちこちから漏れる中、塔の中層にある露台から突然鋭い声が響き渡った。

「そなたたち」白い夜衣姿のシルフィンが、叫んでいる。「何をしているのです——私の兄上を、どこへ！　無礼者、今すぐそのような扱いをお止め！」

絶えて久しい、凛然たる王妃の語調となっていた。動揺しつつそちらを一瞥する者も多かったが、衛兵たちの歩みは止まらない。

「その方は、そなたたちの将、レオン・バロウズ侯爵ですよ！」だがその声は、すぐに取り乱した絶叫へと変わり出した。「お——お兄様……っ！　行かないで……お願い、行かないで！」

「シルフィン」三人がかりで前へと押しやられながら、レオンが叫んだ。「そこは危ない、中へ入りなさい！　私はすぐに戻るから――」

「やめて」もはや悲鳴だ。真っ白な顔に紫の斑が浮かび、既に正気とは思われぬ眼が大きく見開かれた。「私を置いていかないで――おにいさま――」

まるで飛びつこうとするかのように両腕を伸ばした。手すりから乗り出した体がぐらりと傾いた。

部屋に飛び込んできたハイデンの死に物狂いの手が、その薄い裳裾を摑んだ。だが布はすぐに引き裂け、彼の手の中にその断片だけを残して、王妃は真っ逆さまに転落した。

白い石畳に激突した、その全身の骨が小枝のように砕ける音を人々は聞いた。

「……シルフィン――っ！」

レオンが絶叫した。

鞭打ちの刑は凄惨を極めた。鉄の棘を植え込まれた革鞭で百回打たれて、その後にまだ息があった罪人は、ほとんど例がない。

しかし、強靭な肉体の持ち主であるレオン・バロウズは、不幸にも最後の一打ちまでも生きたまま知ることになった。だが終わると同時に意識を失い、皮膚も肉も抉られ弾け切った背中から血を噴きこぼしつつ、地面を引きずられて、急ぎ用意された火刑の場へと運ばれた。

処刑人たちが、突き立てた木柱に彼の体を縛りつけ、運ばれた薪の山をその周りに積み直した。

その隙間に押し込んだ小枝に、直ちに火が点けられた。

たちまち煙が立ち昇り、赤い炎がちらちらと薪を舐め始めた。


ラトーヤは、城壁の上、物見小屋の影の中にいた。喉を斬られた見張りの兵が足元に転がっている。


（侯爵様）

涙で、嗚咽で、引き分ける弓がぶるぶると震えた。

（今、お楽にして差し上げます……！）

一本の矢だけで。必ず、必ず一本の矢だけで――死なせてあげなければならない。体を貫く痛みを感じるよりも早く、その息が絶えてしまえるように。


……ラトーヤ。

私は、そなたを苦しめたことはあるか？

そなたを傷つけてしまうことになったとしても、それは本意ではない。

ラトーヤ――

（侯爵様――！）一瞬、目を閉じた。涙を振り零した。再び開いた。（すぐに、私もお側に）

ぎりぎりまで引き絞り、指が弦を放そうとした瞬間、横から体当たりされて姿勢を崩された。

「だめよ！」ラトーヤの手首を摑みながら、ラフィエルが怒鳴った。「今、射ってはだめ！」

「邪魔をしないで！」ラトーヤがほとんど絶叫しながら、無我夢中でその腕を振り払おうとした。

「何の権利が――」

「彼を助ける！　彼という人が、私たち全員に必要なのよ！」摑み合いになりながら、ラフィエルも喚いた。「いま、あなたの仲間が来るから！」

人々のどよめきが、そして、蹄の音が、錯乱寸前のラトーヤの耳にも小さく届いた。

彼女は再び広場の方を見た。

五頭の騎馬が、広場へと続く町の通りを全速力で走ってくる。

慌てて走り避ける見物人たちの中を駆け抜け、五騎は広場へと突入した。いずれも乗り手は黒髪緑眼、鞭のようにしなやかな体躯の男たちだ。先頭の一人が手の中の縄を何度か大きく振り回し、投げた。その先端の輪がレオンの括りつけられている木柱に引っかかる。

男は鞍の後橋に素早く縄を二度巻きつけ、馬に叫んだ。馬が猛然と前へ跳んだ。薪と炎とを撒き散らしながら、レオンの体ごと柱が引き抜かれ、地面の上に倒された。

広場は大騒ぎになった。

「今よ！」すぐに自分の弓を引き分けたラフィエルが、ラトーヤを見る。「彼らを援護して！」

迷う暇もない。ラトーヤは瞬時に矢をつがえ、馬から飛び降りた男たちに向かう衛兵の一人を背中から射倒した。

「いい腕」隣で自分も一矢目を放ち、ラフィエルが呟く。「やっとそれを、感謝できるわ」

柱ごと地面に倒れているレオンに、男たちがマントを何度も叩きつけ、その体にまわりかけていた火を消した。

二人の射手による高所からの速射にもめげず、衛兵たちは乱入者らに襲いかかろうとした。それを三人の男が剣を振り回して払いのけ続け、他の二人が鎖を解いたレオンの体を素早く馬上に引き上げた。

登場から退散まで一瞬の無駄もない、まさに魔法のような手際のよさだった。怒号と混乱の中を、五頭の騎馬はそのまま広場の外へとまっしぐらに駆け去っていった。

＊　＊　＊

レオン・バロウズ侯爵は、数年前より王都の近隣に自身の隠密活動のための要員として、ラトーヤの縁者を含めた常時十名ほどの者を住まわせていた。

その彼らの隠れ家の一つ、むろん窓もない地下の一室で、ラトーヤの従姉でもある薬師は、彼ら一族の恩人であるレオンの命を救うため、そのほぼ全身に及ぶ惨たらしい火傷と鞭傷の手当にあらゆる手を尽くした。

「乗り切れるかどうか、難しい」だが彼女はラトーヤとハイデンに話した。「というよりも、普通の人間なら、ここまで傷を負う前にとっくに息が絶えていたでしょう。よしんば奇跡的にこのまま心の臓が動き続けても、この先味わうその苦痛は、さっさと死んだ方がよほどましな程に、長く辛いものになるはずよ」

彼女は、二人の顔を交互に見た。

「侯爵様は、それでもまだ生きねばならぬという強い意志を、ご自分の中にお持ちかしら――？」

ガルドは不機嫌の極みである。

単なる人質という存在でしかなくなって久しかったシルフィンが露台から勝手に墜落死したこ

となどは、もはやどうでもよい。だが真っ黒に焼け焦げて死ぬはずだったレオン・バロウズが異民族の奴隷どもにまんまと連れ去られ、数刻経ってもその行方が杳として摑めないというのは一体どうしたことなのか。ここは北部辺境伯領などではない、国王たるガルド自身の権威が路地の隅々にまで浸透していて然るべき、王都なのだ。

しかも、ギネヴィア姫奪還作戦遂行のために当然宙を飛ぶが如く奔走し、ガルドの執務室にも忙しく出入りしていて然るべき重臣ら、軍政官らが、なぜかまったくその姿も気配も見せない。侍従を各所へ使いに走らせても、「誠に畏れ多きことなれど、我が主はただいま、陛下のご命令を確実に遂行すべく必要な装備調達のため外出を」「戻りましてから、必ずや、疾く」等々、妙にあやふやな伝言を持ち帰るばかりだった。

〈サンスタン〉奪還は、むろん最重要の国事だ。しかし一方で北部辺境伯領への進軍も火急の問題である。レオン・バロウズは恐らく王に申告していた以上に財と戦力を蓄えてきていたはずであり、当人が万が一にも生きて領地に戻るようなことにでもなれば、大規模な内戦の勃発は必至だ。今やあの侯爵には、すべてを賭して政権奪取に動くだけの十分な理由ができたのだ。

「陛下、御身も少しはお休みになられませぬと」侍従長が、王の機嫌を気にしつつも脇から言う。

「聖地よりお戻り以後、睡眠もほとんど取っておられませぬ」

「当たり前だ。はらわたが煮え続けて、もはや寝てなどおれぬわ！」

「それでも、幾らかお眠りにならなくては心の臓にお悪うございます。ご注意遊ばすよう、侍医もご忠告申し上げたはずでございましょう。陛下はお小さい頃より、お胸を痛めて身罷られた母君にご体質が似ておられるのですから。どなたかお呼び寄せにでもなり、今はしばし寛がれてはいかが」

彼の性癖を熟知している相手からさりげなく促され、ガルドは確かに自分には発散が必要であることに気づいた。しかも、爆発的な、暴力的な発散をだ。今すぐに。

「ファナを呼べ」別塔で暮らす愛妾の一人を名指した。

いつもの蘭の香りを漂わせながら、慎み深く長い薄絹のヴェールを被って女が入ってきた時、ガルドは部屋の壁際に立ち、じっと床を見つめていた。

レオン・バロウズが捕縛される際に傷から出血した、その血痕がまばらに残っている。あの若く美しい侯爵が散らしていったその色合いに、顔が歪むほどの憎悪と、そしてそれと同じくらいに強烈な官能の興奮を感じていた。

「……炎熱に舐められて、もはやふためと見られぬ化け物となりおおせたであろう……」

恍惚と独りごち、ふと目を上げた。壁の磨き上げられた鏡板にうっすら映る己の、その背後から、閃光の如く襲いかかってくる長剣を見た。

避けたが、避け切れない。ガルドの右肩に剣が食い込み、肉を割って鮮血を迸らせた。彼は大声を発した。無我夢中で左腕を振るい、背後の女を殴りつける。相手は剣を握ったまま床に転がった。その場で小さく呻き声をあげたが、ほとんどすぐに半身を起こし、長いヴェールを頭から剝ぎ取った。剣を握り直しながら立ち上がる。結い上げた黒髪に、ガルドの愛妾のものである緑炎石の簪。細面。爛々と燃え盛る緑の瞳。

「……貴様」

ガルドは怒りのあまり、逆に己の内部のどこかが突然氷面のように平坦になるのを感じた。

「バロウズの女だな……！」

ラトーヤは応えない。会話をしに来たのではないのだ。眉が険しく寄り、眼が光り、死闘に臨む猛獣の形相になっている。生粋のエルギウス戦士とは異なる摺足でゆっくりと床面を移動し、剣を構え直した。

ガルドは、衛兵を呼ぶための紐がラトーヤの後方にあることに気づいた。妾を呼び寄せた王の寝所から悲鳴や不穏な物音が聞こえるのは珍しいことではないので、側仕えの者たちもむしろ距離を置く。だが自身の愛剣がほんの数歩のところにあるのを目の端に捉えた。〈聖王の剣〉として祖父の代から伝わる名剣。飾り棚の段差に遮られ、ラトーヤが今立つ位置からは見えないはずだ。

「……恋しい男の仇討ちか。奴隷女の分際で」

嗤ってみせつつ——唐突に横へと跳んだ。

ほぼ同時に、鋭い気合を発してラトーヤが突進した。ガルドは剣を鞘から抜くのが間に合わず、相手の疾風のような数太刀を鞘そのもので受け止め、必死にかわし続けるしかなかった。ガルドの命をその時救ったのは、皮肉にも自身の血である。肩からの出血が床に散り、ラトーヤが一瞬それで足を滑らせたのだ。ガルドはその隙を逃さず、鞘ごとの剣で猛烈に相手を殴り飛ばした。

床に叩きつけられた衝撃でラトーヤの手から剣が飛んだ。ガルドが聖剣を鞘から抜き払い、すぐに飛びかかって馬乗りになる。体重は女の倍近い。その重さを乗せた左拳の一撃を頬に食らい、ラトーヤの意識はほとんど吹っ飛んだ。顔がたちまち血まみれになる。

「奴隷女如きに、大エルギウスの王が倒せると思うか……！」

ガルドは激しく喘ぎながら、ラトーヤの顔に剣先を突きつけたまま、彼女の胸元に左手をかけて一気に絹の衣を引き裂いた。朦朧としつつ逃れようと身をよじる相手の、その乱れ解けた髪を荒々しく摑み上げる。

「あの澄ました人形面のレオン・バロウズが道理を忘れるほどに溺れた体か。あやつが貴様のどこを、何をそれほど気に入ったのか、確かめてやる。奴に見せた顔を、このガルドにも見せてみよ！」

ラトーヤの両眼が大きく開いた。

髪に伸びた手が簪を引き抜き、剣を握るガルドの手の甲にそれを突き立てる。

ガルドが叫んだ。五指が一瞬引き攣って緩む。

その重い剣を掴み取ったラトーヤの手首が半回転し、刃が光る弧を描いた。掴んでいた黒髪が一息に断ち切られ、再び虚を衝かれたガルドはそれを握ったまま体勢を崩した。

ラトーヤがそのまま〈聖王の剣〉を両手で逆手に握り、脇を抜けて後方へと背中からぶつかるようにして斜めに突き上げた。剣先がガルドの口を貫き、そのまま一気に後頭部へと抜けた。

「……おまえは」

ラトーヤは血まみれの歯を食いしばり、全身で剣をぐいと押し進めた。

「大エルギウスの王などではない……ッ！」

ガルドの頭が自らの重みで更に剣の柄に向かって沈みかかり、その体が激しく痙攣し出した。のしかかってきた相手の口からゴボゴボと噴き出される熱い血に濡れそぼりながら、ラトーヤは相手の重い体を最後の力で後ろへと押し離した。そしてそれが床の上へどう、と仰向けに倒れるのを見遣った。


真っ白な世界が、激しい呼吸音で埋まっている。

（……）

それが自分の息遣いであることに、徐々に気がついた。

ラトーヤは全身朱に染まったまま、ただ本能に突き動かされ、腰でいざるようにして懸命にガルドの側を離れた。壁際まで逃れ、背中を押しつけて姿勢を支える。引き裂かれた衣を無意識にも掻き合わせ、剝き出しの胸元を覆おうとした。

口に聖剣を突き立て天井を向いている、王であった男の大きな屍を、乱れた呼吸を浅く繰り返しながらしばらく凝視していた。もはや開かれることのないその拳が、断ち切られた彼女の髪の束を摑んだまま床の上にある。

……視界が霞み、すうっと気が遠くなりかかった。

だめだ。……こんなところで気絶しては、だめだ……

兵が、やって、来るのに。

「——ラトーヤ」

……必死の声音で呼ばれている。

「ラトーヤ、しっかりしてくれ！　……ラトーヤ！」

男の声に意識の一部が跳ね起き、ラトーヤは傍らに剣を探った。ない。

「敵ではない、私だ。ハイデンだ」すぐ側に屈み込み、話しかけている。話しながら、その手が絹布でラトーヤの顔の血をそっと拭っている。「しっかりしてくれ……顔の他に、傷は？　全身血まみれでよくわからぬ」

「……衛兵、が」ラトーヤは動かぬ口を何とか動かそうとした。殴られた顔が早くも腫れ上がり出し、目もよく見えない。だが、半裸同然の自分の体が男物のマントで覆われていることに気づいた。

「大丈夫だ、誰もそなたを攻撃したりはせぬ」ハイデンの切迫した声が、ようやく少し和らいだ。「軍政官の方々がこの王都に参集されていたのは、不幸中の幸いだった。私は彼らに王の目を盗んで密かにお集まりいただき、そなたにも話したあの〈炎の蹄〉の話をお聞かせしたのだ……それがどれほど恐ろしいものか、ギネヴィア様が託してくださった幻の炎熱もお見せした。彼らは直ちに、避難承認を乞う特使をシザリオンに急ぎ送る旨の決議をされた。そしてラトーヤ、彼らのほとんどは、自領地の民をシザリオンまで避難させようとすれば、我らが侯爵の所有である北部辺境伯領を通過させなくてはならぬ。今や誰も、侯爵を、そなたを、咎め立てなどしていられる状況ではなくなった。もう過ぎたことの詮議など後回しだ。一人でも多くの領民を生き残らせることこそが、今や我々全員にとって最重要の責務なのだから……」

ラトーヤは薄目を開けて、ただ呆然と彼の顔を見ていた。

「ああ、ラトーヤ……！　軍政官方との会合を終えて隠れ家に戻ってみれば、そなたがおらぬので、まったく肝を冷やしたぞ。死なずにいてくれて、なんと有難いことか！　侯爵にはそなたが、どうしても、どうしても必要なのだ。その侯爵に、もはやそなたまでもいなくなったとお教えするのは、どうせこの私の役になるのだぞ。先に少しは考えて、同情してくれたらどうなのだ……！　さあ、私がそなたを運ぶ。一緒に、あの方の元へ帰ろう」

＊　＊　＊

ラトーヤは、それから数日間、ほとんど眠らずにレオンの枕元に付き添った。

死ぬ時はついてゆく。それは、彼に明瞭な意識があった頃からの約束だった。口に出して伝えたことはなくとも、きっと彼にはわかってもらえていたはずの。その無邪気な誓いの、なんと容易いことよ。

……けれども。

（侯爵は、それでもまだ生きねばならぬという強い意志を、ご自分の中にお持ちかしら？）

私のために、生きてください。そんなことを願う――願うことが、許されるだろうか。

何もかもを、彼は失った。彼の生きる支えだった、たった一人の妹君も。高潔なる名声も。まるで生ける彫刻のようとあまた謳われた美しく豪奢な肉体をさえ。深い鞭傷と火傷の痕は、たとえ彼が生きながらえたとしても、その皮膚から完全に消え去ることはもはやない。炎は彼の左目をも炙っており、その視力は今後もおそらく戻るまいと薬師の従姉は告げている。

その彼に、それでもなお、生き続けてくれと……この私に……願う資格が、価値が、果たしてあるのだろうか。

レオン・バロウズはその後も意識が戻らず、臣下の一同は急ぎ改造された馬車に厚く敷物をのべた上に彼を横たわらせ、領地へと運ぶことにした。ラトーヤが一日中その傍らに付き添った。激しい震動を避けるために馬車の歩みは緩く、北部の辺境伯領に火急の問題が山積のハイデンは、心を残しつつ、一人早馬を駆って先に発った。

馬車がようやく明日には懐かしい森林地帯へ入るという日、騎士の一人が一行の食料として赤鹿を仕留めてきた。ラトーヤはその角袋から香料を搾り取り、小さな布にそれを染み込ませて、意識のないレオンのやつれた顔の近くにそっと置いた。そして、いつものように水を口に含み、彼に口移しでそれを飲ませ始めた。

何度かそれを繰り返した時、顔に触れていた彼の睫毛が動いたことに気づいた。

「……」ラトーヤは目を開けた。そっと、顔を離してみる。

レオンが、包帯に覆われていない、右の瞼を開けていた。

「……侯爵様」

ただ眼を開けているだけだった。いくら絶叫してもその声はきっと空しく消え去る、地獄のような虚空のただ中にいる。

やがて、その瞳が……僅かに動いた。息を止めたまま見守っているラトーヤの顔を、見た。彼女が誰であるか、認識した。土気色の唇が小さく動きかけた――だが次の瞬間、再び苦悶の波がやってきた。堪えかねて瞼が落ち、そして再び開いた。また、彼女を見た。見ようとした。

「……侯爵様！」

ラトーヤは、水を含んだ。そして彼に飲ませた。何度も飲ませた。水が二人の唇を濡らし、ラトーヤのあふれる涙が頬を濡らした。

「帰ってきてください」

泣きながら、呼んだ。

「私の側に――帰ってきて――レオン！　どうか、お願い……！」

相手の顔に自分のそれを押し当て、彼女は声を上げて泣いた。

その声を聞きつけて、ラフィエルが急いでやってきた。

そして彼女は、レオン・バロウズの包帯に覆われた手がゆるゆると上がり――ラトーヤのまだ痣の残る頬、そしてその短い髪に、そっと触れるのを見た。

＊　＊　＊

文司の大鷲たち、そしてエルギウス王国の無数の早馬たちが、平原全土を大車輪で巡り始めた。赴いた使節たちは各地の支配層に緊急の警告を発し、中でもシザリオンの北部鉱山を目指すしかない地域の人々には、更に詳細な指示を与えて回った。

それを信じる者、信じない者、反応はむろん多種多様だったが、たとえ〈炎の蹄〉がもたらす災厄そのものについては半信半疑であったとしても、あのシザリオンの黄金鉱山が初めて開放されるという話に強い興味を示さぬ支配者は一人としていなかった。

世界中で、まさしく史上例を見ない規模での、大移動が始まった。

鉱山を含む山岳地帯への避難民の進入にあたっては、シザリオンの正規軍が誘導と治安維持に従事した。滞在させる一帯はあらかじめ避難民の出身地ごとに細かく区分され、同じ地域からやってきた人々がなるべく一ヶ所にまとまり、たとえ道中の大混乱で身内や仲間とはぐれてしまっていても中で再会ができるようにと配慮がなされていた。またそもそも、方言も異なる見知らぬ他人の群れと同居させるよりは、狭苦しさはもちろん同じにしても、同郷の者同士の方がまだしも揉め事は少なくて済むだろう。

国策の変更により、しばらく前から鉱山労働に近在の女たちも多数加わるようになっていたことも、結果的に全体の大きな助けとなった。日々の仕事の必要性から独自の指揮系統や連絡体制をほぼ確立しつつあった彼女らは、元より生活者として十分鍛えられてもいる。既に勝手知ったる場所となっていた坑道内で、その「生活の知恵」と弱者への理解度を遺憾なく生かし、自発的に避難民の世話や動線整備に活躍し出したのだ。


ギルディオンは、忙しい。

故郷へようやく帰還したという感慨に耽っていられたのは、王城ですっかりやつれた父と再会し、お互い初めてのことであったが涙を流しながら抱き合い、それから王と王妃の元へ挨拶に上がり、これも声を上げて大喜びされた、そのひとときまでだった。

まず、アガトを大頭目としてエルギウスから連れてきた馬賊たち、合流の結果として五百人を超える所帯にまで膨らんでいた彼らを、地下の古い採石場まで連れてゆき、そこに行儀よく落ち着かせる必要があった。

しかも、さんざん鬼と巷で呼ばれているそのアガトが、妙に罪のない顔つきで、事あるごとに

「オンセン」のことを尋ねてくる。はっきり言って、煩い。

だがアガトという男の粘り強さ、もとい、異常な執念深さはギルディオンも既によくわかっていた通りで、黙らせるために結局、砦の者たち、その老若男女を最寄りの湯治場まで連れていく羽目となった。だが日頃そう風呂好きとは思えぬ若者たちまでもがその薬湯にすっかりはしゃぎ回ったことでもあり、まあよしとするしかない。どうせすぐに他の避難民たちも訪れ出し、芋を洗う混雑となるのは目に見えている。まして〈炎の蹄〉が来たら湯治どころではない。湯を撥ね散らかして皆で遊んでいられるのも今のうちだけだ。ギルディオンは放置を決め、本来の責務へと駆け戻った。

アストラン王とその妃は、鉱山の麓にある彼ら自身の別城においても遠来の王族たちに間貸しを始めている。結果として、王族本人たちはともかくも、その従者であるらしき、だがよく正体のわからぬ有象無象の異人が城中をうろつき回る状況となっていた。ギルディオンの近衛兵としての神経も、休まる暇はない。

しかしそれでも、彼は僅かな非番の時間のほとんどを充てて、鉱山の避難民区域の手伝いに行かずにはいられなかった。かつて世話になったあの懐かしいシャロン村の人々が、ロナが、いつ来るか、いつ来てくれるかと、心配でおちおち寝てなどいられないのである。

（もう、誰か……せめて何家族かくらいは、姿を見せてもいい頃合いなのに）

馬で、幌馬車で、荷車を押しながら、あるいは徒歩で荷物を負い、ぞくぞくと慣れぬ山道をやってくる人々を、シュタインの高い背から見守りながら、ギルディオンの瞳からは焦燥の色が消えなかった。

ルイがギルディオンと会えるまでに何日も待つことになったのは、そうした事情があったからだ。採石場の外で子どもたちを遊ばせていたルイは、シュタインに乗った彼が馬たちの牽く荷車を数台後ろに引き連れてやってくるのを見て、立ち上がった。

「やあ、元気か、ルイ」馬から降りながら、相手がいつもの明るい声をかけてくる。

「元気だよ、ありがとう。あのオンセンのおかげかも。兄ちゃんてば、毎日入りに行かせようとするんだ」

ギルディオンが笑った。「おまえが元気なら、アガトも元気に違いないな。結構なことだ」

ルイも笑う。「その大荷物は、なに？」

「ここの割り当て分の食料だ。これで二ヶ月もたせてもらうしかない。だいぶ不足だろうが、辛抱してくれ」

「えっ、これ全部が、ここだけの分？　わあ、本当にありがとう！　これもギルが自分で都合してくれたの？」

「いや。実は一昨日、エルギウスのバロウズ辺境伯領から運ばれてきた物資があって。その一部なのだ。辺境伯は領地で三年凶作が続いても民が飢えずに済むだけの備蓄をしていたらしい。それが今回、全部供出されたそうだ」

「へえ……。そのバロウズ侯爵当人は、もうここへ着いているの？　自分で起きられないくらいの容態だって聞いたけど……」

「自分の領地の城に戻って、意識ははっきりしてきたらしい。そして、どうやらそこを動く気がないようだ。〈サンスタン〉を連れ去ったことで自分がこの世界に何をすることになったか、彼はもう知っている。この国難に際してエルギウスの民を引き受けようというシザリオンへの謝罪の意味からも、自分が生き永らえるわけにはいかないと思っているのだろう」

「彼が死んだからって、他の誰かが助かるわけじゃないだろうに」

「そうだな。実は今、エルギウスの要人と共にラフィエルが説得に向かっている」

「ラフィエルが……？　あんなに侯爵のことを怒っていたのに、彼のこと、許せたんだね」

「本当に許したわけではないだろう。だが、ガルド王が死んだ今、この災厄のさなか、そしてそれが過ぎた後も、エルギウスの人々には有能で吸引力のある指導者がどうしても必要なのだ。シザリオンもいずれは自国の立て直しに追われるだろうし、彼らの面倒までずっと見続けるわけにはいくまい。……それに、危険な目に遭われたそのルミエ姫ご本人が、バロウズ侯爵をどうか赦すようにと父君母君にお願いをされたそうだ。短い間ではあったが、侯爵が自分に注いでくれた愛情は真物だったと」

「……」

「正直に言えば、私はラフィエルと同じ気持ちなのだ」ギルディオンは少年に告白した。「バロウズ侯爵の行為を完全に許すことは、たぶんこの私にはできない。だがあのハイデンが、他の側近たちもそのようだが、侯爵のことをあれほどまでに愛している。彼のためならどんな死でも選べるほどに。きっとバロウズはそれだけの男なのだろう。ハイデンから少し聞いたのだが、バロウズはこれまでずいぶんと酷い人生を歩んできたようだ。恐ろしい罪を犯すところまで彼を追いやってしまったのは、あのガルド王だったのかもしれない。……愛ゆえの罪人を憎み切るのは本当に難しいと、この頃では少し思う」

「わかるよ」ルイが、真面目な顔で言う。「ぼくの兄ちゃんも人は殺すけど、でもそれはたいてい、自分以外の誰かが理由なんだ」

「……その、アガトは？」

「いま、外のどこかで他の頭目たちと話し合いをしてる。いろいろちゃんと決まりを作っておかないと難しいことも多いから……特にここの者たちはみんな、荒っぽいのばかりだしね」

ギルディオンは頷いた。「では荷車ごとここへ置いていこう。あの馬たちは連れて帰らねばならないが」

「わかった、みんなに伝えとく。……あの、ギル？」

ルイは、再びシュタインの方へ向かいかけた相手を呼び止めた。

「あの、頼みがあるんだけど……。ぼく、ルミエに……あのう、ルミエ姫に、もう一度、会わせてもらうことはできないかな……」

〈サンスタン〉ルミエの現在の居場所は、厳密に伏されていた。誕生直後からの経緯を思えば、国王夫妻のその用心にも無理はない。まして今は、あまりにも大勢の他国の人々が周囲に溢れている状況なのだ。今は避難民と一括りにされていようとも、彼らの一人ひとりがその胸の内でどんな算段をしているかなど、わかるものではない。

だがギルディオンが相談に赴くと、エレメンティアは娘ルミエの意思を確認した上で、ルイをそこへ連れてくることをすぐに許した。文司の長ザキエルが、ルミエをシザリオンに帰すためにルイが支払った犠牲のことを、国王夫妻に既に話していたからだ。

母王妃の計らいで人払いがされると、ルミエはすぐにルイの側へと自ら寄ってきた。両の腕を彼の体に回し、顔を見上げる。

「ルイ。会いたかった」

「ぼくも……ルミエ」

「あの晩、ひどいけがをしたのでしょ。傷はどう」

「うん、もうすっかりいいんだよ」

二人は美しい敷物の上に座り込み、用意されていた甘い飲み物を飲み、皿に盛られた新鮮な果物を食べた。

「ルミエ、訊いてもいいかな」ルイは相手の様子を見ながら言った。

この小さな〈サンスタン〉に、砦のあの部屋で初めて世界崩壊の幻を見せられた時、そして文司の丘からの帰途で狼に襲われ、再び戻った砦で傷の手当をされていた時、自分は確かに、何かを見た。思考能力も飛び失せる恐怖や痛みの中で、遠く、何かを。

もちろん、異常な状態にあった神経が見せた虚像だったのかもしれない。治療の最中に自分が何かを口走ったような記憶もうっすらとあるけれども、何を言ってしまったのかは覚えていない。側にいたアガトがそれを聞いていたかもしれないが、兄がそのことについて後で触れることもなかった。だがルイは、自分が垣間見たもの、その正体を知っておくべきだという気がしていた。それがたとえ、幸福を知ることとは真逆のものであるかもしれなかったとしても。

「なあに」

「前にきみは、ぼくのことをきみの分身だと言ったよね……きみはぼく、ぼくはきみって。あれは、どういう意味のことだったの」

「あなたとわたしは、同じひとつの生命を生きてる、ってこと」

「よく、わからないな」

「うん。あのね……ルイはほんとうに、すごく大きなことを成し遂げたのよ」ルミエは言いながら、紅い果物の粒を皿からひとつ摘み上げた。

「いちばん大事なのは、つまりこういうこと。たとえば、ルイは狼におそわれて、大けがをしたでしょ。でもその傷は、時間がたつと、少しずつだけど、ふさがってきたでしょ？　けがをしても、病気になっても、治ろう、治そうとするのが、生命のちから……目の見えない人が、耳がするどくなって危険にそなえるようになるのも、生命のちから。生き延びていくためには必要なことなの。それは、わかるでしょう？」

「……うん」

「それと同じことが、わたしたち人間全体の上に起きたの。わたしたちのこの世界には、大きな危険がせまっていた。きっと何もかもがこわされちゃうような、大きな危険が。ルイはずっとそれを知っていた。でも、そんなことさせない、ってルイの生命がほんとうに強く望んだから、このわたしが生まれてきたの。どうして自分の体についた傷が治るのか、耳がするどくなるのか、そのしくみを自分で知っていても知らなくっても、けっきょく同じ変化が起きるでしょう？　ルイは、自分でははっきりわかっていなかったかもしれないけれど、自分の生命のちからで、なんとしても、大好きな人たちを、そしてこの世界を、こわれるままにはさせまいって、がんばったのよ」

「ぼくがきみを……〈サンスタン〉を生まれてこさせた……？」

ルイはじっと相手の顔を見つめた。

「ぼくに……こんなぼくに……ぼくはね、生まれた時からずっと、みそっかすの子どもだったんだよ。特別な能力なんかなんにもないし、周りの人たちの期待には一度だって応えられずにきたんだ、本当だよ。きみはそのぼくに、そんなにおおきな力がって……どうして……？」

「人は、みんなね、それぞれ違う意味を持って生まれてくる。その意味を自分でわかってる人はとっても少ないけれど……。ひとりひとりはみんな小さいから、この人きな世界にとって自分がなにか意味を持ってるなんて、感じることもあんまりないのね。だけど、たくさんの誰かが別の誰かのことを考えたり、その人のために動くことで、結果としてこうやって、世界はなんとか続いてきたの。みんなが違う意味を持って生まれてくるのは、きっとそのため……」

ルミエは金色の長い睫毛を伏せて、小さな掌に載せた艶やかな果実の粒を見ている。

「そして、わたしたちの生命はね、けっしてあきらめないの。生命のちからって、この世界みんなの、未来に向かうことを願う力、そのものなのよ。大昔に予言があって、そこから〈サンスタン〉の伝承が生まれたのも、生む力がわたしたち人間にはあったから……。そしてルイは、その大きな生命の流れの中から、〈炎の蹄〉の災厄からみんなを救うために送り出された、最初から特別なひと。予言を果たすために生まれてきた伝承のひと。みそっかすだなんて、どうして？　とんでもない……」

「ルミエ」

「だけどルイはね、生まれてくる直前に、その力を自分の大好きな人を助けるために先に使ったの。それですこし疲れてしまって、でもせいいっぱいの声で、手伝って、って、わたしのことを呼び続けたのよ。そして、あなたの生命を、あなたの力を、その大好きな人にだけじゃなくって、わたしにも分けてくれたの。予言を今度こそ現実のものにするために。だからわたし、生まれたばかりの赤ちゃんだったのに、こんなに大いそぎで大きくなれたのよ。でも、そのせいで、ルイのほうはどんどん体が弱ってしまったよね。ずっとつらかったでしょう？　ごめんね、ルイ」

ルイは考えた。

「それは……もしかしたら、ぼくが、きみだったかもしれないということ？」

「そう」ルミエは果実の粒をきゅっと口に押し入れた。「……もしもルイが、十六年前に〈サンスタン〉として生まれていたら、シザリオンの王と出会っていたかもしれないね。アストラン王は、もっと若いころから、何度も文司の丘を訪ねているのよ」

「ぼくが？　アストラン王と……？」

ルイはしばらく黙っていた。

ルミエも黙っていた。一粒ずつ、慎重に、果実を口に運んでいる。

「ぼくと、きみは、ひとつの生命を分け合い、生きている」

「……」

「じゃあ、今はきみがこうして、ちゃんとみんなのために〈サンスタン〉として来てくれたから」

ゆっくりと言った。

「ぼく自身は、もうじきいなくなるんだね。そして……これからは、ぼくの代わりにきみが、生きていってくれる」

ルミエの瞳が、じっと見つめ返した。

（そうだったのだ）

全身に、足指の先にまで……さざなみのような震えがゆっくりと伝わり、恍惚と痺れてゆくようだった。

すべての霧が、晴れてゆく。

幾つもの——数え切れぬほどあった祈る日々、長い夜。すべての痛みに、不安に、苦しみに、悲しみに、そしてよろこびに、――意味は、まさしく意味はあったのだ。

自分は失敗したのに違いない。

そしてその失敗はきっと、ルミエのことばがすべて真実ならば――真実だということはもはや一点の曇りもなくわかっていた――大勢の大切な人たちの生命をも、既にああして無残に失わせてしまう原因ともなったのかもしれない。とうてい取り返しはつかない。今さらどれほど詫びたとて、彼らは戻らない。

(母さん――父さん)

(ジン、ごめん。ミア……ユリア)

(……ああ、でも)

それでも。

ぼくには、この生命には、それでもなお、きっと、何かの意味はかろうじてあったのだ。

こんなふうにでも、生まれてきて、そうして生きてよかったのだ。

あの、耀くように生きて笑う、兄のそばで。

「ぼくは、あとどれくらい、この世界で生きられるのかな」

「どうしても、知りたい？」

「もし――もしもだけど、時間があまりないのなら、伝え……あの、済ませておきたいことが、少しあるんだよ」

ルミエの大きな瞳が、彼の顔を見つめ続けている。

「二年」

ルイは思わず、ほっと小さな息を漏らした。

「そんなに、長く？」

「……」

「ああ、でも」ふふ、と苦笑が零れる。「村の医師が言ってたことは、結局当たってたんだね。小さい頃、二十まではきっと生きられないだろうって大人たちが話しているのが聞こえたんだ。

……兄ちゃんは、そのことは今でも知らないけど」

「ルイ」ルミエの小さな手が伸ばされ、彼のそれに重なった。

「わかるでしょう？　アガトのあの生命の火は、あなたが灯した火でもあるの。体がいつかどこかへ去ったとしても、火はね、残るのよ。あなたとアガトは、ずっといっしょだわ」

「……」

ルイはその手を取り、両手でそうっと包み込んだ。ルミエの体を引き寄せて膝の上にのせ、すっぽりと抱き包むようにする。

「……ルミエ。きみは、さびしくはないの？」相手の金髪に、囁きかけた。「きみは、ほかの人たちの知らない、たくさんの世界の秘密をきっと知っているね。そしてそれを、その胸にひとりしまっている。いくら〈サンスタン〉だとしても、まだきみはこんなにも小さいのに。悲しくなることはない……？」

ルミエは、ほんの短い間、黙っていた。

それから、ふいに、光が零れ落ちるような――〈光璃姫《サンスタン》〉の名にふさわしい――笑い声をたてた。

「わたしにも、ルイがいるもの！」

その両腕で、ルイの体にぎゅうっとしがみつく。

「いつか、時が来たら、ルイにもわかるわ。わたしたち、いつでも会えるし、お話もできるわよ。ほんとうよ」

「ルミエ」

「たくさん笑って、ずっといっしょに生きていきましょうね。だいすきよ、ルイ」

広い採石場の内部では、既にすっかり厳密な区分けが出来上がっている。馬賊たちは集団ごとにそれぞれの「陣地」に固まって、今夜も高鼾をかいている。

だが一人そこを離れ、地上の焚き火の傍で寝転がっているアガトのところへ、ルイは毛布を抱えて歩いていった。

「兄ちゃん」そっと呼びかける。「今日は、ここで一緒に寝てもいい？」

アガトはずっと目を開けていたらしい。肘を枕にしたまま、傍らに立つ弟の顔を見た。

「おまえはちゃんと中で寝ろ。ここらは平原よりもずっと冷える」

「じゃあ、ちょっと、今だけ。後で戻るから」

アガトが体をずらし、火に近い側に場所をつくったので、ルイはそこに横になった。二人で同じ毛布にくるまった。

「どうしたんだ」アガトが訊く。

「ううん、別に。……だって、ほら、〈炎の蹄〉が来たら、星を見ながら寝転がるなんてことも、きっとしばらくできなくなっちゃうもの」

二人はそのまま黙り、一緒に満天の星々を見ていた。

「焼け野原か」やがて、アガトが呟いた。「エルギウスの城も、都も、すべて消えて、貴族も軍隊も散り散りで、何もかも、一から出直しか」

「都は、兄ちゃんが作ればいいんだよ。自分の好きなふうに、最初から」

「ジンもそう言った」また、しばらく黙った。「何年、かかるかな」

「……」

「おまえは、俺たちの都をどこに作りたい」

「あの砦がいい」ルイは答えた。

「あそこもきっと熱風やら何やらで崩れちまうんだろうがな」

「でもぼくは、あそこが好きだったよ。また帰れるといいな……」

「連れていってやるよ。こんなゴタゴタが、みんな収まったらな」

「……兄ちゃん」

「うん？」

「人は死んだら、どこへ行くと思う？」

「わからねえな。だが、俺もいつか死んだら、ジンと同じように空を見上げながら平原の土に還りたい」

「うん……。還るって、何だかいい言葉だね。何か、深いとこでずっと繋がっていられる気がする。きっとさ、本当に繋がっているんだね」

「おまえは生まれる前から、俺のことを兄貴だと知っていたらしいぜ」

「もちろん、知ってたよ」弱い火明かりの中で、ルイは微笑んだ。

「ぼくは、生まれる前も、今も、そしていつか、生き終わった後も……きっと永久に、兄ちゃんのことが好きだ」

＊　＊　＊

侯爵のその部屋は、空気さえも動かぬ程に静かだった。窓には覆いが掛けられ、三枝の燭台ひとつ以外には灯りもない。あるかなきかの仄かな香りだけが目には見えぬ色調を漂わせている。

「ガルド王は、〈サンスタン〉ギネヴィア様に対して聖権授受を既に済まされていた。あなたも知っての通り、これは王家の法に則った儀式であったがゆえに、いかなる事情が生じようともその効力は失われぬ。王が逝きし今、エルギウスの王座はギネヴィア様に――ルミエ姫に引き継がれたことになる」

新たな王位継承権第一位、故ガルドの従兄に当たるミトラ公が、侯爵の枕元で静かに話をしている。

「私と、そして継承権第二位のダンテス小侯爵は、正式に権利を放棄することに決めた。それに先立ち、レオン、あなたとぜひ相談したいことがあってこうして参ったのだ」

レオンは枕の上で右目を開けていた。話を聴いていることも明らかだったが、反応はまったくない。

「我らの国は、まさに文字通り、この地上から消滅する危機に瀕している。レオン、エルギウスにはこれからもあなたという人が必要なのだ。従兄であった私があえて言う、ガルドは版図を拡大し一時の国力を高めはしたが、必ずしもすべての民にとっての善き君主ではなかった。寛大なるアストラン王は、あなたの行為を裁くつもりは既にないと言っておられる。今日までに起きたことは、すべて過去の話だ。あなたが自ら死を選ぶほどに己の行為を悔いているというのなら、むしろ今は堪え難きを堪えて欲しい。それが、全軍政官を含めた我々一同の共通の願いだ。どうか生き延びて、我らが無辜の民のために、エルギウスの再建にこそ力を貸してくれぬか。国家への贖罪がどうしても必要だと考えるのならば、レオン、それこそがあなたに成し得る最大の貢献ではないか」

「ルミエ姫から、ご伝言をお預かりしてきました」ミトラ公の隣で、ラフィエルが言う。「姫は今でも、バロウズ侯爵のことを愛する伯父御さまとお考えになっておいでです。鉱山の麓のお城で、二人だけでお話がしたいと」

レオンは黙したままだ。

その後もしばらく声量を慮る説得は続けられたが、全身を包帯で覆われた侯爵は結局最後まで一言も発することはなかった。

重苦しい失望を両の肩に滲ませつつ、客人らは辞去することにした。同行はしていたが言葉数は終始少なかった西部辺境伯ダキア公爵が、最後にレオンの上に身を屈め、その額に静かに接吻していった。

彼らの姿が扉の向こうへ去ると、脇でずっと影のように控えていたラトーヤが立ち上がった。水差しから湯冷ましを取り、侯爵の口に含ませる。それから注意深く、彼の姿勢を少しでも楽になるように変えてやった。

レオンの手がゆっくりと上がった。ラトーヤはすぐそれに自分の手を添え、彼女の頬へと導いた。

「……皆は」小さな声でレオンが言った。「避難したか」

「下仕えの者たちと、その家族は皆。騎士の一部は残っております」

「もう、護衛など要らぬ。手遅れにならぬうちに、すべて行かせるように」

「レオン」ラトーヤは微笑した。「彼らは自分の意志で行かないのです。あなたを愛しているから」

「罪をこれ以上増やしたくはない。去り、生き延びよ。私の最期の命令だと」

ラトーヤは、しばらく黙っていた。

「レオン」

包帯の厚く巻かれた彼の手を、そうっと自分の腹部に導いた。

「ここに。あなたの、御子が」

レオンは、しばらく反応しなかった。

やがて、その右目が一度瞬きした。

「ずっと、叶わぬ夢なのだろうと思っていました。でも、こうして……レオン」

彼の身に唯一変わらずに残った宝石のような青い瞳が、見続けている。色のない唇が、微かに開きかけている。

「たとえ世界がこれから滅ぶとしても、あなたの御子を、私は産みたいのです」

ラトーヤは顔を寄せ、囁いた。

「許してくださいますか……」

レオンが、突然大きく動こうとした。

ラトーヤは泣き出し、その体に両腕を回して抱きかかえた。

「……ラトーヤ」

何度も何度も、レオンが呼んだ。

「ラトーヤ……！」

お互いの涙が入り混じる接吻の繰り返しの中で、ラトーヤは微笑みながら言った。

「きっと、男の子。……わかるのです」

＊　＊　＊

山道を埋め尽くして延々と行列が続く。それぞれの族長から突然に北へと向かう旅を命じられ、その理由も本当には飲み込めぬまま、大事に増やしてきた家畜のほとんども丹精込めた農地も置き去りにして、長く辛い旅をしてきた人々だ。どの顔も疲れ切り、慣れぬ山歩きに首を垂れている。

王城近衛隊の制服のまま、ギルディオンは今日もシュタインに跨って、その山道の交差路で警備と案内の任に当たっていた。

「……シュタインだ！　ねえ見て、ギルだよ！」突然、遠くで子どもの声が叫ぶのを聞いた。

「父ちゃん、ギルだってば！　ほら、見て！　あそこに！」

ギルディオンは振り向き、忙しく視線を走らせて声の主を捜した。行列のかなり後方、農耕馬に牽かせた荷馬車の上で、少年と何人かの大人が必死に手を振っている。

「……ジル」ギルディオンは夢中でシュタインを走らせた。「ジル！　みんな！」

荷台から飛び上がって抱きついてきたジルを、鞍の上で激しく抱え込む。

「よかった……！　皆が来るのを、本当に待っていたのだぞ、ずっと！」

「ギル、すごいや！　別人みたいに格好いいね、本当にお城の騎士だったんだね！」

笑いと涙の中で次々に抱擁や握手が交わされた後で、ギルディオンは首を伸ばし、更に後方を見遣った。

「村の他の皆は？　一緒ではないのか？」

「途中で大雨が降って、橋が幾つも落ちてしまってな」ジルの父親が言う。「遠回りせざるを得なくなった連中がかなりいるんだ。わしらがたぶん、先頭くらいかもしれん。何しろ道という道は大混雑で、すぐに皆とはぐれてしまったんだよ。町に着いても宿なぞ取れんし、店に物資はないし、まったくえらいこった」

「大変だったな。この先に食料の配給所がある。そこで、シャロン村の住人ならばどこの区域に進めばいいかも教えてもらえる。村の皆とも、だから後で合流できるはずだ。馬たちとは区域の入口で別れなくてはならないが。家畜はあの山の裏の放牧地にまとめられることになっているから」

指差して方向を教えてから、ギルディオンはすぐに尋ねた。

「ロナは？」

疲れ切ったジルの家族は、困惑気味に顔を見合わせた。

「あのな、ギル。実はネイトが、農作業中の事故で亡くなってしまってな。ほら、女房のミシュリーは身重だったろう。だから看病に慣れているロナが付き添いを引き受けてくれて、彼女と幌馬車に乗って村を出たんだ。それ以来、わしらは会っていない。他の二家族が一緒だったから、大丈夫だとは思うんだが……」

「だけど、スーズの家の馬車もエレニーのとこのも、街道で遠くに見えた気がするって、父ちゃん言ってたじゃないか」ジルが叫ぶように言う。「でもロナとミシュリーの馬車は、そこでもどうしても見えなかったじゃないか」

「ジル、このばかもん」父親が慌てて叱る。「ここでギルを無駄に心配させて、どうする！」

ギルディオンは息を停めたまま、くねる道にどこまでも続いている避難民の行列の、その更に遥か彼方を見遣った。

西の森の向こうで、雲が低く黒ずんでいる。嵐が来るのだ。


「……ギル？」

そっと囁くように、エレメンティアは呼びかけた。

長距離騎行の身支度で王妃の間に現れたギルディオンは、扉を背に、踵を鳴らして近衛兵の礼を取った。

「行かねばなりません」

明瞭な口調で告げてから、そのギルディオンの声もまた、密やかになった。

「あなたに永遠の忠誠を、我がエレメンティア」

部屋の中央に立ったまま、エレメンティアは長い間、相手の顔を見つめていた。

「ふたり、生まれ変わっても。また必ず、私を見つけてね」

「必ず」

「そして、私のあたらしい名前を呼んで……あなただと、きっと気づくから」

「呼ぶよ」

ギルディオンが、あかるく微笑いかけた。

「いつの日も、誰よりも愛している、エレメンティア」

王妃はしばらく窓辺に立ち、石畳の上を厩の方へと駆けていく騎士の姿を見送った。

いきなり部屋の扉が開き、取り乱した様子のラフィエルが飛び込んできた。

「なぜ行かせるのよ」姉に向かい、悲鳴のように叫ぶ。「姉上は馬鹿よ。姉上もギルも、二人とも大馬鹿だわ。いったい何を考えてるのよ。もう五日しかないのよ。たとえ途中で彼女を見つけても、ここまで戻ってこられないかもしれないのに！」

「……いつも」

一度も振り向くことなく恋人が去った、その方向を見つめたまま、エレメンティアは呟いた。

その白い頬に涙がはらはらと散っている。

「なぜなのだろうと思っていた……。離れていたことなどない人なのに、どうして彼を見るたび……これほど、懐かしいと……感じるのだろうと……」

「……」

（彼と私は――きっと、何度も――何度も、こうして）

いきなり身を翻し、ラフィエルが駆け去った。


「私も行く」

シュタインの鞍にまさに上がろうとしていたギルディオンに、ラフィエルはほとんど体当たりするように飛びついた。

「あなたがロナを助ける手伝いを、私にもさせて！」

「ラフィ」

「お願いだから、一緒に行かせて」相手の体を揺さぶろうとしながら、ラフィエルは泣き叫んだ。

「あなたが姉上のために生きてきたように、私もあなたのために生きさせて。他には何も望まない、もう望んでいないの。あなたにとってそれほど大切なことなら、どうか私にも手伝わせて
……！」

「ラフィ、だめだ。君の馬には無理なのだ。エリーは素晴らしい牝馬だが、本気になったシュタインにはついていけない。苦しませて、途中で死なせてしまうぞ」

「……でも……でも」

「ラフィ、泣かないでくれ。まだ間に合うかもしれないのだ」ギルディオンは、相手の小さな体を胸にしっかりと抱きしめた。「可愛いラフィ。私のたった一人の妹だ。ずっと、心から愛しているよ。今までも、これからも」

「……ロナに会ったら、私が謝っていたと伝えて」ラフィエルはかじりつくようにして泣いている。「私、あの人に嘘をついたの。誰なんだと質されて、ギルの許婚だと、つい名乗ってしまったの。あの人、何も言わなかったけど、すごく傷ついてた……」

「私はアガトに、おまえのような女たらしが大事な妹にちょっかい出すなと嚙みついて、彼をめっぽう怒らせたよ」

「……」

「彼自身はそこそこの奴なのかもしれないが。私のラフィに、と思っただけで、それが誰であろうと猛烈に腹が立つ」

ギルディオンは微笑し、涙でぐしゃぐしゃのラフィエルの顔を両の掌で包んだ。そっと額に接吻する。

「行ってくる」

「さあ、シュタイン。おまえも大好きな、あのロナを捜すぞ」既に人影もまばらとなった街道へと向かいながら、ギルディオンは馬の首を軽く叩いてやった。

「何も怯むことはない。おまえは〈黒の雷神〉なのだ。世界一の馬だよ——そうだろう?」

シュタインが黒いたてがみを揺すり、ブルブルッと鼻を鳴らす。

ギルディオンは笑った。

「〈炎の蹄〉がどれだけ速いか知らないが、さっさと振り切って、一緒に鼻で嗤ってやろう」

風のように、かがやく夢のように、シュタインが疾走を開始した。

＊　　＊　　＊

〈サンスタン〉が予言した、その日の朝がやってきた。

それは不思議なほど平凡な夜明けだった。平原も、森も、丘も、山も、そこに人々の影がないことを除けば、当たり前のように新たな一日を迎えた。

シザリオンとエルギウスの騎馬隊は地域を分担して山道や近隣の街道を走り、逃げ遅れている者たちの姿がないかを確認して回った。

正午になった。最後の点呼が取られ、その騎兵たちもとうとう解散して、それぞれの避難場所へと移動してゆく様子を、ラフィエルは岩場の上から見ていた。

間もなくすべての坑道の入口閉鎖が始まる。日没ちかくの時刻、〈炎の蹄〉が降りてきたら、その巻き起こす熱風が完全に鎮まるまで、たとえ何が起ころうとも、誰が外から叩いて叫ぼうとも、その頑丈な扉が開けられることは絶対にない。

(帰ってこない)

遠く山道をどこまでも見渡しながら、ラフィエルの涙は止まらなかった。

(ギル……!)

立ち尽くし、視線を彼方へ投げたまま泣き続けるその背後に、誰かが立ったのを感じた。

「……私に近づくと……ギルに殴られるわよ」嗚咽に割れた声で、振り向かぬまま強く言い放った。「あなたのこと、女たらしだと言ってたんだから……!」

「俺を殴るために、生きて戻る意欲が更に増すだろう」アガトがのんびりと言う。「結構なことだ。奴にこの俺を殴れるもんかどうかは、また別の問題だがな」

長い間、ラフィエルは黙っていた。

「生きて……戻るかしら」

「さあな」アガトは彼女の隣に立ち、まるで有史以前のように人気を失った世界を眺め渡した。

「だがあいつが戻っても、戻らなくても、あんたは生きていくんだ」

戻っても。

戻らなくても。

生きていく。

「……なぜ、生きていかなくちゃ……ならないの」

「……」

「生まれた時から目の前にいたのよ。私にとっての太陽だった。彼を見てさえいれば自分は道を誤らないって、ずっとわかってた……。彼を喪ったら、私には……私にとっては、世界が終わるのと同じよ……！」

「事実、世界は終わるらしいな。少なくとも国が一つ丸ごと消えるわけだ」アガトは地平を見ている。「だが俺は、そこからまた始める。ずっと待たせている連中がいるからな」

「……」

「そして、あんたもまた生き始めるのを待つ。いつかあんたの、新しい太陽になれたらいいと思う」

麓の山道入口を閉鎖する合図の角笛が、遠く高く、幾つも響き渡り始めた。

「……謙虚なあなたは……初めてだわ」

「名誉に思えよ。一生のうちで、今日だけだ」


太陽が少しずつ、地平線へと近づいてゆく。

広大な鉱山地帯の地下で、人々は「その時」をじっと息を殺して待っている。

麓の城では、鉱山の安全を祈願するための古い地下神殿で、王の家族とその側近たちが寄り集まって座っている。

ルミエを抱くエレメンティア、その二人をアストラン王が両腕で抱えている。

母の細い息遣いを感じながら、ルミエはゆっくりと、その大きな菫色の眼をひらいた。


「……来た」

そして——
運命を統べる最強の神馬、〈炎の蹄〉の巨大な脚先が、絹のような雲の群れを突き破って大地へと襲いかかってきた。

終　章　(ゼロの彼方)

空に――

鳥の姿は一羽として見えない。

見渡す限りの荒野に、点と化して進み続ける幌馬車と二頭の騎馬以外に、生きとし生けるものの影は何ひとつない。重苦しい曇天の下で風は冷たく乾き、どこまでも続く荒地に土埃を捲き上げて走っている。

平原の大地が塵の雲によって太陽の温もりを奪われてから、ほぼ一年が過ぎようとしている。

「あっ、見て、あそこ。あんなに草が生え出しているわ」

エリーの背から、薄い緑を掃いた広い斜面を指してラフィエルが言った。風と埃避けの布を頭から首へとぐるぐる巻きつけている。「最近、まとまった雨が降ったのかしら?」

「いや、水辺が近いらしいな」アガトが馬たちを見ながら言う。

彼の馬も、後ろの幌馬車を牽いている二頭も、何となく落ち着かない様子で風の匂いを嗅いでいる。乾いた荒地を越えてきたので喉が渇いているのだ。

「ここに？　こんなところに？　だって、以前は川ももっと東の方だったでしょう」

「地上ではな。だが地下に水脈は元々あったぜ。忘れたか？」

相手のニヤニヤ笑いに、ラフィエルはたちまち憤然となった。

「忘れるわけないでしょう。あの時はあなたのことを呪い過ぎて、ハイデンに頭がおかしくなったのかと心配されたわ」

「……あんなところに、別の岩場ができている」幌馬車の御者台で、サライが別の方角を見ている。

全身毛布にくるまったルイも、彼の隣で不思議そうに辺りの風景を見回している。

かつて馬賊たちが我が家の庭のように、朝に晩にと眺め渡していた西部平原は、まるでどこかは似ている別人のようにその表情をよそよそしく変えていた。

あ、と言いかけて、ルイが咳き込んだ。サライが隣からすぐ背をさすってやる。

「ルイ、幌の中に入ってろ」アガトが振り向いて言う。「風がまた強くなってきたから」

長い避難生活の中でルイは更に痩せており、外気の埃のせいもあるのか、昼夜を問わず咳が続くようになっていた。それを聞き知った王妃エレメンティアが、せめてルイだけでも城に居を移して養生するようにと何度も使いを寄越しているのだが、ルイは周囲への迷惑を気にしつつも、馬賊の仲間たちと共に今の場所で過ごすことを選んでいる。

アガトは既に何度か、〈炎の蹄〉以後の西部地域の状況を確認しようと、鉱山地帯を離れて単身で馬を走らせていた。だが地形の変化、崖崩れや、特に流れも支流の数も変え、橋もほとんど崩落した川にその度に阻まれて、何とかここまでやってこられたのはこれが初めてのことなのだ。今回も本当はサライだけを伴うつもりだったのだが、ルイがなぜか必死についてきたがって彼をほとほと困らせた。自分でも訝しいのだが、アガトは近頃この弟のどんな願いも拒否できなくなりつつある。本当に仕方なく、幌馬車を用意して、速度をなるべく落としながらはるばるやってくることになった。

ラフィエルの方については、むろん言うに及ばない。この女の気の強さときたら到底ルイなどの比ではない。いったん腹を立てれば、アガトのことを手下たちの前であろうが平気でスットコドッコイ呼ばわりし出すほどなのだ。彼女が「私も行く」と言い出した時点で、アガトは諦めた。そもそも最初から、「行かせて」ではなく「行く」なのである。

「ううん、大丈夫。兄ちゃん、見て」

ルイが指差す方向を、他の三人は振り向いた。風が一陣の土埃を巻いてゆく、その向こうに、朧な隆起が透けて見える。

「俺たちの砦だ」サライが目を見開く。「残っている！」

「行くぞ」アガトが馬の首をそちらに巡らせたその時、「待って！」とラフィエルが鋭く止めた。

「何か……誰か、いるみたい」

「誰か？」

こんなところに、生きた人間がいるわけがない——だが。

「……馬だ。馬がいる」

その瞬間、突然エリーが後肢で立ち上がりかけた。

「ヒヒィィーン！」

その絶叫のような呼び声が、風に乗り、高く流れて、彼方へと流れていった。

数瞬が過ぎて、彼方で馬影がはっきりと動いた。

エリーのそれよりももっと野太い、逞しい馬のいななきが、微かに返ってきた。

その響きがこちらに届くよりも早く、その騎馬は岩場を駆け下りだした。

「……シュタイ……」

ラフィエルの両目が引き裂けんばかりに見開かれた。

「ギル」

その腹を蹴る間もあらばこそ、エリーが猛然と走り出した。

「……ギル――――！」

「シザリオンの皆は、砦の皆は、無事だったのか」

互いに発狂したような再会の騒ぎの後で、ギルディオンが忙しくラフィエルに尋ねた。

「無事よ。陛下のご一家も、ギルの父上も。鉱山全体ではまだ半数くらいの人たちが残って生活しているけれど、こうしてだいぶ天候が安定してきたから、徐々に各地への帰郷も進んでいるわ」

ラフィエルは、相手の顔をいくら見ても足りないようだ。

ギルディオンの面差しからは、今やすっかり少年の匂いが抜けていた。かなり痩せたようだが、命を繋ぐために力を振り絞る日々の労働のせいなのか、筋肉は強く締まり、とりあえずは健康そうだ。

「諸国の状況も大きく変わったわ……ルミエ姫は、彼女が継承したエルギウスの領土を、二人の殿方に譲渡すると宣言なさったの。シルダリア川の本流から東は、エルギウスのレオン・バロウズ侯爵に。そして西側は、サンキタトゥス王家の継承者、アガト・サンキタトゥスに」

たちまち眼を輝かせ、さっと彼の方を見たギルディオンに、アガトは小さくニヤリとして返した。

「おめでとう、アガト。いや、もう陛下とお呼びするべきかな」

「戴冠式まで待っとけ」アガトは岩丘の方を見遣った。「どうやら死ななかったのは、あの砦のせいか？」

「ああ、そうだ」ギルディオンも後ろを振り向く。

「あの後――鉱山地帯を発った後、そのまま南下して、ロナとミシュリーの幌馬車を街道の外れで発見した。馬車が脱輪して、馬も脚を折って動けなくなっていたのだ。ミシュリーの陣痛も始まっていて……彼女たちを見つけた時点で、シザリオンまで戻るのはもう間に合わないとわかっていた。だが、方向違いにはなるが、あんたの砦にならぎりぎりで飛び込めるかもしれないと思ったのだ。シュタインに馬車を牽かせて無我夢中で走らせて……荷を牽く仕事に村で慣れさせておいて、本当に幸運だったよ……まったく文字通りの滑り込みになってしまったが、何とか」

「岩が崩れなかったのか？　よく持ちこたえたな」

「外側はボロボロだし、中もだいぶ崩れたよ。あの広い通廊も、瓦礫でほとんど埋まってしまっている。だが有難いことに四人とも大きな怪我は免れたし、あんたが砦の中に残していった物資や備蓄のおかげで、その後も何とかこうして生き延びられたのだ。特にミシュリーは、授乳のためにもまともな食事がどうしても必要だったし……本当に助かったよ。水も、例の地下水脈があったから――そうだ、水と言えば」

ギルディオンは、ふいに何か思い出した顔になった。

「その水脈だが、水量が突然ガクリと減ってしまったのだ。今ではあの地下を小川程度にしか流れていない」

「どこか、別の隙間か出口を見つけたか」

「ああ。そして、どこに流れ出たのかはすぐにわかったよ。アガト、一緒に来てくれ。ぜひ見て欲しいものがあるのだ」

岩砦の外観は、かつてそこを我が家と思っていた者の目には確かに悲惨そのものだった。

だが中から現れたロナと、父親似の小さな息子を抱いたミシュリーは、意外なほどに元気そうに見え、一年ぶりに目にする自分たち以外の人間に声を上げて驚いた。

「ロナ」ラフィエルがすぐに駆け寄っていき、相手を抱きしめた。『生きていてくれて、こんなに嬉しいことはないわ……！　あの時は、本当にごめんなさい」

そのまま顔を寄せ合うようにして話している二人を見遣り、ギルディオンはアガトの方を再び振り向いた。

「こちらだ、アガト。来てくれ」

岩砦の丘の上に登ると、その向こう側の光景はまさしく一変していた。

湖に——なっている。

風に吹かれながら呆然と立ち尽くすアガトの隣で、ギルディオンがその浅い水の広がりの東側を指さした。

「あれが見えるか？」

せり上がる岩土の一部が大きく崩落している。口を開いたその空間から、明らかに自然物ではない何かが——芸術の精神が空気のように人々の暮らしに溶け込んでいた遥かな時代を彷彿とさせる荘厳さで——巨大な門が、円柱の幾つかが現れ出ている。

その門の上で崩れかけている、いままさに翼を広げ大空に向かわんとする、雄々しい鳥の像。

「あんたの部屋の壁に、絵がたった一枚だけ残してあったろう？　どこの何を描いたものなのか確信が持てなかったのだが、それでも、あれと何だか似ているなと、この一年、ずっと思っていたのだ」

「……」

アガトは、呼吸を忘れた。

心臓さえも、ひととき打つのを忘れた。

「……あら」ラフィエルにミシュリーとその息子を紹介していたロナが、ふと顔を仰向けた。驚きに、思わず掌をそっとかざす。

「光……？」

分厚い雲の切れ間から、細く——

一年ぶりの陽光が、まるで光璃石のようにきらきらと世界に零れ落ちてくる。

「ルイ——！」

馬に飛び乗りながら、アガトが絶叫した。

御者台からサライに助け下ろされたルイが、兄の方へと、足を引きながら懸命に走る。

アガトは馬を駆け寄らせ、弟の腕を摑んで鞍の後ろに引っ張り上げた。

馬は一瞬も止まらず、たちまち全速で走り出した。岩の丘を猛然と迂回し、白く広がる水辺へと駆け入り、浅い水を蹴散らしてゆく——

彼らの、懐かしき——古き、〈黄金の都〉に向かって。

(了)

あとがき

昔から、旅が好きだ。

予定表を見つめ、そのとき手元にあるお金を（真剣に）数え、「使っても死にやしない」と決心がつくと、海の向こうへと出かけていった。

荒野に広がる、三蔵法師も滞在したという古代都市遺跡を歩いた。

遥かな天山山脈を水源とし豊かな葡萄畑の地下を流れている、冷たい水路に手を浸した。

ユーラシア辺境の露店市で煌びやかな短剣を買い、言葉がすべて強風に奪われてゆく吹きさらしの中でストーンヘンジを眺めた。グレート・バリア・リーフの無人島で貝殻を拾い、タヒチの海でイルカの大群に遭遇して泣いた。

世界はびっくりするほどに広く、けれども少なくとも私の訪れた場所では（その時々に危険とされていた地域には一度も行ったことがない）、その何処ででも、人は人としてびっくりするほど当たり前に暮らしていた。生まれた土地の食事やお酒を大切に楽しみ、可愛い女の子が多い地方はどこだという議論に沸き、面倒くさい用事には「サボったらだめかな」という顔を彼らもまたするのだった。

イスラムのある大家族のお宅で、手料理を頂いた。その旅一番の美味が満載だった食卓で、お礼にと友人と私が二重唱した日本の歌に、満面の笑みで拍手してくれた彼ら。

あるいは、ほんの手土産のつもりで渡した江戸の古地図のレプリカに、その場で強い興味を示した初老の米国人。彼は隅々まで見入りながら次々と質問を浴びせてきて、知識も語彙もろくに持たない私をうろたえさせた。

芸術や美食への感動は国境や人種を超える、それは私たちのDNAがほぼ同じだからだ、と本で読んだ。


旅先で出会った人々は、しかしまたそれぞれが違う夢を見てもいた。

LAでお世話になった、ハリソン・フォード似ナイスミドルのシグは、午後の裏庭で空を見上げ「鳥たちが海へ帰ってゆくから、嵐はもうじき去るよ」といったことを、易しい英語で教えてくれる人でもあった（彼は腕利きの船乗りと言われていた）。

帰国後、彼の美しい奥様であるキャロルから手紙が届いた。彼らのこぢんまりとした家を畳み、家族三人、小さなヨットでしばらく旅に出る、と書いてあった。

「ずっとそれを願ってきたけれど、たぶんその最後のチャンスが今だと思うから」。

文明の衰退にも、復興にも、人間の出会いと別れにも、また再会にも、すべての事には「時」があるという。
私のその「時」が訪れたとき、シグのファミリーのように勇敢に旅立つ準備が出来ている自分でありたい、と夢見ている。

最後になりましたが、本作に「第三回草思社・文芸社W出版賞《金賞》」を授けてくださった文芸社様、選考や出版、装丁に関わってくださったすべての皆様に、この場をお借りして心より御礼を申し上げます。私は幸運でした。
そして、亡き母にこの本を捧げます。お母さん、ありがとう。

二〇一九年八月

海嶋　怜

著者プロフィール

海嶋 怜（かいじま れい）

長野県出身。千葉県在住。趣味は映画と読書と旅行。
著作に「たんぽぽのまもり人」メディアワークス文庫（KADOKAWA）2010年。

イラスト協力会社／株式会社コヨミイ

天空の蹄

2019年8月15日　初版第1刷発行

著　者　海嶋 怜
発行者　瓜谷 綱延
発行所　株式会社文芸社
〒160-0022　東京都新宿区新宿1－10－1
電話　03-5369-3060（代表）
03-5369-2299（販売）

印刷所　図書印刷株式会社

ISBN978-4-286-20684-4